CAITLIN CREWS

Alliance scandaleuse

Traduction française de
CHRISTINE MOTTI

HARLEQUIN

Titre original :
EXPECTING A ROYAL SCANDAL

Ce roman a déjà été publié en 2017

HARPERCOLLINS FRANCE
83-85, boulevard Vincent-Auriol, 75646 PARIS CEDEX 13
Service Lectrices — Tél. : 01 45 82 47 47 - www.harlequin.fr
ISBN 978-2-2804-6750-6

Composé et édité par HarperCollins France.
Imprimé en janvier 2022 par CPI Black Print (Barcelone)
en utilisant 100% d'électricité renouvelable.
Dépôt légal : février 2022.

FSC
www.fsc.org
MIXTE
Papier issu de sources responsables
FSC® C159065

Pour limiter l'empreinte environnementale de ses livres, HarperCollins France s'engage à n'utiliser que du papier fabriqué à partir de bois provenant de forêts gérées durablement et de manière responsable.

1

Une femme avisée ne pouvait se permettre de refuser certaines invitations. Comme celle que Brittany venait de recevoir, par exemple, provenant de l'un des hommes les plus célèbres au monde, rédigée sur une carte luxueuse et qui lui avait été remise en main propre par un messager. Quant au texte de l'invitation, il l'avait beaucoup intriguée :

Rejoignez-moi à Monte-Carlo…

Brittany Hollis, âgée de 23 ans à peine, se considérait en effet comme une femme avisée malgré la réputation sulfureuse qui lui collait à la peau sur au moins deux continents. Elle s'était mariée trois fois et avait participé à une émission de télé-réalité où elle avait joué un rôle des plus détestables sans jamais confirmer ou démentir les rumeurs scandaleuses qui circulaient sur son compte.

Personne, hormis elle-même, ne savait qui elle était réellement. Et, quels que soient les qualificatifs dont on l'affublait — « mercenaire » figurant parmi les plus flatteurs —, elle était convaincue qu'en demeurant concentrée sur son objectif elle finirait par l'atteindre. Elle y croyait dur comme fer. Un jour, elle volerait vers l'île tropicale de ses rêves et s'y installerait pour toujours.

Et elle passerait le reste de sa vie en paréo, à déguster des cocktails au soleil sans jamais repenser au passé ni à ces journaux à scandale qui l'avaient si souvent dépeinte comme une créature diabolique.

Comme elle avait hâte de voir son projet se réaliser !

Cela faisait des années qu'elle envoyait la moitié de ses revenus à sa famille qui l'avait pourtant bannie. Ce qui n'empêchait pas cette dernière d'encaisser ses chèques ni de lui réclamer davantage de manière récurrente, sans éprouver le moindre scrupule.

Quand l'ouragan Katrina avait dévasté La Nouvelle-Orléans en août 2005, la mère de Brittany, qui élevait seule sa fille, avait tout perdu et il s'en était fallu de peu pour qu'elle se retrouve à la rue dans la ville de Gulfport, Mississippi. Brittany s'était démenée pour l'aider à s'en sortir, année après année, se servant de la seule arme à sa disposition : son physique. Elle avait hérité de la beauté de sa grand-mère et aussi de son intelligence, même si on la considérait comme une écervelée.

Heureusement, son plus jeune demi-frère aurait dix ans cette année. Dans onze ans environ, Brittany pourrait enfin oublier sa famille et vivre à sa guise.

Avec ses économies, elle s'installerait sur une île peu fréquentée du Pacifique, dans une petite maison au soleil sous les palmiers, avec pour seul horizon l'immensité de la mer.

Elle avait vu des photos de l'archipel de Vanuatu quand elle était au lycée, et ces images étaient demeurées gravées dans sa mémoire. Elle avait décidé qu'un jour elle s'envolerait vers ce paradis situé à l'ouest des îles Fidji et n'en repartirait plus jamais.

En attendant, elle devait gagner la splendide ville de Monaco pour y retrouver l'homme qui l'avait invitée à le rejoindre. Il lui avait donné rendez-vous au casino de Monte-Carlo pour discuter, avait-il dit, d'« une proposition mutuellement profitable ». Cet endroit était fréquenté par les célébrités les plus riches du monde. Qu'est-ce qu'un homme comme lui et une femme comme elle pouvaient bien avoir en commun, à part une notoriété détestable ? Elle n'en avait pas la moindre idée...

Brittany pénétra dans le casino à l'heure convenue, vêtue d'une robe de soirée à paillettes. Monte-Carlo ayant conservé le charme désuet de l'Ancien Monde, elle avait décidé de ne surtout pas déparer dans ce décor. Elle savait que sa tenue lui vaudrait des regards de convoitise, mais tel était le but.

Lorsqu'elle atteignit la salle de jeu, elle reconnut aussitôt l'homme qui lui avait donné cet étrange rendez-vous. Une vingtaine d'admirateurs se pressait autour de lui à l'une des tables où se jouaient les sommes les plus folles. Des murmures et des exclamations étouffées s'échappaient de la foule à chacune de ses mises.

Quand il quitta la table de jeu pour aller au bar, la foule se dispersa et Brittany put enfin contempler l'homme qui l'avait invitée. Pas la moindre émotion ne jouait sur ses traits. Peu importait à celui qu'on appelait autrefois Son Altesse Sérénissime l'Archiduc Felipe Skander Cairo de Santa Domini de perdre au jeu des sommes d'argent astronomiques. Sa richesse se comptait en millions.

Cairo Santa Domini. L'héritier légitime du trône d'un petit pays alpin, seul survivant d'une lignée prestigieuse remontant à plus de cinq cents ans. Depuis qu'un coup d'État militaire avait réduit à néant la monarchie de son père et provoqué la mort de tous les membres de sa famille, Cairo vivait en exil.

Selon la presse, il représentait un véritable fléau pour la moralité de toutes les femmes qu'il approchait en Europe. Comme s'il mettait un point d'honneur à rappeler à la terre entière les excès des anciennes monarchies. Comme si son but consistait à faire la une des journaux à scandale.

Cairo Santa Domini, l'homme dont la signature figurait au bas de l'invitation qu'elle avait reçue, se tenait assis à une table devant elle, vêtu d'un smoking impeccable...

Elle avait beau s'être préparée à le rencontrer dans ce casino, cette perspective la rendait fébrile. D'ailleurs, elle s'était immobilisée au milieu de la salle, attirant tous les regards. Ce type de comportement ne lui ressemblait pas. Elle n'était plus la jeune fille candide d'autrefois, celle qui aurait rougi à l'idée de se retrouver en la présence d'une personnalité aussi célèbre. Pourtant, quand le regard de Cairo croisa le sien, elle se figea.

Elle avait vu des milliers de clichés de Cairo, comme la plupart des gens de par le monde, et savait qu'il était très bel homme. D'ordinaire, les célébrités paraissaient plus ternes au naturel, mais ce n'était pas son cas.

Il avait une bouche sensuelle, des lèvres pleines, des cheveux noirs savamment indisciplinés.

Et ce regard ! Brittany n'aurait su décrire son éclat, ses reflets caramel, sa profondeur insondable. Lorsqu'il s'arrêta sur elle, elle se sentit fondre littéralement, tandis que des frissons irrépressibles parcouraient tout son corps.

Jamais personne, par un simple regard, n'avait suscité en elle une émotion aussi intense.

Brittany était plus ou moins immunisée contre les hommes depuis son plus jeune âge. Enfant, elle avait vu les amants de sa mère se succéder dans leur misérable roulotte. Le fait qu'elle se soit mariée trois fois, de son plein gré et pour des raisons purement pratiques, n'avait altéré en rien l'opinion qu'elle s'était forgée sur les hommes. Et aucun de ses époux ne lui avait fait battre le cœur comme ce roi exilé...

Cette situation était insensée. Détournant les yeux du regard inquisiteur de Cairo, elle observa le reste de sa silhouette. Il portait un costume luxueux, comme la plupart des riches Européens que l'on croisait sur les boulevards ou dans les clubs privés de la Riviera française. Mais, contrairement à ses semblables, il possédait une élégance innée. La veste mettait en valeur ses larges épaules, sa stature athlétique ; le pantalon dévoilait de longues jambes dont on devinait les muscles saillants sous la fine étoffe. Il portait des souliers fabriqués sur mesure qui avaient dû coûter une fortune.

Quand elle leva à nouveau les yeux vers son visage, elle le vit froncer imperceptiblement les sourcils et pencher la tête de côté. Pas de doute, il l'avait reconnue. Elle ne pouvait que se plier à ce jeu dont elle ignorait l'issue, car tel était le but de sa présence en ce lieu.

Quand Cairo l'invita d'un geste aimable à venir le rejoindre, l'envie de tourner les talons la saisit. Son instinct lui criait de fuir cet homme dangereux et de repartir sur-le-champ à Paris.

Si tu approches cet homme de trop près, il te détruira…

Chassant le sentiment de panique qui menaçait de la saisir, elle se traita de folle et prit une profonde inspiration pour se donner du courage. La magie du lieu jouait sans doute sur ses nerfs fragiles. De vagues réminiscences de son enfance, datant de l'époque où elle croyait aux contes de fées, remontaient à la surface, sans doute dues au fait qu'elle avait été conviée à Monte-Carlo par un monarque en exil…

Affectant une mine perplexe, comme si elle ignorait l'identité de Cairo, Brittany s'avança vers lui d'un pas faussement assuré.

Elle avait l'impression de se diriger tout droit vers sa perte.

— Êtes-vous Cairo Santa Domini ? demanda-t-elle d'une voix claire en s'immobilisant à quelques pas.

Elle avait forcé son accent du Mississippi pour ne laisser aucun doute sur ses origines. Souvent, cet artifice jouait à son avantage.

Comme prévu, son incapacité feinte à reconnaître l'un des hommes les plus célèbres de la planète provoqua des exclamations outragées autour d'elle.

Les lèvres de Cairo s'étirèrent en un sourire énigmatique qui fit naître mille frissons dans tout le corps de Brittany.

— Hélas ! c'est bien moi, répondit-il d'une voix au timbre chaud, velouté, empreint de sensualité. J'aurais aimé céder ce nom et tout ce qui s'y rattache à quelqu'un d'autre, mais personne n'en a voulu.

Sans rien changer à sa posture désinvolte, il l'invita d'un regard pénétrant à s'approcher davantage, ce qu'elle fit sans rechigner. Elle s'arrêta à sa hauteur, les épaules bien droites, la tête haute.

— Pourquoi « hélas » ? Qu'est-ce qu'un royaume perdu comparé à cette aura que vous dégagez ? Regretteriez-vous cette réputation de séducteur qui vous colle à la peau ? Personne, à part vous, ne peut se vanter d'avoir accumulé autant de conquêtes.

Cette réflexion lui valut des exclamations effarées et des expressions choquées dans l'assemblée, mais elle fit mine de ne pas s'en apercevoir. Son regard demeura rivé à celui de Cairo, devenu plus dur. Visiblement, le commentaire de Brittany avait fait mouche, comme elle l'escomptait.

— Mademoiselle Hollis, je présume ?

Elle était certaine qu'il l'avait reconnue au premier regard. Mais tel était le jeu dangereux auquel tous deux avaient décidé de se livrer. Elle se contenta de hocher la tête.

Après un silence, Cairo reprit :

— Vous savez, j'ai passé la plus grande partie de ma vie en exil. Seuls les révolutionnaires voient encore en moi un roi. Mieux vaut ne pas provoquer leur courroux. Celui-ci s'accompagne en général de gouvernements renversés et de villes détruites.

Plissant les yeux, il ajouta :

— J'espère que vous avez trouvé facilement votre chemin jusqu'ici ce soir. Monte-Carlo ne ressemble pas aux *bas-fonds* parisiens — c'est ainsi que nous nommons poliment les endroits que vous fréquentez. N'êtes-vous pas dépaysée ?

Brittany avait mal jugé cet homme. Elle ne s'attendait pas qu'un séducteur de sang royal traînant derrière lui une réputation aussi sulfureuse fasse preuve d'un esprit aussi aiguisé ni qu'il manie l'insulte avec une telle dextérité. Ses propos la blessèrent bien plus qu'elle ne l'aurait imaginé, mais elle n'en montra rien.

— Qui se ressemble s'assemble, dit-on communément, laissa-t-elle tomber d'un air affable, d'où ma présence ici ce soir.

Le sourire de Cairo joua à nouveau sur ses lèvres, plus franchement cette fois, accentuant le trouble qu'elle ressentait face à cet homme trop séduisant.

— Vous devriez vous enorgueillir d'avoir été invitée dans ce lieu paradisiaque. C'est un grand honneur que je vous fais, *cara*.

Cairo se redressa sur son siège, mais il devait toujours lever les yeux vers elle pour la regarder. Perchée sur ses hauts talons, elle le dominait de toute sa hauteur.

— J'apprécie à sa juste mesure la chance qui m'est offerte, ironisa-t-elle. Oui, je suis vraiment flattée.

Brittany avait l'habitude de se trouver sous les feux des projecteurs où elle prenait un malin plaisir à entretenir sa légende. Il suffisait d'un clignement de paupières, d'un sourire, pour qu'une nouvelle rumeur la concernant se répande comme une traînée de poudre et qu'elle apparaisse en première page des journaux à scandale.

Mais ce soir la situation était différente. Pas seulement parce qu'il n'y avait pas de photographes à l'affût. Mais surtout parce qu'elle n'était rien comparée à Cairo Santa Domini qui semblait régner en maître dans ces lieux.

Elle aurait dû mieux se préparer à cette rencontre comme elle le faisait d'ordinaire. Elle aurait alors compris à qui elle avait affaire. Un homme au physique exceptionnel, certes, mais aussi doté d'une force d'attraction incomparable. Son magnétisme le rendait dangereux.

Malgré son air indolent, son regard intense la transperçait. Il demeurait rivé au sien comme s'il cherchait à lire dans ses pensées les plus intimes.

— Je vous ai vue sur scène, finit-il par dire après un long silence chargé d'électricité.

Surprise, Brittany retint son souffle. Elle n'en croyait pas ses oreilles. Cairo avait-il assisté à ce spectacle affligeant dans ce club miteux où elle s'était produite quelques fois ?

Bien que décontenancée par cet aveu, elle s'efforça de demeurer impassible, mais elle peinait à soutenir le regard inquisiteur de Cairo.

— Vous avez un sens inédit du burlesque, mademoiselle Hollis, reprit-il d'un ton narquois. Cette manière que vous avez de provoquer les mondains en quête de sensations fortes. Vous les mettez plus bas que terre et ils en redemandent, parce qu'ils ne sont venus que dans un but : apercevoir vos dessous affriolants. Armée d'un fouet, vous obtiendriez des résultats encore meilleurs.

Brittany se retint de sourire devant le portrait dressé par Cairo de sa performance. Elle avait accepté de participer à ce spectacle pour donner un peu plus de grain à moudre aux paparazzis.

— Vous avez un sens critique très développé, ironisa-t-elle.

— Disons que j'apprécie toutes les formes d'art.

— Je ne sais pas ce qui m'étonne le plus. Le fait que vous fréquentiez les « bas-fonds », comme vous les appelez, ou que vous fassiez étalage de ce comportement dans un endroit aussi sélect que Monte-Carlo, au milieu de tous vos admirateurs.

Se penchant vers lui, elle ajouta d'une voix suffisamment forte pour qu'on l'entende :

— Vous devriez faire attention, Votre Altesse. Vous risquez d'en choquer plus d'un en vous laissant aller à des penchants aussi prosaïques, comme celui de fréquenter des cabarets de seconde zone.

— Je pense que mon comportement ne choque plus personne, éluda Cairo avec un sourire provocant, si j'en crois la presse britannique. En revanche, croyez-vous vraiment que ce retour sur les planches soit un bon investissement pour votre avenir ? Je pensais que votre dernier mariage vous offrirait un destin différent. Dommage que le testament de feu votre époux vous ait été si peu favorable.

Brittany sentit son cœur se serrer dans sa poitrine. La manière dont les héritiers de son dernier mari l'avaient publiquement humiliée en la chassant de la demeure de leur père la faisait encore grincer des dents. Toutefois, elle ne s'attendait pas que Cairo se serve de cette arme.

— Je vous demande cela… en ami, renchérit-il avec un sourire narquois.

— Cela m'étonnerait que vous en ayez beaucoup…

Puis, se redressant, elle le gratifia d'un de ces sourires lumineux dont elle avait le secret.

— Cessons de digresser. Sachez que, dans certains cercles, apercevoir mes dessous en dentelle est considéré comme un privilège.

— Allons, mademoiselle Hollis, pas de petits jeux avec moi, rétorqua Cairo. Contrairement à la publicité entourant votre spectacle, vous ne vous déshabillez pas sur scène. Or, le public n'attendait qu'une chose : voir la veuve déchue de Jean-Pierre Archambault nue. Quelle déception !

Brittany haussa délicatement les épaules.

— Je veux bien le croire, surtout pour un homme comme vous, connu pour ses perversions.

Cairo pencha la tête de côté. Son regard s'était durci sous l'attaque. L'air pensif, il dit :

— Quant à vous, vous êtes plutôt connue pour vos décrochages scolaires.

Brittany ne fut pas déconcertée par cette attaque destinée à la remettre à sa place, quelle qu'elle soit. Si elle avait dû y rester, elle mènerait encore une existence misérable au milieu des siens, à Gulfport.

Non merci !

— Au même titre que vous, rétorqua-t-elle d'un ton doucereux, à moins qu'on appelle autrement dans votre milieu le fait de changer de pensionnat privé tous les trois mois. Ce n'était sûrement pas dû à des résultats époustouflants. Combien en avez-vous fréquentés déjà ? Six ?

Brittany tenait à prouver par ses propos qu'elle aussi avait accès à Internet.

Sans laisser à Cairo le temps de riposter, elle poursuivit sur sa lancée.

— Je sais que les puissants de ce monde font leurs propres lois. Quoi qu'il en soit, il semble qu'avec vos multiples expulsions vous avez dû, tout comme moi, vous en sortir dans la vie sans trop de qualifications. Nous nous ressemblons, finalement.

Il lui sembla lire une étincelle d'admiration dans le regard de braise de Cairo. Mais elle disparut, très vite remplacée par une expression ironique.

— Que puis-je avoir en commun avec une fugueuse de seize ans qui n'a rien trouvé de mieux que de se marier à un… à un…

Cairo s'interrompit, hésitant sur le qualificatif à employer à l'égard du premier mari de Brittany.

— Darryl était une échappatoire, un moyen de quitter la ville de Gulfport, Mississippi. Croyez-moi, vous ne faites pas la fine bouche quand l'occasion de vous enfuir vous est offerte. Même si cela suppose de suivre un raté qui s'adonne à la drogue. Ce n'est pas le genre de choix auquel vous avez été confronté. J'imagine qu'avoir été dorloté au sein d'une famille richissime vous a préservé des vicissitudes de ce bas monde.

Brittany avait à dessein omis d'évoquer l'exil de Cairo, le meurtre des siens, préférant mettre l'accent sur la fortune de cette famille royale qui possédait des résidences de luxe partout dans le monde.

De son côté, Brittany avait dû se battre pour survivre et pour ne jamais retourner dans la caravane de sa mère.

— Votre deuxième mari vous correspondait davantage, reprit Cairo. Vous et lui aviez acquis une certaine notoriété après votre participation à cette épouvantable émission de télévision, n'est-ce pas ?

— *Les Coulisses de Hollywood* a duré deux saisons, et contrairement à ce que vous dites, cette émission de télé-réalité faisait partie des moins mauvaises.

— Dans sa catégorie peut-être…

— L'émouvante histoire d'amour entre Chaz et Mariella

intéressait les spectateurs. Carlos et moi n'étions là que pour pimenter l'aventure.

— Ah oui ! Dans les rôles principaux, il y avait cet artiste tatoueur et cette secrétaire paroissiale qui le pressait de suivre son cœur et de devenir peintre paysagiste ! Quelle idiotie !

— Il est très facile de porter des jugements sur les autres du haut de votre tour d'ivoire.

Tout avait été fabriqué de toutes pièces pour les besoins de l'émission. Le producteur recherchant un couple marié pour jouer dans la série, Carlos et Brittany n'avaient pas hésité un seul instant à sauter le pas. Tous deux désiraient ardemment quitter le Texas. Après avoir subi le comportement violent de Darryl, Brittany ne voyait plus l'institution sacrée du mariage sous le même jour. C'est pourquoi elle avait accepté d'épouser Carlos, un acteur qu'elle connaissait bien et qui avait acquis, tout comme elle, une certaine notoriété dans le monde de la télé-réalité. Quand l'émission avait commencé à connaître des baisses d'audience, Brittany et Carlos s'étaient séparés dans le but de provoquer un regain d'intérêt pour le programme.

Haussant les sourcils, elle planta son regard dans celui de Cairo.

— Je n'aurais jamais imaginé que vous puissiez être fan de cette émission, ou de n'importe quelle autre d'ailleurs. Les personnes qui évoluent dans votre sphère prétendent en général lire Proust.

— Je passe beaucoup de temps en avion, pas dans des tours d'ivoire et rarement en compagnie de Proust, objecta Cairo avec un sourire amusé. Quelle intensité dramatique dans votre performance ! Vous, la stripteaseuse sans cœur qui refusait de quitter cette boîte de nuit sordide et Carlos, votre mari aimant, qui vous demeurait fidèle alors que vous le trompiez éhontément.

Brittany lui offrit son plus beau sourire, celui qu'elle réservait aux médias pour contrer leurs attaques.

— Je suis une personne affreuse, approuva-t-elle avec assurance. Si la télévision le dit, c'est probablement vrai. À ce propos, ne vous ai-je pas aperçu à la une de ce tabloïd la semaine dernière ? Il me semble avoir lu quelque chose au sujet d'un week-end aux Maldives et de déboires que vous auriez causés à une malheureuse héritière.

Eludant la question, Cairo demanda :

— Dites-moi… Étiez-vous toujours mariée à Carlos quand vous avez rencontré Jean-Pierre ?

Brittany partit d'un grand rire qui sonna faux, même à ses propres oreilles.

— Je crois que vous confondez mon CV avec le vôtre !

— Et puisque nous parlons de Jean-Pierre, paix à son âme, qu'est-ce qui a bien pu vous rapprocher ? Un vieil homme confiné dans un fauteuil roulant au seuil de la mort…

— Nous avions un intérêt commun pour les sciences appliquées, bien sûr. Quoi d'autre ?

— Un intérêt que ses enfants ne partageaient visiblement pas, vu la manière dont ils vous ont éjectée du château de leur père au moment de sa mort. Ils s'en sont même vantés devant la presse. Quelle honte !

— Votre invitation ne mentionnait pas un échange sur nos biographies respectives, remarqua Brittany sans se soucier des regards portés sur elle. Je ne m'y suis pas préparée du tout… Attendez un instant.

Fourrant son sac à main sous son bras, elle arbora un air pensif et se mit à compter sur ses doigts.

— Voyons voir… Un, sang royal… Deux, pas de

trône... Trois, des centaines de maîtresses... Quatre, des scandales à foison... Il ne se passe pas un jour de la semaine sans que vous apparaissiez dans les journaux.

— Mademoiselle Hollis, protesta Cairo en se levant de son fauteuil.

Se rapprochant de Brittany, il posa un doigt sur son épaule puis le laissa glisser sur sa peau nue jusqu'à son décolleté. À ce contact, elle frémit, mais ne bougea pas d'un pouce.

— Franchement, vous me flattez.

Sa voix au timbre chaud la transperça. Son cœur se mit à battre follement ; sa peau la brûlait à l'endroit où s'était arrêté le doigt de Cairo.

Jamais un homme n'avait déclenché en elle de telles sensations, et la manière dont elle réagissait à son contact l'effrayait au plus haut point. Le fait qu'elle ait oublié que tous deux se trouvaient dans un lieu public l'inquiétait, même si le lieu en question abritait une cour d'admirateurs venus précisément dans le but de recevoir quelques miettes d'attention.

Il fallait à tout prix qu'elle se concentre sur son objectif. Elle ne laisserait pas cet homme extravagant, provocateur, contrecarrer ses plans. Pas plus qu'elle ne l'autoriserait à détruire son rêve. Puisqu'elle avait accepté son invitation, elle irait au bout de sa démarche.

— Votre *Presque* Majesté, protesta-t-elle d'un air faussement choqué tout en se rapprochant de Cairo, seriez-vous en train de me draguer ?

2

Quelques minutes plus tard, planté devant la baie vitrée de sa suite donnant sur le petit port de Monaco, Cairo tournait le dos à cette Américaine déconcertante dont il venait de faire la connaissance. Il apercevait son reflet dans les vitres et s'étonnait du calme qu'elle manifestait alors que lui-même sentait son sang bouillir dans ses veines.

Rien ne s'était passé comme il l'avait prévu. Brittany Hollis ne ressemblait pas au portrait qu'il s'en était fait. Quand il l'avait découverte dans cette stupide émission de télévision, elle offrait l'image vulgaire d'une danseuse de cabaret. S'il avait arrêté son choix sur elle, c'était parce qu'elle correspondait en tout point à ses attentes. On verrait en elle une femme dont la vie se résumait à débusquer des hommes riches et à les dépouiller de leur fortune. Mais à aucun moment, il ne s'était attendu qu'elle manifeste une telle vivacité d'esprit. Il avait espéré rencontrer une femme gauche, offrant un spectacle affligeant en public. La personne idéale pour lui, un homme sans honneur, banni de son royaume. Il ne méritait pas mieux, s'était-il dit amèrement la fois où il avait vu Brittany danser.

Mais la femme qui lui était apparue ce soir lui avait

causé un choc. Des cheveux aux reflets de feu, des yeux noisette brillants d'intelligence. Croiser son regard lui avait fait l'effet d'une bombe.

Il ne comprenait toujours pas ce qui lui arrivait.

À présent, il devait gérer cette situation inédite.

— M'auriez-vous attirée dans votre suite pour me montrer vos estampes japonaises, *Votre Altesse Séductrice* ? demanda Brittany d'un ton si désabusé qu'il toucha une corde sensible en lui.

Pourtant, rien ne l'affectait plus depuis bien longtemps. Personne n'était jamais parvenu à briser la carapace dont il s'entourait depuis le jour où il avait perdu toute sa famille et dû s'exiler pour ne pas connaître le même sort. Le général Estes, chef autoproclamé de Santa Domini, s'était montré très clair : si Cairo cherchait à regagner le trône de ses ancêtres, il connaîtrait le même sort que les siens.

Que cette femme représente la candidate idéale ne faisait aucun doute. Cairo s'était rendu à cette évidence lorsque Ricardo, son chef de la sécurité, lui avait montré une photo de Brittany. Il n'avait pas eu besoin de lui dire quoi que ce soit sur cette rousse magnifique, sexy en diable, au regard mystérieux. Elle avait aussitôt attisé sa curiosité. C'est pourquoi il s'était rendu incognito à l'un de ses spectacles à Paris pour en avoir le cœur net. Comme le reste du public, il avait été fasciné par sa performance sur scène, cette manière de défier l'assemblée avec arrogance tout en évoluant avec une grâce inouïe.

Il avait envoyé l'invitation par l'intermédiaire de l'un de ses aides tout en continuant à interviewer d'autres candidates, mais comparées à Brittany toutes lui avaient paru bien fades. Puis, lorsqu'il avait eu connaissance de tous les détails de sa vie, il l'avait trouvée encore plus attirante. C'était le pire choix, donc le meilleur aux yeux de Cairo, un homme que certains rêvaient encore de voir devenir roi.

Le général Estes avait détrôné son père lorsqu'il était encore enfant, mais les années écoulées n'avaient pas éteint la fougue des loyalistes. Ces derniers risquaient de rendre la situation explosive. Personne n'était à l'abri, ni Cairo ni le peuple de Santa Domini, qui ne méritait pas un nouveau coup d'État sanglant. Les loyalistes refusaient d'admettre qu'il n'y avait rien de bon en lui, alors que Cairo avait tout mis en œuvre pour nuire à sa réputation. S'adjoindre les services d'une stripteaseuse américaine sans scrupule faisait partie de ses plans pour faire oublier à tout jamais ses prestigieuses origines.

Se tournant vers Brittany, il l'observa. Assise confortablement dans son fauteuil, elle faisait tourner le vin dans son verre.

Il s'attendait à la trouver attirante, à éprouver du désir pour elle — il était un homme après tout —, mais il n'avait pas imaginé qu'elle serait dotée d'un esprit aussi vif et aiguisé. Le simple fait de la regarder éveillait en lui des sensations troublantes.

Plus étonnant encore, il la trouvait divertissante. Avec le recul, il se rendait compte que ses performances sur scène ou ses photos ne lui rendaient pas justice. Il s'interrogeait à présent sur la pertinence de ce mariage auquel il avait songé. La raison lui soufflait d'abandonner cette idée. Il n'avait pas besoin de complications supplémentaires dans sa vie. Or, cette femme risquait d'en représenter une de taille.

Elle était bien plus qu'une splendide créature dénichée dans un cabaret, et beaucoup plus sophistiquée qu'une danseuse de boîte de nuit. Au lieu de déparer au milieu des splendeurs de Monaco, elle brillait…

Et Cairo éprouvait le plus grand mal à garder le

contrôle de ses émotions. Chose qui ne lui était plus jamais arrivée après la perte des siens. Pis encore, il ne savait pas comment interpréter ce qu'il ressentait.

— Sommes-nous censés nous regarder en chiens de faïence pendant des heures, *Votre Altesse Silencieuse* ? demanda Brittany d'un ton ironique. Est-ce ainsi que les choses se passent dans votre monde ? J'ignorais que les intrigues royales étaient aussi ennuyeuses.

Il était grand temps pour Cairo de reprendre le contrôle de la situation avant qu'elle lui échappe. Se redressant de toute sa hauteur, il épousseta inutilement l'une de ses manches et planta son regard dans celui de Brittany.

— Bien sûr qu'elles le sont, convint-il. C'est la raison pour laquelle les rois fomentent des complots ou provoquent des guerres. Pour vaincre leur ennui.

— On se demande pourquoi votre famille a été chassée de son pays...

Cairo était depuis longtemps immunisé contre les attaques visant sa famille. Il était passé maître dans l'art de feindre l'indifférence lorsqu'il était question de son sang, de son héritage ou de son peuple. Plus rien ne l'affectait, du moins le croyait-on.

Il avait enfoui au plus profond de lui les souvenirs de son enfance, chassé les images qui parfois venaient le tourmenter. Il lui arrivait toutefois de revoir en rêve le cadre majestueux dans lequel il avait grandi, les splendides œuvres d'art qui ornaient les murs du château. Quand il lui semblait entendre le vent siffler entre les murs fortifiés, il se bouchait les oreilles. Le traumatisme vécu la nuit où sa famille et lui avaient fui les bouchers du général Estes avait laissé des traces indélébiles dans son cœur.

Depuis, il refusait de penser au rire chaleureux de son père ou aux mains si douces de sa mère, tous deux disparus à jamais. De même qu'il avait chassé le souvenir de sa petite sœur, Magdalena, si gaie, si vive.

Les remparts qu'il avait érigés autour de lui étaient infranchissables. Et il s'était juré de ne jamais laisser personne l'approcher d'assez près pour donner au général Estes d'autres occasions de lui nuire...

Seigneur ! songea-t-il soudain avec stupeur. Pourquoi Brittany avait-elle réveillé en lui de telles pensées ?

De nouveau, il l'observa avec attention. Elle avait un port de tête élégant, une peau satinée, une bouche pulpeuse et bien dessinée. Son chignon artistiquement arrangé sur le haut de sa tête lui conférait une classe inouïe. Elle était beaucoup plus belle au naturel que sur les photos qu'il avait pu voir. Et beaucoup plus captivante que lors de ses apparitions scandaleuses, sur scène.

De nouveau, une émotion fugace le saisit, comme la première fois qu'il avait découvert son portrait. Il la chassa pour mieux se concentrer sur son objectif. Il n'était pas question de renoncer à son projet, sinon autant se rendre au général pour qu'il l'exécute en bonne et due forme.

Il regrettait parfois d'avoir survécu aux siens. Tout aurait été plus simple s'il s'était trouvé à bord de leur voiture lorsque celle-ci avait été propulsée dans un ravin...

Se forçant à revenir au moment présent, il dit :

— Vous êtes très jolie.

— Je vous remercierais volontiers, mais je doute qu'il s'agisse d'un compliment, *Votre Altesse Hypocrite.*

— Je suis surpris, voilà tout. Je pensais vous trouver attirante, bien sûr, comme toutes les femmes qui exercent votre profession.

Brittany lui offrit un sourire hautain, teinté d'ironie.

— Ma profession ?

— Danseuse, star de la télé-réalité, opportuniste, à vous de me dire…

Le sourire de Brittany s'élargit. Caressant du bout des doigts le bord de son verre, elle pencha la tête de côté en plissant les yeux.

— J'aime assez le terme « opportuniste », répondit-elle pensivement. Allez-vous enfin me dire pourquoi je suis là ?

— Pas de « Votre Majesté-je-ne-sais-quoi » cette fois-ci ?

— Ma créativité faiblit à mesure que mon intérêt diminue.

Brittany déposa son verre sur la table devant elle, puis s'adossa à son fauteuil. Après un long silence, elle ajouta :

— Monte-Carlo ne me correspond pas. Je ne suis pas joueuse. Je n'aime pas les risques et je déteste m'ennuyer.

— Vous ne ressemblez pas à une personne qui s'ennuie. Mais je me trompe, sans doute.

— Je me sens même un peu… écœurée. Je ne sais pas pourquoi.

Cairo enfonça ses mains dans ses poches. Il l'observa attentivement avant de déclarer :

— Peut-être n'aimez-vous pas les appartements de luxe avec vue imprenable sur la côte… Ou moi-même. Pourtant, je pense pouvoir dire, sans fausse modestie, que les deux valent le coup d'œil.

— Il se peut que je n'apprécie pas les enfants gâtés qui me font perdre mon temps. Et qui ont une si haute opinion de leur physique qu'ils passent leur temps à l'exposer dans les magazines. Cela fait vingt ans que vous figurez en bonne place dans les journaux à scandale. Cela m'indiffère autant qu'un bol de céréales.

— Je ne trouve pas la comparaison très flatteuse.

— Pourtant, elle est vraie.

— Un homme moins sûr de lui que je ne le suis et

dépourvu de miroir pourrait se sentir blessé, mademoiselle Hollis.

— Oh ! Je suis sûre que vous avez matière à vous rassurer, vu le nombre de surfaces réfléchissantes que compte cette suite. Mais nous nous éloignons du sujet qui nous occupe. Je ne connais toujours pas la raison de ma présence ici.

Cairo n'avait pas encore décidé de la manière dont il présenterait son projet à la candidate choisie pour devenir sa femme. Il avait décidé de se marier pour éviter une révolution dans son pays. Devait-il opter pour l'honnêteté et dire la vérité à Brittany ? Peut-être qu'avec un peu d'humour noir, le tour serait joué…

— J'ai une proposition à vous faire, finit-il par avouer.

— Je devrais me sentir flattée, répliqua Brittany, mais il n'en est rien. Cela ne m'intéresse pas de devenir la énième maîtresse d'un homme qui passe sa vie au lit.

— Pardon ? s'offusqua Cairo, surpris par cette repartie.

— Tout le monde connaît l'intensité de votre vie sexuelle. Je trouve cela ennuyeux…

— J'ai connu en effet de nombreuses partenaires, mademoiselle Hollis… Et je veux bien croire que lire mes exploits dans la presse soit ennuyeux, mais l'acte en lui-même ne l'est pas !

Amusé par la rougeur apparue sur les joues de Brittany, Cairo décida de poursuivre sur sa lancée.

— Je suis sûr d'avoir contenté la plupart de mes maîtresses. Mon histoire personnelle et les drames que j'ai traversés en ont ému plus d'une. D'autres s'intéressaient surtout à ma fortune, mais aucune n'a jamais simulé au lit, ça, je peux vous l'assurer.

Attentif aux émotions qui jouaient sur les traits de son interlocutrice, il sentit le désir monter en lui.

La tension sexuelle était palpable entre eux.

— Vous n'avez vu... que ce que vous vouliez voir, éluda Brittany en détournant les yeux.

Cairo n'était pas un saint, loin de là, mais pas non plus le pécheur qu'il s'évertuait à montrer. Il jouait ce rôle depuis de nombreuses années. Et il devait continuer : le sort de son pays en dépendait.

S'efforçant de paraître imperturbable, il déclara :

— Je ne suis bon qu'à une chose. Et il se trouve que c'est le sexe.

Il la vit frémir malgré ses efforts pour demeurer de marbre.

— S'agit-il de votre fameuse proposition ? Si tel est le cas, ma réponse est non. En outre, vous devriez apprendre à mieux vous vendre.

— Je suis un excellent amant, objecta Cairo en haussant les épaules, et n'ai pas besoin de me vendre.

La situation l'aurait amusé, s'il n'avait pas ressenti autant d'attirance pour cette femme qui lui résistait.

— Je suis au regret de vous informer que ma proposition est nettement moins exaltante, reprit-il d'un air contrit. Je ne suis pas à la recherche d'une maîtresse, mademoiselle Hollis. Pourquoi m'encombrerais-je d'un tel fardeau d'ailleurs ? Je préfère les aventures... gratuites ! Inutile de se ruiner en cadeaux ou de devoir fournir un logement.

— Votre romantisme me laisse pantoise !

— Alors, vous serez ravie d'entendre ce que j'ai à vous dire, dit Cairo en embrassant sa silhouette du regard. Je suis à la recherche d'une épouse. J'ai déjà rencontré plusieurs candidates, mais vous les surpassez toutes et de loin.

Il s'attendait à une remarque cinglante ou à un rire scandalisé. Qu'elle se rue sur lui pour le gifler ne lui aurait pas déplu non plus.

Seigneur, que lui arrivait-il ? Pourquoi cette jeune femme l'attirait-elle autant ?

Quand, silencieuse, elle posa son regard impénétrable sur lui, il retint sa respiration. En fait, il n'avait pas la moindre idée de la manière dont elle allait réagir.

La situation lui parut étrange, inédite et même déstabilisante. Il avait besoin d'une collaboratrice, d'une partenaire éventuellement, mais pas d'une personne incontrôlable, source d'ennuis. Or, Brittany Hollis semblait appartenir à cette dernière catégorie.

Il en avait assez des problèmes, il en avait rencontré toute sa vie. Son monde en était truffé.

— Qui est votre second choix ? finit-elle par demander.

— Mon second choix ?

Elle ne roula pas des yeux, mais presque, en précisant :

— J'ignore si je dois me sentir flattée ou insultée, vu que je ne connais pas les autres candidates.

Cairo évoqua une célèbre mondaine italienne connue pour ses frasques avec des oligarques russes et ses séances photo dénudées sur fond de yachts luxueux.

— Insultée, donc, soupira Brittany.

— Certes, elle se situe en deuxième position, mais très loin derrière vous, si cela peut vous rassurer.

Alors qu'il s'attendait qu'elle tombe à ses pieds, subjuguée par son charme et par son titre, cette Américaine étonnante portait sur lui un regard insondable. Il avait l'impression de l'entendre réfléchir. Ses grands yeux noisette le fascinaient.

— Vous ne voulez pas vous marier, en fait, dit-elle finalement. Je suppose que votre future femme aura un rôle précis à jouer, un rôle... plutôt dévastateur. Bien sûr, je suis flattée que vous ayez pensé à moi pour cela. Impossible de rêver mieux comme conte de fées.

Cairo ne put s'empêcher de sourire, malgré lui, mais ce fut d'une voix glacée qu'il répliqua :

— Désolé. Auriez-vous préféré une déclaration d'amour ? Je pourrais jouer le jeu, si vous y tenez. Vous pourriez même y croire, si cela vous aide. Mais c'est un emploi que je vous offre, pas un intermède romantique.

Deux grands yeux noisette le sondèrent pendant une durée qui finit par le déconcerter. Pourtant, il ne pouvait se soustraire à ce regard fascinant.

— Je suis sûre que vous trouverez un terrain d'entente… avec votre second choix, répliqua Brittany en se levant de son fauteuil. Mais attention, votre mondaine italienne est dangereuse. Il paraît qu'elle mord.

Sur ses mots prononcés d'un ton d'ennui profond, elle se redressa de toute sa hauteur, puis se dirigea vers la sortie, sans prendre la peine de saluer son hôte.

Au beau milieu du spectacle dans lequel elle se produisait, une sorte d'onde électrique se propagea dans la foule des spectateurs, onde qui l'atteignit à son tour quand elle comprit de quoi il s'agissait.

Chassant son trouble, elle se concentra sur sa performance scénique, une chorégraphie bien rodée qu'elle connaissait par cœur. Sans même l'avoir reconnu dans le noir, elle avait senti la présence de Cairo.

Son arrivée lui fit l'effet d'un tsunami et fit naître mille frissons dans tout son corps. Comme ceux qui la parcouraient la nuit depuis cette soirée à Monaco, chaque fois que ses pensées la ramenaient dans cette suite où, si elle n'avait pas fui…

Seigneur, elle qui n'avait jamais rêvé des mains d'un homme sur son corps, qui ne s'était jamais donnée à personne, connaissait désormais les affres du désir.

Plusieurs fois depuis leur rencontre, elle s'était réveillée en sueur, le cœur battant à tout rompre, le corps enfiévré.

Soudain, le bustier ajusté qu'elle portait lui donna le sentiment d'étouffer. Elle avait pleinement conscience de l'image qu'elle renvoyait avec sa jupette pourpre qui laissait entrevoir la peau nue de ses cuisses au-dessus des jarretelles chaque fois qu'elle virevoltait sur la scène au milieu des autres danseurs et danseuses. Elle comprenait mieux maintenant ce que Cairo entendait par « sens du burlesque ».

Quand elle le vit gagner l'unique table demeurée vide et s'y installer, son sang se mit à bouillir dans ses veines. Bientôt, viendrait son tour de se produire seule sur la scène et, pour la première fois, elle appréhenda ce moment où tous les yeux seraient rivés sur elle.

Elle avait accepté de se produire huit semaines dans ce cabaret. Depuis sept semaines, sa performance était conspuée par la presse, mais ce soir elle eut envie de donner le meilleur d'elle-même.

Alors, elle se mit à danser comme jamais elle ne l'avait fait auparavant, avec une fougue inégalée.

Pour lui... Uniquement pour lui...

Oubliant le reste du public, elle laissa son corps s'exprimer avec une sensualité exacerbée, comme si elle briguait le titre de reine d'un harem dont Cairo serait le seigneur. Comme si son but le plus ultime était qu'il n'ait d'yeux que pour elle.

Comme lui, elle avait un talent, un art dans lequel elle excellait : la danse. Sa seule passion dans la vie, à part l'amour qu'elle vouait à sa grand-mère.

Après la réalité brutale de son premier mariage, elle avait suivi son deuxième époux à Hollywood pour finir enfin dans ce cabaret sordide où elle travaillait pour payer ses factures. Jamais elle n'aurait imaginé tomber aussi bas, mais au fond d'elle-même la passion de la danse demeurait intacte. Comme à l'époque où elle s'y adonnait pour oublier la vie misérable qu'elle menait au fin fond du Mississippi.

Alors, elle se mit à voler sur la scène, tournoyant à une allure vertigineuse, jusqu'à ce qu'elle se laisse tomber sur le sol, les bras tendus loin devant elle, le regard rivé à celui de Cairo qui la dévorait des yeux.

Quand les dernières notes se firent entendre, les applaudissements fusèrent dans la salle, des hourras saluèrent sa performance, mais Brittany ne voyait que Cairo, comme s'il était seul au monde.

Lorsque le DJ annonça la suite du spectacle, elle se releva avec souplesse, salua la foule, puis se dirigea vers la table de Cairo en ondulant des hanches. Des sirènes lointaines tintèrent dans son cerveau, la prévenant de l'immense danger qui la menaçait si elle s'approchait de cet homme, mais elle n'en tint pas compte. Pas plus que des commentaires qui fusèrent sur son passage. Il y avait longtemps que plus rien ne l'affectait.

Seul Cairo était parvenu à la blesser lorsqu'il avait déclaré : « Auriez-vous préféré une déclaration d'amour ? » Le ton désinvolte qu'il avait employé et l'ironie de ses propos lui avaient fait l'effet d'un coup de poignard en plein cœur.

Elle n'avait pas compris pourquoi elle avait si mal réagi…

Et à présent, dans ce costume de scène ridicule qui lui comprimait la poitrine, elle n'avait d'yeux que pour cet homme qui la méprisait. Elle avait l'impression de se noyer dans son regard ténébreux. Ses lèvres sensuelles sur lesquelles jouait un sourire amusé semblaient porteuses d'une promesse à laquelle elle ne pouvait résister.

— C'était parfait, lui dit Cairo en penchant la tête de côté pour mieux la contempler. Quelle performance !

Brittany n'entendit que lui malgré la clameur environnante. Elle devait l'admettre : le reste du monde n'existait plus. Son cœur battait à tout rompre dans sa poitrine. Comment surmonter cette nouvelle confrontation ? Jusqu'ici, aucun homme n'était parvenu à la déstabiliser, aucun sauf celui qui se tenait devant elle, toujours aussi sublime, aussi dévastateur.

— Êtes-vous venu vous encanailler, *Votre Altesse pleine de grâce* ? demanda-t-elle d'un ton provocant. Peut-être ne connaissez-vous pas les règles si loin du rayonnement doré des Champs-Élysées. Pour bénéficier d'une conversation privée, il faut payer.

Le regard de Cairo devint aussi brûlant que la braise. Son sourire se figea un court instant sur ses lèvres, puis il déclara :

— Oh ! Rassurez-vous, j'ai souvent traîné dans des endroits mal famés.

Un long silence suivit cette repartie. Un silence lourd de sous-entendus, de non-dits. Brittany peinait à respirer, comme si l'air s'était soudain raréfié dans ce cabaret surchauffé.

Sans ciller, elle soutint le regard de Cairo. Quand ce dernier l'invita d'un geste à venir s'asseoir sur ses genoux, un frisson la parcourut.

— Venez, Brittany. Montrez-moi ce que vous savez faire. J'ai de quoi payer !

3

Son prénom, prononcé par Cairo, lui fit l'effet d'une caresse qui exalta ses sens. Elle sentit ses jambes flageoler sous elle tandis qu'une chaleur torride se répandait dans tout son corps.

Incapable de se soustraire au regard pénétrant de Cairo, Brittany se sentit soudain affreusement vulnérable. Le cœur battant à tout rompre, elle parvint toutefois à afficher un sourire aguicheur. Tout cela n'était qu'un jeu. Elle tenait le rôle que l'on attendait d'elle. Quelle importance après tout si elle n'avait jamais accordé d'audience privée à un client jusqu'ici ?

La situation est différente. Cet homme et moi sommes en guerre, mais c'est moi qui la gagnerai !

— Ne me suis-je pas montrée claire à Monaco ? demanda-t-elle.

Elle avait conscience des regards qui convergeaient sur l'étrange couple qu'ils formaient, alors que tous les spectateurs auraient dû se concentrer sur la scène où se produisaient d'autres danseurs et danseuses. En temps normal, elle n'aurait jamais causé ce genre de perturbation. Mais l'attitude arrogante de Cairo la rendait vindicative.

— Je pensais pourtant que le message était clair

quand je suis partie sans même un au revoir, insista-t-elle devant son silence.

— Je l'ai interprété comme une ruse, répliqua-t-il sur un ton toujours aussi suave. J'ai pensé que mieux valait venir vous retrouver ici pour parler un langage que vous comprenez.

— Plutôt qu'en des termes pompeux, comme ceux que l'on utilise dans votre milieu ? Ne vous en faites pas, je sais m'adapter.

Cairo garda un instant le silence. Les yeux toujours braqués sur elle, il sortit de la poche intérieure de sa veste un portefeuille rempli de billets de cinq cents euros. Sans même regarder ce qu'il faisait, il déposa un premier billet sur la table, puis un deuxième, puis encore un autre.

— Qui croyez-vous impressionner avec votre fortune ? siffla Brittany entre ses dents. Pas moi, en tout cas !

Toujours silencieux, Cairo continua d'ajouter des billets sur la pile.

Laissant échapper un soupir exaspéré, elle ajouta :

— Dites-moi… J'espère que vous ne me prenez pas pour une prostituée !

Cairo afficha un sourire amusé sur ses lèvres.

— Certainement pas ! Vos tarifs sont beaucoup trop élevés, et ce qui vous intéresse c'est le long terme, si je me réfère à votre expérience matrimoniale. Vous n'êtes pas du genre à accepter un rendez-vous à la sauvette dans une allée obscure.

— C'est exact, acquiesça Brittany, se retenant de gifler cet homme odieux. Mais je n'ai aucune intention de prononcer le moindre vœu avec vous.

Le sourire de Cairo se fit sardonique.

— Très bien, dans ce cas, je me contenterai d'une *lap dance*.

Brittany détourna les yeux un instant et vit que le propriétaire du cabaret, posté près de la scène, lui enjoignait furieusement de s'asseoir. Un nouveau numéro venait de commencer, mais l'attention du public laissait à désirer.

Elle aurait pu, comme à Monaco, tourner les talons et faire comme si cet homme était un inconnu. Le planter là et ne plus jamais penser à lui.

Sans même se rendre compte de ce qu'elle faisait, elle prit place sur l'accoudoir du fauteuil de Cairo. Le visage tourné vers lui, elle afficha une expression digne des strip-teaseuses aguerries.

— Je ne fais pas de *lap dance*, répliqua-t-elle avec une moue de regret.

Cairo arbora une expression victorieuse, mais elle n'avait pas dit son dernier mot, même si elle avait conscience d'avoir perdu un peu de terrain sur lui.

— En revanche, je suis d'accord pour vous délester de tous ces billets. Je pense que vous en avez beaucoup trop.

Cairo haussa les épaules, manifestant ainsi le peu d'importance qu'il accordait à la petite fortune posée sur la table, devant lui.

Qu'était-ce par rapport aux millions qu'il brassait ?

— Tout ce que je veux, c'est une danse, insista-t-il d'une voix grave.

Seigneur ! Il était trop près d'elle, bien trop près. La distance de sécurité que Brittany avait su préserver à Monaco n'était plus respectée.

Les accoudoirs des fauteuils avaient été conçus pour permettre aux danseuses de venir s'asseoir dessus quand les clients en manifestaient le désir. Heureusement, ils étaient assez larges pour éviter tout contact physique. Contact que Brittany ne voulait pas, n'avait même jamais voulu… avec aucun homme.

Elle sentait toutefois la chaleur qui émanait de lui, avait pleinement conscience du peu de distance qui les séparait.

Quand soudain, la prenant au dépourvu, il posa un doigt sur le haut de sa cuisse au-dessus du porte-jarretelles et le fit glisser sur sa peau nue, un frisson la parcourut tout entière.

Elle eut envie de se lever d'un bond, de frapper cette main importune qui offensait la jeune femme vierge qu'elle était, mais agir ainsi aurait mis la puce à l'oreille de son trop séduisant visiteur.

Alors, elle demeura parfaitement immobile, retenant son souffle, tout en ayant conscience de la terrible erreur qu'elle commettait.

Sa plus grande frayeur devenait réalité, et pourtant elle ne bougea pas d'un pouce.

— Peut-être souhaitez-vous que nous allions dans une salle privée ? suggéra Cairo d'une voix de velours. Est-ce ainsi que vous vendez des prestations complémentaires, mademoiselle Hollis ?

Levant les yeux du dessin que traçait le doigt de Cairo sur sa cuisse, Brittany se demanda ce qui l'avait sortie de sa torpeur : le sous-entendu insultant ou le fait qu'il l'appelle à nouveau « mademoiselle Hollis ».

La dernière chose qu'elle souhaitait était de se retrouver seule dans une pièce en compagnie de cet homme. Elle savait qu'elle ne pouvait pas lui faire confiance, pas plus qu'elle ne pouvait avoir confiance en elle-même.

— Je ne crois pas, non, s'entendit-elle dire d'une voix qu'elle ne reconnut pas.

Une étincelle brilla dans le regard de Cairo, l'expression de son visage changea, puis, soudain, sans qu'elle puisse esquisser le moindre geste pour l'en empêcher, elle se retrouva assise sur ses genoux, lovée contre lui.

Elle eut envie de hurler, de se débattre, mais deux bras puissants la retinrent prisonnière. Une chaleur intense l'enveloppa.

C'était la première fois de sa vie que le désir s'insinuait dans ses veines.

Elle était en proie à un tourbillon d'émotions qui l'empêchait de respirer, de réfléchir. Les mots de protestation restaient bloqués dans sa gorge.

Le visage de Cairo frôlait le sien, son souffle chaud lui caressait la peau.

Quand enfin, elle retrouva l'usage de la parole, elle murmura :

— Vous feriez mieux de me laisser tranquille… Les agents de sécurité voient d'un mauvais œil les clients qui collent d'un peu trop près les danseuses.

Les lèvres de Cairo s'approchèrent dangereusement des siennes, ses cheveux indisciplinés lui caressèrent la joue quand il répliqua :

— Quand comprendrez-vous que les règles ne s'appliquent pas à moi et que je suis habitué à obtenir ce que je veux ?

— Vous n'aurez pas de… danse, protesta-t-elle d'une voix éraillée, le cœur battant follement dans sa poitrine. Et je ne vous épouserai pas non plus. Je ne vous aime pas.

— Vous ne m'aimez pas ? Quelle importance ? Et quel est le rapport avec ce qui se passe entre nous à cet instant précis ? objecta-t-il d'une voix rauque. Il ne s'agit pas de *ça*.

Et sa bouche happa la sienne.

Il n'aurait jamais dû goûter aux lèvres de cette femme…

Il avait commis une succession d'erreurs dont il mesurait la portée désormais. Tout cela parce qu'il n'avait pas supporté qu'une simple danseuse de cabaret ait décliné son offre. Il aurait dû l'oublier dès l'instant où la porte de sa suite à Monaco s'était refermée sur elle. Cette situation absurde aurait dû le faire rire et non le mettre dans une colère noire.

Mais la fascination qu'avait exercée Brittany sur lui l'avait poussé à revenir dans ce cabaret minable...

— Le monde est plein de femmes peu convenables, avait souligné Ricardo plus tôt dans la soirée. C'est d'ailleurs ce qui en fait le charme.

— Sans doute, mais je suis à la recherche d'un type bien précis de femme, avait répliqué Cairo qui n'avait cessé de penser à Brittany depuis son retour de Monaco.

Pour être tout à fait honnête, il savait que d'autres candidates auraient pu faire l'affaire, mais il n'avait pas supporté le rejet de Brittany, qu'il avait vécu comme un affront.

Ricardo ne s'y était pas trompé, c'est pourquoi il n'avait pas cherché à le retenir lorsque Cairo avait décidé de retourner dans le cabaret où elle se produisait.

Et à présent, cette succession d'erreurs l'avait conduit vers l'irréparable. La femme qu'il tenait dans ses bras lui offrait la plus sublime des tentations. La saveur exquise de ses lèvres, le grain soyeux de sa peau, ses seins pressés contre son torse, ses longues jambes merveilleusement galbées sur les siennes... Comment résister ?

Cairo n'était qu'un homme après tout. La femme sur ses genoux portait un corset pourpre et une jupe pour tous vêtements. À l'idée de les lui arracher, il sentit son excitation monter d'un cran.

Pressant sa bouche contre la sienne, il l'embrassa avec une fougue inégalée, laissant le feu se répandre dans son corps.

Il ne fut pas surpris quand elle s'arracha à son baiser, mais resserra son étreinte pour l'empêcher de fuir.

— Je ne veux rien avoir à faire avec vous, siffla-t-elle en le fusillant du regard.

— Bien sûr que non, répliqua-t-il, ses lèvres frôlant les siennes. C'est évident, vu la manière dont vous m'embrassez.

De nouveau, il happa ses lèvres exquises sans qu'elle oppose la moindre résistance. D'une main, il défit son chignon et glissa ses doigts dans ses longs cheveux de soie. Quand elle s'écarta pour reprendre son souffle, il fut subjugué par son regard éperdu, qui reflétait un désarroi qu'elle peinait à masquer, et il savoura sa victoire.

— Vous... Vous n'avez pas le droit de faire ça, murmura-t-elle d'une voix tremblante.

Curieusement, il eut le sentiment de découvrir la vraie Brittany. Une jeune personne beaucoup plus fragile qu'elle ne le laissait paraître. Un soupçon de culpabilité le saisit quand elle ajouta :

— Vous le savez, j'en suis sûre...

Se forçant à l'ironie, il répliqua :

— C'est mal me connaître, *cara*. Je suis le dernier des Santa Domini. Pour certains, je suis encore un roi. Je peux donc faire ce que je veux.

— Non, pas avec moi...

S'arrachant à son étreinte, Brittany se redressa.

— Je ne veux rien savoir de vos histoires de trône perdu. Ma vie est assez compliquée comme cela.

— M'épouser la rendrait plus simple.

— Bien sûr ! Car vous êtes l'homme *le plus simple* de la création.

Malgré le ton dur employé par Brittany, il perçut le trouble qui l'agitait.

— Je veux être en vous, *cara*, murmura-t-il en l'attirant

à nouveau dans ses bras. Profondément... Intensément. Je veux que nos deux corps fusionnent, se confondent. Un même feu nous consume, vous ne pouvez le nier, un feu que nous sommes les seuls à pouvoir éteindre.

Son visage était si proche du sien qu'il pouvait voir ses pupilles se dilater sous l'effet de l'émotion. Ses mains étreignaient ses formes pleines, il sentait ses seins se gonfler à chaque inspiration, il percevait la chaleur de son corps, la délicate fragrance de son parfum enivrant, le désir qui pulsait dans ses veines.

— C'est impossible... Vous êtes un roi en exil et moi... une danseuse de cabaret.

Son ton amer ne lui échappa pas, comme si une blessure profonde venait de se raviver en elle.

— Et alors ?

— Vous apparaissez régulièrement à la une des journaux...

— Comme vous, dans un registre différent. Pourquoi ne pas continuer à donner à la presse ce qu'elle attend ?

— Je sais très exactement ce que je veux. Et je ne veux pas partager votre lit !

Brittany tenta de se redresser à nouveau, mais dans son mouvement elle sentit le sexe dur de Cairo sous ses cuisses. Aussitôt, elle se figea.

— Les mots que vous utilisez et votre langage corporel sont en parfaite contradiction.

— C'est parce que je suis prise au piège ! C'est vous qui me retenez !

— Je ne vous retiens pas de force et vous le savez.

Il planta son regard dans le sien, puis ajouta :

— Nous sommes dans un endroit public... À votre avis, combien de personnes nous regardent au lieu de contempler le spectacle sur la scène ?

— Tout le monde... Vous avez tout fait pour qu'il en soit ainsi.

— Si je glissais mes doigts un peu plus haut sur votre peau nue, comme ceci... Croyez-vous qu'ils détourneront les yeux ?

Quand sa main frôla la dentelle qui bordait sa culotte, Brittany retint son souffle.

— Et si ma main s'aventurait entre vos cuisses, que feriez-vous ? Autoriseriez-vous le public à me regarder vous caresser ou vous rapprocheriez-vous de moi pour leur cacher mon geste ?

— Ni l'un ni l'autre, protesta-t-elle.

Sa voix n'était plus qu'un souffle tant l'émotion qui la submergeait était intense.

— Je vais me lever... Et retourner travailler, ajouta-t-elle avec un peu plus de conviction.

— Travailler ?

Cairo éclata de rire tout en jouant avec la dentelle de sa culotte. À la rougeur qui envahit les joues de Brittany, il comprit à quel point cette caresse à peine ébauchée la bouleversait.

— Cet endroit est une insulte à la mémoire de votre défunt mari et à sa famille, reprit Cairo quand il eut repris son sérieux. Ce que vous faites ne s'appelle pas travailler.

Le regard de Brittany se durcit sous l'insinuation.

— Allez-y, traitez-moi de prostituée ! Ma mère a utilisé ce terme si souvent pour parler de moi qu'il ne me fait plus le moindre effet.

— Alors, épousez-moi, dit-il farouchement. Et nous verrons quels termes votre mère utilisera pour parler de ma reine.

— Rien ne la fera changer d'avis sur moi. Il y a longtemps que son opinion s'est forgée.

Il ne perçut aucune amertume dans les propos de Brittany cette fois. Elle énonçait un simple fait auquel elle n'accordait pas la moindre importance.

Curieusement, ce qu'elle venait d'exprimer toucha une corde sensible en lui. Il ne savait rien d'elle ni de son passé, mais devinait une fracture, une blessure profonde…

— Sachez que votre proposition m'honore, reprit-elle avec ironie. Mais mon carnet de bal est plein.

Sur ces mots, elle se dégagea de son étreinte et se leva.

Cairo ressentit un grand vide en la laissant s'échapper, mais il ne pouvait décemment la retenir plus longtemps contre son gré.

Plantée devant lui, elle le contempla longuement. Ses longs cheveux tombaient en boucles désordonnées sur ses épaules. Elle avait les joues rouges, les yeux flamboyants. Fasciné, Cairo embrassa sa silhouette du regard. Il la désirait comme un fou. Un jour, elle serait sienne, se promit-il farouchement.

Aucune candidate ne serait jamais en mesure de l'égaler. Il la voulait comme épouse. Elle serait la reine idéale pour décourager tous ceux qui voulaient remettre Cairo sur le trône… Peu importait qu'il ait perdu son royaume, il n'en demeurait pas moins un roi habitué à obtenir ce qu'il voulait. Le sang des Santa Domini qui coulait dans ses veines depuis plus de cinq générations avait fait de lui un homme puissant, autoritaire, sûr de lui.

— Vous ne m'aurez pas, persista Brittany, comme si elle avait lu dans ses pensées.

— Pauvre écervelée, la railla-t-il en la dévisageant intensément. Ne comprenez-vous pas que votre résistance attise encore plus mon désir ?

— Dans ce cas, il faudra vous résigner à ne pas obtenir ce que vous voulez.

— C'est mal me connaître, *cara*. Jamais je ne déclare forfait.

Brittany se réveilla très tard le lendemain matin dans son appartement situé au quatrième étage sans ascenseur d'une vieille demeure bâtie en plein cœur de Montmartre. Son logement avait beau être minuscule, il offrait une vue imprenable sur les toits de Paris et sur le Sacré-Cœur. Elle avait pris l'habitude de l'admirer depuis la fenêtre de sa cuisine et ne se lassait pas de ce spectacle.

En prenant son petit déjeuner, elle s'efforça de ne pas penser aux événements survenus la veille ni aux rêves qui l'avaient empêchée de dormir du sommeil du juste. Toute la nuit, elle s'était retournée dans son lit pour oublier Cairo et l'effet produit sur elle par ses baisers, ses mains sur sa peau.

Ce matin encore, elle était en proie à un trouble dont elle ne comprenait pas l'origine. Ses sens en tumulte ne la laissaient pas en paix. Ses seins étaient douloureux et des ondes de chaleur lui parcouraient tout le corps chaque fois que ses pensées la ramenaient à la nuit précédente.

Son corps, qui était supposé lui appartenir, elle n'en maîtrisait plus les réactions. Pourtant, jusqu'ici il était demeuré une forteresse inviolée. Elle ne s'était jamais donnée à son ivrogne de premier mari. Elle l'avait fui et s'était promis de ne jamais laisser quiconque la toucher contre sa volonté.

Pourtant, la veille au soir, elle n'avait pas su résister aux baisers de Cairo. Sa volonté s'était émoussée entre ses bras, sous ses caresses. Son corps avait refusé d'obéir à la raison qui lui commandait de fuir cet homme dangereux. Et aujourd'hui, elle en payait le prix...

Pour chasser le trouble qui l'habitait encore, elle décida de prendre une longue douche puis d'aller se dépenser dans son club de gymnastique comme elle le faisait chaque jour.

Hélas ! elle eut beau s'épuiser sur le tapis de course, rien n'y fit : les souvenirs de la veille la hantèrent pendant tout son entraînement. C'est pourquoi elle rentra chez elle dans une humeur noire qui s'assombrit encore quand elle vit que sa mère l'avait appelée trois fois sur son téléphone portable pendant son absence.

Alors qu'elle faisait défiler les messages de sa boîte mail, son téléphone se mit à sonner : sa mère tentait de nouveau de la joindre.

Un frisson glacé la parcourut. La dernière fois que sa mère avait manifesté une telle insistance, c'était après la parution d'une interview de ses beaux-enfants. Ces derniers, assez vieux pour être ses parents, comme Brittany et Jean-Pierre s'en amusaient parfois, avaient relaté dans la presse la manière dont ils s'y étaient pris pour chasser de leur maison la croqueuse de diamants que leur père avait commis l'erreur d'épouser.

La mère de Brittany n'avait pas téléphoné pour réconforter sa fille salie par les paparazzis, mais pour lui reprocher d'humilier tout le clan des Hollis par son comportement indigne.

« Qu'attends-tu de moi, maman : que je manifeste de la honte ou que je continue à te payer ton loyer ? » avait demandé Brittany sur un ton glacial.

Combien de fois s'était-elle promis de ne plus jamais répondre à sa mère depuis cet épisode ? Un jour elle s'y résoudrait. Quand elle aurait enfin compris que sa mère ne voyait en elle qu'une source de revenus, quand elle aurait définitivement intégré que la femme qui lui avait donné la vie ne l'aimait pas, ne l'aimerait jamais.

Oui, un jour, elle serait en mesure de tirer un trait…

Peut-être ce jour était-il arrivé, songea-t-elle soudain en contemplant son téléphone.

Elle le laissa sonner puis basculer sur sa boîte vocale et brancha son ordinateur portable. Elle n'eut pas besoin de consulter Google pour tomber sur les gros titres des journaux à scandale.

UNE STRIP-TEASEUSE BIENTÔT REINE ?
CAIRO TOMBERA-T-IL ENCORE PLUS BAS ?
BRITTANY, LA VEUVE NOIRE, SÉVIT À NOUVEAU !

Son cœur bondit dans sa poitrine quand elle cliqua sur le premier article.

C'était encore pire que ce à quoi elle s'attendait.

Quelqu'un avait pris une série de photos la veille au soir dans le cabaret où elle se produisait. Des clichés qui lui parurent encore plus sordides qu'elle l'avait cru. À les regarder, on pouvait imaginer que Cairo s'était offert ses services pour la soirée… Sans doute l'article avait-il été rédigé dans ce sens.

Elle se sentit soudain trahie. Non pas par Cairo Santa Domini, cet homme au charme ravageur, mais par elle-même. Elle aurait dû se douter du risque qu'elle prenait en approchant ce séducteur d'un peu trop près. Il avait laissé une marque indélébile dans son cœur.

Il avait marqué sa chair au fer rouge…

Comment avait-elle pu imaginer que la presse à scandale ne relayerait pas leurs étreintes torrides ? Les paparazzis savaient se rendre discrets. Il se pouvait même que Cairo ait tout orchestré. Peut-être avait-il payé ces photographes…

Seigneur, comment avait-elle pu tomber dans ce piège ?

Elle aurait dû s'y attendre. Mais le baiser échangé avec cet homme l'avait empêchée d'y voir clair dans son jeu. Elle avait fini par échapper à son emprise, pas assez vite toutefois pour éviter le piège qu'il lui avait tendu.

Elle avait fui la salle, s'était réfugiée au vestiaire, puis avait quitté le cabaret le plus discrètement possible. Pour calmer ses sens en ébullition, elle avait préféré marcher pour rentrer chez elle, au mépris des risques qu'elle prenait dans ce quartier mal fréquenté.

Cairo l'avait embrassée… Elle l'avait embrassé… Ce baiser représentait l'expérience la plus sensuelle qu'il lui ait été donné de vivre. Et elle se détestait pour cela.

Ce baiser avait occulté tout le reste.

Elle devait se rendre à l'évidence : elle n'avait plus toute sa tête depuis le jour où elle avait franchi les portes de ce casino de Monaco.

Elle s'était obstinée à tort à vouloir rencontrer cet homme qui lui avait envoyé cette si étrange invitation. Quand elle avait croisé son regard pour la toute première fois, une alarme s'était déclenchée dans son cerveau, mais elle n'en avait pas tenu compte. Elle avait conscience des risques qu'elle prenait, mais au lieu de fuir pour se préserver comme elle en avait l'habitude, elle avait bravé le danger.

— Reprends-toi, Brittany ! s'intima-t-elle à haute voix.

Quand elle contempla une dernière fois son visage sur les clichés devant ses yeux, elle poussa un gémissement plaintif. Elle fut horrifiée de constater à quel point le désir se lisait dans ses yeux.

Puis elle se ravisa. Jusqu'ici, elle s'était toujours sortie indemne des pires situations. Peut-être trouverait-elle le moyen, encore une fois, de prendre l'avantage. N'avait-elle pas prouvé par le passé qu'elle pouvait se montrer forte et déterminée ? Si elle ne l'avait pas été, elle n'aurait jamais quitté Gulfport à l'âge de seize ans en compagnie de Darryl, un homme dont elle savait qu'il ne lui apporterait que des ennuis.

Cairo Santa Domini, aussi dangereux soit-il, pouvait l'aider, mieux que quiconque, à atteindre ses objectifs. Il était richissime, célèbre, courtisé dans le monde entier. Tous les riches Européens que Brittany avait rencontrés après avoir épousé Jean-Pierre, y compris ses propres fils, se seraient volontiers compromis avec elle en privé, mais aucun n'aurait souhaité s'afficher avec elle de peur d'entacher leur belle image d'aristocrate irréprochable.

Cairo désirait précisément le contraire. Il l'avait choisie parce qu'elle pouvait contribuer à noircir sa propre réputation… Quelle importance après tout si l'épouser servait ses intérêts… au risque d'en avoir le cœur brisé ?

Brittany en était là de ses réflexions quand son autre téléphone sonna — celui qu'elle réservait aux paparazzis et à tous ceux qui ne la connaissaient pas personnellement.

— Ne quittez pas, s'il vous plaît, lui dit une voix désincarnée. Son Altesse Sérénissime l'Archiduc Felipe Skander Cairo de Santa Domini souhaite vous parler.

Brittany serra le téléphone dans sa main, tandis que son pouls s'accélérait. Elle prendrait cet appel, quoi qu'il lui en coûte.

Cairo représentait sa seule issue. Il était la lumière au bout du tunnel…

Elle n'avait pas d'autre choix.

— Chéri, susurra-t-elle quand elle l'eut en ligne. Il semblerait que nos fiançailles ne soient plus un secret pour personne !

4

Cairo apparaissait régulièrement à la une des journaux en compagnie de jeunes femmes plus ou moins connues. Quand Brittany y figura à son tour, les commentaires allèrent bon train jusqu'à ce que d'autres célébrités la remplacent : des stars du football s'affichant au bras d'actrices de série B, des politiciens véreux accusés de détournement de fonds publics.

— La garde à vue d'un attaquant du Real Madrid intéresse davantage le public que notre histoire, dit Brittany quand ils se retrouvèrent en secret après leur première apparition publique pour définir les prochaines étapes de leur plan.

Le sourire qu'elle afficha en prononçant ces mots n'atténua en rien la dureté de son ton.

— Les scandales liés au nom de Santa Domini abreuvent le monde depuis des années, reprit-elle. Ce ne sont pas quelques clichés pris dans un cabaret qui vont captiver l'intérêt du public. J'ai bien peur que vos manigances ne provoquent qu'un léger frisson dans l'univers médiatique, rien de plus.

— En général, mes apparitions provoquent un peu plus qu'un frisson, je vous assure, objecta Cairo. Elles déclenchent souvent des exclamations outragées du type :

« Seigneur, Cairo, mais que faites-vous ? » ; « Oh ! Mon Dieu, quelle horreur avez-vous encore commise ? »

Brittany poussa un soupir de lassitude, comme si Cairo lui inspirait un ennui profond. Le genre de soupir que personne et encore moins une femme ne se serait autorisé en sa présence.

— Si vous le dites…

Brittany et Cairo avaient consacré l'heure suivante à mettre au point la phase suivante de leur plan.

Cairo s'affichait rarement en public avec la même femme. Il n'aurait jamais pu entretenir sa réputation de séducteur invétéré s'il avait privilégié la qualité au détriment de la quantité. C'est pourquoi il n'avait jamais prolongé la moindre relation au-delà d'un long week-end. Parfois, il retrouvait d'anciennes maîtresses des années après leur première aventure, histoire d'attiser la curiosité.

— Je deviens ennuyeux après trois jours consécutifs, avait-il déclaré à un journaliste qui l'interrogeait sur son mode de fonctionnement avec les femmes.

Bien sûr, il n'avait pas évoqué les nombreuses lettres de fans qui contredisaient cette affirmation.

La deuxième fois où les paparazzis surprirent Cairo et Brittany ensemble, ce fut dans un restaurant huppé.

Puis, quelques jours après, quand Brittany fut cueillie par des photographes à sa sortie d'une célèbre bijouterie, Cartier, elle tendit la main pour exhiber le saphir qui ornait son doigt avant de déclarer :

— Si j'avais su que tout cela allait créer une telle agitation, je me serais fait offrir un bijou encore plus gros que celui-ci !

Enfin, plusieurs jours après leur dîner au restaurant, ils s'affichèrent un matin à la terrasse de la résidence privée de Cairo, suggérant ainsi qu'ils avaient passé la nuit ensemble. Ou peut-être plusieurs nuits d'affilée, puisque Brittany ne travaillait plus au cabaret.

— Êtes-vous *vraiment* ensemble ? demanda un journaliste de télévision à Cairo lors d'une vente de charité à Londres, une semaine plus tard.

— Ne vous inquiétez pas, vous serez le premier à le savoir ! Vous et vos téléspectateurs ne quittez jamais mes pensées.

— Pourquoi êtes-vous seul, ce soir ? s'enquit un autre reporter sur le ton de la confidence. Auriez-vous déjà rompu ?

Cairo souriait au milieu de la horde de journalistes qui le suivait, comme s'il appréciait d'être au centre de l'attention. Se tournant pour leur faire face, il déclara :

— J'avoue que je ne sais plus trop où j'en suis à la lecture de vos déclarations contradictoires sur le couple que nous formons : le séducteur et la croqueuse de diamants. Un jour, vous nous déclarez ensemble ; le lendemain, séparés. Où se situe la vérité ? Peut-être sommes-nous deux personnes qui apprécient la compagnie l'un de l'autre tout simplement, mais cela ne pourrait pas faire la une de vos magazines…

Dès le lendemain, comme prévu, les journaux titraient :

CAIRO N'EST PAS DUPE :
BRITT EST UNE CROQUEUSE DE DIAMANTS !

Après cela, Cairo demanda à Brittany de l'accompagner au mariage somptueux d'un de ses vieux amis de lycée comptant parmi les hommes les plus riches d'Espagne.

Les spéculations allèrent bon train après cet épisode. Toute la presse s'interrogeait sur le sens de cette apparition conjointe. Cairo s'était-il déjà rendu à un mariage accompagné ? La réponse était non et pour cause : en général, les mariages lui fournissaient d'excellentes occasions pour faire des rencontres. Dans ce cas, pourquoi s'était-il encombré de Brittany ? Comment pouvait-il imposer une danseuse de cabaret à son vieil ami richissime et à ses proches ? Se pouvait-il qu'il envisage une relation sérieuse avec une telle personne ?

Les réponses à cette dernière question divergeaient selon les angles abordés. Puis, quand un invité au mariage produisit une photo de Cairo et Brittany tendrement enlacés sur la piste de danse, la presse s'enflamma. Des témoins déclarèrent n'avoir jamais vu Cairo perdre autant la tête avec une femme.

— J'ignorais que vous pouviez danser aussi bien… tout habillée, avait murmuré Cairo à l'oreille de Brittany ce soir-là.

— Je suis dotée de multiples talents, avait répliqué Brittany avec un sourire faussement amical.

Après cette apparition publique, tous deux s'étaient offert un long voyage romantique.

D'abord un week-end à Dubai, puis une semaine entière à Rio où ils s'étaient prélassés sur des plages inondées de soleil dans des tenues minimalistes.

« Fuyez Brittany Hollis, mesdames, avant qu'elle s'en prenne à votre mari ! » avait titré un journal local. Après Rio, ils s'étaient envolés pour Paris, puis avaient entrepris un périple de quinze jours en Afrique subsaharienne, depuis les déserts de Namibie jusqu'aux chutes Victoria pour finir par un safari au Botswana.

Le tout avait été largement relayé par la presse dans le monde entier. Cairo et Brittany formaient le couple le plus mal assorti qu'on ait jamais vu se former au cours des dernières décennies, et leur « histoire d'amour » était un coup de maître, un véritable chef-d'œuvre qui ravissait Cairo.

— Allons, la presse sait bien qu'il ne s'agit pas

d'amour entre nous, avait protesté Brittany après un repas succulent pris dans la tente spacieuse qui avait été dressée pour eux en pleine brousse, à un jet de pierre d'une rivière infestée de crocodiles.

Personne ne savait qu'ils ne partageaient pas le même lit ni dans cette tente gigantesque ni dans toutes les suites hôtelières où ils avaient séjourné jusqu'ici.

Depuis le début de leur périple, Cairo vivait un enfer. Devoir se tenir à l'écart de cette femme le rendait fou. Par ailleurs, la manière dont la presse traitait Brittany l'irritait au plus haut point. Pourtant, cela servait son intérêt... Alors pourquoi s'offusquait-il à la lecture de titres tels que : « *CAIRO SERA-T-IL LE CHANCEUX N°4 DANS LA LONGUE LISTE DES MARIS TROMPÉS DE BRITTANY ?* » Ou encore : « *BRITTANY RAMÈNERA-T-ELLE UNE COURONNE EN GUISE DE TROPHÉE DE CHASSE ?* »

Plus cruel encore, le journal le plus populaire de Santa Domini avait publié une photo où tous deux apparaissaient tendrement enlacés avec en légende :

Reine Brittany ?

Au lieu de se réjouir de la situation, Cairo broyait du noir. Il n'avait pas beaucoup dormi de tout le séjour. Devoir faire chambre à part avec cette femme si attirante le mettait au supplice. Elle jouait son rôle à la perfection, se montrant chaleureuse et entreprenante en public, mais dès qu'ils se retrouvaient seuls dans l'intimité des différentes chambres qu'ils partageaient elle redevenait froide et distante. Comme si rien ne la touchait ou l'affectait.

Ne voyait-elle que noirceur en Cairo ? N'éprouvait-elle aucun sentiment pour lui ? Aucun désir ? Décidément, cette femme étrange représentait une énigme. Et l'intérêt que Cairo lui portait ne cessait de croître à mesure que le temps passait.

À leur retour en Europe, la presse continua de les suivre, décrivant par le menu toutes les occasions où ils apparaissaient ensemble. Brittany semblait beaucoup s'en amuser.

— Les paparazzis s'en donnent à cœur joie ! lui dit-elle à bord de l'avion qui les ramenait à Paris après un bref séjour à Vienne où ils avaient assisté à un bal de charité. À leurs yeux, notre histoire ne vaut guère mieux qu'un effroyable accident !

Reposant le journal sur une tablette latérale, elle reporta son attention sur Cairo. Comme d'habitude, il reposait en position semi-allongée dans son fauteuil, ses longues jambes étendues devant lui. Il avait les cheveux en bataille. Son costume toujours froissé attisait la curiosité des journalistes. Certains allaient même jusqu'à dire qu'il faisait probablement l'amour à longueur de journée, vu l'aspect de ses vêtements.

Cairo haussa les épaules et fit tinter les glaçons dans son verre en songeant à toutes les fois où il avait effectué ce geste en public. Souvent, il aimait laisser croire qu'il était ivre. Cela lui permettait de jauger la manière dont on le percevait. Plus on le traitait d'alcoolique, plus cela servait ses intérêts.

Une certaine lassitude l'étreignait toutefois ces derniers temps. Combien de temps encore devrait-il donner le change ? Quand pourrait-il enfin vivre normalement ? Jamais sans doute : sa vie n'était qu'une succession de mensonges.

— Nous sommes un *merveilleux* accident, *cara*. C'est d'ailleurs le but recherché !

— Vraiment ? Je pensais que le plus important pour

vous était de mener une vie débridée et d'étaler votre richesse aux yeux du monde entier.

— J'adore cela aussi.

Cairo se redressa sur son siège et déposa son verre sur la table basse de la cabine de son jet privé, aussi luxueuse qu'une suite d'hôtel. Le malaise qui ne cessait de le ronger l'agaçait d'autant plus que tout se déroulait selon ses plans.

Enfin presque…

Brittany avait accepté tous les termes du contrat depuis cette fameuse nuit dans le cabaret, depuis ce baiser qui demeurait gravé dans sa mémoire et dont il ne s'était toujours pas remis.

Quelques jours après cet épisode, il avait envoyé une voiture la chercher pour qu'elle le rejoigne secrètement chez lui. À partir de ce moment-là, Cairo n'avait plus jamais perçu en Brittany la moindre faiblesse, la moindre vulnérabilité. Elle s'était transformée en un bloc de glace. Elle avait discuté avec lui de la stratégie à mettre en place, avait même apporté des idées judicieuses pour peaufiner leur plan, puis avait signé les papiers qui scellaient leur accord sans manifester la moindre émotion, comme s'il s'agissait d'un simple contrat d'affaires.

Brittany avait insisté pour que leurs rapports demeurent strictement professionnels.

— Vous plaisantez ! s'était insurgé Cairo lorsqu'elle avait lâché cette bombe.

— Je ne plaisante jamais, et encore moins lorsqu'il s'agit de sexe.

— Mais le sexe figure parmi les grands bonheurs de la vie ! Vous ne pouvez pas l'ignorer.

— C'est vrai… Vous êtes l'image même du bonheur aux yeux du monde entier. Ou plutôt de la paresse, n'est-ce pas, *Votre Majesté Indolente*.

— Je sais que vous me désirez.

Il vivait une situation inédite et ne savait pas comment l'appréhender : il parvenait difficilement à jouer la comédie avec cette femme et avait envie de faire preuve d'honnêteté avec elle.

— Croyez-vous que je ne le vois pas ? avait-il insisté, espérant la pousser dans ses derniers retranchements.

— Vous pouvez coucher avec qui vous voulez, vous savez, car je m'en moque, avait-elle éludé d'un vague geste de la main.

Malgré l'indifférence qu'elle affichait, Cairo avait cru percevoir une étincelle dans son regard. Cela voulait forcément dire quelque chose...

— Je vous demande juste d'être discret pour ne pas compromettre notre plan, avait-elle ajouté avec fermeté. Et aussi de ne pas m'imposer la présence de vos maîtresses, par courtoisie.

— Pas de plan à trois, alors ?

Cairo avait espéré, par cette provocation, obtenir une réaction outrée de la part de Brittany. Mais elle n'avait pas bronché.

— Si cela vous tente, allez-y, mais ce sera sans moi. À moins que ce nombre vous paraisse insuffisant, vu le grand appétit qui est le vôtre.

Elle l'avait fusillé du regard, puis avait ajouté :

— Vous pouvez faire ce que bon vous semble de votre... sceptre royal. Ça ne m'intéresse pas.

— Vraiment ? Mon « sceptre royal », comme vous l'appelez, est très prisé en Europe, pour ne pas dire dans le monde entier.

— Vous me permettrez d'en douter.

Une étrange lueur avait brillé dans ses yeux, puis s'était effacée aussi vite qu'elle était apparue.

— Je vous mets au défi de prétendre que vous ne ressentez rien pour moi.

— Absolument rien, avait-elle répondu avec froideur.

Comme il la défiait du regard, elle avait ajouté :

— Suis-je attirée par vous ? Bien sûr ! Comment ne pas l'être ? Vous êtes un très bel homme. Vous plaisez aux femmes, c'est évident. Difficile de ne pas céder à vos avances quand vous vous montrez entreprenant.

— En effet ! Vous avez littéralement fondu dans mes bras, au point d'en oublier la décence. À peu de chose près, nous risquions une amende pour attentat à la pudeur. Mon immunité diplomatique me protège en toutes circonstances, mais vous auriez pu vous retrouver en prison.

— Parfois, je ne juge pas utile de lutter contre l'attirance que je ressens, déclara Brittany, balayant cette dernière remarque d'un geste de la main.

Cairo ne se rappelait pas avoir rencontré un jour une personne ayant manifesté autant d'indifférence à son égard, comme s'il était la personne la plus ennuyeuse de la création. Curieusement, il trouvait l'attitude de Brittany encore plus fascinante. Le regard sévère qu'elle portait sur lui décuplait le désir qu'elle lui inspirait.

— Et je suis certaine qu'avec le temps cette attirance s'estompera, conclut-elle avec un léger soupir.

— Mon charme est tel que cela ne se produit jamais ! se vanta Cairo. Je ne fais que reporter ce que l'on m'a dit…

— Comment a-t-on pu vous dire une chose pareille ? Vous ne passez jamais plus d'un week-end avec la même personne. Moi, en revanche, je vais devoir subir beaucoup plus longtemps votre…

— Sceptre ?

— Charme, dirons-nous, corrigea Brittany avec ce

sourire glacial dont elle avait le secret et qui le faisait bouillir intérieurement.

— Vous vous mentez à vous-même. Le sexe est inévitable.

— Je suis sûre que vous le pensez, répliqua Brittany. Et je vous l'ai dit : je me moque que vous ayez des maîtresses, à condition de rester discret. Faites ce que vous voulez, vous avez ma bénédiction.

Sur ces mots, elle haussa les épaules et s'adossa à son fauteuil, comme pour clore de cette conversation ennuyeuse.

Contre toute attente, après cet échange, Cairo n'avait plus ressenti d'attirance pour une autre femme. Sans doute parce qu'elle était devenue la meilleure des partenaires pour le spectacle qu'ils offraient au monde entier. Il ne voyait pas d'autre explication.

— Quelle drôle d'idée ! s'était-elle exclamée la nuit où Cairo lui avait révélé son plan. Pourquoi feriez-vous une chose pareille ? Qu'espérez-vous y gagner ?

— Les raisons pour lesquelles je souhaite m'infliger cela seraient trop longues à vous expliquer. Et vous, qu'en attendez-vous ?

— Je veux me retirer à Vanuatu, vivre sur la plage et ne plus jamais être prise en photo.

Ils n'avaient pas cherché à en savoir davantage sur leurs motivations profondes.

Plusieurs semaines s'étaient écoulées depuis qu'ils avaient signé leur pacte. Brittany jouait son rôle à la perfection. Elle s'habillait avec élégance, se comportait exactement comme prévu, coulait vers lui des regards énamourés chaque fois qu'un photographe se tenait à proximité.

— Pourquoi me regardez-vous ainsi ? lui demanda-t-elle soudain, le ramenant à l'instant présent.

Elle avait troqué sa robe de bal contre une tenue beaucoup plus simple dès qu'ils avaient embarqué à bord de l'avion, comme si elle ne supportait plus de porter des vêtements aussi chics. Elle se comportait ainsi chaque fois qu'elle se savait à l'abri des regards.

Cairo trouvait cette métamorphose fascinante. Dans son pantalon noir ajusté qui révélait ses formes parfaites et son T-shirt à manches longues, elle laissait entrevoir une autre facette de sa personnalité.

Il aimait aussi sa façon de relever ses cheveux sur le haut de sa tête. Il pouvait alors admirer la délicatesse de son cou, la soie de sa peau. Et cette bouche gourmande qu'il rêvait de savourer à nouveau…

— Désolé, s'excusa-t-il avec un sourire. Il se trouve que vous êtes la seule femme qu'il m'ait été donné de côtoyer dans des vêtements ordinaires. Je ne suis pas habitué à ce genre d'intimité.

Brittany garda un instant le silence. Ses traits perdirent soudain cette expression glaciale à laquelle il était habitué.

— Vous avez tout fait pour qu'il en soit ainsi, n'est-ce pas ? Mais derrière cet écran de fumée, malgré le spectacle que vous vous évertuez à donner de vous-même, vous êtes un homme totalement différent… Je me trompe ?

Cairo frémit intérieurement. Il ne laisserait personne, pas plus Brittany qu'une autre, démasquer le personnage qu'il avait façonné de toutes pièces.

— Il n'y a rien derrière la façade, objecta-t-il d'un ton grinçant. Seulement du spectacle. Et c'est au spectacle que je dois ma survie, vous pouvez me croire, Brittany.

C'étaient probablement les propos les plus honnêtes qu'il lui ait tenus, ou qu'il ait tenus à quiconque.

— Parfois, je pense que vous êtes un monstre, reprit-elle d'un ton songeur. C'est ce que vous voulez paraître à mes yeux, en tout cas.

Elle se tut pour le dévisager avec curiosité, puis reprit :

— Certaines fois en revanche, j'ai l'impression que vous êtes l'homme le plus seul que j'aie connu.

Cairo sentit les battements de son cœur s'accélérer. Leur conversation prenait un tour inattendu. Sans même se rendre compte de ce qu'il faisait, il répliqua :

— La solitude est le lot des orphelins, des réfugiés. Je suis les deux… Tout ce qu'il me reste, c'est le spectacle.

Au lieu de s'exprimer avec autant de sincérité, il aurait dû éclater de rire, manier l'ironie, comme il savait si bien le faire, mais le regard de cette femme l'avait poussé dans ses derniers retranchements…

Lorsqu'il parvint à s'arracher de l'emprise de Brittany, il se rallongea dans son fauteuil, étouffa un bâillement puis ferma les yeux. Longtemps toutefois, il sentit peser sur lui le regard pénétrant de Brittany.

— Selon la rumeur, le général serait en très mauvaise santé, lui annonça Ricardo quelques jours plus tard. Il semble aussi que vos frasques récentes vous aient presque disqualifié aux yeux de vos plus ardents supporters.

Cairo ne leva pas les yeux de son ordinateur portable sur lequel il analysait son portefeuille boursier avec un soin méticuleux dont la plupart des gens ne l'auraient probablement jamais cru capable. Il se trouvait dans sa superbe résidence parisienne qui accueillait autrefois les personnalités royales de toute l'Europe. Une demeure hantée par des souvenirs douloureux, mais dont il avait hérité et ne se séparerait pour rien au monde.

— Presque ? ironisa-t-il d'un ton amer. Que leur faut-il de plus ? Une condamnation pour meurtre ?

Délaissant le travail qu'il effectuait, il s'adossa à son

siège et dévisagea Ricardo, cet ami demeuré fidèle envers et contre tout depuis la mort de ses parents.

— Les loyalistes diraient que vous avez été piégé, Sire. Et vous iriez en prison. Je ne crois pas que vous apprécieriez.

Cairo se retint de dire qu'il vivait incarcéré depuis toujours. Il était né dans une prison dorée, puis en avait intégré une autre, beaucoup moins reluisante, après la révolution qui avait conduit sa famille sur le chemin de l'exil. Prison qui s'était ensuite refermée sur lui de manière définitive après le massacre des siens.

Personne n'éprouvait de compassion pour un homme comme Cairo Santa Domini, et lui-même encore moins que les autres. Et il le méritait.

— Vous avez raison, admit-il, une condamnation à perpétuité ne me plairait pas.

Ricardo lui adressa un léger sourire, comme s'il avait deviné ses pensées secrètes.

— La presse people s'en donne à cœur joie. Vos facéties alimentent les pires rumeurs, même parmi vos supporters. Ils disent qu'il faut vous arrêter avant de commettre l'irréparable.

— Je suppose qu'ils pensent au mariage, pas à un meurtre.

Comme Ricardo acquiesçait d'un hochement de tête, Cairo laissa échapper un long soupir, puis changea de sujet.

— Vous disiez que le général va mal ?

Cette envie de meurtre à l'encontre de ce fou sanguinaire qui le tenaillait depuis toujours et qui lui faisait dire qu'il ne serait jamais un homme bon se raviva en lui.

— Tout le monde au palais s'efforce de garder la nouvelle secrète, mais mes sources disent que c'est sérieux.

Il s'interrompit pour observer la réaction de Cairo, puis ajouta :

— Les loyalistes pensent que votre liaison n'est qu'une distraction pour vous. Un jeu auquel vous vous adonnez en attendant la mort de l'usurpateur.

Cairo songea à ces loyalistes qui, au péril de leurs vies, s'étaient opposés trente années plus tôt au coup d'État du général et dont le mouvement s'était renforcé au fil du temps. Plus le général leur donnait la chasse dans le but de les museler, plus ils créaient d'agitation, réclamant à cor et à cri le retour de Cairo sur le trône.

Ils ne se rendaient pas compte des risques. Si une révolution éclatait, elle aboutirait à un massacre. N'avaient-ils pas retenu la leçon après le supposé accident de sa famille ? Le général Estes était le pire fou sanguinaire de la création. Peut-être même plus dangereux aujourd'hui qu'autrefois.

— Les loyalistes croient ce qu'ils veulent bien croire, répondit Cairo avec un soupir.

— Ils m'ont passé un message concernant votre maîtresse. Ils déplorent son comportement scandaleux. Je préfère ne pas évoquer les termes qu'ils emploient pour la décrire. Selon eux, faire de cette femme votre compagne serait renier le sang des Santa Domini.

— Et alors ? Il n'y a plus de monarchie depuis trente ans.

— Ils veulent vous rencontrer.

Cairo sonda le regard de Ricardo, cherchant à lire dans ses pensées. Les loyalistes ne voulaient pas seulement le *rencontrer* : ils voulaient fomenter un complot, élaborer une stratégie visant à récupérer les terres qui leur avaient été confisquées, ainsi que leur fortune. Les plus idéalistes souhaitaient un retour en arrière, au temps de leurs ancêtres. Une époque dont Cairo était la figure emblématique.

Ce qu'ils oubliaient, c'était le risque qu'une révolution visant à le remettre sur le trône ferait encourir à toute la population. Cairo ne voulait pas que le chaos s'installe comme à l'époque de l'assassinat de ses parents.

— Impossible, finit-il par répondre à Ricardo. Mon agenda est plein à craquer. Et la liaison que j'entretiens avec cette Américaine méprisée sur au moins trois continents me rend totalement inéligible.

— C'est ce dont j'ai tenté de les convaincre, mais ils ne veulent rien entendre…

Tel était le lot des dynasties royales. L'histoire regorgeait de cas de monarchies renversées et de révolutions visant à les réhabiliter. Le général Estes avait revendiqué le trône de Santa Domini, mais tout le monde savait qu'il s'en était emparé par la force. Le reprendre supposerait également de recourir à la violence ; or Cairo ne pouvait s'y résoudre.

Il n'était jamais retourné sur les terres de son enfance. Une fois parvenu à l'âge adulte, il s'était évertué à donner une image déplorable de lui, n'hésitant pas à se couvrir de ridicule ou à provoquer des scandales afin que son peuple renonce à réclamer son retour.

L'existence même de Cairo irritait le général Estes. Elle lui rappelait constamment qu'il n'avait aucune légitimité et n'en aurait jamais, qu'il devait son règne à la violence et à la traîtrise. En occupant la scène médiatique, Cairo empêchait le général d'attenter à ses jours. S'il s'était caché comme ses parents lui avaient conseillé de le faire, il n'aurait pas survécu.

S'il participait aujourd'hui à des réunions secrètes, complotait avec ceux qui voulaient l'utiliser pour reprendre le contrôle de leur pays, il prendrait des risques inconsidérés, pas seulement pour lui, mais aussi pour tous ceux qui avaient soutenu sa famille, depuis les gouvernantes qui les avaient élevés lui et sa sœur disparue jusqu'à Ricardo, l'ami de toujours, sans oublier les vieilles familles fidèles aux rois de Santa Domini depuis des siècles.

Si seule sa vie avait été en péril, il aurait sans doute pris ce risque à présent qu'il n'était plus un enfant terrifié. Mais il avait déjà perdu toutes les personnes qui comptaient pour lui et se refusait à mettre en danger celles et ceux qui le soutenaient encore.

— Je pense qu'il ne reste plus qu'une chose à faire, histoire de planter le dernier clou à mon cercueil, dit-il après un long silence.

— C'est une image, j'espère ! répliqua Ricardo.

Cairo lui sourit, tout en sachant à quel point l'homme qui se tenait devant lui rêvait d'un retour à la monarchie. Ce n'était pas un activiste, mais un loyaliste de cœur.

Hélas ! Cairo ne reviendrait jamais sur sa décision. Il ne lutterait pas pour reprendre sa place sur le trône.

— Espérons-le ! répliqua-t-il avant de reporter son attention sur son ordinateur portable.

Mais il lui fut impossible de se concentrer sur les chiffres devant ses yeux. Son cœur s'était mis à battre la chamade à l'idée de passer à la phase ultime de son plan : proposer à Brittany de l'épouser. Cette décision le mettrait définitivement hors course.

Au lieu de ressentir ne serait-ce qu'un peu de nostalgie à l'idée de se couper à jamais de ses racines, toutes ses pensées le ramenèrent à Brittany. À ses lèvres pressées contre les siennes, à son corps sublime, à son parfum enivrant. À la torture endurée ces dernières semaines en la sentant si proche et si lointaine à la fois. Chaque fois que, pour les besoins d'une apparition en public, il la serrait dans ses bras, ses sens s'enflammaient au point de l'empêcher de trouver le sommeil la nuit suivante. Son sourire le mettait à l'agonie, de même que cette distance insupportable dans ses yeux.

L'heure était venue enfin...

Bientôt, cette femme serait sienne.

5

— Revenez avec moi, dit Cairo en se penchant vers Brittany pour interrompre sa rêverie.

Aussitôt, elle reprit pied dans la réalité et plongea son regard dans celui de son compagnon qui la contemplait avec cet air doux et amusé auquel elle s'était habituée et qui remuait en elle des émotions dont elle se serait bien passée.

Contre toute attente, plus le temps s'écoulait, plus la présence de cet homme à ses côtés la troublait et la rendait vulnérable, si bien qu'elle devait constamment se tenir sur ses gardes.

Affichant un sourire adorateur comme chaque fois qu'ils apparaissaient en public, elle tenta de reprendre ses esprits et de se concentrer sur ses objectifs.

Pour l'occasion, elle avait choisi de porter une robe rouge moulante qui mettait en valeur sa poitrine et la finesse de sa taille, assortie à des talons aiguilles. Ses cheveux brillants aux reflets cuivrés dont elle savait qu'ils captaient la lumière tombaient souplement sur ses épaules nues.

Dès l'annonce de ses fiançailles avec Cairo, il fallait que des photos d'elle la montrent sous son meilleur jour, dans des tenues sublimes, élégantes, afin d'offrir un contraste saisissant entre l'« avant » et l'« après ». Tous deux savaient que les journaux prendraient un malin plaisir à juxtaposer des clichés de Brittany en tenue légère de danseuse de cabaret à d'autres plus flatteurs, en robe de soirée par exemple.

Brittany imaginait déjà les gros titres, mais s'en moquait éperdument. L'image qu'elle s'était créée ne la dérangeait pas le moins du monde. Cairo et elle n'avaient qu'un but : que leur liaison les aide à atteindre leurs objectifs respectifs.

Je n'ai jamais été aussi heureuse de toute ma vie, songea-t-elle en admirant le cadre majestueux qui l'entourait dans ce restaurant triplement étoilé.

Cairo était plus beau et plus élégant que jamais dans son costume noir taillé sur mesure. Une sorte d'aura semblait l'entourer, lui conférant un charme fou, dévastateur, comme en témoignaient les soupirs et les œillades énamourées qu'il avait suscités sur son passage à leur entrée dans le restaurant.

Il était sans conteste l'homme le plus séduisant que Brittany ait rencontré, et parfois, quand il abandonnait son air ironique ou cessait ses provocations, elle décelait en lui beaucoup plus de profondeur qu'il ne voulait en laisser paraître.

Ce soir, il avait choisi l'une des meilleures tables de Paris, un endroit où il était certain de trouver un public. Leur arrivée à bord d'une voiture de sport italienne rutilante n'était pas passée inaperçue, si bien qu'ils étaient entrés dans la salle sous une nuée de flashs.

Une fois installée, Brittany avait jeté un coup d'œil sur son téléphone portable. Comme prévu, des clichés pris quelques secondes auparavant apparaissaient déjà sur les réseaux sociaux.

Pas moyen d'y échapper, avait-elle songé avec une

pointe de regret, tandis qu'une sourde angoisse l'étreignait. L'effet que Cairo exerçait sur ses sens la rendait affreusement vulnérable, mais elle ne pouvait pas lutter contre cette attirance.

— Vous semblez vous ennuyer, remarqua-t-il en plissant les yeux. Comment est-ce possible ?

Parfaitement décontracté, il la dévisageait avec un léger sourire.

Sachant que de loin, personne ne pouvait deviner son tumulte intérieur, Brittany se rapprocha de son compagnon et lui coula un regard tendre. Elle ne savait plus vraiment si elle jouait ou non la comédie.

— J'ai fait cela si souvent... C'est lassant à force, dit-elle avec un léger soupir.

Contre toute attente, Cairo éclata de rire en secouant la tête. Surprise, Brittany contempla son magnifique visage et un vertige s'empara d'elle. Cet homme lui plaisait trop... Beaucoup trop.

Elle vivait une situation à haut risque. Cette vérité la troubla et, pendant un instant, un sentiment de panique l'étreignit.

Comme s'il avait perçu son trouble, Cairo l'observa intensément, puis demanda :

— Votre premier mari, quand vous étiez à peine sortie de l'enfance, vous a-t-il demandé en mariage dans le meilleur restaurant de la ville ?

— Tout à fait ! répondit-elle avec un petit rire. Cela s'est passé sur le parking d'un McDonald.

— Magnifique !

— Pour une gamine de seize ans sans aucune perspective, c'était très romantique, d'autant que Darryl m'avait offert un hamburger.

Le sourire de Cairo la força à détourner les yeux. Le saphir qui ornait son doigt lui rappela soudain tout le chemin parcouru depuis cette première demande en mariage sur un parking sordide dans la ville de Gulfport, Mississippi.

— Et qu'en est-il pour ce pauvre Carlos que vous avez si mal traité dans cette émission de télé-réalité ?

— Il est venu dans le bar où je travaillais...

— Quoi, un autre cabaret ?

— Non, un bar où j'occupais un poste de serveuse. J'avais un deuxième emploi au cabaret.

L'insistance de Cairo jouait sur ses nerfs fragiles. D'ordinaire, elle parvenait à se préserver de toute intrusion dans son passé. Mais ce soir, elle n'arrivait pas à donner le change. L'atmosphère chaleureuse de ce restaurant, les bougies qui dansaient sur leur table et le regard intense de Cairo la poussaient dans ses retranchements les plus secrets.

Elle peinait de plus en plus à lutter contre l'attirance qu'il exerçait sur elle.

A quoi bon se battre après tout ? songea-t-elle soudain. Puisque son avenir dépendait de lui, pourquoi ne pas céder à la tentation ? Pourquoi lutter contre l'inévitable ? Peut-être traverserait-elle l'épreuve de ce mariage plus facilement si elle se laissait aller...

— Carlos est venu dans ce bar, reprit-elle près un long silence, pour me dire qu'il partait pour Los Angeles et me proposer de l'accompagner.

Elle omit d'évoquer les détails sordides de cette partie de sa vie : la clientèle avinée et agressive de ce bar, les mains baladeuses des hommes, cette sensation de danger permanent qui ne la quittait pas. Si elle avait pris tous ces risques, c'était pour échapper à Darryl qui devenait violent sous l'emprise de l'alcool.

— Un rôle nous attendait dans une émission de télé

à Los Angeles... Sous certaines conditions, finit-elle par préciser.

— Quelles conditions ?

— Nous devions être mariés.

Cairo porta une main à son cœur dans un geste théâtral qui lui arracha un sourire.

— Quel romantisme, une fois encore ! Et Jean-Pierre ?

— Avec lui, cela s'est passé d'une manière plus amusante. Il est venu me voir dans ma loge après l'un de mes spectacles.

— Dans un cabaret, cette fois ? Je dois avouer que je m'y perds un peu.

Brittany hocha la tête.

— Il m'a fait des compliments...

— Je vois... Il a salué la chorégraphie, je suppose, ou vos talents de danseuse.

— En quelque sorte...

Brittany préféra éluder. C'était parce que Jean-Pierre lui avait tenu des propos salaces dans une langue châtiée qu'elle avait trouvé la situation amusante à l'époque.

— Il m'a dit qu'il avait envie de vivre le peu de temps qu'il lui restait en ma compagnie plutôt qu'auprès de ses enfants ingrats, précisa-t-elle.

— Et cela a suffi à vous convaincre ?

— Jean-Pierre avait un certain charme.

— Lié à sa fortune, je présume...

Curieusement, cette dernière remarque la blessa. Pourtant Cairo ne faisait qu'énoncer une vérité... Pourquoi se sentait-elle si fragile, ce soir ?

Ne pouvant se permettre de le rabrouer en public, elle se contenta d'afficher un sourire de façade.

— Je ne cherche aucune excuse pour mes choix actuels ou futurs. Seules les personnes qui n'ont jamais eu de problèmes d'argent regardent celles qui en ont avec condescendance. Par ailleurs...

Elle prit le temps de le dévisager avant d'ajouter :

— Vous et moi sommes pareils.

— *Cara*, je revendique ma différence ! Je ne me vends pas au plus offrant.

— Vous faites pire...

Le regard de Cairo brilla intensément, puis il hocha la tête, l'air de dire : « Touché ! »

Regrettant de l'avoir blessé, Brittany le contempla avec le plus grand sérieux, puis déclara à mi-voix :

— Cairo... Vous n'êtes pas l'homme que le public connaît. Cela ne vous tuerait pas de l'avouer, ne serait-ce qu'à moi.

Sans même se rendre compte de ce qu'elle faisait, elle avança sa main vers celle de Cairo, mais celui-ci feignit de ne pas s'en apercevoir. Son expression se métamorphosa. Il y avait une noirceur insondable dans son regard et pas la moindre trace d'ironie sur son visage.

— C'est là que vous vous trompez, déclara-t-il farouchement. Cela pourrait me tuer au contraire. Croyez-vous qu'il s'agisse d'un jeu ?

Un long silence s'installa entre eux. Pesant, tendu, comme jamais auparavant dans le cadre de leurs échanges.

— Que voulez-vous dire ? finit-elle par demander.

— Rien du tout.

Cairo avait détourné les yeux. Quand il reporta son attention sur elle, son expression avait repris sa morgue habituelle, mais il y avait quelque chose de changé en lui.

— Je suis un électron libre qui aime se donner en spectacle. Parfois, j'ai l'impression de jouer dans une tragédie, mais cela ne dure jamais longtemps. Je ne suis pas fait pour le tragique.

— Cairo...

— Ma proposition de mariage laissera un souvenir mémorable sur la scène internationale, j'en suis sûr. Surtout avec vous dans le rôle principal, étant donné votre grande expérience en matière matrimoniale. Êtes-vous prête à la recevoir ?

Son regard avait perdu son intensité, le sourire était revenu sur son visage...

Brittany recula sur son siège et ramena sa main sur ses genoux. Après tout, tout cela ne la regardait pas. Cet homme était un étranger et devait le demeurer. Inutile de chercher à découvrir qui il était en réalité. Les raisons qui le poussaient à se cacher derrière un masque le regardaient, lui et personne d'autre.

— Ce ne sera pas aussi émouvant que sur le parking d'un McDonald ou aussi vulgaire que dans une loge de cabaret, mais soit... Vous aimez les défis, n'est-ce pas ?

Le sourire de Cairo s'élargit sans parvenir jusqu'à ses yeux qui reflétaient encore une certaine noirceur. Lentement, d'un geste étudié, il sortit un écrin de sa poche. Un écrin de toute beauté. Brittany le contempla avec effarement, comme si elle ne savait pas de quoi il s'agissait, comme si elle ignorait que la demande en mariage de Cairo devait avoir lieu ce soir-là.

Le plus effrayant était qu'elle ne jouait pas réellement la comédie. Elle se sentait brûlante et glacée à la fois.

Soudain, Cairo quitta son siège pour mettre un genou à terre. Le cœur battant la chamade, elle sentit le rouge lui colorer les joues. La terre s'était arrêtée de tourner ; les bruits de salle de restaurant ne lui parvenaient plus. Elle avait l'impression que Cairo et elle étaient seuls au monde.

Jamais elle n'aurait imaginé vivre une expérience pareille, voir un homme tel que lui s'agenouiller devant elle, une vulgaire danseuse de cabaret.

Un vertige la saisit quand il lui prit la main.

Tout cela est irréel, je suis en plein délire...

Pourtant, elle ne rêvait pas. La scène était bien réelle. Elle avait l'impression de vivre un conte de fées.

Son Altesse Sérénissime l'Archiduc Felipe Skander Cairo de Santa Domini lui souriait, à elle, Brittany Hollis, la roturière qui avait grandi dans une caravane à Gulfport, Mississippi.

Quand Cairo ouvrit l'écrin, le cœur de Brittany cessa de battre. Elle connaissait cette bague. Tout le monde la connaissait. Il s'agissait d'un magnifique diamant qui avait inspiré des chants immémoriaux et avait fait couler beaucoup de sang au fil des âges.

Cette bague figurait sur de nombreuses œuvres de grands maîtres de la peinture. On en parlait comme de l'un des joyaux les plus sublimes ayant été créés, et de nombreuses copies en avaient été vendues de par le monde.

— Elle appartenait à ma mère, dit Cairo en plantant son regard dans le sien, et à ma grand-mère avant elle. Elle se transmet, et ce de génération en génération depuis plusieurs siècles. Ce diamant a été façonné en son temps par les meilleurs artisans du royaume. Il porte le nom de « Cœur de Santa Domini ». J'espère que vous serez fière de le porter.

— Cairo...

Sa voix n'était plus qu'un souffle. Elle ne pouvait pas porter un tel bijou. Elle n'en était pas digne. Il symbolisait l'espoir, l'amour...

Captivée par le regard intense de Cairo, un tourbillon d'émotions la saisit au point de lui faire oublier le but de sa présence dans ce lieu.

— Acceptez-vous de m'épouser ? lui demanda-t-il d'une voix différente, plus grave, plus profonde.

C'est alors qu'elle comprit à quel point le jeu auquel tous deux se livraient était dangereux. La façade de glace derrière laquelle elle se protégeait se fissurait de toutes parts. Son sang bouillait dans ses veines. Elle ne savait pas si elle devait crier ou pleurer, tomber dans les bras de Cairo ou s'enfuir à toutes jambes. Elle s'était mariée trois fois, mais jamais, au grand jamais, elle n'avait éprouvé une telle émotion.

Pourtant, Cairo, comme ses précédents époux, ne représentait rien d'autre qu'une étape sur le chemin de la liberté. Peu importait que brille à son doigt le diamant le plus romantique de l'histoire de l'humanité.

— Dois-je vous supplier ? demanda Cairo, toujours agenouillé devant elle.

— Bien sûr que non, répliqua-t-elle vivement en tentant de maîtriser le tremblement de sa voix. Inutile de... me supplier.

— Alors, répondez, commanda-t-il en plantant son regard intense dans le sien.

— Oui, je veux bien vous épouser.

Un roi en exil se tenait à ses pieds, quémandant sa main, à elle, Brittany Hollis, une femme indigne, conspuée par la presse, honnie par la société.

— J'espérais bien vous l'entendre dire.

Leurs regards se soudèrent. L'instant était grave. Ils venaient de signer un pacte secret connu d'eux seuls qui les projetait dans un avenir incertain, dangereux.

— Allons, Brittany, il faut immortaliser cette scène devant notre public.

— J'ai dit oui. Que voulez-vous de plus ? Une chanson, une danse ?

— Je crois que vous savez à quoi je pense.

Un sourire charmeur se dessina sur ses lèvres, puis il se releva et l'invita à l'imiter.

— Embrassez-moi, s'il vous plaît, et mettez-y du cœur.

Forcée d'obéir, elle. Elle leva une main vers le visage de Cairo, la déposa doucement sur sa joue puis retint son souffle.

Elle ne voyait plus qu'un feu ardent brûler dans le regard de cet homme qu'elle n'aurait jamais dû rencontrer, jamais dû toucher. Le souvenir du baiser échangé des semaines auparavant ne s'était jamais estompé, pas plus que la sensation de son corps contre le sien, de ses mains sur sa peau. Comment avait-elle pu résister à l'envie de revivre un tel moment ? Pendant toutes les journées passées avec lui, elle avait lutté pour ne pas succomber à la tentation. Pourtant, toutes les nuits où ils avaient partagé la même chambre ou la même tente, le désir s'était insinué dans ses veines. Mais elle n'avait pas osé le moindre rapprochement, de peur de se briser les ailes. Jusqu'à sa rencontre avec cet homme, elle n'avait jamais connu pareil trouble.

Et voilà qu'elle venait d'accepter de l'épouser ! Ce soir, tous deux pouvaient porter le masque de leur choix. Ce soir, elle pouvait oser n'importe quoi, quelle que soit la frayeur qui l'habitait.

Alors elle leva la tête vers le visage de Cairo et, fermant les yeux, elle pressa sa bouche sur la sienne. La sensation lui parut encore plus intense que la première fois, encore plus brûlante. Quand Cairo approfondit leur baiser, elle se sentit chavirer. Un tourbillon d'émotions la submergea.

C'était merveilleux… Magique…

Brittany s'abandonna dans les bras de Cairo, oubliant tout ce qui l'entourait, comme s'ils étaient seuls au monde et non sous le feu des projecteurs, comme si toutes les barrières entre leurs deux mondes s'étaient effondrées.

Quand leurs lèvres s'écartèrent, Cairo prit son visage en coupe et la contempla avec une tendresse infinie.

— Je vous promets que vous ne regretterez pas cette décision, murmura-t-il contre ses lèvres.

— Vous non plus...

Cette promesse demeura suspendue dans l'air... Jusqu'à ce que des flashs se mettent à crépiter autour de leur table.

Après six semaines effrénées, Brittany séjournait à présent dans un ancien château en surplomb de la côte italienne.

Le grand jour était arrivé...

Les yeux rivés sur les tapisseries qui ornaient les murs de sa chambre et qui représentaient des batailles médiévales, elle se laissait docilement habiller par les jeunes servantes du château affectées à son service. Sa robe de mariée était si sophistiquée qu'elle n'aurait pu la revêtir seule.

Malgré le sentiment de panique qu'elle ressentait à l'idée de devenir la femme de Cairo, elle tenta de se raisonner : ce jour tomberait vite dans l'oubli.

Dans cinq, dix ou cent ans, personne ne se souviendrait que Cairo Santa Domini avait été le premier de sa lignée à se marier ailleurs que dans l'emblématique cathédrale située dans la capitale de Santa Domini, à un jet de pierre du grand palais où régnait autrefois sa famille. Personne ne se soucierait plus de l'affront que représentait ce mariage.

Le temps passerait. Comme convenu, leur union extravagante et hautement controversée se solderait par un divorce. Après en avoir fait leur une pendant un certain temps, les journaux à scandale finiraient par se lasser de cette histoire. Brittany pourrait alors se fondre dans l'obscurité et on ne garderait d'elle que le souvenir d'une fausse note dans la longue histoire des Santa Domini.

— Tout va bien, Madame ? demanda l'une des servantes d'un air inquiet quand elle eut terminé de lacer son corset.

— Oui, merci, répondit Brittany, je suis un peu nerveuse, c'est tout.

Les servantes lui sourirent puis se remirent à s'affairer autour d'elle jusqu'à ce que les cloches de l'église sonnent l'heure fatidique de la cérémonie.

Pour se donner le courage d'affronter ce moment, elle congédia les servantes. Une fois seule, elle respira lentement et profondément pour calmer son angoisse.

Pense à Vanuatu... Bientôt les palmiers, le sable blanc et la liberté seront à toi... Tu n'as pas d'autre choix.

Brittany se rendit soudain compte que ses mains lui faisaient mal à force d'être serrées l'une contre l'autre. Alors elle les dénoua puis se tourna vers le miroir pour contempler son reflet. Rassurée par l'image qu'il lui renvoyait, elle se posta à la fenêtre pour contempler les collines verdoyantes qui plongeaient dans la mer.

Soudain, la porte de sa chambre s'ouvrit dans son dos.

— J'aimerais rester seule encore un petit instant, dit-elle sans se retourner.

— Désolé de vous décevoir, mais c'est impossible.

Cairo, bien sûr...

Un frisson la parcourut au son de sa voix, plus riche, plus grave que d'habitude. Sa gorge se serra.

Seigneur, comment allait-elle survivre à ce moment ?

Quand elle se tourna vers lui, elle se sentit chavirer. Il resplendissait dans son costume blanc. Cet homme possédait une classe inouïe. Même dans cette tenue formelle, il paraissait tout à fait à son aise. Comme s'il était né et avait été élevé précisément dans le but de revêtir de pareils habits.

— Vous fixez ma cravate comme si vous vous attendiez qu'elle se dénoue toute seule et vienne vous étrangler, dit-il d'un ton amusé en pénétrant dans la pièce.

Quand il se posta devant elle, elle leva les yeux vers lui. Cet homme d'une beauté à couper le souffle allait devenir son quatrième mari.

Quatrième et dernier mari..., lui souffla une petite voix dans sa tête.

Chassant cette pensée saugrenue, elle se força à respirer calmement pour apaiser les battements de son cœur.

— Que faites-vous là ? demanda-t-elle d'une voix rendue rauque par l'émotion.

Elle se racla la gorge, puis reprit :

— N'étiez-vous pas censé m'attendre dans la chapelle ?

— En effet, mais j'ai préféré venir vous chercher. Je tenais à m'assurer que vous n'alliez pas changer d'avis, ou pire, vous jeter par la fenêtre. Un suicide nuptial ravirait les tabloïds, mais m'obligerait à devoir tout recommencer depuis le début. Or, j'ai horreur de me répéter.

Brittany haussa négligemment les épaules, feignant de trouver cette idée absurde.

— Les papiers que nous avons signés sont très clairs. Pas d'argent si je meurs. Et si, au dernier moment, je devais renoncer à vous épouser, je ne percevrais qu'un quart de la somme prévue. Aucune de ces deux options ne servirait mes intérêts.

Soudain, comme Cairo demeurait silencieux, une idée effroyable la saisit, lui faisant battre le cœur encore plus vite.

— Mais peut-être est-ce vous... qui avez changé d'avis.

Anxieuse, Brittany se figea dans l'attente d'une réponse.

Ce mariage ne ressemblait en rien à ceux qu'elle avait connus pas le passé : deux passages éclair dans une mairie et une brève cérémonie civile dans le parc du château de Jean-Pierre où Brittany s'était affichée dans une robe extravagante pour provoquer la colère des héritiers de son mari.

Alors qu'elle pensait offrir le même type de spectacle au mariage de Cairo, son fiancé avait opté pour une approche beaucoup plus classique et avait fait appel à des stylistes réputés. Et aujourd'hui, elle portait une robe d'une élégance folle qui aurait convenu à une princesse destinée à un avenir royal et non à une égérie de la presse à sensation. Une robe qui ne mettait pas sa poitrine en évidence et qui ne dévoilait pas ses jambes. Quant au voile qu'elle arborait, il appartenait aux Santa Domini depuis des générations.

De toute évidence, Brittany s'apprêtait à vivre une situation inédite dont elle garderait un souvenir impérissable.

— Je n'ai pas changé d'avis, finit par déclarer Cairo.

Son regard grave fouilla le sien avec une telle insistance qu'elle finit par détourner les yeux. Puis, quand Cairo approcha de l'endroit où elle se tenait ce fut encore pire. À présent, il la dominait de sa haute stature, l'enveloppant de son aura.

Elle le laissa lui prendre la main et retint son souffle quand il se mit à jouer avec le diamant qui ornait son doigt.

Elle vivait un instant unique qui la déroutait. Si elle n'avait pas été vierge, si elle avait eu plus d'expérience, elle aurait su gérer cette situation, mais elle se sentait affreusement démunie.

— Et vous ? finit par demander Cairo d'une voix douce. Toujours décidée à poursuivre l'aventure ?

— Oui… Je ne renoncerai pas.

Venait-elle de lire un immense soulagement dans les yeux de Cairo ? Non, c'était impossible…

Malgré sa fébrilité, elle savait que sa détermination ne faiblirait pas. Il en allait de son avenir, du but qu'elle poursuivait. Grâce à ce mariage, elle pourrait enfin s'exiler dans le Pacifique sud, loin de tout.

Le plus difficile serait de tenir bon jusque-là, de ne pas tomber dans le piège des sentiments pour ne pas terminer cette aventure le cœur brisé.

— Les invités se sont regroupés dans la chapelle, lui dit Cairo. Pour la plupart, il s'agit de descendants dégénérés de la noblesse européenne.

— Vos amis et votre famille… éloignée sont venus aussi, je suppose.

— Vous supposez bien. Mais je n'appellerais pas ces personnes ma « famille ». En revanche, je n'ai vu personne de la vôtre se présenter.

Brittany voulut retirer sa main de celle de Cairo, mais se retint, de peur qu'il devine son trouble. Elle ne voulait pas qu'il comprenne à quel point elle se sentait vulnérable. Elle devait tout comme lui se préserver derrière un masque de façade. Telle était la règle du jeu sur lequel était fondée leur relation.

— Je n'ai pas invité ma famille, rétorqua-t-elle d'un ton sans réplique.

Cairo haussa les sourcils tandis qu'elle retirait vivement sa main de la sienne. Tant pis s'il comprenait les émotions qui l'agitaient.

— Cette parodie de mariage n'étant pas destinée à durer longtemps, je n'ai pas vu l'intérêt de convier qui que ce soit, précisa-t-elle sèchement.

Brittany regretta ces paroles à peine furent-elles prononcées. Cairo s'était figé. Il semblait fait à présent de la même pierre que les murs de la chambre autour d'eux. Elle l'avait offensé et elle le savait.

Préférant visiblement se taire, il détourna les yeux pour se perdre dans la contemplation des villages disséminés à flanc de collines en surplomb de la mer turquoise. Puis après un silence qui lui sembla durer une éternité, il reporta à nouveau son attention sur elle.

— Vous vous comportez comme une vierge effarouchée alors qu'il s'agit de votre quatrième mariage. Pourquoi êtes-vous si nerveuse ? C'est moi qui devrais l'être, pas vous !

« Vierge »... Cairo avait prononcé ce mot archaïque devant elle, une danseuse de cabaret, une personne que les journaux allaient jusqu'à traiter de prostituée. Un mot que personne n'utilisait jamais dans le milieu qu'elle fréquentait et encore moins à Hollywood.

Mais ici, dans ce vieux château perdu sur la côte italienne, il avait une résonnance autre, trop intime... Et il l'avait touchée en plein cœur.

Quand le rouge lui monta aux joues, elle se sentit perdue.

Après un long silence, Cairo demanda d'un ton très bas... trop bas :

— Brittany, auriez-vous quelque chose à me dire ?

— Non.

Il eut un petit rire, mais ne la quitta pas des yeux.

— Serait-ce possible ? Contre toute attente... Serait-il possible que...

Mortifiée, Brittany serra ses mains moites l'une contre l'autre tandis que des frissons irrépressibles lui parcouraient le corps. Luttant contre les larmes, elle tenta de retrouver un semblant de contenance — en vain, hélas !

Pour échapper à cet homme trop perspicace, elle voulut s'enfuir, mais Cairo l'en empêcha, l'obligeant à reculer jusqu'au mur au fond de la pièce et posant ses mains de part et d'autre de son visage.

— Cessez de me mentir, lui dit-il de cette voix autoritaire qu'il utilisait parfois quand il désirait qu'on lui obéisse.

— A quoi bon ? parvint-elle à répliquer d'une voix tremblante. Nous vivons dans le mensonge. Ce mariage en est la preuve. Il a pour unique but de donner du grain à moudre à la presse à scandale...

— Brittany, protesta-t-il de cette voix grave qui la toucha au plus profond d'elle-même, dites-moi la vérité. En dépit de tout ce que l'on a pu écrire sur vous... Seriez-vous demeurée vierge ?

6

Un frisson plus violent que les précédents agita Brittany. Il fallait que cela cesse. Elle ne pouvait laisser croire à Cairo qu'elle était vierge, encore moins un jour comme celui-ci...

Après des années à fabriquer le personnage public qu'elle affichait, au point d'y croire parfois elle-même, il était inconcevable que quiconque devine la vérité.

Personne ne devait découvrir à quel point elle était vulnérable. Pas ici, pas dans de telles circonstances.

Pourquoi Cairo était-il parvenu à lire en elle des choses que personne jusqu'ici n'était parvenu à déceler ?

— Je ne suis pas vierge, voyons ! répliqua-t-elle en fronçant les sourcils. Qui utilise encore ce terme d'ailleurs ? Serions-nous revenus au XVIIe siècle sans que je m'en aperçoive ?

Cairo ne paraissait pas convaincu. Pourtant il fallait à tout prix lui ôter cette idée de l'esprit... Avant qu'il soit trop tard.

Une partie d'elle-même lui soufflait que tel était le cas, hélas !

Déjà, à Monte-Carlo, elle aurait dû se rendre à l'évidence : duper cet homme lui était impossible. Le regard qu'il posait à présent sur elle le confirmait.

Il était temps de réagir avant de se retrouver dans une situation encore plus périlleuse.

— C'est aberrant, voyons ! protesta-t-elle en soutenant son regard pénétrant. Tout le monde dit que je suis une traînée, Cairo…

— Y compris votre mère, apparemment.

— *Surtout* ma mère !

Sans le savoir, Cairo venait de raviver en elle une blessure ancienne.

Pour certains membres de sa famille, le fait d'aimer la musique ou la danse amenait forcément une jeune fille à sa perte. Sa mère le proclamait haut et fort, chaque fois que cela servait ses intérêts.

Cairo gardait les yeux rivés sur elle, comme s'il cherchait à déchiffrer ses pensées les plus intimes. Sans qu'elle puisse l'en empêcher, il se mit à dessiner une ligne du bout des doigts depuis son oreille jusqu'à son menton. Quand elle frémit à ce contact, elle vit une lueur de triomphe briller dans son regard.

Ce geste de possession la fit chavirer. L'envie de baisser la garde et de dire la vérité la saisit. L'envie de se montrer sincère, de se laisser aller aux confidences pour se libérer de la culpabilité qui pesait sur son cœur après toutes ces années passées à jouer un personnage qui ne lui ressemblait pas.

Pourquoi ne se confierait-elle pas à cet homme… Le seul qui avait su éveiller en elle la femme qu'elle était, avec ses désirs inavoués.

Se forçant à plus de raison, elle chassa cette idée de son esprit. Elle ne pouvait pas prendre un tel risque avec Cairo Santa Domini, un homme qui collectionnait les maîtresses et les rejetait aussi vite qu'il les avait conquises.

Soudain, elle se sentit profondément mal à l'aise

dans la robe qu'elle portait. Une robe de princesse de conte de fées…

Reprenant pied dans la réalité, elle plaqua un sourire sur ses lèvres. Un sourire suggestif, provocant. Puis elle posa sa main sur celle de Cairo et pressa son corps contre le sien avant de susurrer :

— Je peux jouer à la jeune fille vierge, si cela vous amuse.

— S'agit-il vraiment d'un jeu ? demanda-t-il avec le plus grand calme.

— Evidemment ! Tout comme notre mariage d'ailleurs. Pourquoi ne pas le poursuivre dans un lit ?

— Vous disiez ne pas vouloir de sexe…

— Et vous qu'il était impossible de s'en passer.

Cette joute verbale la mettait au supplice, mais Brittany voulait remporter ce duel.

Prisonnière des bras de Cairo, bloquée contre ce mur qui lui empêchait toute fuite, elle peinait toutefois à garder le contrôle de ses sens.

Il régnait entre eux une tension insupportable. La main de Cairo sur sa joue était ferme et douce à la fois, et sa bouche, si sensuelle, l'attirait comme un aimant.

— Je veux vous faire mienne, Brittany, je vous l'ai déjà dit. Rien n'a changé, je suis toujours aussi déterminé.

Retenant de justesse un gémissement, Brittany s'empara de la main de Cairo. Elle le sentit frissonner quand elle enveloppa ses doigts comme pour les réchauffer. Une force silencieuse circulait entre leurs deux corps.

Le bruit de la mer en contrebas accompagnait le ballet sensuel auquel tous deux se livraient. Brittany ne jouait plus un rôle. Elle désirait ardemment cet homme. D'instinct, elle glissa les bras autour de sa taille, son visage vint se nicher dans son cou pour respirer l'enivrante odeur de son eau de toilette.

— Dans ce cas, pourquoi ne pas en finir ? demanda-t-elle d'un ton très bas.

Il lui sembla sentir le corps de Cairo se raidir contre le sien. Quand sa main se posa sur sa joue, elle leva la tête et vit que ses yeux lançaient des éclairs.

— Pourquoi ne pas laisser libre cours à cette pulsion qui vous habite ? insista-t-elle pour le pousser dans ses derniers retranchements. Vos penchants sont connus dans le monde entier… Pourquoi notre relation est-elle demeurée aussi chaste pendant tout ce temps ?

Un petit rire nerveux la secoua, puis elle ajouta :

— Cette réputation qui vous colle à la peau aurait-elle été créée de toutes pièces ? Vos exploits sexuels seraient-ils un leurre ?

— Pourquoi ne pas vérifier par vous-même ?

Ses yeux rivés aux siens, Cairo fit glisser sa main le long de son corps puis entreprit de relever le lourd tissu de sa robe, centimètre par centimètre. Ses doigts sillonnèrent sa cuisse, effleurant l'élastique de la jarretière puis la dentelle de ses bas. A cet instant, Brittany se sentit fondre littéralement tandis que le désir s'insinuait dans ses veines. Lorsqu'elle sentit la main de Cairo sous la fine dentelle de sa culotte, son cerveau lui cria de la repousser, mais son corps lui tenait un tout autre langage. Les pointes de ses seins se dressèrent, comme gorgées de sève, son souffle s'accéléra, son cœur se mit à battre follement.

Il la touchait là où personne ne l'avait jamais touchée.

Lui… Cairo.

Quand la pression de ses doigts s'accentua sur sa chair en feu, elle laissa échapper un gémissement. Une lueur de triomphe brilla dans les yeux de Cairo, mais elle ne s'en offusqua pas. Elle était là, pantelante, adossée contre le mur, toute au plaisir des caresses qu'il lui prodiguait.

— Je crois que ma réputation n'est pas surfaite, murmura-t-il contre ses lèvres. Qu'en pensez-vous ?

Incapable de répondre, Brittany exhala un long soupir puis ferma les yeux. Son souffle mêlé à celui de Cairo, elle plaqua ses hanches contre les siennes, puis écarta imperceptiblement les cuisses.

À ce signal, Cairo glissa un doigt en elle. Surprise, Brittany laissa échapper un petit cri, puis rendit les armes.

C'était parfait, magique, exaltant…

— Considérons qu'il s'agit là d'une première leçon, reprit la voix de Cairo, réduite à un souffle rauque. Personne avant vous ne s'est montré aussi impertinent à mon égard. Peut-être ai-je enfin trouvé comment vous répondre…

Se cambrant pour mieux s'offrir, Brittany avait perdu la notion de temps. Plus rien n'existait, excepté le corps de cet homme contre le sien, sa main qui la caressait, intimement.

Quand ce mouvement de va-et-vient s'amplifia, un long frémissement la parcourut puis un tourbillon de sensations vertigineuses la saisit, lui arrachant un cri de plaisir.

Quand elle revint à elle après cet orgasme qui l'avait propulsée au septième ciel, elle sentit la surface rugueuse du mur contre lequel elle s'adossait, haletante, tous ses sens en ébullition, et le bras de Cairo autour de sa taille.

Il la dévorait des yeux. Relâchant la pression de sa main sur son sexe brûlant, il la laissa retomber le long de son corps.

— Brittany…, murmura-t-il d'une voix grave, presque solennelle.

Un sentiment d'urgence la saisit, comme s'il fallait immédiatement mettre un terme à ce jeu dangereux.

Plaquant un sourire sur son visage, elle jeta à Cairo un regard plein d'arrogance.

— C'est tout ? Je m'attendais à un peu plus de... subtilité de la part d'un homme qui se prétend roi.

Profitant de son étonnement, elle se libéra, remit de l'ordre dans sa tenue puis s'éloigna de lui.

— Subtilité ? répéta Cairo dans son dos, comme si ce mot lui était inconnu. Ai-je bien entendu ?

Se retournant, Brittany frissonna en se rendant compte qu'il l'avait suivie et se tenait juste derrière elle.

— Laissez tomber, lui dit-elle d'un air faussement indifférent. Je suis sûre que vous êtes... très doué.

Cairo pencha la tête de côté et plissa les yeux. Le sourire qu'il ébaucha la fit chavirer.

— Je le suis, murmura-t-il en jouant avec une mèche de ses cheveux. Et je peux le prouver. Que diriez-vous de vous en rendre compte par vous-même ?

Sur ces mots, il la souleva de terre, puis prenant soin de ne pas abîmer sa robe, il la déposa délicatement sur le lit.

— Cairo...

— Chut ! *Cara*... Laissez-moi relever le défi que vous m'avez lancé.

Il ne reconnut pas le son de sa voix, si grave, si rauque. Mais peu importait. Plus rien ne comptait, excepté cette femme toute de blanc vêtue, ces grands yeux noisette au regard éperdu.

Cette femme qu'il allait épouser et qui serait bientôt sienne.

Il caressa ses lèvres du bout des doigts, attentif à chacune de ses réactions. Quand ses joues se teintèrent de rose, il sentit son cœur bondir dans sa poitrine.

— Cairo, répéta-t-elle dans un souffle qui ressemblait à une prière.

Il sentit alors qu'un même feu brûlait en eux. Peu importait ce qui les avait amenés à se retrouver serrés l'un contre l'autre sur ce lit. Il n'y avait plus de défi à relever, seulement un même désir à combler : unir leurs deux corps.

Quand il s'allongea sur elle, il sentit son corps s'alanguir contre le sien, sa bouche s'entrouvrir comme une fleur sous ses lèvres.

Il effleura alors son bras nu, caressa son épaule puis son cou. La main sur sa nuque, les doigts dans ses cheveux, il attira son visage vers le sien. Il crut d'abord qu'elle allait refuser son baiser, mais elle le regarda dans les yeux et ce fut elle qui l'embrassa, glissant sa langue entre ses lèvres. Un long baiser passionné les réunit, suivi d'un autre encore plus sensuel.

Cairo avait tellement envie de cette femme qu'il eut peur de ne pas pouvoir se retenir. Il brûlait de la dévêtir, de la voir nue, offerte, puis de prendre tout son temps pour la découvrir, contempler les formes voluptueuses qu'il devinait sous ses mains fiévreuses.

Mais il se heurta à un obstacle majeur : le bustier de la robe était d'une confection si compliquée qu'il lui aurait fallu un temps infini pour le dégrafer. Un temps dont il ne disposait pas. On les attendait déjà dans la chapelle où devait être célébré leur mariage.

Quand il sentit qu'une même urgence la saisissait, il détacha ses lèvres des siennes et plongea son regard dans le sien.

— Êtes-vous prête ?

— Je le suis depuis des semaines, avoua-t-elle dans un murmure.

Sans plus attendre, il dégrafa son pantalon, souleva délicatement la robe de Brittany puis fit glisser sa culotte le long de ses cuisses.

Son sexe était encore chaud et humide sous sa main. Le moment était enfin venu... Il en rêvait depuis qu'il avait vu des photos d'elle, depuis leur toute première rencontre à Monte-Carlo. Mille fois, il avait imaginé vivre cette scène. Jamais il n'avait autant désiré une femme.

Savourant cet instant, il prit son visage entre ses mains et, sans cesser de la regarder, la pénétra lentement, profondément.

Mais en la voyant grimacer de douleur, il se figea aussitôt.

Brittany pensait pouvoir donner le change, laisser croire que ce n'était pas la première fois pour elle, mais elle s'était trompée : Cairo la dévisageait d'un air accusateur à présent. Ses traits s'étaient durcis. Toujours en elle, il plongea son regard dans le sien.

— Pouvez-vous m'expliquer ? demanda-t-il avec une dureté qui lui broya le cœur.

Tentant de ravaler les larmes qui perlaient à ses paupières, elle détourna les yeux. La honte la submergea. Elle était étendue sur un lit, vêtue d'une splendide robe de mariage retroussée jusqu'à la taille. Sa Majesté l'Archiduc Felipe Skander Cairo de Santa Domini venait de la pénétrer... Elle, une obscure danseuse de cabaret à la réputation douteuse. Elle lui avait menti...

— Ne pleurez pas, lui intima-t-il avec plus de douceur. Ne pleurez pas, *tesorina*. Vous avez traversé des épreuves bien plus difficiles et survivrez à celle-ci.

Alors que quelques secondes auparavant elle se retenait pour ne pas fondre en larmes, l'envie d'éclater de rire la saisit. Instantanément, comme par magie, elle sentit tout son corps se détendre.

— Je n'en suis pas si sûre, répliqua-t-elle d'une voix mal assurée.

La chaleur de Cairo l'enveloppait, il ne s'était pas retiré, et elle sentait son sexe dur en elle. Quand il bougea légèrement, la douleur entre ses cuisses se raviva, mais avec beaucoup moins d'intensité.

— Vous survivrez, lui assura-t-il, je vous le promets.

Quand elle le vit sourire, l'envie de pleurer la saisit à nouveau, mais elle parvint à retenir ses larmes.

— C'est de votre virginité que nous devons faire le deuil aujourd'hui, reprit-il. Et dans les jours qui viennent, il faudra que nous parlions de vos mensonges.

— Ne vous emballez pas, protesta-t-elle en fronçant les sourcils. Je n'ai peut-être jamais fait l'amour, pour autant, je ne suis plus…

— Vierge ? Pourtant c'est le mot approprié dans votre cas.

— Je voulais dire… vertueuse. Je ne le suis plus depuis longtemps.

— C'est vrai, vous avez été mariée trois fois, admit-il sans la quitter des yeux.

A nouveau, il bougea, mais elle ne ressentit aucune douleur, cette fois. Au contraire, l'union de leurs deux corps lui parut étrangement naturelle.

— Et je suis le premier à vous découvrir intimement.

Comme son regard fouillait son âme, elle sentit une vague de culpabilité l'assaillir.

— Vous auriez dû me le dire. Je ne voulais pas vous faire mal. Contrairement aux apparences, je ne suis pas un monstre.

Hébétée, elle contempla les yeux magnifiques de son amant où perçait une lueur de tendresse. De nouveau, des larmes perlèrent à ses paupières. Elle ne savait plus quoi faire, quoi dire. Elle n'avait jamais ressenti autant d'émotions à la fois. Cairo la regardait, immobile. Il témoignait d'une patience touchante et, surtout, il ne la quittait pas. Brittany aurait aimé demeurer ainsi éternellement…

— Je ne voulais pas… que vous l'appreniez, finit-elle par avouer.

— Pourquoi ? Vous craigniez que cela me dérange ? Que je remette en cause notre pacte ?

— Qui pourrait croire qu'un homme comme vous accorde de l'importance à la virginité d'une femme ? Vous qui êtes un monstre de dépravation.

— Il se trouve que cela m'importe… Surtout aujourd'hui.

— Si j'avais su avant que vous ne ressembliez pas à ce cliché d'homme des cavernes dépeint par les tabloïds… Je vous aurais demandé plus d'argent.

— Quels que soient les qualificatifs dont on m'affuble, je suis un roi, Brittany, objecta calmement Cairo.

Un long silence succéda à cette remarque, durant lequel Brittany sentit son sang se mettre à bouillir dans ses veines. Son corps était toujours lové contre celui de son amant, et la sensation de son sexe en elle raviva soudain un désir d'une intensité extraordinaire.

— Je ne suis ni un cliché ni un homme des cavernes, reprit Cairo. Même si je n'ai pas le royaume et les sujets que je mérite, avant que se termine cette journée vous deviendrez ma femme. Vous serez mienne et le resterez aussi longtemps que nous demeurerons ensemble.

Cette phrase prononcée solennellement résonna en elle comme une promesse.

Quand il bougea légèrement, elle arrima ses hanches aux siennes, puis se figea, surprise par l'intensité du désir qui la submergeait. Devinant son trouble, Cairo plongea son regard noir dans le sien.

— Et quels que soient les jeux auxquels nous nous

livrons en public, ce que nous faisons en privé nous appartient...

— Cairo, murmura-t-elle dans un souffle... J'ai envie de vous.

Une étincelle brilla dans son regard, une lueur de triomphe, puis de désir intense.

— Vos désirs sont des ordres, *tesorina*, mais avant vous devez le dire.

— Vous dire quoi ?

— Que vous m'appartenez.

Brittany bascula la tête d'un côté puis de l'autre tandis que des ondes de chaleur la parcouraient tout entière.

— Dites-le-moi, insista Cairo en feignant de se retirer.

Affolée, Brittany enroula ses jambes autour de ses hanches pour le retenir en elle.

— Dis-moi que je suis ton roi... Et que tu es mienne.

Au supplice, Brittany lui jeta un regard éperdu.

— Je suis à toi...

Cairo se mit alors à aller et venir en elle, d'abord doucement, puis de plus en plus vite, jusqu'à ce que tous deux se mettent à onduler à un rythme endiablé, souffle contre souffle, peau contre peau. Au paroxysme de leur plaisir, ils étouffèrent leurs gémissements dans un long baiser passionné, puis retombèrent sur le lit, épuisés.

Brittany s'abandonna quelques instants à la rêverie, bercée par le cri des mouettes. Puis, effrayée par l'intimité qu'ils partageaient, elle quitta le lit d'un bond, lissa les pans de sa robe et se dirigea vers le miroir pour remettre de l'ordre dans sa coiffure.

— Nous avons commis... une erreur. Cela n'aurait jamais dû arriver, dit-elle d'une voix tremblante.

Son reflet dans le miroir lui renvoyait l'image d'une femme éperdue.

Il fallait à tout prix qu'elle reprenne le contrôle de ses émotions.

— Cela ne se reproduira pas, dit-elle d'un ton plus assuré.

Lorsqu'elle croisa le regard de Cairo dans le miroir, elle vit qu'il lui souriait. S'approchant d'elle, il l'enlaça tendrement et l'attira contre lui. Aussitôt, Brittany se sentit fondre dans ses bras. Sa volonté s'émoussait à mesure que le désir s'insinuait à nouveau dans ses veines.

— Tu vas m'épouser dans cinq minutes environ, lui rappela-t-il avec fermeté. Tu ne pourras pas t'empêcher de penser à ce que nous avons partagé en remontant l'allée qui te conduira à l'autel. Je ne veux pas d'un mariage dépourvu de sexe, Brittany. Et certainement pas avec une femme qui me désire autant que je la désire.

— Je...

Brittany se tut, ne sachant pas réellement ce qu'elle voulait ou pouvait dire alors que son corps réclamait celui de Cairo.

Elle avait envie de connaître à nouveau l'extase entre ses bras...

— J'ai toujours eu l'intention de te séduire, reprit-il en l'obligeant à se retourner pour plonger son regard dans le sien. À présent, tu m'appartiens.

Si Cairo ne l'avait soutenue, ses genoux se seraient sans doute dérobés sous elle.

— Devenir ta femme ne signifie pas que...

Une fois encore, les mots lui manquèrent.

Cairo avait raison : elle lui appartenait. Plus rien ne comptait à ses yeux, excepté cet homme, ses mains sur sa peau, ses lèvres sur les siennes, l'union de leurs corps.

Ce jour demeurerait gravé à jamais dans son souvenir, quoi qu'il arrive.

— Il faut te faire à cette idée, Brittany, ajouta-t-il avec un sourire dévastateur. A partir d'aujourd'hui, tu seras ma femme et aussi ma reine même si je n'ai plus de royaume. En un mot, tu seras mienne.

7

L'union du dernier des Santa Domini avec une danseuse de cabaret devait être célébrée dans une chapelle privée dont la construction remontait à l'époque de la Renaissance italienne.

Cairo était le premier de sa famille depuis des siècles à célébrer ses noces ailleurs que dans l'immense cathédrale située dans la capitale de Santa Domini.

Depuis trois siècles, très exactement.

Tandis que résonnaient les hymnes, Cairo se tenait devant l'autel construit par ses ancêtres à côté d'une femme pour qui il éprouvait des émotions qu'il aurait été bien en peine de décrire.

Toutes ses pensées le ramenaient à Brittany. La seule personne qui avait su percer le masque derrière lequel il se retranchait. Et elle serait sa femme, désormais.

Plusieurs princes européens accompagnés de leur cour occupaient les bancs disposés derrière lui, mais Cairo en avait oublié jusqu'à leur présence. Il songeait à la jeune femme qu'il avait faite sienne un peu plus tôt, lui volant son innocence. À son corps chaud, à la saveur exquise de sa peau, à leurs étreintes passionnées. Le souvenir de ses lèvres contre les siennes faisait courir des ondes de désir dans tout le corps.

Comme il peinait à contrôler ses émotions, il serra les dents pour masquer le trouble qui l'agitait.

N'oublie pas qu'il s'agit d'une mascarade, se morigéna-t-il en reportant son attention sur la voix du prêtre et les mots sacrés qu'il prononçait.

Il fallait aller au bout du plan que Brittany et lui avaient élaboré ensemble. Il en allait de l'atteinte des objectifs que chacun poursuivait dans cette aventure.

Quelques semaines auparavant, trois jours après leur dîner de fiançailles, Brittany avait exprimé quelques doutes sur la réussite de leur entreprise. Installés dans sa demeure parisienne, ils contemplaient les modèles de robes de mariage dessinés par un grand couturier italien. Des modèles somptueux, d'une élégance raffinée qui, selon Brittany, ne convenaient pas à leur projet.

— Une vraie princesse britannique pourrait porter l'une de ces tenues. Je pensais que vous opteriez pour quelque chose de plus… tape-à-l'œil.

— Tout le monde s'attend à cela en effet, avait-il admis d'un ton léger. Mais j'ai eu une autre idée…

Brittany avait gardé le silence un long moment. Il y avait une certaine distance dans son regard, comme si elle cherchait à se protéger. Puis Cairo avait chassé de son esprit cette idée saugrenue. De quoi aurait-elle souhaité se protéger puisque ce mariage allait combler tous ses désirs ?

— Je ne comprends vraiment pas, avait-elle insisté en pesant chaque mot. Je croyais que le but de cette mascarade était d'horrifier le monde entier en vous affichant avec une… vulgaire danseuse.

— Je veux offrir un spectacle un peu plus raffiné que celui auquel tout le monde s'attend, pour mieux brouiller les cartes. Si nous options pour une cérémonie spectaculaire, cela pourrait paraître suspect. Inutile de jouer le jeu de la provocation comme vous l'avez fait lors de votre précédent mariage avec un homme d'un milieu différent du vôtre.

Ses grands yeux noisette s'étaient assombris un court instant, puis Brittany avait levé fièrement le menton. Son courage était admirable, il ne pouvait le nier. C'était sans doute l'une des raisons pour lesquelles elle l'attirait autant.

Après l'avoir dévisagé longuement en silence, elle avait déclaré :

— J'ai compris. Vous voulez qu'on vous plaigne.

Elle avait alors baissé les yeux puis s'était mise à faire tourner la bague autour de son doigt d'un air pensif avant d'ajouter :

— Je dirais même pire : vous voulez qu'on se moque de vous… et de moi. Comme le dit le dicton : L'habit ne fait pas le moine. Tout le monde pouffera en me voyant déguisée en princesse.

Brittany avait alors relevé les yeux vers lui. Ne pas flancher sous son regard accusateur lui avait demandé un effort considérable. Pourtant, jusqu'ici il n'avait jamais eu honte de son comportement. Depuis des années, il s'évertuait à projeter une image déplorable dans un but bien précis, et il était bien déterminé à poursuivre dans cette voie. Car même si l'état de santé du général Estes ne cessait d'empirer, il ne dévierait pas de son cap.

— C'est exact, avait-il admis sans détour, en se forçant à rester impassible…

Le moment de dire oui était arrivé. Ce qu'il fit d'une voix forte afin d'affirmer aux yeux de tous sa volonté de partager sa vie avec cette femme.

Quand vint le tour de Brittany, il resserra instinctivement ses doigts autour des siens. La peur de la voir renoncer à ce mariage l'étreignit soudain, mais un grand soulagement le saisit quand elle prononça à son tour le « oui » fatidique.

Il devait l'admettre : jusqu'au dernier moment, il avait craint une volte-face de la part de Brittany. Maintes fois, il l'avait imaginée s'enfuyant à toutes jambes, son voile flottant derrière elle. Il s'était même fait une raison : si telle avait été sa décision, il ne lui en aurait pas voulu.

Mais elle avait tenu parole. Et à présent, elle se pliait docilement à l'usage, acceptant l'alliance que son mari lui glissait au doigt.

Curieusement, Cairo vécut ce moment avec solennité. Le monde entier pensait savoir qui était Brittany, alors qu'il était le seul à connaître sa nature profonde.

Et cette femme était sienne désormais, dans tous les sens du terme.

— Vous pouvez embrasser la mariée, déclara le prêtre.

Cairo n'avait pas envie de se limiter à un baiser, mais il se tenait face à un public qui attendait de lui qu'il joue son rôle à la perfection : celui d'un homme abusé par une femme à la réputation douteuse.

Tous deux se tenaient de profil, les mains jointes, le regard rivé l'un à l'autre. Malgré le sourire victorieux qu'affichait Brittany, lui seul percevait l'intensité de son regard. Un frisson le parcourut au souvenir de ce qu'ils avaient partagé dans la chambre, quand leurs deux corps s'étaient mêlés avec passion.

Seigneur, comme il avait envie de revivre une telle extase !

Refrénant son envie de serrer Brittany à l'étouffer, il l'attira doucement contre lui, puis pressa sa bouche contre la sienne. Il la sentit trembler quand il approfondit son baiser. Puis, il la relâcha à contrecœur, bouleversé par l'intensité du désir qui le submergeait à nouveau.

Brittany aussi semblait perdue dans le souvenir de leurs étreintes torrides. Quand elle reprit pied dans la réalité, elle murmura contre ses lèvres :

— Ton instinct possessif n'aura échappé à personne… Tu aurais aussi bien pu marquer tes initiales au fer rouge sur ma peau.

— Est-ce une demande ? Ou un défi ?

Ils se dévisagèrent longuement puis se tournèrent vers leur public, main dans la main. Cairo pressa ses doigts entre les siens. Brittany était désormais sa reine. Peu lui importait l'opinion des curieux qui les dévoraient des yeux.

Il n'avait plus qu'une hâte : l'emmener en lune de miel.

Il ne se rappelait pas avoir ressenti autant de désir pour quiconque.

Sa femme, inutile de le nier, le comblait au-delà de toutes ses espérances.

Tandis que tous deux sortaient de la chapelle, une pensée l'assaillit. Totalement obnubilé par Brittany, il en avait oublié jusqu'à son royaume perdu…

Un déjeuner somptueux leur fut servi dans le donjon du château aménagé pour l'occasion. Puis quand tous les invités se regroupèrent dans la salle de bal un vieil ami de la famille se précipita vers Cairo pour lui donner l'accolade.

— Je n'aurais jamais pensé assister à cela un jour, lui dit-il avec un sourire goguenard.

Harry Marbury, passablement éméché comme à son habitude, tenait à peine sur ses jambes. Il faisait partie de la noblesse anglaise décadente. Il menait une vie de débauché et dilapidait la fortune familiale au jeu.

— Heureusement que tu n'as pas besoin d'assurer la survie de ton royaume, ajouta Harry en lui adressant un clin d'œil. Tu en as été banni pour toujours et, malgré les rumeurs sur la santé défaillante du général, tu n'as aucune chance d'accéder un jour au trône. Tout de même, à quoi rime ce mariage ridicule ?

— Grandeur et décadence, répliqua Cairo avec un sourire, éludant l'allusion au général responsable des horreurs infligées à sa famille. Comme tu le dis si bien, je n'ai plus rien à perdre.

— De là à épouser... une moins que rien, il y a quand même des limites ! s'exclama Harry d'une voix suffisamment forte pour être entendu de tous.

En voyant le sourire de Brittany se figer sur ses traits, Cairo ressentit un coup au cœur. Elle ne méritait pas plus que lui un tel affront.

— Ces filles-là, on les cueille dans le ruisseau, on s'en sert et puis on les jette ! ajouta Harry dans un grand éclat de rire.

Cairo serra les poings pour se retenir de frapper cet homme qui se prétendait son ami depuis toujours.

Il demeura de marbre, comme si les propos insultants qu'il venait d'entendre à l'encontre de sa femme ne l'atteignaient pas.

Son épouse... sa reine exilée.

Au souvenir de la passion qu'ils avaient partagée dans l'intimité, il retrouva son calme. Rien d'autre n'avait d'importance. Il devait continuer à jouer son rôle afin que les pique-assiette présents à son mariage rapportent les propos de Harry aux paparazzis.

Il imagina les gros titres qui figureraient dès le lendemain à la une des journaux à scandale, et cette idée le rasséréna. C'est pourquoi il prit le parti de rire, allant même jusqu'à taper dans le dos de Harry, alors qu'il aurait aimé l'écraser comme un vulgaire cafard.

Autour de lui, tous les regards pesaient sur le couple qu'il formait avec Brittany. Des regards condescendants ou apitoyés.

Exactement ce qu'il avait voulu provoquer.

Quand il prit la main de sa jeune épouse pour l'entraîner sur la piste de danse, il oublia la présence de tous ces profiteurs venus assister à son mariage. La serrant contre lui, il plongea son regard dans ses grands yeux noisette et se sentit aussitôt à mille lieues de cette cérémonie ridicule.

— À te voir sourire, on dirait que tu es folle de moi, lui glissa-t-il d'un air faussement réprobateur. Les journaux auront du mal à trouver les adjectifs adéquats pour te décrire. Vénale ? Conquise ?

— Sans doute est-ce l'atmosphère romantique de cette journée qui me monte à la tête, répliqua-t-elle d'une voix un peu rauque. Un peu plus et je serais capable de déclarer que je suis tombée follement amoureuse de toi dès notre toute première rencontre.

À cette évocation, le cœur de Cairo cessa de battre un court instant.

Puis un étourdissement le saisit.

Enlaçant Brittany plus étroitement, il tenta de chasser le malaise qui s'était emparé de lui. Les dernières paroles prononcées par sa jeune épouse lui avaient causé une sorte d'électrochoc. Une chose était sûre, le désir qu'il ressentait pour cette femme lui faisait perdre la raison au point d'envisager l'impensable : transformer cette parodie de mariage en une véritable union destinée à durer toujours…

Mais ce n'était pas possible. Il ne pouvait pas s'autoriser

à éprouver des sentiments pour cette femme. L'amour causait des ravages effroyables, il était bien placé pour le savoir. Il souffrait encore terriblement de la perte des siens. La profonde affection qu'il avait vouée à sa famille avait failli le terrasser. C'est pourquoi il s'était juré de ne plus jamais s'investir dans une relation.

Hélas ! il sentait que quelque chose s'était transformé en lui.

Quand Brittany lui avait offert son innocence, une brèche s'était ouverte dans son cœur. Puis quand elle avait prononcé le « oui » scellant leur union il avait ressenti une exaltation inouïe.

Sans doute s'agissait-il d'une manifestation orgueilleuse de sa part, rien de plus. Tout simplement parce qu'elle lui avait offert sa virginité.

Même si ce don précieux le touchait au plus profond de lui, il fallait qu'il reprenne le contrôle de ses émotions. Toute sa vie, il avait été contraint à des choix difficiles. Son exil forcé lui avait coûté énormément. Mais il s'était armé contre la douleur. Peu importait qu'il souffre si cela pouvait sauver des vies. Son abnégation n'avait rien d'admirable, il avait simplement agi dans l'intérêt général et devait continuer dans cette voie. Sa survie et celle de ses sujets en dépendaient.

Fort de cette résolution, il baissa les yeux vers le visage de sa jeune épouse et, à nouveau, il se sentit chanceler. Pour la première fois depuis une éternité, il ressentit un élan qui le surprit par son intensité. Comme si *survivre* ne lui suffisait plus.

Il voulait davantage…

— Tu me fixes d'une manière dérangeante, lui dit Brittany en fronçant imperceptiblement les sourcils.

Tout comme Cairo, elle devait garder à l'esprit qu'ils se trouvaient en public et qu'ils attiraient tous les regards.

— Tu es ma femme, s'entendit-il dire d'un ton qui lui rappela celui qu'employait son père autrefois.

Un ton ferme et chaleureux à la fois, comme celui que réservait le roi de Santa Domini à ses fidèles. Un roi juste et respecté par son peuple. Un roi qui n'avait pas voulu engager son pays dans un conflit sanglant pour reconquérir le trône dont il avait été écarté. Un roi qui avait cru que son exil serait de courte durée…

— Tu es ma reine, reprit Cairo d'un ton sans réplique.

— Serait-ce une menace ?

— Non, une promesse.

Brittany l'observa avec ce regard distant dont elle avait le secret. Mais il savait qu'il avait touché un point sensible. Les masques qu'ils arboraient en public ne les préservaient plus. Tous deux savaient ce qu'ils cachaient.

À son réveil, Brittany s'étira de tout son long. Elle portait encore la robe fourreau jaune qu'elle avait revêtue après la cérémonie, tenue dans laquelle elle avait été maintes fois photographiée par la horde de paparazzis qui les attendait à l'aéroport au moment de leur départ en voyage de noces.

Une fois à bord de l'avion, elle avait tenu à garder ses distances avec son trop séduisant mari, cet homme qui avait le don de bouleverser ses sens chaque fois qu'elle s'en approchait de trop près.

Puis, lorsqu'elle s'était réfugiée dans cette cabine réservée aux invités, elle s'était allongée sur le lit tout habillée et avait sombré dans le sommeil.

Cairo ne l'avait pas suivie, ni retenue…

Et à présent, elle se réveillait… mariée pour la quatrième fois.

Retirant sa main de sous l'oreiller, elle contempla

les bijoux qui ornaient ses doigts. Des bijoux bien plus somptueux que ceux que lui avaient offerts ses précédents maris.

Darryl, manquant à tous ses devoirs, ne s'était pas donné la peine de lui faire le moindre cadeau. Carlos en revanche lui avait offert un solitaire pour leurs fiançailles, puis une alliance en platine. Il était même allé jusqu'à financer leur voyage hollywoodien.

Pour ses fiançailles avec Jean-Pierre, Brittany avait reçu une bague ornée d'un rubis étincelant, puis, lors de leur mariage, deux anneaux entrelacés incrustés de rubis également.

La fille de Jean-Pierre avait esquissé une grimace de dégoût en contemplant le bijou. « On dirait que votre main a été plongée dans une mare de sang ! » s'était-elle écriée d'un air outré le jour du mariage.

Jean-Pierre avait réussi son pari : choquer sa progéniture.

Et aujourd'hui, elle arborait à son doigt le Cœur de Santa Domini et une magnifique alliance sertie de diamants qui brillaient de mille feux. Des bijoux prestigieux, ayant traversé plusieurs générations.

Brittany avait épousé une légende vivante.

Elle était à présent la reine de Cairo Santa Domini.

Quel que soit l'avenir qui lui serait réservé, quelle que soit la durée de son mariage, elle demeurerait la première femme de Cairo. Son nom figurerait dans l'arbre généalogique des Santa Domini, dans les livres d'histoire et aussi dans les encyclopédies.

De même que Cairo demeurerait son premier et peut-être unique amant…

Effarée par cette pensée, elle la chassa vivement de son esprit et s'assit dans le lit pour sonder la pénombre. Mais il n'y avait personne d'autre qu'elle dans la petite cabine. Quelle heure pouvait-il bien être ? Combien de temps avait-elle dormi ? Elle n'en avait pas la moindre idée. De même qu'elle ignorait la destination de leur vol. Cairo avait annoncé aux invités à leur mariage que leur lune de miel durerait un mois ou deux. Mais Brittany n'avait pas reçu plus d'informations. Elle n'avait pas demandé de précisions.

Les Maldives, New York, la lune… Quelle importance ?

Cette mascarade pouvait se poursuivre n'importe où…

Brittany poussa un soupir empreint de tristesse. Puis se rappelant qu'elle ne s'était pas soigneusement brossé les cheveux avant de dormir elle les démêla avec ses doigts et décida de les réunir en une longue natte. Heureusement que personne ne la voyait à cet instant précis. Dans ses vêtements froissés, elle n'avait plus rien d'une reine…

Cette situation était hallucinante. Rien de ce qu'elle vivait depuis des semaines ne semblait ancré dans le réel, contrairement à ce qu'elle avait connu avec ses précédents maris.

Elle gardait un souvenir atroce de sa première nuit de noces. Darryl, ivre mort, s'était montré peu délicat avec elle une fois qu'ils s'étaient retrouvés seuls dans leur minable chambre de motel. Elle lui avait échappé en s'enfermant jusqu'au matin dans la salle de bains.

Avec Carlos, les choses avaient été très claires : leur union factice devait servir leurs intérêts professionnels. On ne les filmait pas simplement dans le cadre d'une émission de télé-réalité. Leur vie de couple devait aussi défrayer la chronique.

Il en était allé de même avec Jean-Pierre qui souhaitait surtout provoquer sa famille, entreprise qu'il avait parfaitement réussie.

À présent, elle se retrouvait dans la peau d'une reine

d'opérette… Un rôle qu'elle aurait pu interpréter avec brio si rien n'était venu perturber le scénario initialement prévu. Cairo avait percé le secret qu'elle gardait depuis si longtemps, et cela la rendait vulnérable.

Sentant l'angoisse la gagner, elle saisit la bouteille d'eau pétillante sur la table de nuit et en avala une longue gorgée.

« Tu ne pourras pas t'empêcher de penser à ce que nous avons partagé en remontant l'allée qui te conduira à l'autel », avait promis Cairo.

Il ne s'était pas trompé.

Pendant toute la cérémonie, elle s'était sentie fébrile. Quand ils avaient échangé leurs vœux, le souvenir de leurs étreintes passionnées s'était ravivé. Et à présent, elle se rongeait les sangs.

Pas seulement parce qu'ils ne s'étaient pas protégés en faisant l'amour. Non, sa plus grande contrariété venait du fait que son mari ne l'avait pas suivie dans cette cabine…

Plongée dans ses pensées, elle sursauta quand elle entendit vibrer son téléphone portable. En voyant s'afficher le numéro de sa mère sur l'écran, elle hésita un court instant avant de prendre la communication.

— Eh bien, eh bien, susurra Wanda Mae Hollis de sa voix rocailleuse d'ancienne fumeuse, comme c'est aimable de ta part de répondre à mon appel. Cela fait des semaines que j'essaye de te joindre.

— Bonjour, maman, répliqua Brittany d'un ton crispé.

Les conversations avec sa mère se terminaient toujours très mal, c'est pourquoi elle préférait les éviter.

— Pas la peine de me raconter tes derniers exploits, reprit Wanda Mae, on n'entend parler que de ça, partout où nous allons. J'espère que tu es contente de toi.

Une fois de plus, Brittany regretta d'avoir décroché.

Pourquoi n'avait-elle pas banni sa mère de sa vie ? Sans doute à cause de ce minuscule espoir de voir leur relation s'améliorer avec le temps.

Quel leurre…

Recroquevillée sur elle-même, Brittany prit une profonde inspiration avant de dire :

— Merci pour ton appel, maman. C'est gentil de me présenter tous tes vœux de bonheur.

— Tu plaisantes, j'espère ! protesta Wanda Mae. Sais-tu que je ne peux pas faire un pas sans entendre parler de tes frasques ? Sais-tu ce que l'on dit de toi ? En as-tu au moins conscience ?

— J'imagine qu'on ne chante pas mes louanges. Aux yeux du monde, je ne suis sans doute pas la nouvelle Kate Middleton.

— Tu n'en as pas assez de provoquer des scandales ?

— Non, je ne peux pas m'en passer. Désolée si cela te blesse, maman.

— Tu te crois intelligente, n'est-ce pas ?

C'était une question rhétorique qui n'appelait aucune réponse. S'ensuivit une longue litanie de reproches. La main crispée sur le téléphone, Brittany laissa son esprit vagabonder. Elle se revit enfant, auprès d'une mère qui lui faisait constamment sentir qu'elle était de trop. Rien de ce qu'elle entreprenait n'avait de valeur à ses yeux. Pas même le fait d'élever ses autres rejetons à sa place. À seize ans, Brittany avait choisi la fuite pour ne plus être témoin de la vie dissolue de sa mère, sans pour autant l'abandonner. Pour que ses demi-frères et sœurs ne manquent de rien, elle avait subvenu à leurs besoins. Mais pour Wanda Mae que sa fille lui envoie régulièrement de l'argent n'était qu'un juste retour des choses. Jamais elle ne lui avait témoigné la moindre gratitude.

Reprenant pied dans la réalité, Brittany se concentra sur les propos de sa mère.

— Pour couronner le tout, il a fallu que tu épouses un individu de la pire espèce ! Un pseudo-roi qui défraye la chronique depuis des années. Comment pourrais-je garder la tête haute désormais ?

— En redressant le cou, je présume, ironisa Brittany.

— Jolie repartie ! Quel humour ! Il n'y a pourtant pas de quoi rire. Tu as choisi d'unir ta vie à un pervers, un dégénéré…

— Mesure tes propos, maman, la coupa Brittany d'un ton glacial. Fais très attention. Si tu continues à insulter l'homme que j'ai épousé, il se pourrait bien que ton compte en banque se retrouve à sec. Comment feras-tu pour payer tes bières et tes cigarettes ?

— Menacerais-tu ta propre mère ?

— Je refuse de t'entendre proférer des critiques à l'égard de mon mari ou sur notre mariage.

— Voilà donc l'influence que ce sale type a sur toi !

— Ceci est un dernier avertissement, maman. Je ne plaisante pas.

Wanda Mae se tut, à la grande satisfaction de Brittany. C'était la première fois qu'elle sortait victorieuse d'une joute verbale l'opposant à sa mère.

— Écoute-moi bien, Brittany, reprit cette dernière d'une voix plus mesurée. Tu crois que je ne comprends rien à rien, mais tu te trompes. Je sais très bien pourquoi tu as quitté Gulfport. Pour toi, nous ne sommes que des bouseux.

— Je n'ai jamais pensé cela. Et si j'étais restée, tu aurais critiqué mes choix de vie exactement de la même manière.

— Je ne suis pas née de la dernière pluie, rétorqua sa mère, éludant la dernière remarque de Brittany. Je sais ce qui arrive quand une fille pauvre tombe sous le joug d'un homme riche.

— Il y a longtemps que je ne suis plus une fille pauvre. Si je l'étais restée, tu n'aurais jamais encaissé autant de chèques signés de ma main.

— Ma pauvre enfant, ton destin est tout tracé. Les hommes riches adorent jouer ce genre de comédie. Ils aiment se pavaner au bras de jolies filles. Mais ne crois pas que ce soit gratuit de leur part. Ils savent te le faire payer. Un jour ou l'autre, il ne te restera que tes yeux pour pleurer.

— Merci du conseil, maman.

Sur ces mots, elle coupa la communication et jeta rageusement son téléphone sur le lit. Les derniers propos de sa mère l'avaient secouée.

Longtemps, ils résonnèrent en elle comme une prophétie…

8

Ils atterrirent sur la petite île privée de l'archipel de Vanuatu à l'heure où, dans ce coin du Pacifique sud, l'aube striait de rose vif le bleu profond du ciel.

— Vanuatu, murmura Brittany alors qu'ils quittaient le jet pour rejoindre la piste.

Elle paraissait médusée.

— Tu m'as amenée à Vanuatu…

Elle venait de s'arrêter au pied de la passerelle, et Cairo la dévorait du regard. Pas plus la mer que le sable blanc, ou l'immense demeure qu'il avait achetée dans ce coin reculé du monde, ne parvenaient à retenir son attention. Il n'avait d'yeux que pour celle qu'il venait d'épouser. Sa femme, irrésistible dans cette robe froissée, les cheveux nattés dans le dos.

Sa femme, qu'il n'avait pas suivie lorsqu'elle s'était barricadée dans une cabine, durant les vingt-quatre heures de vol. Il lui en avait coûté, mais il s'était efforcé de se raisonner, de comprendre qu'elle avait besoin de temps. D'espace. De calme, après le tourbillon qu'avait été leur mariage. Peut-être aussi d'accepter ce qui s'était produit entre eux dans ce château, avant qu'ils prononcent les vœux traditionnels. Elle devait désormais admettre qu'ils étaient bel et bien *mariés*.

Pour toutes ces raisons, il avait choisi de ne pas intervenir lorsque Brittany s'était isolée. Ce qui lui avait en outre permis de réfléchir et de prendre du recul. Ce qui s'était produit entre eux ne devait en aucun cas l'ébranler. Il ne s'agissait jamais que d'une affaire de sexe. Leur mariage n'avait d'ailleurs aucune valeur. Un petit spectacle de plus, voilà tout.

Il n'en restait pas moins que Brittany était sa femme…

La légère brise marine jouait dans ses cheveux vaguement tressés, qu'elle venait de rabattre sur une épaule. Elle avala sa salive, et il se surprit à fixer sa gorge, comme s'il lui était possible d'y déceler un quelconque indice. De trouver des réponses aux questions qu'il n'osait pas poser.

— C'est tout à fait ce que j'avais imaginé, dit-elle d'une voix posée.

Trop posée.

— Tu souhaitais bien venir ici, n'est-ce pas ?

Cairo serra les mâchoires. Dans ce paysage de rêve où régnait la quiétude, sa voix avait résonné durement à ses oreilles.

Il avait l'impression d'être une parodie de lui-même. Ses propres vêtements portaient la marque de l'imposture. Ce T-shirt qui lui moulait le torse et ce pantalon en lin décontracté ne lui ressemblaient pas. Ils donnaient de lui l'image d'un adepte de la plage et du bronzage, pas celle d'un roi. Pas même celle d'un monarque habitué à faire la une des magazines people, rôle qu'il s'était employé à jouer ces dernières années. Et cela le mettait mal à l'aise.

Il était cependant peu probable que Brittany oublie qui il était. Pas plus qu'il ne l'oublierait lui-même.

— J'ai toujours rêvé de connaître ce coin du monde, répondit-elle enfin.

Elle n'en dit pas plus long, et il remarqua qu'elle avalait de nouveau sa salive avant de cligner les paupières, comme pour chasser quelque chose de son esprit. Leur mariage ? Lui ?

Quelle importance ? Cela lui était bien égal.

— L'île t'appartient, lâcha-t-il d'un ton bourru.

Elle se tourna lentement vers lui.

— L'île... *m'appartient* ? répéta-t-elle d'une voix mal assurée. Que veux-tu dire par là ?

D'un signe de tête, il invita le personnel qui attendait un peu plus loin à récupérer leurs bagages, et prit la jeune femme par le bras avant d'emprunter le chemin sinueux qui conduisait à la demeure. Elle ne chercha pas à lui résister, et le contact de sa peau nue sur la sienne lui procura d'étranges sensations. Bon sang, que lui arrivait-il ? Il se comportait comme un adolescent à son premier rendez-vous ! C'était déroutant. Effrayant, même.

Les sourcils froncés, il continua d'avancer vers la maison, située dans la partie la plus sauvage de l'île. Immaculée, entourée de terrasses et de galeries, elle cadrait parfaitement avec ce décor paradisiaque. Mais aussi idyllique soit-il, ce tableau le laissait presque indifférent. Il ne songeait qu'à celle qui avançait à côté de lui. La peau douce et fraîche de Brittany embrasait la sienne. Il n'avait jamais rien éprouvé de tel, ne s'était jamais senti aussi vulnérable.

— Considère cet endroit comme un cadeau de mariage, marmonna-t-il.

Il ne comprenait décidément pas ce qui lui arrivait. Pendant ce long vol, il avait eu l'impression de découvrir un tout autre aspect de sa personnalité. À croire qu'il avait abandonné toute forme de prudence dans un certain château d'Italie. Qu'il avait laissé là-bas les masques derrière lesquels il s'était longtemps caché. Auprès de

Brittany, il était un homme et rien d'autre. Pas un roi en exil. Pas un être tombé en disgrâce. Et cette découverte lui procurait une sorte d'ivresse.

— On n'offre pas une île en cadeau de mariage, Cairo. C'est... absurde !

Tout au plaisir de savourer cette petite promenade matinale au bras de sa délicieuse épouse, il ne prêta aucune attention à ses propos. Ce tête-à-tête éveillait des souvenirs... *Eveillait* des souvenirs ? Voyons, de qui se moquait-il ? Il ne cessait de penser aux moments fougueux qu'ils avaient partagés. Certaines images le harcelaient jour et nuit. A vrai dire, il ne cherchait pas non plus à les chasser de son esprit.

— Je commençais à me demander si je n'avais pas par hasard épousé la Belle au bois dormant, ironisa-t-il.

Il sentit la main de la jeune femme se crisper sur son bras, et en éprouva un certain plaisir. Du moins réagissait-elle. Tout lui semblait préférable à la léthargie dans laquelle elle paraissait s'être plongée.

— La Belle au bois dormant associée à un roi sans trône, au lieu du traditionnel prince charmant..., ajouta-t-il. Sacrée erreur de casting, tu en conviendras !

Ce trait d'humour lui valut un bref regard en coin de Brittany.

— J'étais fatiguée.

— Vraiment ?

Après une brève hésitation, elle acquiesça. Il voulut alors sourire, de ce même sourire nonchalant qu'il avait toujours affiché, mais ses lèvres restèrent scellées.

— Ah ! Pour être tout à fait honnête, Brittany, il m'est arrivé de penser que tu avais décidé de te cacher dans cette cabine, pendant toute la durée du vol.

— Me cacher ? Pour quelle raison ?

Il remarqua qu'elle n'écartait cependant pas l'hypothèse.

— À toi de me le dire.

Mais elle ne souffla mot, et ils continuèrent d'avancer sur le chemin. Seuls le bruissement des feuilles de palmier et le murmure des vagues venant mourir sur le rivage brisaient le silence environnant. Comme la jeune femme repoussait ses cheveux en arrière, Cairo ressentit un brusque désir de glisser les doigts dans cette masse cuivrée. Il n'en avait pas oublié la douceur. Pas plus qu'il n'avait oublié le contact de ce corps brûlant serré contre le sien. Et moins encore le moment où ils s'étaient donnés l'un à l'un à l'autre.

Non, il n'avait rien oublié.

Il en était là de ses pensées quand Brittany reprit la parole.

— J'apprécie ce geste à sa juste valeur, mais je ne peux pas accepter un cadeau pareil. Surtout pour un mariage comme le nôtre… Destiné à ne pas durer.

— J'ai bien peur qu'il ne soit trop tard, Brittany.

Il s'arrêta au bout de l'allée où prenait fin l'immense pelouse parsemée de plantes tropicales en fleurs.

— L'île et tout ce qui s'y trouve t'appartient désormais. Mes avocats ont procédé au changement de propriétaire dès l'instant où nous avons été déclarés mariés… Pour le meilleur et pour le pire !

À ces mots, elle lui lâcha le bras, faisant mine de n'y prêter aucune attention. Il aurait admiré le prétendu naturel de ce geste s'il n'avait autant regretté de la sentir s'éloigner de lui.

— Non, murmura-t-elle d'une voix sourde, avant de se tourner vers l'horizon, où se déployait à présent une palette de tons roses et orangés.

Cairo aurait pu feindre de n'avoir rien entendu. Pourquoi, d'ailleurs, ne pas avoir eu recours à ce subterfuge ?

— Désolé que le cadeau ne te convienne pas ! lança-t-il d'un ton cinglant. Qu'est-ce qui te déplaît, au juste ? La taille de l'île ? La maison ? Tu aurais préféré quelque chose de plus grand ? Plus sophistiqué. Plus clinquant. Une villa à Dubai, peut-être ?

— Non, bien sûr.

Elle secoua la tête, fixant toujours l'immensité azur de l'océan.

— J'ai grandi dans une caravane. Avec ma mère, qui collectionnait les aventures, et quatre autres enfants. N'importe quel endroit où je pourrai disposer d'une chambre à ne pas partager aura pour moi des allures de palais. Mais *ceci*...

Le menton pointé vers la demeure, elle hésita. Quand elle se tourna enfin vers Cairo, elle avait le regard sombre.

— La maison est belle. Tout ici est beau. Bien plus que ce que j'avais imaginé.

— Dans ce cas, je ne vois pas bien où est le problème.

Il changea de position et croisa les bras, conscient de ne pas réagir comme il l'avait toujours fait jusqu'ici. De manquer de cette assurance frisant parfois l'arrogance, qui correspondait à son image.

Pourquoi cette femme avait-elle sur lui une telle influence ? Il croyait le savoir. Lorsqu'il avait connu Brittany, pas un seul instant il n'avait imaginé qu'elle puisse être vierge, innocente.

Or, il n'y avait dans sa vie de séducteur sans scrupule aucune place pour l'innocence.

Pourtant, les moments passés avec la jeune femme dans ce château étaient les plus authentiques qu'il ait jamais vécus depuis plus de vingt ans, et il rêvait de renouveler l'expérience.

Il la désirait. Il voulait rester auprès d'elle, continuer d'être l'homme qui s'était révélé en sa présence.

— Très simple, Cairo. Vois-tu, il se trouve que ce rêve

est *le mien*. Je t'en ai parlé, mais ça ne te donne pas le droit de t'en servir pour amuser la galerie.

— Je suppose que tu fais allusion à notre mariage.

— Mariage, show, mise en scène... Libre à toi de choisir ! Mais nous savons bien tous les deux qu'il s'agit d'une mascarade. Venir à Vanuatu est un rêve que j'ai nourri pendant des années. Un rêve qui m'a permis de supporter les horribles choses qu'on disait à mon sujet, de tenir bon envers et contre tout. Et tu voudrais maintenant que ce rêve porte le sceau d'une imposture ? Qu'il soit terni par...

— ... moi ? finit-il à sa place, imperturbable.

Bien sûr, Brittany ne voyait que l'image qu'il donnait de lui. Elle se fiait aux apparences, sans chercher à savoir qui se cachait derrière ce personnage pas toujours sympathique.

— Tes rêves à toi, je ne les connais pas ! répliqua-t-elle avec impatience.

— Je suis un roi sans royaume, sans rêves.

Il ponctua ces mots d'un petit rire sec qui sonna bizarrement à ses propres oreilles.

— A ton avis, quels pourraient bien être mes rêves, Brittany ?

— Je ne sais pas, je ne peux parler que des miens.

Le menton relevé, elle ajouta :

— Je rêve de quelque chose qui m'appartienne, vraiment. D'un endroit où il n'y ait personne pour m'observer, se livrer à mille conjectures à mon sujet. Je rêve d'un lieu parfait, protégé, très loin de celui où j'ai vécu. Un lieu où il me soit possible de disparaître. As-tu une idée, aussi minime soit-elle, de ce que cela signifie ?

— Peut-être. J'imaginerais bien une maison confortable et bien aménagée, située sur une île lointaine...

Voyons, où serait-il possible de trouver un coin pareil, à ton avis ? Ici, peut-être ?

— Je te rappelle que je joue un rôle, Cairo !

Elle avait parlé vite, d'une voix saccadée, et la voir perdre ainsi le contrôle de la situation lui procura un certain plaisir. Ses émotions transparaissaient enfin.

— Depuis mon enfance, enchaîna-t-elle. Ce voyage à Vanuatu était censé survenir dans ma vie quand j'aurais enfin tout laissé derrière moi. Certainement pas alors que je me livre à une autre comédie !

Il vit ses lèvres trembler, et eut une irrésistible envie de l'embrasser. Elle était si attirante, si belle. Plus belle encore que le décor paradisiaque qui les entourait. Elle recula alors d'un pas, comme si elle cherchait à mettre plus de distance entre eux. Quoi qu'elle prétende, Brittany était elle aussi troublée par cette situation.

— Viens, lui dit-il à voix basse.

— Je suis là.

— Approche.

— Je suis déjà tout près de toi !

Le ton vif sur lequel elle avait répliqué accentua le désir qui le tenaillait. Fallait-il qu'il soit fou ! Aucune importance. Sans hésiter plus longtemps, il tendit les mains vers elle et l'attira à lui. Le petit gémissement qu'elle poussa alors attisa la flamme qui le dévorait.

— Cairo…

— Quelle comédie, Brittany ? Nous sommes quasiment seuls sur cette île ! Devant qui nous donnons-nous en spectacle ? Il n'y a que *nous*, toi et moi.

Elle leva lentement le visage vers lui, et il vit scintiller son regard.

— Il n'y a pas de « nous », chuchota-t-elle d'une voix rauque. Le couple que nous formons n'est qu'un simulacre.

— Un simulacre ? Vraiment, *tesorina* ?

Resserrant son étreinte, il se pencha vers elle et leurs lèvres se joignirent en un baiser brûlant.

Pendant les semaines qui suivirent, Brittany eut l'impression de vivre un rêve éveillé. Ce rêve qu'elle chérissait depuis si longtemps était devenu réalité. Il dépassait même, et de loin, tout ce qu'elle avait pu imaginer. Dans ce lieu idyllique, elle découvrait mille plaisirs : les bains dans la superbe piscine, le jacuzzi, les succulents repas, les heures de détente dans les hamacs, les promenades sur la plage, l'infinie beauté du paysage, quel que soit le moment de la journée ou de la nuit. Cet environnement au luxe simple représentait pour elle une perpétuelle découverte, dont elle se délectait.

Par-dessus tout, elle appréciait la solitude dont ils jouissaient. Leur première étreinte, à leur arrivée sur l'île, s'était terminée dans la vaste et lumineuse suite de la demeure. Ils s'étaient alors employés à lutter contre le décalage horaire, de la manière la plus agréable qui soit. Et à partir de ce moment-là, ils avaient décidé d'un commun accord de se couper du monde.

— Nous ne manquerons à personne pendant ces cinq semaines, avait dit Cairo le soir même tandis que, depuis leur terrasse, ils admiraient le soleil qui se couchait dans un dégradé de tons flamboyants. Il y aura bien d'autres unes de journaux pour occuper les curieux, et je doute que beaucoup de gens s'intéressent longtemps à notre disparition.

Lui effleurant la nuque du bout des doigts, il avait ajouté avec un sourire lascif :

— Qu'en penses-tu, *tesorina* ?

Elle n'avait pu qu'acquiescer. Comment refuser une

proposition pareille, après les moments intenses qu'ils partageaient depuis leur arrivée sur l'île ? Jamais elle n'aurait imaginé éprouver une telle fougue, un tel bonheur dans les bras d'un homme. Leurs échanges, à la fois tendres et passionnés, la transportaient au septième ciel. Et bien qu'étant novice en la matière, elle devinait que Cairo éprouvait lui aussi un plaisir infini durant leurs ébats.

Auprès de lui, elle ne se lassait pas de découvrir cet univers sensuel auquel elle s'était jusque-là toujours refusée. Subjuguée par les caresses qu'ils échangeaient, elle explorait son propre corps tout comme celui de son amant. Et elle entendait bien prolonger autant que possible ce merveilleux voyage, rester aussi longtemps que possible dans cette bulle magique.

Car il s'agissait bien d'une bulle, susceptible d'exploser à chaque instant. Elle était bien placée pour le savoir. Que de fois elle avait vu sa mère s'attacher à un homme avec lequel elle partageait son lit ! Son lit et rien d'autre. Aussi forte soit-elle, l'entente qui s'établissait entre deux corps ardents de désir restait superficielle.

Brittany s'était bien juré de ne jamais tomber dans ce piège. Cela ne l'empêchait pas pour autant de profiter du moment présent. Elle aurait bien le temps de retrouver sa voie lorsque cette parenthèse amoureuse se refermerait.

— N'est-ce pas le but d'une lune de miel ? lui avait-elle répondu, souriant elle aussi. S'éloigner de tout, de tout le monde…

Il lui avait alors adressé l'un de ces irrésistibles sourires auxquels elle commençait à s'habituer.

— Ah ? Je croyais que les jeunes mariés ne s'échappaient que pour prendre de belles photos, qu'ils publiaient ensuite sur les réseaux sociaux.

Dans un éclat de rire, ils s'étaient rapprochés l'un de l'autre pour échanger un long baiser.

Les journées, d'une exquise langueur, s'écoulaient doucement. Ils se promenaient sur la plage pour profiter du soleil, se réfugiaient à l'abri sous l'une des galeries lorsque s'abattaient de fortes pluies, afin de ne rien perdre de ce spectacle inhabituel sous ces latitudes. À la nuit tombée, ils contemplaient le firmament étincelant, où scintillaient des milliers d'étoiles. Ils échangeaient leurs points de vue sur la politique, la société, discutaient des livres et des films qui leur avaient plu.

Ils s'exploraient en fait mutuellement, avec une ferveur qui aurait effrayé Brittany si elle avait pris le temps d'y réfléchir — ce dont elle n'avait aucune envie. Le lien qui se tissait entre eux lui semblait aussi inévitable que les brusques averses tropicales, ou bien le bruit des vagues, ou encore le flamboiement du ciel au crépuscule. Elle ne pouvait pas s'y soustraire, et ne le souhaitait pas : elle s'abandonnait avec délices à cet environnement tout comme à cette relation.

Sur cette île, il n'y avait pas de roi, pas de danseuse de cabaret. Il n'y avait qu'un homme et une femme irrésistiblement attirés l'un vers l'autre. Un homme et une femme désireux de partager tous les beaux moments que leur offrait la vie.

Le temps passait, et Brittany s'apercevait qu'elle connaissait par cœur le corps de Cairo. Elle savait où se trouvait le moindre grain de beauté, la moindre imperfection. Elle connaissait aussi les zones les plus sensibles de ce superbe corps masculin, le goût, la texture de sa peau, et ne s'en lassait pas. Pas plus qu'elle ne se lassait des caresses intimes que lui prodiguait son amant. Elle avait l'impression que chaque minute écoulée les rapprochait un peu plus l'un de l'autre. Loin de s'émousser, leur désir mutuel semblait s'accentuer au fil du temps. Leur entente aussi.

Mais cela ne durerait pas. Leur relation était destinée à être éphémère, elle ne l'oubliait pas. Peut-être était-ce cela qui la rendait si intense.

Elle parlait beaucoup avec Cairo, et il ne lui avait pas fallu plus de quelques jours pour mesurer à quel point leurs existences avaient été différentes. L'un comme l'autre ponctuaient d'anecdotes le récit de leur enfance et adolescence, cherchant à les montrer sous un jour léger — version très éloignée de la réalité.

Il lui racontait les expériences vécues dans les différents pays qu'il avait habités, lui rapportait les événements marquants de son éducation, de ses études. Nul autre au monde ne connaissait mieux qu'elle le roi exilé de Santa Domini, elle en était convaincue. Et c'était réciproque, car elle s'épanchait elle aussi en toute liberté.

Tu n'as pour lui aucun secret. Il sait tout de toi. Absolument tout.

Un soir, après avoir dégusté un délicieux plat de poisson grillé servi avec des légumes locaux, ils sortirent sur la terrasse pour savourer la douceur de la nuit tropicale. Ils s'installèrent dans la même chaise longue, serrés l'un contre l'autre, comme ils le faisaient souvent.

Leur arrivée sur l'île remontait maintenant à un mois. Brittany n'avait cessé d'y penser depuis le matin. Le temps passait si vite... Cet homme contre lequel elle s'appuyait, cet homme au regard caramel, vêtu simplement d'un jean et d'un T-shirt, allait bientôt disparaître de son univers. Plus que quelques jours et chacun reprendrait sa route, rejoindrait la scène où se déroulait sa vie. Comme convenu, ils mettraient fin à ce tout récent mariage, chaque chose retrouverait sa place, et ces quelques semaines de rêve feraient partie du passé.

Un passé révolu.

L'heure du réveil approchait ; or, elle n'avait aucune envie de se réveiller. D'autant qu'un autre sujet de préoccupation s'insinuait en elle : pour la première fois de sa vie, elle n'avait pas eu ses règles à la date habituelle. Elle les attendait depuis deux semaines. Deux semaines de retard ! Difficile d'attribuer une durée aussi longue au stress ou au décalage horaire.

Elle s'efforçait d'y penser le moins possible et, surtout, refusait d'imaginer les conséquences d'une hypothétique grossesse. Si un enfant se présentait, alors qu'ils étaient sur le point de divorcer...

— Tu as l'air ailleurs, ce soir, Brittany.

Il s'était adressé à elle d'une voix calme, nonchalante. Celle d'un homme détendu, qui profite pleinement de ses vacances. Ne se sentant pas le courage de gâcher ce moment de quiétude, elle choisit de ne pas formuler ses soupçons. A quoi bon ? Rien ne pressait, et autant savourer ce merveilleux intermède qui touchait à sa fin.

— Il ne nous reste plus qu'une semaine à passer ici, murmura-t-elle. Ça ne va pas être évident de retrouver la réalité, les magazines...

Elle esquissa une grimace, puis repoussa en arrière ses cheveux qui ondulaient dans cette atmosphère humide. Après avoir tenté les deux premiers jours de lutter contre ses boucles rebelles, elle avait fini par y renoncer. Derrière elle, Cairo glissa la main dans sa chevelure, et enroula l'une de ces boucles autour de son index.

— Quelle existence mènerais-tu si tu décidais de quitter le monde du spectacle ? De vivre une vie « normale » ?

— Tout dépend de ce que tu appelles une vie « normale », répondit-elle avec un haussement d'épaules. Je ne sais même pas si cela existe...

Comme elle penchait la tête en arrière, il s'inclina vers elle pour effleurer ses lèvres d'un baiser.

— C'est un concept qui m'échappe aussi. Mais imagine-toi vivre sans la pression de la presse à scandale susceptible de surgir devant toi à tout moment. Imagine-toi être à l'écart des caméras et des appareils photo. Que serait ta vie ?

Elle hésita.

— Je pense que... J'aimerais habiter une maison avec jardin.

Ces premiers mots la surprirent elle-même, mais elle ne fut pas longue à développer cette idée.

— J'aimerais cuisiner de bons petits plats pour ma famille. Suivre de près le parcours scolaire de mes enfants, participer aux réunions de parents d'élèves. J'aimerais bien aussi avoir un chien. Un labrador.

Tout contre son dos, elle sentit le torse de Cairo gonfler, juste avant qu'il éclate de rire.

— C'est un portrait très complet que tu dresses là ! Et tu ne danserais plus ?

— Si. Pour mon plaisir, pas pour gagner de l'argent. Voilà ce qui se produit quand on décide de vivre de ce qu'on aime : on finit par l'aimer beaucoup moins. On n'exerce plus cette activité que pour régler ses factures. Mais j'imagine que les factures sont le cadet de tes soucis ! conclut-elle d'un ton léger.

— Sache que, comme le commun des mortels, je règle les miennes.

Il lui parlait en toute liberté, avec naturel. Elle décelait aussi dans sa voix une indéniable tendresse. Tout cela disparaîtrait lorsqu'ils redeviendraient les cibles de la presse à scandale — ce qui se produirait très rapidement, surtout si elle était enceinte.

Ne pense pas à cela.

— Des factures un peu plus élevées quand même que celles du « commun des mortels », non ?

Comme il la serrait plus fort contre lui, elle baissa les paupières et se laissa aller au bonheur de l'instant.

— À mon tour de te poser la question, reprit-elle au bout de quelques secondes. Que ferais-tu, toi, si tu pouvais mener une vie normale ?

Il resta longtemps immobile.

— Je crois bien ne pas savoir ce que signifie « normal », dit-il enfin, au moment où elle pensait qu'il ne lui répondrait pas. Je n'ai aucune idée de ce que cela peut représenter.

— Tu pourrais par exemple être comptable.

L'image de Son Altesse Royale jouant les gratte-papier dans un bureau lui fit froncer le nez.

— Ou… un barde ambulant, suggéra-t-elle encore, dans un éclat de rire. Est-ce que tu sais chanter, Cairo ? Ce serait un plus, bien sûr !

— Tout ce que je sais faire en fait, c'est *être moi.*

Ces mots, il les avait prononcés lentement, d'une voix profonde. Brittany, qui ne partageait pas cet avis, se tourna vers lui, puis noua les bras autour de son cou. Lovée contre lui, elle parsema de baisers légers ce visage qu'elle connaissait par cœur à présent. Les pommettes hautes, les joues délibérément mal rasées… À croire que Cairo cherchait ainsi à occulter la vérité à son sujet, ce qui relevait de l'impossible. Rien n'y parviendrait, pas plus l'exil que l'acharnement de la presse ou son propre penchant pour l'autodestruction.

Sans la lâcher, il se glissa sous son corps, comme il l'avait fait tant de fois. Mais au lieu d'entrer dans ce jeu qui leur plaisait tant, elle se redressa et fouilla son regard d'ambre.

— A vrai dire, je n'ai jamais réussi à m'adapter aux événements, reprit-il d'un ton songeur.

Comme il haussait les épaules, elle pensa qu'il allait l'embrasser et éluder ainsi le sujet, comme il l'avait fait tant de fois. Elle fut donc très surprise quand il reprit la parole.

— J'ai été élevé pour succéder à mon père. Il a dû s'exiler, mais a toujours pensé qu'il s'agissait d'une situation transitoire. Il avait la ferme intention de remonter sur le trône de Santa Domini.

Elle vit ses traits se durcir et, bien qu'il ait gardé ses mains sur ses hanches, devina qu'il était en pleine immersion dans le passé.

— Mais rien n'a changé après sa mort. J'étais le roi officieux. J'étais... moi-même ! J'ai eu beau dire à qui voulait bien l'entendre que ce rôle de roi n'était pas fait pour moi, tous les fidèles qui m'entouraient s'obstinaient à espérer que le royaume me reviendrait un jour. Les années ont passé, et ces gens-là y croient toujours.

Les mâchoires serrées, il chercha le regard de celle qu'il avait épousée, avant d'ajouter d'un ton sec :

— J'ai représenté pour mon peuple la plus lourde des déceptions. Voilà en quoi a consisté jusqu'ici mon rôle « normal » dans la vie.

— Non !

Le mot avait franchi spontanément les lèvres de Brittany, et elle ne le regrettait pas.

— Il n'y a rien en toi rien de décevant, Cairo, enchaîna-t-elle, en proie à une étrange colère.

Colère qui n'était pas dirigée contre lui, mais contre le sort que la vie lui avait réservé. Elle vit son regard s'adoucir, puis il tendit la main vers elle et, en un geste qui lui était devenu familier, enroula de nouveau une boucle rousse autour de son index.

— À t'entendre, je serais un homme respectable, digne de reconquérir le trône de Santa Domini. Compte tenu de notre relation, j'ai bien peur que ton avis ne soit pas très objectif, *tesorina*.

— Erreur... Votre Altesse !

Un sourire empreint de tristesse se dessina sur ses lèvres tandis qu'il secouait doucement la tête, et elle se sentit elle aussi envahie par le chagrin. Qu'imaginait-il ? Qu'elle était aveuglée par leurs ébats passionnés ? Pensait-il réellement n'avoir d'autres qualités que celles d'un bon amant ?

Ce fut alors qu'elle vit clair en elle. Elle avait jusqu'ici cherché à se voiler la face, mais c'était évident. Rien n'avait changé autour d'eux, entre eux. Pourtant...

Ce dont elle venait de prendre conscience bouleversait l'ordre des choses.

Elle l'aimait.

Depuis quand ? Sans doute depuis leur toute première rencontre. Depuis l'instant où leurs regards s'étaient croisés pour la première fois.

C'était une catastrophe. Elle se trouvait confrontée à ce qu'elle avait toujours redouté, toujours fui : l'amour.

Un petit mot à la fois simple et terrifiant.

Depuis son arrivée sur l'île, elle avait vécu à visage découvert, faisant tomber tous ses masques. Elle s'était ouverte à Cairo, offerte à lui. Et quelles que soient les surprises que risquait de lui réserver l'avenir, elle ne regrettait pas de s'être ainsi abandonnée. Même s'il s'avérait qu'elle était enceinte.

Elle ne dirait cependant rien à l'homme qui se tenait tout près d'elle et la dévorait du regard. Elle ne lui révélerait pas plus son amour pour lui, dont elle venait tout juste de prendre conscience, qu'une éventuelle grossesse.

— C'est toi qui te trompes, dit-il d'une voix rauque.

Elle retint son souffle. Il y avait dans l'expression du beau visage de son mari quelque chose de triste et de sage à la fois. Elle avait l'impression qu'il cherchait à s'éloigner d'elle. Comme s'ils étaient déjà sur le point de regagner l'Europe. Comme si l'heure de cette fin, convenue depuis le début, s'apprêtait à sonner.

Ils avaient toujours su que ce rêve était destiné à prendre fin. Que l'heure du réveil sonnerait. Cela ne les avait toutefois pas empêchés de vivre pleinement cette chimère.

— Brittany...

Mais il en resta là, et d'un même geste ils se réfugièrent dans les bras l'un de l'autre, prêts à fuir cette réalité qui pointait le bout de son nez.

La flamme qui brûla en eux ce soir-là fut plus forte que jamais, et il en coûta à la jeune femme d'attendre que son amant se protège, ce qu'il avait toujours fait.

Toujours, excepté la première fois.

Dès que leurs corps furent réunis, ils entamèrent ce ballet féerique et endiablé qui les conduisait toujours aux cimes du plaisir. Au fil du temps, une sorte de magie s'était opérée en eux, entre eux, les guidant jour après jour, nuit après nuit, vers de nouveaux sentiers, de nouvelles découvertes.

Je l'aime.

Ces petits mots lui traversèrent l'esprit dans un sillon incandescent, au moment où Cairo la faisait sienne. Puis elle ne pensa plus à rien.

9

Ricardo arriva à bord du bruyant hélicoptère dans lequel il était monté à Port-Vila, capitale de Vanuatu.

D'humeur morose, Cairo, qui avait dû se lever précipitamment, regardait avancer vers lui le plus fidèle de ses sujets. Dans son costume fripé, celui-ci paraissait tout à fait déplacé sur la grande plage de sable blanc que le soleil commençait à inonder de sa lumière dorée. Cette apparition, aussi soudaine qu'inattendue, soulignait la distance qui s'était établie entre le monde et lui au cours de ces dernières semaines.

Il aurait tant aimé continuer à vivre ainsi, loin de la réalité, des tracas quotidiens.

— Nous avions rendez-vous ? lança-t-il, en guise de salut. Je n'en ai aucun souvenir.

Guidant le nouvel arrivé vers la terrasse, où était d'ordinaire servi le petit déjeuner, il s'enjoignit au calme. Il fallait qu'il s'applique à donner de lui l'image d'un individu nonchalant, qui ne se souciait que de lui-même. Comme ils s'installaient à la table bien garnie, il invita Ricardo à se servir tout en s'efforçant de rentrer dans la peau de son personnage habituel. Rôle qu'il ne jouait plus depuis son arrivée sur l'île. Depuis qu'il vivait avec Brittany.

Qu'il *vivait* avec Brittany ?

Oui, le terme convenait tout à fait. Ne partageaient-ils pas les moindres instants de leurs journées, de leurs nuits ? Le personnel étant très discret, il s'était très vite habitué à n'avoir pour seule présence que celle de la jeune femme, à ne parler qu'à elle. Et cela lui convenait à merveille.

Ce matin-là, lorsque le ronflement de l'hélicoptère les avait tirés du profond sommeil dans lequel ils avaient sombré après des ébats passionnés, il avait eu beaucoup de mal à se lever, à s'éloigner de celle dont il ne se séparait plus. Et ce constat n'était pas sans le troubler.

— Voilà un mois que vous avez disparu, sire, commença Ricardo avant de porter à ses lèvres une tasse de café.

Il avala deux gorgées du breuvage bien corsé, puis poussa un petit soupir de bien-être avant d'enchaîner :

— Totalement disparu. Certains croyaient même que vous étiez mort.

— Il y a toujours des rumeurs qui circulent, répliqua Cairo avec un geste évasif de la main.

— Des rumeurs plus persuasives que jamais, puisque aucune photo de vous n'est parue dans les magazines depuis des semaines !

— Je ne mourrais jamais si jeune et dans un tel anonymat, voyons !

Il ponctua ces mots d'un rire sec. La rapidité avec laquelle il retrouvait ses habitudes n'était pas sans le déconcerter. Il ne lui avait pas fallu plus de quelques secondes pour se glisser de nouveau dans la peau du personnage qu'il jouait depuis si longtemps.

— Si je devais mourir, je choisirais un tout autre cadre. Une très grande ville, par exemple, ce qui m'assurerait des funérailles à la hauteur de ma réputation. Bien entendu, la presse diffuserait en toute hâte les photos de l'événement !

Ricardo hocha lentement la tête puis s'éclaircit la voix avant de reprendre la parole.

— Sire...

Il marqua alors une pause, et Cairo lui trouva une expression plus grave, plus solennelle, qu'à l'accoutumée.

— Je suis venu vous dire que le général Estes a été emporté par une crise cardiaque, il y a de cela quelques jours.

Il s'était exprimé les yeux rivés sur son interlocuteur, guettant sa réaction. Comme Cairo restait imperturbable, il toussota de nouveau.

— Ses ministres se sont mis sur le devant de la scène et essayent de faire régner l'ordre, mais ils n'ont jamais été que des marionnettes auprès de lui. Et le peuple, sire... Le peuple est prêt ! conclut-il, le regard brillant.

Ces mots furent suivis d'un silence. Un long silence.

Assailli par les souvenirs, Cairo se tut. Il se rappela la main de son père, lourdement posée sur son épaule tandis qu'ils traversaient la brume matinale d'un comté anglais dont il avait oublié le nom. La scène s'était produite bien des années auparavant, mais elle restait gravée dans sa mémoire...

— Supposons qu'on ne retourne plus jamais chez nous, père, avait-il avancé.

La réponse du roi en exil ne s'était pas fait attendre. Cairo gardait une image très précise de celui auquel il aurait dû succéder : celle d'un homme assez âgé, alors qu'il n'avait qu'une petite quarantaine d'années et était doté d'une stature athlétique.

— Mon fils, c'est ton devoir de porter Santa Domini

en toi, où que tu ailles, où que tu sois, que tu y retournes un jour ou pas. Tu dois avant toute chose servir ton royaume, garde bien cela en tête. Il t'appartient de le représenter en toutes circonstances. C'est là ta mission, ta vocation. Ton destin.

Il n'avait rien oublié de ce discours, celui d'un roi à son fils. Pas plus qu'il n'avait oublié chaque minute de cette journée pluvieuse où on était venu le chercher alors qu'il était en cours d'histoire, pour le conduire dans une salle où l'attendaient des inconnus à la mine sombre. Avec un regard qui se voulait compatissant, ces inconnus lui avaient annoncé que tous ceux qu'il aimait venaient de disparaître.

Il avait alors vu son univers basculer. Tout laissait présager qu'il serait la prochaine victime. Bien sûr, la culpabilité du général n'avait jamais pu être prouvée dans cette affaire, et de nombreuses personnes s'étaient obstinées à soutenir la thèse de l'accident.

Il gardait un souvenir diffus du jour des obsèques, auxquelles par mesure de sécurité il n'avait pas eu le droit d'assister. Il se rappelait avoir eu l'impression qu'un immense voile noir s'étalait partout. Autour de lui, *en lui*. Il s'était alors demandé s'il ne serait pas préférable d'être à son tour tué par le général, plutôt que de devoir lutter. Ce serait tellement plus facile.

« Il ne reste plus maintenant que le jeune prince », avait dit devant les caméras une femme interviewée par des journalistes. Cette femme habitait un village reculé du royaume. Il l'avait regardée et écoutée, assis devant la télévision, dans une chambre d'hôtel, quelque part. Des hommes montaient la garde dans le couloir.

« A partir de maintenant, c'est sur ses épaules que repose notre histoire », avait-elle ajouté d'une voix brisée par l'émotion.

C'était sans doute à ce moment-là qu'il avait décidé de vivre, tout en se sachant inapte à gouverner ce peuple, à succéder à son père. Il s'était bien promis de ne pas ménager ses efforts pour le démontrer.

Et voilà que venait de mourir le général aux mains souillées de sang. Le sang de sa famille. Même s'il n'en montrait rien, la nouvelle provoquait en lui une foule de sensations. Elle rouvrait des blessures profondes, qu'il avait cru cicatrisées.

Les propos de Brittany lui revinrent en mémoire. Elle semblait le considérer comme un homme digne de respect, quelqu'un qui avait de vraies valeurs. Personne n'avait jamais posé sur lui un regard pareil, et il était peu probable que cela se reproduise. Pourquoi les battements de son cœur s'étaient-ils accélérés alors qu'il l'écoutait ?

Toute sa vie, il avait fait en sorte de se montrer inapte à la fonction de roi. Difficile à présent de revenir en arrière. Il ne pouvait pas effacer le passé, l'image qu'il s'était évertué à donner de lui — une image que son père aurait détestée — pour accéder maintenant au trône de Santa Domini.

Il n'avait plus le choix, les dés étaient désormais jetés.

— Prêt à quoi ? demanda-t-il à Ricardo d'une voix plate.

Dieu qu'il lui en coûtait de simuler l'indifférence, l'ennui !

— À assister aux obsèques ? ajouta-t-il. Les hommes du général vont l'enterrer en grande pompe, aucun doute là-dessus.

Il se tut et haussa un sourcil, comme si une idée venait de lui traverser l'esprit.

— Vous savez bien que je ne peux pas fouler le sol de Santa Domini, Ricardo.

Ce dernier posa sur lui un regard sidéré, puis les traits de son visage se figèrent. Il cherchait de toute évidence à maîtriser sa colère. Une colère que Cairo jugeait parfaitement justifiée. Lui aussi détestait le personnage qu'il jouait — au moins autant que l'aurait fait son père. Mais il fallait en passer par là.

Reposant sa tasse de café, il se pencha en avant.

— Voyons, Ricardo, murmura-t-il, à quoi croyez-vous que nous ayons joué jusqu'ici ? Le but recherché était bien de laisser croire que j'étais totalement incapable de diriger un pays, n'est-ce pas ?

— Certes, Sire, mais... Comme vous le dites vous-même, il s'agissait d'un jeu, et ce jeu est terminé maintenant. J'ai toujours pensé que nous nous bornions à attendre le moment propice pour...

— Une hypothèse comme une autre, qui n'engage que vous.

La déception qui se lisait dans les yeux du nouvel arrivé était à peine soutenable. Cairo s'apprêtait toutefois à enfoncer le clou quand il perçut un léger bruit de pas, qu'il aurait reconnu entre mille. Il se tourna lentement, au moment où Brittany arrivait sur la terrasse. Son cœur se serra à la vue de la jeune femme, superbe dans une robe vert émeraude qui mettait en valeur les tons flamboyants de son épaisse chevelure.

Elle embrassa la scène du regard. Un regard plus sombre que d'habitude, observa-t-il. Lorsque ses yeux couleur noisette s'arrêtèrent sur lui, il fut pris d'un brusque désir de se lever pour prendre dans ses bras celle qu'il avait épousée.

Semaine après semaine, il s'était dit que viendrait bientôt le jour où il s'ennuierait auprès de Brittany. Ne s'était-il pas toujours lassé de celles, nombreuses, qui avaient partagé son lit ? Or, un mois entier venait de s'écouler, et il suffisait qu'elle apparaisse pour que jaillisse en lui une flambée de désir. Cette attirance n'était d'ailleurs pas uniquement physique. Il avait aussi envie de parler avec elle de tout et de rien, d'aborder mille sujets, sérieux ou futiles. Il adorait l'entendre raconter les histoires de son enfance dans le Mississippi. L'éclat de son regard reflétait alors son immense affection pour cette grand-mère qu'elle avait perdue à l'âge de neuf ans.

À ses côtés, il se sentait vibrer. Il éprouvait un merveilleux appétit de vivre.

Mais pourquoi Brittany restait-elle figée au bord de la terrasse ? Pourquoi le fixait-elle bizarrement ? Aurait-elle assisté de loin à l'échange qu'il venait d'avoir avec Ricardo ? Si tel était le cas, elle était sans doute sidérée par son brusque changement d'attitude. Un sentiment de honte l'envahit. S'efforçant de le refouler, il tendit la main vers la jeune femme pour l'inviter à les rejoindre.

— Tu as tout entendu ?

Il venait de s'exprimer de cette même voix nonchalante qu'il avait retrouvée sur-le-champ, face à Ricardo. Voix qui ne plaisait manifestement pas à Brittany.

Pour toute réponse elle cligna les paupières, et il ajouta :

— Ricardo est venu jusqu'ici pour m'informer de certains événements, qui ne présentent en fait aucun intérêt pour moi.

À ces mots, Ricardo décida de tenter de nouveau sa chance.

— Sire, les ministres sont ceux qui accordent le plus d'importance à ces rumeurs au sujet votre mort. Ils veulent agir vite et élire un nouveau chef d'État, prétendant que, de leur point de vue, vous avez abdiqué.

— Très bien, qu'ils fassent ce que bon leur semble. Je

n'envisage certainement pas de provoquer une émeute. Qu'ils se débrouillent entre eux !

— Voyons, Cairo, ne sois pas stupide.

La voix de Brittany venait de retentir, à la fois ferme et posée. C'était sur ce même ton qu'elle s'était adressée à lui, il y avait de cela bien longtemps, à Monte Carlo. Que de choses s'étaient produites depuis !

Il prenait conscience de tout ce qui était en train de lui échapper. L'arrivée impromptue de cet hélicoptère sur l'île avait bouleversé le rythme paisible de la vie qu'ils y menaient, Brittany et lui.

— Il va bien falloir que tu retournes en Europe, insista-t-elle.

— Sa Majesté doit prendre la place qui lui appartient, renchérit Ricardo.

Sa Majesté.

Les yeux toujours posés sur Brittany, Cairo avait l'impression que son regard se faisait lointain, très lointain. Il sentit une main de fer lui enserrer la poitrine. Appuyer fort, très fort. Si fort qu'il avait du mal à respirer. Comment était-ce possible que personne ne le remarque ?

— Je pense que la place de mon mari est celle qu'il a toujours occupée jusqu'ici : sur les couvertures des magazines people.

Ces mots, prononcés de façon très naturelle, firent à Cairo l'effet d'une gifle violente. Un coup mortel, qui lui était porté au moment où il s'y attendait le moins.

Par la femme qui le connaissait le mieux au monde. Elle n'ignorait rien de lui, pas plus que de son passé que de son destin. Elle savait où frapper pour faire mal. Pourquoi avait-elle agi de la sorte ? De quoi cherchait-elle à se venger ?

— Et plus il y aura de photos à sensation, mieux ce sera, précisa-t-elle alors.

Ces mots lui avaient coûté énormément, mais l'heure était venue de mettre un terme à cet intermède romantique pour que Cairo se décide à reprendre sa place sur le trône de Santa Domini.

L'électrochoc qu'elle avait voulu provoquer fonctionna à merveille : le lendemain, ils s'envolaient pour l'Europe.

Brittany attendait Cairo, assise dans un couloir de la luxueuse demeure parisienne dans laquelle ils s'étaient installés à leur retour de Vanuatu. La porte en face d'elle, fermée, accédait à la suite qu'occupait *son mari* et à laquelle elle n'avait pas accès. Dès leur arrivée, il avait chargé un domestique de porter les bagages de « Madame » dans une autre suite, située deux étages au-dessous de la sienne.

Leur arrivée à Paris remontait maintenant à quelques jours. Ils avaient été accueillis par une nuée de paparazzis avides de nouvelles. Brittany s'était alors sentie vidée de ses forces, réaction qu'elle avait attribuée au décalage horaire ainsi qu'au brusque changement de décor. Après avoir passé un mois en sarong sur une île paradisiaque, s'adapter au tumulte de la capitale française n'était pas une mince affaire. Adieu plages désertes, paysages de rêve. Adieu quiétude, douceur de vivre. Adieu lune de miel…

Le secret qu'elle gardait en elle représentait le seul lien avec ce passé, proche et pourtant si lointain.

— C'est incroyable ! s'était-elle exclamée le lendemain de leur arrivée, alors que la voiture avec chauffeur les déposait au pied du tapis rouge menant à la salle de cinéma.

Cairo avait insisté pour qu'ils se rendent à ce festival. Avides de scoops, les photographes se pressaient déjà autour du véhicule.

— Que s'imaginent-ils ? avait-elle lancé avec un geste d'impatience. Que tu vas raconter ta vie ici, au milieu de la foule ? Si seulement ils pouvaient nous laisser en paix…

— À ta place, ce n'est pas ce que je souhaiterais. S'ils décidaient de nous ignorer, ça laisserait supposer que tu ne les intéresses plus, et tu ne me serais donc plus d'une grande utilité.

Depuis leur départ de Vanuatu, elle n'avait eu droit qu'à des remarques de cet acabit. Même si elle se savait responsable du brusque changement d'attitude de Cairo à son égard, elle en souffrait atrocement.

Deux soirs plus tôt, alors qu'elle le rejoignait dans le grand salon de sa maison aux allures de musée, il lui avait fait remarquer qu'elle semblait fatiguée.

— Comme c'est gentil ! s'était-elle exclamée, l'œil noir. C'était exactement ce que j'avais envie d'entendre.

Si Cairo s'était glissé sans la moindre difficulté dans la peau de son ancien personnage, elle n'avait, elle, aucune envie de l'imiter.

— Inutile d'en faire un drame, avait-il répliqué, haussant un sourcil. Je m'inquiète pour les photos, voilà tout.

Après un instant d'hésitation, il avait ajouté :

— Je ne trouve pas que ce rouge t'aille très bien…

Le rouge en question était celui de la robe qu'elle portait, un ton identique à la tenue qu'il l'avait aidée à choisir pour leurs fiançailles.

— Cairo…

Il avait alors posé sur elle un regard absent. Vide.

— Tu n'es peut-être pas obligé d'être aussi odieux.

L'espace d'une seconde, ses prunelles ambrées avaient

scintillé, retrouvant l'éclat qui y luisait durant leur lune de miel et qui avait disparu depuis un certain matin.

— Pourquoi joues-tu à ce jeu, Cairo ? Je sais que ce n'est pas *toi* !

Il avait salué ces propos d'un rire sec.

— Ah ? Tu as bien de la chance, si tu sais qui je suis ! Personnellement, je me pose tous les matins la question, devant le miroir. J'étais censé être un roi, et je suis devenu un clown. Une honte pour le nom que je porte. Je représente pour moi-même une véritable énigme, et tu prétends, toi, savoir qui je suis ?

Saisie par le désarroi que révélaient ces paroles, elle avait cherché son regard.

— Oui. Je sais que tu es un être droit, intègre, qui a de véritables valeurs. *Quelqu'un de bien*, comme on dit.

— Que d'éloges ! avait-il lancé avec un rire sarcastique. Tu t'égares, ma pauvre Brittany ! Tu sais que je suis « quelqu'un de bien » au lit, rien de plus ! Inutile d'inventer un type qui n'existe pas. La vie n'est pas un roman !

— Mais…

— Tu devrais peut-être consulter un psychologue, pour régler ce problème. Ou partir. À toi de choisir.

Le monstre !

La veille, elle avait lu tous les articles de presse concernant la mort du général. Consciente de ce qu'impliquait pour Cairo ce brusque changement de situation, elle avait décidé de se montrer calme, patiente. Ces moments ne seraient pas faciles pour elle non plus, elle en était convaincue.

— Que fais-tu ici, Brittany ?

La voix de Cairo venait de la ramener au présent. Elle tressaillit et leva les yeux vers lui. Sur le seuil de sa chambre, il la dévisageait, surpris de la trouver assise dans le couloir. Ses cheveux étaient savamment ébouriffés et il portait un costume trois-pièces fait sur mesure. L'expression de son visage était distante. À le voir, on aurait cru qu'il se trouvait face à une inconnue.

Elle aurait dû le détester ! Pourquoi n'y parvenait-elle pas ? Pourquoi au contraire, avait-elle envie de lui prouver qu'il se méprenait sur son compte ? Pourquoi aussi était-elle tentée de lui révéler son amour ?

— Je suis moi aussi ravie de te voir, Cairo ! lança-t-elle, un sourire crispé aux lèvres.

Il réprima un soupir, assez nettement pour qu'elle le remarque.

— Nous n'avions pas rendez-vous, n'est-ce pas ? Et quand bien même, je ne t'aurais pas demandé de me retrouver dans ma chambre. Nous sommes censés nous voir ce soir, à l'occasion de…

Mais elle ne le laissa pas poursuivre.

— Jusqu'à quand allons-nous nous livrer à cette mascarade ? Faire comme si rien ne s'était passé entre nous ?

Consciente que sa voix vibrait d'émotion, elle poursuivit néanmoins :

— Ce mois à Vanuatu n'était qu'un rêve ? Tu as réussi à t'en persuader ?

— Dois-je te rappeler que c'est toi qui as mis un terme à notre lune de miel, Brittany ? N'est-ce pas toi qui as précipité notre départ ? Cette escapade était d'ailleurs une erreur, nous n'aurions jamais dû l'envisager. Au départ, nous avions passé un contrat. Contrat auquel nous aurions dû nous tenir.

— Un peu tard pour avoir des regrets, non ? Beaucoup trop tard même !

Elle eut alors du mal à refouler le fou rire nerveux qui

lui chatouillait la gorge. Toute envie de rire la déserta cependant lorsqu'il reprit la parole.

— Voyons, je suppose que tu as lu un certain nombre d'articles à mon sujet, n'est-ce pas ? Je ne t'ai d'ailleurs jamais caché que je ne menais pas une vie monacale — c'est bien le moins qu'on puisse dire ! Pourquoi t'être imaginé que tu serais différente de toutes les autres ?

Elle eut l'impression que son sang se figeait dans ses veines et qu'un froid glacial s'insinuait en elle, la pénétrant tout entière. D'un geste machinal, elle passa lentement la main sur l'étoffe soyeuse de sa robe. N'était-ce somme toute pas mieux ainsi ?

Sans s'en douter, il venait de lui faciliter la tâche.

— Calme-toi, lui dit-elle d'un ton sec.

L'ignoble tirade de Cairo avait eu sur elle un curieux effet : elle se sentait plus forte.

— Rassure-toi, je n'envisageais pas de faire la queue pour avoir le privilège de partager ton lit, ce soir.

— Dans ce cas, je suggère que nous nous retrouvions plus tard, comme convenu. Nous avons un programme précis à suivre, essaye de le respecter.

Un sourire plaqué sur les lèvres, elle hocha la tête.

— Très volontiers, Cairo. Je crains malheureusement qu'un événement imprévu se soit glissé dans ce programme. Je suis enceinte.

Quelques mots suffisaient pour que le monde bascule. Il était mieux placé que quiconque pour le savoir.

— Comment ?

Au moment où le mot franchissait ses lèvres, il prit conscience de son incongruité.

Brittany venait de se lever. La jeune femme qui se tenait en face de lui offrait une image lisse, parfaite.

Une image qu'il détestait. Depuis leur arrivée à Paris, il avait du mal à reconnaître en elle l'exquise créature qu'il avait tant de fois tenue dans ses bras, celle auprès de laquelle il s'endormait, se réveillait. Celle avec laquelle il parlait pendant des heures. Celle qui, au fil des jours, était devenue partie intégrante de sa vie.

Avec ses cheveux relevés en chignon, son maquillage discret et ses tenues élégantes, elle ressemblait à ces jolis mannequins aux allures de poupée qui défilent sur les podiums. Elle lui paraissait intouchable.

Que de fois il s'était pris à regretter de ne pas être un homme différent ! Meilleur. Digne d'elle.

— « Comment », Cairo ? répéta-t-elle, avec une compassion toute feinte. C'est pourtant toi l'expert en la matière, non ? Comme tu viens d'ailleurs de me le rappeler…

Pendant les secondes qui suivirent, il resta immobile à la dévisager.

— C'est impossible, dit-il enfin d'une voix sourde.

— Comme c'est amusant ! Voilà exactement ce que j'ai dit au médecin. Il semblerait que je ne sois pas la seule responsable, pourtant.

— Mais…

Cette fois encore, elle l'interrompit.

— Ce serait le fruit de notre toute première fois, dans ce château. Je suppose que tu t'en souviens.

Comment aurait-il pu oublier des moments d'une telle intensité ?

— Très romantique, n'est-ce pas ? enchaîna-t-elle. J'ai feuilleté ce matin notre contrat, mais je n'y ai trouvé aucune clause relative à la filiation…

Les paupières baissées, il prit une profonde inspiration avant de poser de nouveau le regard sur « son épouse ».

— Rien que de très normal, Brittany. Je suis le dernier

descendant des Santa Domini. La dynastie prendra fin avec moi.

D'un geste instinctif elle posa la main sur son ventre plat, comme si elle cherchait ainsi à protéger l'être minuscule qui y grandissait.

Cairo, lui, était perdu dans la contemplation de ses chaussures. Comment diable cela avait-il pu se produire ? Du coin de l'œil, il vit la jeune femme avancer vers lui.

— Est-ce vraiment si grave ?

Il redressa la tête d'un geste vif.

— Tu crois peut-être que je me suis donné toute ma vie en spectacle par pur plaisir ? Non, Brittany ! Je l'ai fait pour me protéger. En me montrant sous cette image d'incorrigible fêtard, je rendais peu plausible une accession au trône ! Si j'avais au contraire affiché des qualités dignes d'un roi, le général se serait empressé de me faire disparaître.

— La donne a changé : le général n'est plus de ce monde, lui rappela-t-elle d'un ton ferme.

Sans hésiter plus longtemps, il franchit la distance qui les séparait et lui posa les mains sur les épaules. Il fallait qu'elle comprenne. Qu'elle saisisse toute l'étendue du danger.

— Je ne peux pas avoir d'enfants.

Sa voix était méconnaissable. Sombre, profonde, elle reflétait toutes ses années de chagrin, de douleur.

— Je ne peux pas condamner un innocent à ce genre de vie, Brittany. Je n'ai jamais été un homme digne de respect. Jamais je n'ai répondu à la moindre attente de qui que ce soit. Et je ne suis pas assez fou pour enfermer un enfant avec moi dans cette prison !

De grosses larmes, qu'il n'avait pas senties arriver, roulèrent sur ses joues. Il attira alors la jeune femme contre lui pour la serrer dans ses bras.

— Il ne tient qu'à toi de détruire les murs de cette prison. Et tu ne seras pas seul dans cette aventure, murmura-t-elle. Je serai là, à tes côtés. *Pour toujours.*

— Nous avions prévu de...

— Je t'aime, dit-elle simplement, redressant la tête pour chercher son regard.

Une fois de plus, le monde était coupé en deux. Et une fois de plus, il ne pouvait que pleurer cette division. Mais il n'avait pas le choix.

— Non, Brittany. Tu ne m'aimes pas.

— Bien sûr que si ! Tu es le seul homme auquel j'ai accepté de me donner. Auquel je me suis donnée sans compter !

— Ce n'est pas possible...

Il la lâcha et, l'air perdu, recula.

— Nous allons trouver une solution. Nous inventerons un amant caché qui surgira pour réclamer cette paternité. Les gens croiront que...

— Non.

Elle ne s'était pas emportée, n'avait pas crié. Le teint très pâle, elle posa de nouveau la main sur son ventre.

— Il n'en est pas question, Cairo. Cet enfant est le tien, le futur héritier du trône de Santa Domini. Et je suis ta femme... Ç'en est fini de ces petits jeux !

— Tu as pourtant accepté d'y jouer.

— J'ai accepté de me mettre sur le devant de la scène, avec toi dans un but bien précis. Et puis... Je suis tombée amoureuse de toi.

Elle ne cherchait plus désormais à cacher son émotion.

— Amoureuse de l'homme qui, quand on le débarrasse de tous les artifices derrière lesquels il se cache, est un roi. Le roi de Santa Domini.

— Le vrai roi de Santa Domini a perdu la vie dans un accident de voiture, il y a des années de cela.

Chargée d'amertume, la voix de Cairo avait à présent des accents métalliques.

— Je ne suis jamais que son ombre. Une ombre plutôt embarrassante.

— Le général s'est emparé de ton pays, il a décimé ta famille. À cause de lui, tu es entré dans la peau d'un individu futile, creux... Et tu t'es mis dans la tête que cet individu reflétait ta propre personnalité !

— C'est la stricte vérité.

— Réfléchis. Quel sort souhaites-tu réserver à cet enfant ? Tu voudrais qu'il mène comme toi une sorte de double vie ? Qu'il en souffre ?

— Tu ne sais pas de quoi tu parles, Brittany. Tu ignores les tenants et aboutissants de cette affaire.

Les bras croisés, elle planta son regard dans celui de l'homme qu'elle aimait.

— Voici en tout cas ce que je sais : ces choix de vie qui ont été les nôtres, nous les avons faits parce qu'ils nous paraissaient les meilleurs. Ou plus exactement, les moins mauvais... Voilà comment nous en sommes arrivés à nous exposer dans les magazines. Mais notre enfant mérite mieux que cela, tu en conviendras.

— Tout à fait d'accord avec toi. Voilà pourquoi personne ne doit savoir que je suis son père.

Elle se rapprocha de lui et le toisa. Elle avait tout d'une reine, songea-t-il. Cette allure royale, il l'avait perçue dès le tout début.

— Je n'ai pas l'intention de fuir, Cairo. Ni de me cacher ni non plus de mentir. Je suis ton épouse, et cet enfant est l'héritier de ton royaume. Un royaume que tu dois regagner. C'est la raison pour laquelle j'ai précipité notre départ de Vanuatu, au risque que tu me rejettes... Comme tu l'as fait d'ailleurs.

Ils se dévisagèrent longuement, et il comprit soudain

qu'il n'avait plus envie de « jouer », plus envie de dissimuler la vérité. Si quelqu'un pouvait prétendre le connaître, c'était bien Brittany. Elle seule avait deviné qui se cachait derrière les masques qu'il portait depuis des lustres. Elle seule avait réussi à les faire tomber.

La comédie était finie.

— Peu importe que tu m'aimes ou pas, poursuivit-elle sans le quitter du regard.

En entendant ces mots, il sentit son cœur se serrer. Il brûlait de la prendre de nouveau dans ses bras, de la tenir tout contre lui. Grâce à elle il retrouvait le goût de vivre, il reprenait confiance en lui.

— Ce qui compte, c'est l'avenir, Cairo. Cet avenir dont tu as été privé, et que nous offrirons à notre enfant. Le général est mort désormais. Le trône de Santa Domini t'attend. Il n'appartient qu'à toi de le récupérer.

10

Après s'en être enfui trente ans plus tôt, en pleine nuit, Son Altesse Royale Felipe Skander Cairo de Santa Domini retournait dans ce palais royal qui avait appartenu pendant des générations aux siens.

Il lui avait été facile de refaire le chemin parcouru par sa famille. Il avait traversé les montagnes, la frontière, avant de redescendre dans les villages les plus reculés puis de se diriger vers le cœur de ce royaume qu'il était né pour défendre.

Et plus il avançait, plus il était convaincu d'avoir fait le bon choix. Il se sentait ici chez lui. Et même si les hommes du général l'abattaient dès son arrivée au palais, il tomberait sur *ses terres*.

Mais il n'avait aucune envie de quitter ce monde. Il désirait vivre. Vivre à Santa Domini avec sa femme, son enfant. C'était là et nulle part ailleurs qu'il devait résider. Là, auprès de son peuple. Il allait récupérer ce qui lui appartenait, et aucun enfant portant son sang ne serait condamné aux années de malheur qu'il avait dû endurer.

Ces montagnes aux cimes enneigées faisaient partie de son être, tout comme ces vertes collines et ces lacs d'un bleu cristallin. Ces paysages, il les portait en lui.

Un cortège d'hommes et de femmes le suivait quand il atteignit les abords du palais. Non loin de là se trouvaient les inévitables journalistes. Mais il n'avait ce jour-là aucune envie de répondre à leurs questions, et ne se souciait guère de ce qu'ils publieraient à son sujet.

Il était ici *à sa place*, voilà tout ce qui comptait.

Ricardo avançait fièrement à côté de lui. Des centaines de loyalistes leur avaient emboîté le pas. La police était venue à leur rencontre à l'entrée de la capitale, mais au lieu d'interpeller ces « dissidents » elle avait décidé de fermer la marche.

— Vous représentez un mouvement, Sire, lui avait dit Ricardo avec fierté. Celui de notre peuple, qui marche avec vous.

Il avait hoché la tête et continué d'avancer, guidé par la flamme que Brittany avait su allumer en lui. Ignorant le monstre qu'il pensait être devenu, elle avait vu en lui le roi qui sommeillait.

Il passa sans encombre les portes du palais, les derniers hommes du général n'osant pas faire barrage au descendant légitime de la royauté qu'il était. Ce d'autant qu'il était bien escorté.

Comme il gravissait les marches du palais, les voix des partisans s'élevèrent derrière lui, l'incitant à continuer d'avancer. Ce qu'il fit, persuadé que, quelque part tout là-haut, son père applaudissait sa démarche.

Cairo avait tout juste cinq ans le jour où il avait quitté le palais, mais il n'en avait rien oublié. Ce fut donc sans hésiter qu'il se dirigea à travers les longs couloirs où étaient accrochés les portraits de ses ancêtres.

Devant la salle du trône, que nul n'avait occupée depuis le départ de son père trente ans plus tôt, se tenait un petit groupe d'hommes armés, au regard fatigué. Il entendit les flashs crépiter derrière lui. Les journalistes s'étaient sans nul doute mêlés à la foule, et il était prêt à parier que la scène, filmée, serait retransmise sur les chaînes locales et internationales.

Raison de plus pour donner le meilleur de lui-même et se montrer à la hauteur de la situation !

— Messieurs, commença-t-il d'un ton ferme, vous avez devant vous l'héritier du trône. Trône que je viens aujourd'hui récupérer.

Le rapport de force n'était plus en faveur des gardes, qui ne semblaient d'ailleurs nullement disposés à se battre. De toute évidence, les derniers soutiens du général avaient perdu leur ferveur. L'autoritarisme exercé par celui-ci pendant de longues années avait fini par user les plus ardents de ses partisans.

Installée devant un écran de télévision, Brittany suivait avec une attention soutenue l'évolution de la situation. Elle se trouvait dans l'une des résidences les moins connues de Cairo : une maison en Écosse, dans les Highlands.

Après lui avoir fait part de ses projets, il avait insisté pour qu'elle s'y rende, et lui avait exposé les démarches à suivre au cas où cette opération ne se déroulerait pas aussi bien qu'il l'espérait. Dans ce genre de situation tout était envisageable, y compris le pire.

La prise de pouvoir durait maintenant depuis quelques heures, et le monarque était acclamé de toute part, aussi bien par son peuple que par la presse.

« Longue vie au roi ! » ; « Vive le roi ! »

Sans rien perdre de ces cris, qui retentissaient dans toute la maison, Brittany commença à préparer ses bagages, prête à rejoindre son époux. Elle monta dans la voiture qui devait la conduire à l'aéroport. À elle à présent d'affronter son destin.

À son arrivée à Santa Domini, des hommes en costume sombre l'attendaient au pied du jet privé. Ils l'escortèrent jusqu'à une luxueuse voiture noire aux vitres teintées. Ils l'aidèrent à s'y installer, et le véhicule partit, suivi d'autres véhicules identiques.

S'agissait-il là d'une manœuvre destinée à la cacher ? se demanda-t-elle tandis qu'ils roulaient en direction du palais. Sans doute et, à vrai dire, cela n'avait rien d'étonnant. Tout un chacun semblait avoir pardonné sur-le-champ à Cairo son passé sulfureux. Pour une raison très simple : il était le roi de Santa Domini. Mais son propre cas était bien différent.

Aux yeux du monde, Brittany n'était qu'une créature qui avait maintes fois exhibé son corps pour gagner sa vie. Qui, pour des raisons pratiques, avait contracté plusieurs mariages. Pourquoi l'absoudrait-on ?

Cairo lui-même l'aimait-il ? Non.

Si elle ressentait un pincement au cœur chaque fois que cette pensée lui traversait l'esprit, elle se répétait néanmoins que ce n'était pas là le plus important. Elle se savait assez forte pour tenir bon, d'autant que l'avenir de son enfant était en jeu. C'était là tout ce qui comptait.

Elle ne vit Cairo que lorsqu'on la conduisit sur le balcon dominant les jardins du palais royal. C'était de là que, depuis des siècles, les différents monarques s'étaient toujours adressés à la nation. Le personnel féminin qui l'avait accueillie l'avait aidée à s'habiller et à se préparer, avant ce moment solennel.

Il apparut soudain à la porte monumentale, et lui décocha un regard bref mais intense. Elle s'efforça de lui sourire tandis qu'il se dirigeait vers le podium où il allait prononcer son discours. L'héritier des Santa

Domini s'apprêtait à reprendre ses droits, à accéder au trône. L'enfant qu'elle portait en elle ne serait pas contraint de se cacher comme avait dû le faire Cairo.

Consciente de l'image qu'elle était censée donner d'elle-même, Brittany redressa un peu plus les épaules et garda ce sourire plaqué sur ses lèvres d'un rose soutenu, qui se mariait à merveille avec l'étoffe en lamé argent de sa robe. Puis elle reporta toute son attention sur l'homme dont elle s'était éprise. Cairo, le père de son enfant, le roi de Santa Domini.

Elle avait cru être brisée d'abord par sa famille, puis par la voie peu respectable qu'elle avait choisie. Elle avait pensé ne jamais être capable d'aimer. Et puis le destin avait placé Cairo sur son chemin, et elle s'en réjouissait, quoi qu'il advienne par la suite.

Superbe dans son smoking bleu marine, Cairo tendait les bras vers la foule qui l'acclamait. Il attendit que le silence se fasse pour prendre la parole.

— Je me suis longtemps caché… Tout en m'exhibant ! commença-t-il. J'étais convaincu de servir ainsi mon pays, en le décevant. En montrant jour après jour à mon peuple que je n'étais pas digne de régner. C'était aussi ma façon de vous protéger, vous tous. Je savais bien que personne ne voudrait se rallier à un personnage aussi clinquant que celui que j'incarnais. De ce fait, personne non plus ne risquait de subir les représailles du général.

Émue, Brittany buvait ses paroles. Elle était si fière de Cairo. Si heureuse qu'il ait trouvé le courage de vaincre ses vieux démons pour reprendre sa vie en main et marcher vers son destin. Cet homme-là, noble, intègre, était celui qu'elle avait découvert à Vanuatu.

Vanuatu… Plus jamais elle ne connaîtrait le bonheur infini de ces quelques semaines hors du temps. Elle n'était qu'une vulgaire danseuse de cabaret, lui un roi. Fatalement, leurs chemins finiraient par se séparer.

Sans se départir de son sourire, elle l'écoutait. Chaque seconde qui s'écoulait creusait un peu plus l'abîme qui les séparait. La rapprochait un peu plus de la fin. Elle souffrirait, mais le chagrin s'estomperait. Un jour. Quoi qu'il arrive, elle resterait la mère de son enfant.

C'était parce qu'elle aimait Cairo qu'elle voulait s'écarter de sa voie, lui laisser le champ libre. Elle partirait dès que ce serait possible. Elle attendrait le temps nécessaire, afin de ne pas provoquer un nouveau scandale, et il pourrait alors épouser une femme digne d'être reine.

Bien sûr, leur enfant porterait son nom et serait son héritier. Mais elle ferait en sorte qu'il mène une vie bien plus équilibrée que celle qu'avait menée Cairo.

Les citoyens rassemblés là l'écoutaient toujours religieusement. Il parlait à présent de ses parents, de sa sœur, la princesse Magdalena. De tous les êtres chers disparus trop tôt. Et il invitait les habitants du royaume qui avaient eux aussi souffert de l'ancien régime à le rejoindre.

Cairo était réellement taillé pour ce rôle. Elle se réjouissait qu'il ait enfin consenti à l'admettre. Il ferait un excellent roi, et rendrait ses sujets heureux. Quant à elle, elle s'éclipserait bientôt…

Il venait de marquer une pause. Tous les visages étaient dressés vers lui, attendant la suite.

— Certains d'entre vous se demandent sans doute pourquoi j'ai choisi ce moment précis pour revenir.

Il se tut et posa sur elle un regard qui lui fit l'effet d'une caresse.

— Ce n'est pas la disparition de cet ignoble personnage qu'était le général qui m'a mis sur la route, sachez-le. Je n'ai pas non plus ressenti le besoin soudain d'accomplir mon devoir. Non, il s'agit de tout autre chose. J'ai rencontré une femme qui n'a pas du tout paru impressionnée par moi, et j'ai décidé d'en faire ma reine.

En entendant ces mots, Brittany se figea. Il fallait qu'elle continue à jouer dignement son rôle devant les millions de regards posés sur elle. Ceux des sujets du royaume réunis là, ainsi que ceux de tous les téléspectateurs qui, installés devant leur écran, ne perdaient rien de la scène. D'instinct, elle caressa l'alliance qu'elle n'avait pas ôtée une seule fois depuis leur mariage.

Allons, ressaisis-toi, Cairo ne t'appartient pas ! Et le fait que tu portes en toi son enfant n'y change rien. Quant à cette alliance, elle n'a qu'une valeur symbolique, tu le sais bien.

Soit, mais avant de la rendre elle continuerait de vivre ce rêve.

Cairo s'était tourné vers elle et lui souriait.

— J'ai fait d'elle ma reine, et c'est elle qui a fait de moi un homme digne de ce nom. C'est elle qui m'a ouvert les yeux, qui m'a mis face à mes responsabilités. Elle encore qui m'a redonné confiance en moi. Assez pour que je décide de revenir ici, de retrouver mon royaume et mon peuple.

De nouveau face à la foule, il ouvrit grands les bras, comme s'il voulait embrasser cette multitude.

— Je m'évertuerai à être toujours le roi que vous méritez, je vous le promets. Et je m'engage aussi à servir mon pays, jusqu'à mon dernier souffle.

Ces mots furent salués par une salve d'applaudissements. Les cris de joie fusaient de toute part. Face à cette scène terriblement émouvante, Brittany avait du mal à retenir ses larmes.

Cairo recula alors d'un pas et, tourné vers elle, lui prit les mains avant de les serrer fort dans les siennes.

— Brittany, je t'aime !

Ces mots, retransmis par les micros, résonnèrent tout autour d'elle. Dans sa tête. Dans son cœur.

Les applaudissements reprirent de plus belle. La foule en liesse exultait.

— Non, Cairo, dit-elle à voix basse mais assez fort pour qu'il l'entende dans le brouhaha environnant. Il te faut une *vraie* reine…

— Je l'ai, Brittany. *Tu* es ma reine.

Elle retint son souffle. En dépit de l'agitation qui les entourait, elle eut soudain l'impression qu'ils étaient seuls sur la plage, face à l'océan. Ils venaient de remonter le temps…

Non. Ce temps-là était révolu.

— Impossible, Cairo, fit-elle d'une voix mal assurée. Tu es roi désormais, il te faut une épouse digne d'occuper ce rang. Une femme qui n'ait pas mon passé.

Elle était cependant consciente de manquer de fermeté. Où trouverait-elle la force de tourner le dos à cet homme ? De renoncer à celui qui l'avait rendue si heureuse ?

— Dois-je te rappeler que tu as épousé un roi en exil, doté d'une réputation terrible ? Cet homme, c'est toi qui as réussi à le remettre sur la bonne voie. Tu as vu en moi ce que je refusais de voir. Tu as cru en moi. Tu m'as bousculé, pour me faire sortir de cette routine stupide dans laquelle je m'étais enfermé. Si je suis ici aujourd'hui, Brittany, c'est grâce à toi.

— Cairo…

Il lui posa un doigt sur la bouche pour la faire taire.

— Je n'ai pas fini. Nous allons nous marier de nouveau,

mais selon la tradition cette fois. Dans la cathédrale où des générations de Santa Domini ont prêté serment.

La gorge nouée, elle chercha en elle la force de prononcer les mots pour décliner cette offre, sans succès. Cairo s'était rapproché d'elle. Des reflets mordorés scintillaient dans ses yeux.

Les clameurs de la foule résonnaient toujours autour deux, mais ils les entendaient à peine.Ils s'étaient retranchés du monde, enfermés dans une bulle. Comme à Vanuatu.

Brittany avait du mal à lutter contre les douces sensations qui montaient en elle. Pourquoi refuserait-elle la proposition de Cairo ? Pourquoi tournerait-elle le dos au bonheur ? Pourquoi les condamner, son enfant et elle, à une vie loin de cet homme merveilleux ?

Tu l'as incité à croire en lui, et tu n'es pas capable d'en faire autant, maintenant ? Pas capable de montrer à ton tour ton vrai visage, si différent de l'image que tu as donnée de toi ces dernières années ?

— Je t'aime, *tesorina*. Et je ne te laisserai pas partir. Jamais, sache-le !

Ces mots, prononcés d'une voix vibrante de sincérité, balayèrent ses derniers doutes.

— C'est là tout ce que j'espère... Votre Majesté, chuchota-t-elle, le regard brillant.

D'un même geste, ils se rapprochèrent l'un de l'autre, s'enlacèrent et échangèrent un long baiser, sans prêter la moindre attention aux lueurs des flashs qui crépitaient derrière eux.

ROBYN DONALD

Un serment princier

Traduction française de
ÉLISABETH MARZIN

HARLEQUIN

Titre original :
THE ROYAL BABY BARGAIN

Ce roman a déjà été publié en 2011

1

Abby vérifia sa liste. Elle n'avait rien oublié. Tout était fin prêt pour le départ. Alors, pourquoi ne parvenait-elle pas à se détendre ? Elle poussa un profond soupir. Toujours pour la même raison, bien sûr... Il y avait plusieurs mois qu'elle était sur le qui-vive, et tant qu'elle n'aurait pas quitté cet endroit, elle ne se sentirait pas en sécurité.

Au début, elle avait bien tenté de lutter contre la vague inquiétude qui la poursuivait. Mais, loin de disparaître, celle-ci s'était amplifiée au fil des jours. Persuadée d'être surveillée, elle avait fini par prendre la décision de partir, et démissionné de son poste d'infirmière au centre médical.

Avait-elle vraiment été repérée ? Ou bien devenait-elle paranoïaque ? Peu importait. Il n'était pas question de prendre le moindre risque. Le moment était venu de quitter la région et de trouver un autre refuge.

Abby posa la liste sur la table et sortit de la cuisine pour faire le tour de toutes les pièces.

Personne.

Dans le salon, elle s'immobilisa devant le canapé, sur lequel était posé le sac de voyage contenant ce dont elle aurait besoin pendant le trajet. Tout le reste

— vêtements, jouets, livres — se trouvait déjà dans le coffre de la voiture. Il ne restait plus aucune trace de leur séjour dans cette maison. Déjà trois ans qu'elle était arrivée avec Michael dans cette petite ville adossée aux Alpes néo-zélandaises…

Le hululement d'une chouette la fit tressaillir. Allons, il fallait qu'elle se ressaisisse. Le cri de ce petit oiseau avait bercé toute son enfance, il n'avait rien d'inquiétant.

Mais quelques secondes plus tard, son cœur fit un nouveau bond dans sa poitrine. Retenant son souffle, elle tendit l'oreille. Non, ce n'était que le murmure du vent dans les branches des arbres. Elle devait absolument se calmer !

Elle prit une profonde inspiration et regarda sa montre. D'ordinaire, elle dormait déjà depuis trois heures. Cette peur irraisonnée allait-elle la tenir éveillée toute la nuit ? Malheureusement, c'était fort probable.

Dans ce cas, pourquoi ne pas partir tout de suite ?

Elle avait prévu de prendre la route au petit matin, mais après tout, Michael dormirait aussi bien dans son siège-auto que dans son lit. Il ne se réveillerait sans doute même pas quand elle le transporterait de l'un à l'autre. Oui, c'était la meilleure solution. En pleine nuit, personne ne les verrait partir et les routes seraient désertes.

Sa décision prise, Abby rassembla rapidement sa chemise de nuit et sa trousse de toilette, ainsi que les vêtements qu'elle avait préparés pour Michael. Elle venait de prendre son sac à main pour y chercher ses clés quand elle se figea.

Qu'est-ce que… ? Non, plus rien. Sans doute un petit animal qui venait de traverser le jardin.

Toutefois, elle ne put s'empêcher de rester aux aguets, les doigts crispés sur son sac. Seul le bêlement d'un mouton troubla le silence. A son grand dam, ce bruit familier qui aurait dû la rassurer accrut son angoisse.

— Oh, pour l'amour du ciel, cesse de t'affoler pour un rien ! se reprit-elle avec irritation. Personne à Nukuroa ne se soucie de tes faits et gestes.

Ses collègues de travail seraient les seuls à s'apercevoir de son départ. Et encore, ils l'auraient sans doute très vite oubliée. S'ils savaient que sa démission était due à un vague pressentiment, ils auraient de sérieux doutes sur sa santé mentale !

Elle-même n'avait-elle pas refusé de prendre au sérieux les prémonitions de Gemma ? Et pourtant...

D'un geste nerveux, elle sortit les clés de son sac. Une enveloppe s'échappa de ce dernier et tomba sur le canapé. La gorge nouée, elle jeta un coup d'œil aux braises dans la cheminée. Mais après quelques secondes d'hésitation, elle ramassa l'enveloppe et la remit dans son sac.

C'était idiot, mais elle avait du mal à se débarrasser de cette mèche de cheveux. Et pourtant, à quoi bon garder ce vestige d'un passé révolu ?

Sa vie était désormais entièrement consacrée à Michael. C'était pour lui qu'elle s'était résignée à recouvrir ses boucles blondes d'une teinture châtain foncé, et à les emprisonner dans un chignon strict.

Pour compléter sa transformation, elle ne portait plus que des vêtements informes aux couleurs ternes, qui ne laissaient rien deviner de sa silhouette. Quant à ses yeux émeraude, elle les dissimulait sous des lunettes teintées.

Bien sûr, il était impossible de camoufler ses lèvres pulpeuses ou la fossette qui creusait son menton. Mais malgré cela, son déguisement était efficace. Elle était méconnaissable.

A tous ceux qu'elle croisait, elle offrait l'image d'une mère célibataire au physique quelconque et totalement dénuée de coquetterie, qui travaillait dur pour élever son fils sans jamais s'accorder la moindre distraction.

D'ici à quelques semaines, plus personne ne se souviendrait d'elle à Nukuroa.

Cette vie calme et retirée n'avait rien d'exaltant, mais elle s'en contentait sans aucun regret. Le rire ravi de Michael quand il se jetait à son cou à la sortie de la garderie, sa voix câline quand il lui réclamait encore un bisou le soir avant de s'endormir, tous ces élans de tendresse et sa joie de vivre permanente suffisaient à la combler de bonheur.

Rien ni personne n'était plus important pour elle que Michael.

Mais ce n'était pas le moment de rêvasser !

Abby prit le sac de voyage et se dirigea vers le couloir d'un pas décidé. Mais au milieu du salon, elle s'immobilisa, le cœur battant à tout rompre. Cette fois, pas de doute : ce bruit continu, c'était le ronronnement d'un moteur de voiture.

Lâchant le sac, elle s'approcha de la fenêtre et écarta le rideau de quelques millimètres. Des phares, masqués par intermittence par les arbres qui bordaient l'enclos de la ferme voisine, semblèrent clignoter dans l'obscurité. Le véhicule passa devant le portail sans ralentir et fut bientôt hors de vue.

Abby ne fut pas rassurée pour autant. Une voiture sur cette route de campagne, au milieu de la nuit, c'était curieux… Les gens se couchaient tôt dans les environs.

Tendue, elle resta à la fenêtre quelques minutes, à scruter l'obscurité en tendant l'oreille. Au bout d'un moment, elle laissa retomber le rideau. Plus un bruit, plus une lumière. Sans doute s'inquiétait-elle pour rien.

Toutefois, plus vite elle aurait quitté les lieux, mieux elle se porterait.

Elle récapitula les différentes étapes de sa fuite. D'abord la longue route jusqu'à Christchurch, où elle vendrait sa voiture. Celle-ci ne valait sans doute pas grand-chose, mais de toute façon, il fallait qu'elle s'en débarrasse. Ensuite, Michael et elle s'envoleraient pour New Plymouth dans l'île du Nord.

Une fois là-bas, elle chercherait une nouvelle maison, aussi modeste que celle-ci, et la vie reprendrait un cours normal. Enfin presque…

Elle poussa un soupir de lassitude. En réalité, elle vivrait toujours dans la crainte que Caelan Bagaton finisse par retrouver leur trace. Mais qu'y faire ? Cette vie, elle l'avait choisie.

Redressant les épaules, elle décida de faire une dernière fois le tour des pièces. Dans la cuisine, son regard se posa sur la liste restée sur la table. Allons bon, elle avait failli l'oublier… Il fallait qu'elle s'en débarrasse avant de partir. Elle l'emporta dans le salon et la jeta sur les braises. Accroupie devant la cheminée, elle regarda le papier se recroqueviller avant d'être réduit en cendres.

Au moment où elle se redressait, elle entendit un nouveau bruit. Les nerfs à fleur de peau, elle traversa le salon sur la pointe des pieds et prit l'étroit couloir qui menait à la porte d'entrée. Alors qu'elle ne se trouvait plus qu'à deux pas de celle-ci, elle sentit son sang se glacer dans ses veines. Ce qu'elle entendait, c'était le bruit d'une clé qui tournait dans la serrure !

Muette de frayeur, elle resta clouée sur place, les yeux fixés sur la porte. Pourvu que ce soit une hallucination… Pourvu que…

En voyant le battant s'ouvrir, elle crut défaillir.

Sans un mot, elle vit Caelan Bagaton franchir le seuil et refermer la porte derrière lui avec une lenteur délibérée.

Il était aussi terrifiant que dans ses pires cauchemars, songea-t-elle, l'estomac noué. Et aussi séduisant que dans son souvenir… Dans la pénombre qui accentuait les contours de sa mâchoire carrée, ses yeux bleus brillaient d'un éclat prodigieux. Et sa bouche au dessin ferme n'avait rien perdu de sa sensualité…

Malgré sa panique, Abby fut parcourue d'un long frisson. Elle baissa les yeux.

— Tu aurais dû installer une chaîne de sûreté, déclara Caelan d'un ton sarcastique.

— Sors d'ici.

La voix étranglée d'Abby était à peine audible. Seigneur ! Sa gorge était si nouée qu'elle n'arrivait même plus à parler… Pourtant, il fallait qu'elle parvienne à surmonter sa peur. Déglutissant péniblement, elle répéta d'une voix un peu plus sonore :

— Sors d'ici.

Caelan s'avança vers elle d'un air menaçant.

— Où est mon neveu ?

Abby s'efforçait d'ignorer les battements affolés de son cœur.

— Comment t'es-tu procuré cette clé ? murmura-t-elle.

— Je suis le nouveau propriétaire.

Il la toisa d'un regard méprisant.

— Pauvre Abigail Metcalfe ! Mais tu préfères sans doute que je t'appelle Abigail Moore, puisque c'est le nouveau nom que tu t'es choisi. Croyais-tu vraiment pouvoir m'échapper ? Croyais-tu vraiment que cette nouvelle couleur de cheveux et les sacs que tu portes en guise de vêtements suffiraient à te protéger ? Pourquoi n'es-tu pas partie en Australie, si tu tenais tant à te cacher ?

— Parce que je n'ai pas les moyens de me payer le voyage ! rétorqua-t-elle d'un ton vif.

Aussitôt, elle se maudit intérieurement. Que lui prenait-il de lui répondre ? Il n'était pas question qu'elle discute avec lui.

— La loi interdit à un propriétaire de s'introduire chez un locataire sans avoir prévenu celui-ci de sa visite, reprit-elle plus calmement. Surtout en pleine nuit. Va-t'en, sinon j'appelle la police.

Il eut un rictus narquois.

— Arrête ton numéro. Nous savons l'un et l'autre que tu n'en feras rien. La police n'a aucune indulgence pour les ravisseurs d'enfants.

— Je ne vois pas de quoi tu veux parler, répliqua-t-elle avec un aplomb qui la surprit elle-même.

— Après le cyclone, tu as à peine pris le temps d'enterrer Gemma, avant de prendre la fuite avec son fils.

— Tous les étrangers ont été évacués en urgence par pont aérien.

— Je sais. Et vu le chaos qui régnait à Palaweyo, les autorités étaient trop débordées pour vérifier les renseignements que tu leur as fournis. C'était astucieux de prétendre que Michael était ton fils. Mais risqué… Tu t'es mise dans une situation très délicate.

Abby déglutit péniblement. De toute évidence, le frère de Gemma était bien informé. Mais quelles preuves pouvait-il avoir ?

Si elle avait agi ainsi, c'était afin de respecter la promesse que lui avait arrachée son amie. Celle-ci voulait éviter à tout prix que son fils soit élevé dans sa famille. L'idée qu'il puisse être malheureux pendant toute son enfance lui était insupportable.

Caelan avait raison. La situation avait été extrêmement confuse à Palaweyo après le cyclone dans lequel Gemma avait trouvé la mort. Abby n'avait eu aucune difficulté à quitter l'île avec Michael en se faisant passer pour sa mère.

Une fois arrivée en Nouvelle-Zélande, elle avait déclaré la perte de leurs papiers, soi-disant détruits par le cyclone, afin d'en obtenir de nouveaux.

— Michael est mon fils, déclara-t-elle d'une voix qu'elle espérait assurée.

— Tu mens.

Le regard bleu métallique qu'il dardait sur elle la fit frémir. Caelan Bagaton n'avait rien perdu de l'autorité naturelle qui le rendait si impressionnant.

Elle l'avait croisé à plusieurs reprises dans sa luxueuse résidence de la banlieue chic d'Auckland, quand elle rendait visite à Gemma. Mais la dernière fois qu'elle l'avait vu, c'était sur son île privée dans le golfe d'Hauraki…

Gemma et elle passaient le week-end dans sa villa en bord de mer quand il était arrivé à l'improviste. Au début il s'était montré extrêmement distant avec elle. Embarrassée, elle avait pensé qu'il la trouvait antipathique ou qu'il désapprouvait que sa sœur se soit liée d'amitié avec une jeune fille n'appartenant pas à leur milieu. Car même s'il préférait se faire appeler « monsieur Bagaton », Caelan était un authentique prince.

Elle avait été d'autant plus surprise quand il l'avait embrassée sur la plage, au clair de lune, le dernier soir de son séjour…

Un long frisson parcourut Abby. Jamais elle n'oublierait ce baiser. Avec quelle fougue il s'était emparé de sa bouche ! Electrisée, elle lui avait répondu avec une ardeur qu'elle ne se connaissait pas. Mais au bout de quelques instants, il s'était détaché d'elle, en s'excusant sur un ton posé qui lui avait glacé le sang.

A son grand dam, Abby sentit son cœur se serrer douloureusement. Mieux valait chasser ce souvenir de son esprit...

Au coin des yeux, Caelan avait à présent de petites rides, constata-t-elle. Cependant, celles-ci n'atténuaient en rien son charme irrésistible. Et elles renforçaient encore l'autorité qui se dégageait de son visage taillé à la serpe et qu'il avait sans nul doute héritée de ses ancêtres.

Caelan Bagaton appartenait à la famille princière qui régnait depuis des siècles sur la principauté de Dacia, une petite île de la Méditerranée que ses souverains avaient toujours farouchement défendue contre les envahisseurs.

Aristocrate fortuné, il aurait pu se contenter de mener une vie oisive, mais il avait préféré créer une entreprise. Celle-ci avait rapidement connu un essor considérable et s'était implantée dans de nombreux pays.

Si l'on ajoutait à tout cela qu'il embrassait comme un dieu, elle avait toutes les raisons de le considérer comme un adversaire redoutable, songea Abby. Mais n'avait-elle pas décidé d'oublier ce baiser ?

— Michael est mon fils, répéta-t-elle en relevant le menton. Son acte de naissance le prouve.

— C'est un faux.

— Pas du tout.

— J'ai vu Michael.

— Et alors ?

— La ressemblance avec Gemma est frappante.

— C'est ça ta preuve ? Il faudra trouver mieux.

— Pas de problème. Tu es prête à subir un test A.D.N. ?

Abby sentit sa respiration s'accélérer. Pas question de se laisser déstabiliser. Sa seule chance de s'en sortir était de tenir tête à Caelan sans se démonter.

— Pour quelle raison accepterais-je ? demanda-t-elle.

— Je pourrais t'y obliger.

— Comment ?

— J'ai en ma possession des dépositions signées par des habitants de Palaweyo. Ceux-ci assurent que c'est la jeune touriste brune qui a accouché d'un petit garçon quelques semaines avant le cyclone. Pas l'infirmière blonde.

Il jeta un coup d'œil narquois aux cheveux d'Abby avant d'ajouter :

— Au vu de ces témoignages, n'importe quel tribunal exigera un test A.D.N.

Abby eut l'impression que les murs de l'étroit couloir se resserraient autour d'elle. « Oh, Gemma ! si tu savais comme je suis désolée ! » Le cœur serré, elle ferma les yeux et se remémora la conversation qu'elle avait eue avec son amie à Palaweyo, quelques jours avant son accouchement…

— Il n'est pas question que je prévienne Caelan que je suis enceinte ! Inutile de te fatiguer, tu ne parviendras pas à me convaincre.

Dans le hamac, Abby se tourna vers Gemma, étendue sur le sable blanc.

— Calme-toi. Je n'essaie pas de te convaincre de quoi que ce soit. J'ai juste dit que ton frère me semblait le genre d'homme sur qui tu pouvais compter en cas de besoin.

— Oh, ça c'est sûr ! Comme tous les Bagaton, il a un sens aigu des responsabilités. D'ailleurs, il a toujours mis un point d'honneur à veiller sur sa « petite sœur », répliqua Gemma en prenant une poignée de sable qu'elle fit couler entre ses doigts. C'est justement pour cette raison que je ne veux pas lui parler du bébé. Il se ferait un plaisir de nous prendre en charge et de régenter notre vie. Mais pour une fois, j'ai bien l'intention de lui prouver que je peux me débrouiller seule.

Sceptique, Abby répliqua :

— Elever un enfant seule n'est pas facile.

« Surtout quand on a toujours mené une existence très protégée », ajouta-t-elle *in petto*.

— Il y a des tas de femmes qui s'en sortent très bien, insista Gemma d'un air buté.

Elle enfonça ses doigts dans le sable.

— Et par pitié, ne me conseille pas non plus d'avertir ma mère ! Elle se moque éperdument de ce qui peut m'arriver. Elle ne m'a jamais aimée. D'ailleurs, peu avant que je vienne te rejoindre ici, elle m'a carrément dit qu'elle me tenait pour responsable de l'échec de son mariage avec mon père.

— Oh, non, je suis sûre qu'elle ne...

Mais le rire amer de Gemma interrompit les protestations d'Abby.

— Ne te fatigue pas. Ma mère est d'un égocentrisme et d'une vanité sans bornes. D'ailleurs, j'imagine sa tête si elle apprenait qu'elle allait bientôt être grand-mère. Elle en serait malade !

Gemma poussa un profond soupir.

— Tu ne peux pas savoir à quel point je t'envie, Abby. Tes parents menaient peut-être une existence modeste, mais ils t'ont donné tout leur amour. Moi j'ai grandi dans le luxe, mais je me suis toujours sentie seule et abandonnée. Mes parents se querellaient sans cesse et j'en ai terriblement souffert. Pour être franche, j'ai même été soulagée quand ils se sont séparés.

— Et Caelan ?

— Ce n'est que mon demi-frère, mais il a toujours été fantastique avec moi. Malheureusement, il n'était pas souvent là. Quand il faisait ses études, il passait la semaine à l'université et ne rentrait pas tous les week-ends. Puis il a créé son entreprise et il s'est mis à voyager dans le monde entier. Mais chaque fois qu'il était à la maison, nous passions des moments merveilleux ensemble.

— Je ne comprends vraiment pas pourquoi tu ne veux pas lui dire que tu es enceinte.

Gemma fit la moue.

— Caelan est un peu trop autoritaire à mon goût. Et puis…

Gemma s'interrompit et se remit à jouer avec le sable.

— Et puis… ? demanda Abby d'une voix douce.

Son amie lui jeta un coup d'œil furtif et haussa les épaules.

— Tu vas te moquer de moi.

— Je te promets que non.

— Eh bien…, il se trouve que j'ai des… prémonitions.

Gemma posa les mains sur son ventre.

— Quand le père du bébé m'a annoncé qu'il partait secourir des alpinistes en difficulté sur l'Everest, j'ai su immédiatement que je ne le reverrais jamais vivant. Je l'ai supplié de ne pas y aller, mais il n'a rien voulu entendre. Il m'a dit qu'il ne croyait pas aux prémonitions et que de toute façon, il n'était pas question qu'il se dérobe à son devoir.

Gemma s'interrompit un instant avant d'ajouter d'une voix tremblante :

— Il leur a sauvé la vie, mais il y a laissé la sienne. Comme je l'avais prévu.

Abby eut un murmure compatissant.

— Je sais que c'est difficile à croire, dit Gemma en levant vers elle des yeux mouillés de larmes. Mais c'est pourtant vrai. Je savais ce qui allait se passer. Et aujourd'hui, je sais que... que je vais mourir peu de temps après l'accouchement.

Ignorant l'exclamation horrifiée d'Abby, Gemma poursuivit.

— Si Caelan apprend l'existence du bébé, il se sentira obligé de le prendre en charge. J'ai entièrement confiance en lui, bien sûr, mais il est célibataire et son travail l'accapare. Or je ne supporte pas l'idée que mon enfant puisse grandir comme moi dans une immense propriété sans âme avec une nurse pour seule compagnie. Je ne veux pas qu'il soit privé d'amour comme je l'ai été.

— Gemma...

— Je me doute bien que tu ne crois pas toi non plus à mes prémonitions. Je comprends que tu sois sceptique. Seulement... Si par malheur celle-ci se réalise, je voudrais te demander une faveur, Abby. Promets-moi de t'occuper de mon enfant et de le choyer comme tu l'as été.

Gemma eut un sourire mi-triste, mi-taquin avant d'ajouter :

— Si tu refuses, je te jure que mon fantôme reviendra te hanter !

Abby refoula les larmes qui perlaient à ses paupières. Bien sûr, elle n'avait pas pris Gemma au sérieux. Elle s'était efforcée de la rassurer, persuadée que son angoisse était due à l'approche de l'accouchement.

Malheureusement, Gemma ne s'était pas trompée.

Deux semaines après la naissance de Michael, un violent cyclone avait frappé Palaweyo de façon si subite que les habitants de l'île n'avaient pas eu le temps de prendre les dispositions habituelles.

Tout le monde s'était réfugié à la hâte dans l'hôpital, mais celui-ci n'avait pas été épargné. Une poutre s'était effondrée sur Gemma, la blessant mortellement. Juste avant qu'elle ne rende le dernier soupir, Abby lui avait promis de s'occuper de Michael.

Cette promesse, elle était résolue à la tenir.

A n'importe quel prix.

Elle prit une profonde inspiration. Pas question de se laisser impressionner par la mine implacable de Caelan. Après tout, ne disait-on pas que l'attaque était la meilleure défense ?

— Ces témoignages sont des faux, affirma-t-elle. J'espère que tu t'es montré généreux avec les habitants de Palaweyo pour les obtenir, parce qu'ils ont besoin d'argent.

— Je leur ai offert un nouvel hôpital ultramoderne. Non pas pour leur soutirer de faux témoignages, mais pour les remercier de m'avoir dit la vérité, précisa-t-il sèchement. Il est inutile de t'obstiner dans le mensonge, Abby. Je sais que Michael est le fils de Gemma. Ce qui signifie que je suis son oncle et que tu n'as aucun lien de parenté avec lui.

Abby s'efforça de lutter contre la panique qui la gagnait. Il fallait à tout prix continuer à nier l'évidence. C'était la seule solution pour gagner du temps. Si elle reconnaissait que Michael était bien le fils de Gemma, Caelan n'hésiterait pas à la livrer à la police pour se débarrasser d'elle. Michael serait alors privé de la seule mère qu'il avait jamais connue.

Or il n'en était pas question. Non seulement elle était déterminée à tenir sa promesse, mais elle aimait le petit garçon plus que tout au monde. S'ils étaient séparés, elle en souffrirait au moins autant que lui.

— Michael est mon fils, répéta-t-elle d'un ton ferme. Que ça te plaise ou non.

Caelan arqua un sourcil. Alors qu'il s'attendait à n'éprouver pour la jeune femme qu'un profond mépris, il ne pouvait s'empêcher d'être admiratif devant une telle obstination. Par ailleurs, bien qu'elle n'ait plus rien de commun avec la créature superbe qui lui avait fait perdre la tête quatre ans auparavant, elle le troublait toujours...

Serrant les poings dans ses poches, il se maudit intérieurement. C'était un comble ! Comment pouvait-il désirer une femme qui avait osé kidnapper son neveu ?

Il l'étudia attentivement. Même avec ces vêtements informes, cette coiffure horrible et ces affreuses lunettes teintées qui masquaient l'éclat de ses yeux émeraude, elle restait attirante. Dire que c'était une ravisseuse d'enfant... Certes, le dossier qui lui avait été remis indiquait que Michael semblait heureux. Mais comment en être certain ?

Et pourquoi avait-elle agi ainsi ? Avait-elle été poussée par un désir irrépressible de maternité ? Ou bien s'était-elle imaginé que le fils de Gemma lui permettrait d'accéder un jour à la fortune de sa mère ?

Il fallait qu'il en ait le cœur net.

— Combien ? demanda-t-il d'un ton cinglant.

En la voyant vaciller, il s'avança instinctivement vers elle pour la retenir. Mais non. Apparemment, elle tenait sur ses jambes. Sans la quitter des yeux, il recula d'un pas. Etait-elle vraiment choquée ou bien jouait-elle la comédie ?

— Je... je ne comprends pas, dit-elle d'une voix tremblante.

— Combien veux-tu pour renoncer à l'enfant ?

2

— Tu me dégoûtes, déclara Abby après un silence atterré. Va-t'en.

Décidément, elle était beaucoup plus coriace qu'il ne l'avait prévu, songea Caelan avec agacement. Puisque l'appât du gain semblait n'avoir aucun effet sur elle, il ne restait plus qu'une solution. Les menaces.

— Je n'ai pas l'impression que tu sois bien consciente de la gravité de la situation, déclara-t-il d'un ton faussement suave. Un mot à la police et tu finis en prison pour avoir enlevé et séquestré l'enfant.

— Son nom n'est pas « l'enfant » mais Michael! s'exclama Abby, submergée par une indignation plus forte que la peur. Il a une personnalité et une place dans le monde.

— Une place dans le monde ?

Caelan promena autour de lui un regard dédaigneux.

— Il mérite mieux que ce taudis.

— Vivre dans le luxe n'est pas la priorité pour un enfant. Michael est entouré d'affection et c'est la seule chose qui soit indispensable à son épanouissement.

Il la considéra un long moment en silence. A son grand dam, elle sentit ses joues s'enflammer sous son regard pénétrant.

Caelan contracta les mâchoires. De toute évidence, et comme quatre ans plus tôt, elle éprouvait le même désir que lui, comprit-il avec une satisfaction mêlée d'agacement. Mais peu importe. Elle avait raison au moins sur un point. Sa présence était sans nul doute indispensable au bien-être de l'enfant. Après tout, celui-ci la considérait comme sa mère. Dans un premier temps, il était préférable de ne pas le séparer d'elle.

— Très bien. Pour le bien-être de l'enfant... de Michael, je pense que nous devrions enterrer la hache de guerre, déclara-t-il d'un ton posé. Je tiens à ce qu'il soit élevé au sein de sa famille, dans son milieu d'origine. Cependant, étant donné qu'il te considère comme sa mère, je te propose de conclure un accord.

— Quel genre d'accord ? demanda-t-elle avec circonspection.

— C'est très simple.

— Simple ?

De plus en plus méfiante, Abby déclara d'un ton crispé :

— Rien de ce qui concerne la situation de Michael n'est simple.

— Tu aurais dû y penser avant de t'enfuir avec lui, rétorqua-t-il sèchement. Jusqu'à preuve du contraire, sa famille est la mieux placée pour le protéger. As-tu pensé aux risques que tu lui fais courir ?

— Quels risques ?

— C'est un Bagaton. Et par conséquent, une proie de choix pour d'éventuels malfaiteurs, plus intéressés par la rançon qu'il pourrait leur rapporter que par son épanouissement.

Effarée, Abby faillit laisser échapper un cri. Mais elle se ressaisit juste à temps. Pas question de tomber dans le piège.

— Ce n'est pas un Bagaton, rétorqua-t-elle en s'efforçant de maîtriser le tremblement de sa voix. Son nom est Michael Metcalfe. Or un Metcalfe ne risque pas d'attiser les convoitises.

— Combien de fois faudra-t-il te répéter qu'il est inutile de continuer à jouer la comédie ? En ce moment même, un journaliste qui prépare un livre sur les ravages causés par les cyclones du Pacifique est en train d'enquêter à Palaweyo. La disparition tragique d'une princesse, jeune et belle de surcroît, est idéale pour allécher le lecteur. Quand il aura découvert que la princesse en question a mis au monde un héritier avant de mourir, crois-tu qu'il va garder ce scoop pour lui ?

Abby prit une profonde inspiration. Même si Caelan disait vrai, il fallait coûte que coûte continuer à lui tenir tête.

— Je doute qu'un journaliste ait les moyens de soudoyer les villageois comme tu l'as fait.

— En fait, j'aurais très bien pu me dispenser de leur offrir cet hôpital. Car je n'ai pas eu besoin de leur promettre quoi que ce soit pour qu'ils répondent à mes questions. Ils se souviennent très bien de Gemma, de toi et de l'enfant, et ils m'ont parlé très volontiers. Pour quelle raison se tairaient-ils avec ce journaliste ?

Les traits de Caelan se durcirent.

— Crois-moi, tôt ou tard, vous serez repérés. Une fois que le journaliste vous aura trouvés, le battage inévitable qui sera fait autour de l'existence de Michael le mettra aussitôt en danger. N'as-tu pas entendu parler de l'héritière Courcy ?

Abby se sentit pâlir. Ce drame avait fait la une des journaux. La fille du milliardaire, une adolescente de quatorze ans, avait été enlevée dans l'enceinte même de son collège. Ses parents s'étaient pliés sans hésiter aux exigences des ravisseurs, mais ils n'avaient jamais revu leur fille vivante. L'enquête avait établi que celle-ci était déjà morte au moment où la rançon avait été versée. Les coupables n'avaient jamais été arrêtés.

— Ce rapt a rapporté cinq millions d'euros à ses auteurs, ce qui en dollars néo-zélandais équivaut à...

— Je sais parfaitement combien ça représente ! coupa-t-elle vivement. Inutile d'en rajouter.

— Je veux seulement que tu comprennes ce que peut représenter le fils d'une princesse fortunée pour ce genre d'individus.

Etreinte par une angoisse insurmontable, Abby ferma les yeux. Certes, Caelan la manipulait. Mais en même temps, ses arguments étaient pertinents. Seigneur ! S'il arrivait malheur à Michael, elle en perdrait la raison !

Un léger bruit la fit tressaillir. C'était Michael qui remuait dans son lit, comprit-elle en rouvrant les yeux. Et Caelan se dirigeait à grands pas vers la chambre, dont elle avait laissé la porte ouverte !

Affolée, elle se précipita à sa suite. En le voyant se pencher sur l'enfant, elle fut prise de panique. Elle s'interposa entre le lit et lui, et tenta de le repousser. En vain.

Bon sang ! Elle aurait tout aussi bien pu essayer de déplacer un bloc de granit ! Toutefois, un bloc de granit aurait présenté un avantage certain : il n'aurait pas provoqué en elle le même trouble que ce corps musclé...

Elle lâcha Caelan.

— Sors d'ici, l'implora-t-elle à mi-voix pour ne pas réveiller Michael.

A son grand soulagement, Caelan pivota sur lui-même et alla se poster sur le seuil. Elle remonta les couvertures sur Michael, déposa un baiser sur son front et le contempla un moment. Etait-il possible qu'il soit en danger ? La gorge nouée, elle s'écarta du lit à regret et sortit de la pièce.

Caelan la suivit dans le salon.

— De quoi as-tu peur ? s'exclama-t-il avec une irritation manifeste. Il n'est pas dans mes habitudes de maltraiter les enfants !

— Excuse-moi. Je reconnais que j'ai eu une réaction excessive. Je n'ai jamais imaginé que tu puisses vouloir du mal à Michael. J'ai simplement eu peur que… que tu l'emmènes. Ecoute, je sais que tu as toujours été fantastique avec Gemma. Elle t'aimait beaucoup et elle avait confiance en toi. Elle me l'a dit. Elle savait que tu n'hésiterais pas à prendre ton neveu en charge, mais elle pensait qu'avec la vie que tu menais, tu ne serais pas assez disponible pour lui. Or, elle voulait à tout prix éviter que son fils grandisse comme elle dans une luxueuse demeure sans âme, couvert de jouets, mais privé d'affection.

Caelan resta impassible. De toute évidence, Abby était si perturbée qu'elle ne s'était même pas rendu compte qu'elle venait de se trahir et d'admettre que Michael était bien le fils de Gemma…

— Il faut reconnaître que la mère de Gemma n'a jamais été très maternelle, déclara-t-il d'un ton neutre. Quant à mon père, il aimait Gemma comme sa fille, mais il est vrai que ses diverses obligations ne lui laissaient pas beaucoup de loisirs. Je comprends qu'elle ait pu se sentir délaissée.

Il fit une pause.

— Bien que tu viennes de reconnaître toi-même que Michael était le fils de Gemma, je souhaite te montrer quelque chose. Un document qui apporte la preuve que cet enfant n'est pas de toi.

Abby eut l'impression que son cœur s'arrêtait de

battre. Quelle idiote ! Comment avait-elle pu se trahir aussi stupidement après tous ses efforts pour nier l'évidence ? Et quel était ce document ?

Le cœur battant à tout rompre, elle vit Caelan sortir de la poche intérieure de sa veste une feuille de papier qu'il déplia avec une lenteur délibérée avant de la lui tendre.

S'efforçant de maîtriser le tremblement de ses mains, Abby la prit et tenta de lire ce qui y était inscrit. Les mots dansaient devant ses yeux. Impossible de les déchiffrer.

Prenant une profonde inspiration, elle fit une nouvelle tentative. Peu à peu, elle sentit un grand froid l'envahir. Une grande partie du jargon scientifique était incompréhensible, mais la conclusion était limpide. Les tests génétiques effectués sur les deux échantillons soumis à l'analyse établissaient de manière formelle qu'il n'existait aucun lien de parenté entre les deux sujets sur lesquels ils avaient été prélevés.

— Je ne comprends pas, déclara-t-elle d'une voix blanche après un long silence. Il est impossible que tu aies réussi à obtenir un échantillon du sang de Michael et encore moins du mien…

— Pour faire un test A.D.N., il n'est pas nécessaire de disposer d'un prélèvement sanguin. Il m'a donc suffi de faire embaucher une puéricultrice de ma connaissance à la garderie que fréquente Michael. Elle y a travaillé plusieurs mois avant de démissionner sous prétexte qu'elle avait la nostalgie de la capitale. En fait, elle est partie dès qu'elle a été en possession des échantillons nécessaires. Pour Michael, il a suffi d'un genou égratigné. Et pour toi, d'un peu de salive récupérée sur un gobelet dans lequel elle t'a aimablement servi de l'eau, un après-midi.

Outrée, Abby en oublia presque son angoisse.

— Comment as-tu osé ? Tu n'avais pas le droit...

— C'est toi qui n'avais pas le droit de kidnapper l'enfant, coupa-t-il d'un ton cinglant. Qu'est-ce qui t'a pris ?

— Gemma m'a fait promettre de m'occuper de lui.

— Si c'est vrai, t'imposer une telle responsabilité était très égoïste de sa part. Cependant, ce n'est pas le problème. Si je porte l'affaire devant les tribunaux, la première démarche du juge sera de demander un nouveau test A.D.N. pour confirmation. Or, tu sais aussi bien que moi quel en sera le résultat.

Abby eut l'impression qu'on lui broyait le cœur. C'était fini. Elle allait perdre Michael. Pour son plus grand malheur, Caelan avait le droit pour lui. C'était trop injuste !

— Contrairement à ce que tu penses, Gemma n'a pas fait preuve d'égoïsme. Au contraire. Elle voulait avant tout assurer le bonheur de son fils. Elle savait que je lui donnerais l'affection dont elle-même avait tant manqué.

Devant la moue sceptique de Caelan, elle s'écria :

— J'ai une lettre qui le prouve !

Elle sortit une enveloppe de son sac et la lui tendit.

— La voici. Je suis certaine qu'elle ne manquera pas d'influencer la décision du juge.

Le cœur battant, elle attendit qu'il lise la lettre, dont elle connaissait le contenu par cœur.

« Ma chère Abby,

» Si tu lis ceci c'est que ma prémonition s'est vérifiée et que je ne suis plus de ce monde. Tu vois, je t'avais dit que je pouvais prédire l'avenir ! Je sais que tu tiendras ta promesse et que tu emmèneras Michael en

Nouvelle-Zélande. Mais je t'en supplie, prends toutes les précautions nécessaires pour que ni Caelan ni ma mère n'apprennent son existence. Je sais que tu aimes mon bébé et que tu prendras soin de lui. Merci d'être une amie si sensible et si compréhensive. N'aie pas trop de chagrin. Je resterai toujours auprès de vous deux. »

D'une voix dénuée de la moindre émotion, Caelan déclara :

— Cette lettre semble authentique. Je reconnais l'écriture et le style de Gemma.

Les doigts crispés sur la feuille de papier, il eut une moue cynique.

— Tu es trop confiante, Abby, ajouta-t-il. Qu'est-ce qui m'empêche de la déchirer ?

Elle n'avait pas pensé un seul instant à cette possibilité, songea Abby avec étonnement. Sans doute parce que l'honnêteté de Caelan était aussi notoire que son inflexibilité.

— C'est une copie, mentit-elle. J'ai confié l'original à un notaire.

— Je me doutais que tu avais pris cette précaution. Cependant, ne te fais pas d'illusions. Cette lettre ne te sera pas d'un grand secours. Je peux facilement prouver que Gemma était une jeune femme immature et instable, incapable de juger ce qui était bon pour son enfant.

Le cœur serré, Abby garda le silence. Il fallait reconnaître qu'il n'avait pas tout à fait tort. Gemma était une amie fidèle, adorable, très drôle, mais elle n'avait pas toujours la tête sur les épaules. Toutefois, elle avait promis à Gemma de veiller sur son fils et elle était bien décidée à tenir parole.

Caelan promena son regard autour de lui. La pièce était meublée d'un canapé défraîchi, d'une table basse et de deux chaises en piteux état. Cet endroit minable était vraiment indigne de son neveu.

La lumière crue du plafonnier donnait à Abby un teint cireux. Comment pouvait-elle supporter cette nouvelle couleur de cheveux ? C'était criminel de sa part d'avoir teint ses splendides boucles blondes, songea-t-il avec dureté.

Et plus criminel encore de dissimuler sa silhouette sublime sous un T-shirt noir informe et un pantalon ample de couleur indéfinissable. Mais mieux valait ne pas évoquer le souvenir de ce corps souple et musclé à la peau satinée, qu'il avait eu tout le loisir d'admirer sur la plage, lors de ce fameux week-end sur son île privée…

Superbe et sensuelle, Abby ne semblait pourtant pas consciente de son pouvoir de séduction. Mais elle n'était sûrement pas aussi candide qu'elle en avait l'air : Gemma avait toujours eu tendance à choisir pour amies des filles assez délurées.

A l'époque, il était engagé dans une relation stable. Malgré l'attirance immédiate qu'il avait ressentie pour Abby, il était impensable pour lui de se montrer infidèle. Mais après avoir été au supplice pendant tout le week-end, il avait fini par succomber à la tentation. Le dernier soir, il l'avait embrassée.

Elle n'avait jamais rien fait pour le provoquer, mais elle ne l'avait pas repoussé non plus. Pris de remords, il avait mis fin à ce baiser de manière assez abrupte. Toutefois, celui-ci l'avait profondément troublé et il avait quitté sa petite amie dès le lendemain.

Quelques jours plus tard, apprenant par Gemma que la séduisante infirmière était partie pour un an comme bénévole sur une île perdue du Pacifique, il avait ressenti une vive déception.

Cependant, il avait vite été accaparé par des problèmes à régler dans une filiale de son entreprise et avait dû partir lui-même pour plusieurs mois à l'étranger. A son retour, il avait reçu une lettre de Gemma lui annonçant qu'elle se trouvait à Palaweyo où elle comptait passer quelque temps en compagnie d'Abby.

Aussitôt, il avait décidé de lui rendre visite et d'en profiter pour reprendre contact avec la ravissante créature au teint d'albâtre et aux yeux émeraude dont le souvenir ne l'avait jamais quitté.

Malheureusement, il avait été devancé par le cyclone. Quand il était arrivé à Palaweyo, Gemma était morte et enterrée. Quant à Abby, elle s'était enfuie avec son neveu en le faisant passer pour son propre fils…

La voix hésitante de la jeune femme l'arracha à ses pensées.

— Penses-tu honnêtement que Michael pourrait être en danger ?

— Bien sûr. Non seulement il est apparenté à une famille princière, mais à sa majorité, il héritera d'une fortune considérable.

Stupéfaite, Abby ouvrit de grands yeux.

— Je l'ignorais.

— Allons, tu savais bien que Gemma n'avait pas besoin de gagner sa vie !

Le ton ironique de Caelan fit tressaillir Abby. S'imaginait-il qu'elle convoitait cet héritage ?

— Je… je croyais que tu lui versais une sorte de pension.

— En effet. Mais celle-ci provient du legs que lui a fait mon père. Bien que Gemma ne soit que sa belle-fille, il ne l'a pas oubliée dans son testament. Cependant, pour éviter qu'elle dilapide son héritage, il m'a chargé d'administrer celui-ci.

Quelle différence entre l'univers de Gemma et le sien ! songea Abby. Bien qu'ils aient travaillé dur toute leur vie, ses parents lui avaient laissé juste assez d'argent pour subvenir à ses besoins pendant son année de bénévolat à Palaweyo.

En revanche, elle avait reçu tout l'amour que pouvait espérer un enfant, et pour rien au monde elle n'aurait échangé son enfance avec celle de son amie.

— Je tiens à mettre une chose au point, déclara Caelan comme s'il lisait dans ses pensées. Je n'ai jamais approuvé l'attitude de la mère de Gemma vis-à-vis de sa fille. Ce n'est pas du tout le genre d'existence que j'envisage pour mon neveu.

— Vraiment ? riposta Abby. Tu es peut-être plein de bonnes intentions, mais je suis certaine que tu auras toujours plus important à faire que de passer du temps en compagnie d'un petit garçon. Que connais-tu aux enfants ? Ils sont bruyants, capricieux, exigeants. Ils demandent beaucoup d'amour et une grande disponibilité.

Caelan resta silencieux pendant un moment. Puis, à la grande surprise d'Abby, il déclara avec une sincérité manifeste :

— D'après ce que j'ai entendu dire, tu t'en sors plutôt bien avec lui.

— C'est uniquement parce que je l'aime.

Dans le silence qui suivit cette déclaration, le ronronnement d'un moteur se fit entendre.

— J'ai loué une voiture avec chauffeur, annonça Caelan. J'emmène mon neveu à l'aéroport de Queenstown, où il prendra l'avion avec moi pour Auckland. Si tu essaies de m'en empêcher, je n'hésiterai pas à appeler la police.

Affolée, Abby distingua la lumière des phares à travers les rideaux. Seigneur ! C'était impossible ! Elle devait à tout prix trouver un moyen d'empêcher ça ! Que faire ?

— Cependant, il y a une autre solution, reprit Caelan. Tout à l'heure j'ai évoqué la possibilité d'un accord. Je ne doute pas que Michael soit très attaché à toi. Il serait sans doute très traumatisant pour lui de ne pas te trouver à son côté quand il se réveillera. Je te propose donc de nous accompagner, mais à certaines conditions.

Au comble de la confusion, Abby fut submergée par un immense soulagement mêlé d'une vive anxiété. D'une voix tremblante, elle demanda :

— Lesquelles ?

— D'abord, je veux que tu reconnaisses qu'il est important pour Michael de tisser des liens avec son oncle et le reste de sa famille.

Sur ce point au moins, elle était du même avis que Caelan, songea Abby. Et de toute façon, elle n'avait pas le choix.

— Oui, je suis d'accord.

Caelan hocha la tête d'un air approbateur.

— Parfait. Ce point essentiel étant réglé, nous pouvons remettre à plus tard la suite des négociations. Pour l'instant, il est temps de partir.

3

Indécise, Abby restait immobile. Quelles autres conditions avait-il l'intention de lui imposer ? Pouvait-elle lui faire confiance ?

Avec une impatience manifeste, Caelan insista.

— Décide-toi. Je t'offre une chance de rester avec Michael. Si tu ne la saisis pas, tu ne le reverras plus jamais. En revanche, si tu viens avec nous, je suis prêt à t'accueillir chez moi, où tu pourras continuer à t'occuper de lui comme avant.

Abby n'en croyait pas ses oreilles. Caelan lui proposait de s'installer chez lui ? C'était sûrement un piège... Elle prit une profonde inspiration.

— Je suis prête à te suivre, mais je ne vois pas pourquoi nous devrions tous vivre sous le même toit. Il suffit que nous nous installions à Auckland, Michael et moi. Tu pourras le voir quand tu voudras. Je suis consciente qu'une présence masculine ne peut lui être que bénéfique.

Caelan arqua un sourcil narquois.

— Comment puis-je être certain que tu ne prendras pas de nouveau la fuite à la première occasion ?

— Je te donne ma parole...

— Ta parole ? coupa-t-il d'un ton méprisant. Je n'ai

aucune raison de te faire confiance. Tu as dix secondes pour te décider. Pas une de plus.

— Et moi, pourquoi te ferais-je confiance ? lança-t-elle, mortifiée. J'imagine que tu as l'intention d'engager une nurse. Qu'est-ce qui me prouve que tu ne me jetteras pas dehors une fois que Michael sera habitué à elle ?

— Cesse de te prendre pour l'héroïne d'un drame victorien, tu es ridicule ! Je n'engagerai une nurse que si tu en exprimes le souhait. Et si ça peut te rassurer, nous formaliserons notre accord par un contrat en bonne et due forme. En échange du temps que tu consacreras à Michael, tu recevras des appointements qui t'éviteront de travailler à l'extérieur. Et comme tu n'auras plus aucune raison de te cacher, tu pourras renouveler ta garde-robe et t'offrir une séance chez le coiffeur pour retrouver ta couleur naturelle. Te teindre les cheveux a dû représenter un gros sacrifice.

— Pas du tout.

A en juger par le sourire qu'il affichait, il n'en croyait pas un mot, se dit Abby, agacée par le trouble qui l'envahissait.

— J'ai du mal à te croire, déclara-t-il en effet d'une voix traînante. A propos, tu peux enlever tes lunettes. Je sais que tu n'en as pas besoin.

Abby s'exécuta d'un geste hésitant et cligna les paupières. Quelle sensation désagréable… C'était peut-être stupide, mais sans ses lunettes, elle se sentait plus vulnérable. Le regard pénétrant de Caelan lui donnait l'impression d'être entièrement nue…

— Essaie de me faire confiance, reprit-il. Je n'ai malheureusement rien pu faire pour sauver Gemma, mais je suis déterminé à protéger son fils.

Abby se sentit plus émue qu'elle ne l'aurait voulu par cette déclaration.

— Personne n'aurait pu sauver Gemma, dit-elle d'une voix tremblante. Le cyclone n'était pas censé s'approcher de Palaweyo. Il a subitement changé de trajectoire et il s'est abattu sur l'île sans nous laisser le temps de réagir. Gemma n'aurait pas aimé que tu te sentes responsable de sa mort.

— Je ne me sens pas responsable, rétorqua-t-il avec brusquerie. Je déplore juste qu'elle soit morte aussi jeune. Alors, as-tu pris ta décision ? Je n'ai pas l'intention de passer une minute de plus dans ce taudis. Ou tu acceptes ma proposition, ou tu oublies Michael.

Le cœur d'Abby se serra. Dire que l'espace d'un instant, elle l'avait cru capable de sentiments... En réalité, s'il tenait tant à récupérer son neveu, c'était uniquement par sens du devoir. Nul doute qu'il se lasserait très vite de vivre sous le même toit qu'un petit garçon de trois ans aussi exubérant.

Elle seule pouvait donner à Michael l'amour dont il avait besoin. Et de toute façon, elle ne supporterait pas d'être séparée de lui. Pas de doute, elle n'avait pas le choix. Elle devait suivre Caelan. Cependant, pourquoi ne pas tenter une dernière fois de lui faire accepter un compromis plus vivable ?

— Je maintiens qu'il serait beaucoup mieux pour tout le monde que Michael et moi habitions de notre côté, déclara-t-elle posément.

— Il n'en est pas question. Je tiens à ce que mon neveu vive sous mon toit. Et à partir de maintenant, partout où il ira il sera sous ma surveillance ou celle d'un de mes employés.

Abby réprima un soupir. A quoi bon insister ? Il ne céderait pas.

— Très bien, j'accepte ta proposition.

— Alors allons-y. Veux-tu que je porte Michael jusqu'à la voiture ?

— Non ce n'est pas la peine, répliqua-t-elle en se précipitant dans la chambre du petit garçon.

Etreinte par une vive émotion, Abby contempla Michael un moment. Il dormait à poings fermés, inconscient des tractations dont il venait de faire l'objet.

A son grand dam, elle fut soudain parcourue d'un long frisson. Caelan venait de la rejoindre et il se tenait tout près d'elle. Seigneur ! Pourquoi fallait-il que cet homme autoritaire et sans cœur lui fasse un tel effet ? Comment allait-elle supporter de vivre sous le même toit que lui ?

Electrisée par la proximité de ce corps athlétique dont elle sentait la chaleur se communiquer au sien, elle n'osait plus bouger ni même respirer. Pourquoi ne disait-il rien ? Qu'attendait-il ?

Un sanglot étouffé la fit soudain tressaillir. Les nerfs à fleur de peau, elle s'assit au bord du lit.

— Tout va bien, mon chéri, murmura-t-elle d'une voix apaisante en prenant Michael dans ses bras. Tu as fait un mauvais rêve ?

Murmurant quelques mots indistincts, le petit garçon se blottit contre elle avec un abandon qui la bouleversa. Elle parsema de baisers ses cheveux ébouriffés.

Les pleurs du petit garçon s'estompèrent peu à peu. Il dut sentir une autre présence dans la pièce car il tourna la tête et examina Caelan avec de grands yeux étonnés.

— Bonjour, Michael, dit ce dernier. Je suis ton oncle Caelan et je suis venu te chercher pour t'emmener vivre avec moi.

— Abby aussi ? demanda Michael d'un air inquiet.

— Bien sûr, mon chéri, s'empressa-t-elle d'intervenir

d'une voix douce. Tu sais bien que je resterai toujours avec toi.

Michael la regarda d'un air songeur. Comme il ressemblait à son oncle ! constata-t-elle soudain avec un pincement au cœur.

— Donne-le-moi, dit Caelan.

Après une légère hésitation, elle lui tendit Michael à contrecœur.

Alors que Caelan quittait la pièce, elle se hâta de rassembler la couverture du petit garçon, ainsi que son éléphant en peluche et le camion de pompiers qu'elle avait fabriqué elle-même avec des cubes de bois. Incapable de surmonter l'angoisse qui la submergeait, elle se précipita dehors.

Caelan était en train d'installer un Michael visiblement docile sur son siège-auto, tandis que le chauffeur faisait les cent pas à proximité du véhicule.

Dès qu'il fut attaché sur son siège, le petit garçon se tourna vers Abby avec un air anxieux.

— Assieds-toi à côté de lui, dit Caelan en se redressant. Mais donne-moi d'abord tes clés de voiture.

— Pourquoi ?

— Je suppose que le sac de voyage qui se trouve sur le canapé ne contient pas toutes vos affaires et que les autres bagages sont déjà dans ton coffre.

— Oui, en effet, mais…

— Nous allons les mettre dans celle-ci. Le chauffeur conduira ta voiture jusqu'à Auckland.

— J'avais l'intention de la vendre à Christchurch, dit-elle sans réfléchir.

Après avoir donné son trousseau à Caelan, Abby monta à côté de Michael et prit sa petite main dans la sienne en murmurant :

— Rendors-toi, mon chéri.

Tandis qu'elle couvrait soigneusement le petit garçon, Caelan donnait des ordres au chauffeur. Quelques instants plus tard, les bagages d'Abby étaient chargés dans le coffre.

Elle entendit une portière claquer, puis reconnut le hoquet familier du moteur de sa vieille guimbarde.

Quelques instants plus tard, Caelan s'installa au volant et se tourna vers elle.

— J'ai prévu un lit enfant pour Michael, dans l'avion.

Dans la pénombre de l'habitacle, ses yeux s'attardèrent sur le visage d'Abby.

Malgré elle, la jeune femme sentit un frisson la parcourir. Que lui avait-il pris de se jeter ainsi dans la gueule du loup ?

Sans un mot, Caelan se retourna et démarra.

Michael s'était déjà rendormi, constata-t-elle avec une pointe d'envie. Quelle chance il avait d'être aussi insouciant !

Pendant tout le trajet, elle resta tendue, en proie aux sentiments les plus contradictoires.

A Queenstown, Caelan pénétra dans l'enceinte de l'aéroport et passa devant le terminal sans s'arrêter.

— Où allons-nous ? demanda Abby avec surprise.

— Un avion privé nous attend sur la piste.

Elle eut une moue de dérision. Quelle idiote ! Comment avait-elle pu s'imaginer que Caelan — cousin du souverain de Dacia et richissime homme d'affaires — pouvait voyager en avion de ligne ? Il possédait un jet privé, bien sûr…

Son estomac se noua. Elle ne se sentirait jamais à sa place dans cet univers. D'ailleurs, sa rencontre avec Gemma était due au hasard…

Lors d'un violent orage, celle-ci avait insisté pour la raccompagner chez elle après avoir failli la renverser en voiture dans une rue d'Auckland. Elles avaient tout de suite sympathisé et leur amitié s'était rapidement épanouie. Très vite, elles avaient pris l'habitude de passer toutes leurs soirées ensemble, en discothèque ou chez Gemma, qui vivait alors dans la luxueuse propriété de Caelan.

Et puis un jour, Gemma avait invité Abby à passer le week-end sur l'île privée de son frère, dans le golfe d'Hauraki.

— Heureusement pour toi, Caelan ne sera pas là, avait-elle précisé.

— Pourquoi dis-tu cela ? avait demandé Abby, déconcertée.

— Parce que je n'ai encore jamais rencontré aucune fille capable de rester insensible à son charme ! D'ailleurs, la plupart de mes copines ne me fréquentent que dans l'espoir de le rencontrer. Même mes vraies amies tombent toutes amoureuses de lui. Et bien sûr, c'est moi qui suis obligée de les consoler une fois qu'il leur a brisé le cœur… Mon frère est un séducteur redoutable.

En fait, Caelan était arrivé à l'improviste. Et elle avait pu vérifier bien malgré elle que Gemma n'avait pas exagéré. Heureusement qu'elle avait prévu de partir à Palaweyo pour un an ! s'était-elle dit. Sinon, comment se remettre de sa rencontre dévastatrice avec le frère de Gemma ?

Le jour de son départ, celle-ci lui avait promis de lui rendre visite très vite, mais elle n'y avait pas vraiment cru. Isolée au milieu de l'océan, Palaweyo était une île très pauvre, dont les habitants vivaient uniquement des ressources du lagon. Peu de voyageurs s'aventuraient jusqu'à cet atoll reculé du Pacifique.

Mais à sa grande surprise, Gemma l'avait rejointe quelques mois plus tard. Dès qu'elle avait vu son teint pâle et la tristesse dans son regard, Abby avait compris que quelque chose était arrivé à son amie.

Dès le premier soir, Gemma lui avait raconté sa liaison passionnée avec un alpiniste australien, sauvage et romantique, qui avait péri dans l'Himalaya au cours d'un sauvetage. Effondrée, elle était en train de sombrer peu à peu dans la dépression quand elle avait découvert qu'elle était enceinte…

La voix de Caelan fit tressaillir Abby.

— Je crois que son père, l'alpiniste qui a trouvé la mort sur l'Everest, s'appelait lui aussi Michael… Michael Moncrieff.

Abby en resta sans voix. Caelan ne pouvait tout de même pas lire dans ses pensées ?

— C'était apparemment un homme exceptionnel qui n'avait pas grand-chose de commun avec les précédents petits amis de Gemma, poursuivit-il. N'as-tu jamais songé que ses parents aimeraient sans doute connaître leur petit-fils ?

— Gemma m'avait dit qu'il était orphelin.

— Ah, je ne savais pas. Pourquoi Michael t'appelle-t-il Abby ? En te faisant appeler « maman » tu aurais eu encore plus de chances de passer inaperçue.

— En effet, mais je ne suis pas sa mère et je n'ai jamais eu l'intention de lui mentir à ce sujet. Je lui ai expliqué qui étaient ses parents. Il sait qu'ils sont morts, même s'il ne comprend pas encore très bien ce que ça signifie. Il est essentiel qu'il connaisse la vérité.

Caelan arrêta la voiture à quelques mètres d'un avion de taille imposante. Quelques instants plus tard, alors que Michael dormait dans une chambre digne d'un palace, et que Caelan étudiait des dossiers, confortablement installé dans un fauteuil muni d'une ceinture de sécurité, Abby prit place près d'un hublot.

L'aube commençait à poindre dans le ciel, constata-t-elle tandis que les pensées se bousculaient dans son esprit. De quoi serait faite la journée qui commençait ? Quelle vie les attendait Michael et elle ? Avait-elle eu raison de faire confiance à Caelan ? N'aurait-elle pas pu trouver un moyen de refuser sa proposition ?

Poussant un profond soupir, elle se renfonça dans son siège. A quoi bon se torturer l'esprit ? De toute façon, Caelan Bagaton avait pour lui la loi, le pouvoir et l'argent. Elle n'avait pas d'autre choix que de se plier à ses exigences.

L'austère paysage volcanique du centre de l'île du Sud, baigné par la pâle lueur des premiers rayons du soleil, défilait sous l'appareil. Elle fut étrangement apaisée par ce spectacle. Après tout, l'essentiel était de ne pas être séparée de Michael, songea-t-elle en allongeant les jambes.

Un long moment plus tard, le petit garçon ouvrit la porte de la chambre et passa la tête par l'entrebâillement. Il lui sourit avant de tourner vers son oncle un regard curieux.

Caelan leva la tête.

— Bonjour, Michael.

Après une brève hésitation, Michael répondit d'une voix assurée.

— Bonjour.

Le visage de Caelan s'éclaira. Il eut un sourire éclatant qui électrisa Abby. Transpercée par un éclair de désir foudroyant, elle retint à grand-peine un petit cri.

— As-tu envie d'aller aux toilettes ? demanda Caelan à son neveu.

Michael réfléchit un instant, puis hocha la tête.

— Oui. Avec Abby.

— Bien sûr. Quand vous reviendrez, nous prendrons le petit déjeuner.

Michael promena autour de lui un regard ébahi.

— Où sommes-nous, Abby ?

S'efforçant de se ressaisir, la jeune femme prit une profonde inspiration.

— Dans un avion, mon chéri. Tout à l'heure, tu pourras regarder par le hublot et tu verras la mer.

Tout excité, Michael posa mille questions jusqu'à leur retour des toilettes. Mais quand il vit enfin la mer qui scintillait le long de la côte escarpée, il se tut, visiblement très impressionné.

Abby lui montra un avion qui passait au loin, à plus basse altitude.

Il poussa un petit cri ravi et se tourna vers son oncle.

— Viens voir, oncle Caelan !

Quand ce dernier se pencha au-dessus d'eux, Abby ne put s'empêcher de respirer avec délectation le parfum poivré qui se dégageait de son corps puissant. Seigneur ! Dire qu'elle allait être obligée de vivre sous le même toit que cet homme...

A son grand soulagement, Caelan se redressa.

— Je vais voir si le petit déjeuner est prêt, déclara-t-il.

Tandis qu'il s'éloignait vers l'arrière de l'appareil, elle ne put s'empêcher de le suivre des yeux. Sa démarche féline, souple et assurée à la fois, était incroyablement sexy. Mais qu'est-ce qui n'était pas sexy chez Caelan Bagaton ?

Mieux valait ne pas trop s'attarder sur cette question, décida-t-elle en reportant son attention sur Michael.

Elle dut déployer tout son pouvoir de persuasion pour convaincre le petit garçon de s'asseoir correctement au fond de son siège et de la laisser attacher sa ceinture.

L'arrivée d'une hôtesse qui déposa un plateau devant

lui eut un effet magique. Il cessa aussitôt de s'agiter et entreprit d'engloutir son petit déjeuner avec appétit.

Trop nerveuse pour avoir faim, Abby se contenta de demander une tasse de café. Ce qui n'empêcha pas l'hôtesse de la lui servir accompagnée de toasts et de petits pots de confitures variées.

— M. Bagaton a précisé qu'il fallait vous donner quelque chose à manger même si vous n'en manifestiez pas le souhait, expliqua la jeune femme en souriant.

Touchée par cette attention, Abby sentit son cœur battre la chamade en voyant Caelan revenir. Mais le sourire reconnaissant qu'elle s'apprêtait à lui adresser se figea sur ses lèvres. A en juger par son regard critique, il n'appréciait pas le spectacle qu'elle offrait. Ce qui n'était pas étonnant ! En accompagnant Michael aux toilettes elle avait pu constater à quel point le manque de sommeil et le stress avaient marqué son visage. Cernes sous les yeux, teint blafard, cheveux en désordre…

Mais qu'importait ? Elle se moquait éperdument de ce que Caelan Bagaton pouvait penser de son allure, se dit-elle en buvant une gorgée de café.

— Ton petit déjeuner te plaît ? demanda Caelan à Michael.

Le visage du petit garçon s'illumina :

— J'ai mangé un œuf et puis du pain avec de la confiture et aussi des pêches !

— C'était bon ?

— Oui !

Une fois que l'hôtesse eut remporté les plateaux, Michael recommença à s'agiter, manifestement exaspéré par sa ceinture. Abby lui fit admirer la campagne verdoyante qui s'étendait à présent au-dessous d'eux. Malheureusement, son intérêt pour le paysage ne dura pas plus de quelques minutes.

Elle tenta de l'occuper en lui donnant les jouets qu'elle avait préparés pour le voyage, mais il les repoussa tous avec mauvaise humeur.

« Pas maintenant, par pitié ! » pria-t-elle avec lassitude. L'agitation de Michael était compréhensible, mais pour l'instant, elle se sentait incapable d'y faire face. Si seulement il pouvait se tenir tranquille jusqu'à ce qu'elle ait eu le temps de se remettre de ses émotions et de dormir un peu…

De préférence loin de Caelan Bagaton !

4

— Dans combien de temps arrivons-nous ? demanda-t-elle en s'efforçant d'éviter le regard de Caelan.

— Environ une demi-heure. Pourquoi ?

Abby désigna Michael d'un signe de tête discret.

Sans répondre, Caelan ouvrit son attaché-case et en sortit un livre dont Abby reconnut la couverture avec stupéfaction.

— Penses-tu que ceci puisse t'être utile ? demanda-t-il.

— Oui, répondit-elle avec une sincère reconnaissance. C'est son préféré, mais je n'ai pas réussi à le trouver en librairie. J'ai toujours dû l'emprunter à la bibliothèque.

Comment Caelan savait-il que Michael raffolait des aventures du petit chien néo-zélandais ?

Soudain, Abby frémit. De toute évidence, ils avaient fait l'objet d'une surveillance très étroite à Nukuroa... D'ailleurs, comment l'hôtesse avait-elle pu deviner que Michael adorait les pêches ?

S'efforçant de faire le vide dans son esprit, elle montra le livre à Michael, qui tapa dans ses mains en poussant des exclamations de joie.

— Oh, oui, Abby ! Raconte-moi !

Les aventures de Hairy Maclary et de ses amis firent

oublier sa ceinture à Michael, mais Abby fut néanmoins soulagée quand ils finirent par atterrir à Auckland.

Quand ils traversaient le terminal pour gagner le parking, le petit garçon, qui n'avait jamais vu une telle foule, la suivit docilement sans lui lâcher la main, et en promenant autour de lui un regard ébahi.

En surprenant la lueur qui s'allumait dans les yeux des femmes sur leur passage, Abby sentit ses joues s'enflammer. Elle distinguait de l'admiration pour Caelan sur leurs visages, mais aussi de la curiosité. De toute évidence, elles se demandaient ce qu'une femme comme elle pouvait bien faire avec un homme comme Caelan Bagaton...

Serrant les dents, elle suivit ce dernier dans l'ascenseur, puis jusqu'à la voiture.

Un siège enfant était déjà installé sur la banquette arrière. Evidemment ! songea-t-elle avec irritation. Le prince n'avait sans doute pas envisagé un seul instant qu'il pourrait échouer dans la mission qu'il s'était fixée...

« Cesse de ruminer ton ressentiment, se reprit-elle. Ça ne sert à rien. »

Après s'être extasié sur la circulation et les camions qu'ils doublèrent à plusieurs reprises, Michael commença à donner des signes de lassitude dès que Caelan eut quitté l'autoroute.

— Où on va, Abby ? demanda-t-il d'une voix geignarde. On arrive bientôt ?

— Dans cinq minutes, répondit Caelan.

— Nous allons dans la maison d'oncle Caelan, précisa Abby.

— C'est un appartement, rectifia Caelan.

Ne vivait-il donc plus dans sa propriété de la banlieue chic d'Auckland où elle avait passé tant de soirées avec Gemma ? se demanda-t-elle avec surprise.

— Vivre en appartement n'est pas idéal pour un enfant, fit-elle remarquer. Il est important qu'il puisse jouer dehors, courir, sauter, se rouler dans l'herbe…

— C'est en effet primordial, mais pas autant que d'être nourri, habillé et protégé, répliqua Caelan d'un ton affable qui ne suffit pas à masquer son dédain. L'appartement comporte une grande terrasse. Si celle-ci ne convient pas à Michael, nous déménagerons dans un lieu plus adapté.

— Pourtant, dans l'avion, tu as dit à Michael que tu avais une piscine.

— En effet. Il y a une piscine sur la terrasse.

Une piscine sur la terrasse ! Jamais cette possibilité ne lui serait venue à l'esprit, songea Abby. Pas de doute, il y avait un gouffre entre l'univers dans lequel elle évoluait depuis son enfance et celui de Caelan Bagaton…

Ce dernier évita avec habileté trois adolescents hilares qui choisirent de traverser au moment où le feu passait au vert, puis il ajouta :

— Et bien sûr, j'ai toujours la villa en bord de mer, sur mon île.

A sa grande honte, Abby fut aussitôt envahie par une chaleur intense. Seigneur ! Elle était vraiment pathétique ! se reprit-elle aussitôt. Contrairement à elle, Caelan ne gardait sans doute aucun souvenir du baiser qu'ils avaient échangé.

Se tournant vers Michael, elle dit avec un entrain forcé :

— Nous sommes presque arrivés, mon chéri.

— Je pourrai me baigner ? demanda le petit garçon avec une moue suppliante.

Il adorait l'eau, mais avait dû jusque-là se contenter de la pataugeoire de la garderie, Abby n'ayant jamais eu les moyens de lui offrir des cours de natation à la piscine de l'école.

— Je pense qu'il vaudrait mieux attendre qu'il fasse un peu plus chaud, répondit-elle.

Certes, il faisait beaucoup moins froid qu'à Nukuroa, mais le printemps à Auckland n'était pas particulièrement doux. Quand ils étaient descendus d'avion, il soufflait un petit vent frais assez désagréable.

Michael était sur le point de protester quand Caelan intervint.

— La piscine est chauffée et abritée du vent. Je me baignerai avec lui si tu veux.

Bien sûr ! songea-t-elle avec humeur. La piscine était forcément chauffée. Comment n'y avait-elle pas pensé ? Caelan Bagaton avait toujours réponse à tout !

Elle s'efforça de réprimer son irritation, tandis qu'il s'engageait dans un parking souterrain. C'était elle qui s'occupait de Michael depuis trois ans et Caelan n'avait pas le droit de la contredire ! Cependant, mieux valait éviter de faire un éclat devant le petit garçon.

D'un ton qu'elle espérait neutre, elle déclara :

— Dans ce cas, il n'y a pas de problème. Cependant, il ne faudra pas le lâcher des yeux. Bien qu'il ne sache pas encore nager, il n'a absolument pas peur de l'eau.

— C'est noté.

L'ascenseur du parking les conduisit au dernier étage de l'immeuble, que l'appartement de Caelan occupait entièrement. Immense, lumineux et visiblement décoré par un professionnel, ce dernier était somptueux. Comme il fallait s'y attendre, songea Abby avec amère ironie.

Caelan les conduisit dans un petit salon qui ouvrait sur la terrasse, garnie de jardinières plantées d'arbres en fleurs.

— Il y a un autre salon plus solennel, mais je l'utilise surtout quand je reçois, précisa-t-il.

— C'est un endroit magnifique, reconnut Abby en se dirigeant vers une fenêtre qui ouvrait sur le port.

— L'immeuble a été construit sur le quai et surplombe le port, expliqua Caelan.

En effet, on pouvait se croire à la proue d'un paquebot, constata-t-elle, impressionnée par la vue. Un ferry ventru qui traversait la baie en direction de l'île de Waiheke ressemblait à un gros insecte glissant sur l'eau.

— La cuisine se trouve derrière cette porte, poursuivit Caelan. A présent, je vais vous montrer vos chambres.

Celle de Michael, décorée de couleurs vives et remplie de jouets, était un vrai rêve de petit garçon. L'irritation d'Abby se réveilla. Décidément, Caelan était très sûr de lui. De toute évidence, il n'avait pas douté un seul instant qu'il ramènerait Michael ! Mais pourquoi en aurait-il douté ? Il avait tous les atouts en main…

— Ta chambre est à côté et vous partagez la même salle de bains, dit-il en indiquant une porte. Il y a également un cabinet de toilette un peu plus loin.

Jetant un coup d'œil à sa montre, il ajouta :

— J'ai quelques affaires à régler. Je vais vous laisser un moment. Vos bagages sont arrivés. Tu vas pouvoir te changer, Michael.

Après le départ de Caelan, Michael demanda à Abby de l'accompagner aux toilettes, puis ils se rendirent dans la chambre voisine. C'était une pièce spacieuse, dont le décor à dominante beige était égayé par un couvre-lit orange vif. Une banquette située sous la fenêtre invitait à la lecture. Il y avait également un fauteuil et un bureau, sur lequel était posé un bouquet d'orchidées offrant diverses nuances d'ocre, de roux et de mordoré.

Etait-ce Caelan qui les avait choisies ? se demanda

Abby. Non, sûrement pas. Etant donné le standing de l'immeuble, un fleuriste devait être chargé de garnir chaque appartement de bouquets en harmonie avec le décor.

Ces bouquets étaient certes d'un grand raffinement, mais pour sa part, elle avait toujours trouvé les orchidées très prétentieuses. Elle préférait de beaucoup les fleurs des champs, offertes de préférence par une petite main potelée.

— Et oncle Caelan, il dort où ? demanda Michael en regardant autour de lui.

— Je ne sais pas, répondit Abby en se raidissant malgré elle.

Sa chambre était sans doute située à l'autre bout de l'appartement, à l'écart des pièces réservées aux invités. Ce qui était une excellente chose…

— Viens mettre ton maillot de bain, dit-elle en entraînant Michael dans sa chambre.

Dix minutes plus tard, des coups furent frappés à la porte. Michael, au comble de l'excitation, se précipita pour ouvrir.

A la vue de Caelan, Abby sentit son cœur s'emballer dans sa poitrine. Seigneur ! Habillé, il était déjà très séduisant, mais en maillot de bain avec une serviette négligemment jetée sur l'épaule, il devenait tout simplement irrésistible…

— Tu as une serviette ? demanda-t-il à Michael, qui sautillait autour de lui.

Celui-ci prit aussitôt sur le lit celle que lui avait préparée Abby et suivit Caelan en lui posant un tas de questions sur la piscine.

Il n'avait même pas eu un regard pour elle, constata Abby avec un pincement au cœur. S'efforçant de surmonter son amertume, elle quitta la chambre à son tour.

Sur la terrasse, qui offrait une vue splendide sur la baie, elle s'installa sur un transat d'où elle pouvait observer la piscine.

Dans cette région sub-tropicale, la lumière était plus douce que dans l'île du Sud, et elle dessinait des ombres sur le corps musclé de Caelan. Avec sa carrure d'athlète, ses hanches étroites et ses longues jambes musclées, il était d'une beauté à couper le souffle...

Irritée par le désir brûlant qui la submergeait, Abby serra les dents. Caelan avait peut-être un physique de rêve, mais il n'en était pas moins un homme autoritaire qui manquait totalement de sensibilité. Pour l'instant, il faisait des efforts avec Michael, mais il se lasserait sans aucun doute très vite de son nouveau rôle d'oncle.

Au bord de l'eau scintillant sous les rayons du soleil printanier, elle le vit s'accroupir devant son neveu pour lui parler. Visiblement très attentif, Michael hochait la tête d'un air solennel.

Elle tendit l'oreille.

— Et tu ne dois pas sauter dans la piscine.

— Pas sauter, répéta Michael, manifestement déçu mais résigné.

— Sauf si je suis dans l'eau et que je t'en donne la permission. D'accord ?

Michael hocha la tête avec un sourire éclatant. Il était de toute évidence prêt à aimer l'homme qui venait de surgir dans sa vie et qui le traitait presque en adulte.

Il fallait s'en réjouir, songea Abby en s'efforçant de réprimer la pointe de jalousie qui lui serrait le cœur. Michael avait besoin d'une présence masculine à ses côtés. Elle en avait toujours été persuadée. Il était donc stupide d'éprouver du ressentiment à l'égard de Caelan.

Des panneaux vitrés abritaient la terrasse et la piscine de la brise qui soufflait de la mer. Les deux nageurs pénétrèrent dans l'eau, et Michael s'appliqua à imiter chaque mouvement de son oncle en poussant des petits cris ravis.

Peu à peu, Abby finit par se détendre et elle ferma les paupières. Allons, tout se passerait bien. Elle parviendrait à faire face à la situation si elle l'acceptait une fois pour toutes. Son existence et celle de Michael venaient d'être irrévocablement bouleversées et elle n'y pouvait rien.

Désormais, elle ne serait plus seule à veiller sur Michael. Il fallait s'y résoudre.

Sans qu'elle en ait conscience, la fatigue et le stress accumulés la terrassèrent.

Elle fut réveillée par une voix enfantine.

— Abby, réveille-toi !

— Quelle heure est-il, chéri ? demanda-t-elle, encore ensommeillée.

Puis, tout à coup, la mémoire lui revint et elle ouvrit les paupières. Elle n'était plus allongée dans le transat au bord de la piscine, mais dans son lit, blottie sous une couverture, constata-t-elle avec surprise.

Vêtu d'un short et d'un T-shirt, les cheveux secs, Michael était debout à côté du lit. Derrière lui se dressait la silhouette imposante de Caelan. Seigneur ! C'était forcément lui qui l'avait transportée jusque dans la chambre ! Aussitôt, elle fut envahie par une chaleur intense.

— Quelle heure est-il ? demanda-t-elle de nouveau, d'une voix à peine audible.

Caelan fronça les sourcils. Il s'efforçait en vain de

réprimer le trouble que faisait naître en lui le souvenir du corps souple de la jeune femme dans ses bras, quand il l'avait portée dans cette pièce depuis la terrasse. Au moment où elle s'était blottie contre son torse et qu'il avait senti dans son cou la chaleur de son souffle, il avait bien failli perdre son sang-froid…

D'autres images s'imposèrent à lui. Des fantasmes qui revenaient le hanter régulièrement. Combien de fois avait-il rêvé d'elle ? De sa peau veloutée incroyablement douce sous ses caresses ? De son corps brûlant contre le sien ? De ses longues jambes nouées autour de ses reins ?

Bon sang ! Comment un simple baiser datant de plus de quatre ans avait-il suffi à entretenir ce feu qui continuait de couver en lui ? Car il fallait bien reconnaître qu'il n'avait jamais cessé de désirer Abby. Et qu'il lui en avait toujours voulu d'exercer sur lui une telle attirance…

Pour régler ce problème une fois pour toutes, la meilleure solution ne serait-elle pas d'assouvir son désir ?

D'autant plus que c'était de toute évidence un désir partagé. Le soin qu'Abby prenait à éviter tout contact physique avec lui le prouvait. De même que cette petite veine qui battait frénétiquement à la base de son cou, ou encore le rouge qui enflammait ses joues, chaque fois qu'il s'approchait d'elle…

Il répondit à sa question d'un ton plus brusque qu'il ne l'aurait voulu.

— Presque 13 heures. Je ne t'aurais pas réveillée si je n'avais pas un rendez-vous dans quelques minutes.

— 13 heures ? s'exclama Abby, effarée, en relevant une mèche de cheveux qui lui tombait sur les yeux. Michael a-t-il déjeuné ?

Caelan eut un petit sourire.

— Oui, il a mangé des tartines au beurre de cacahuète.

— Son repas préféré, commenta-t-elle avec dérision en étouffant un bâillement.

— Il a également mangé une orange et bu un verre de lait.

Abby hocha la tête en signe d'approbation.

— Laisse-moi cinq minutes. Juste le temps de me rafraîchir un peu.

Mais une fois dans la luxueuse salle de bains équipée de mille gadgets ultramodernes qui lui donnaient un air de vaisseau spatial, elle ne résista pas à la tentation de prendre une douche.

Un peu ragaillardie, elle enfila ensuite des vêtements propres, puis se laissa guider par les bruits de voix qui lui parvenaient du salon contigu à la cuisine.

Alors qu'elle était sur le point d'y pénétrer, elle entendit Caelan éclater de rire. C'était la première fois qu'elle l'entendait rire ainsi, se dit-elle, le cœur battant. Décidément, l'oncle et le neveu semblait s'entendre à merveille.

Quand elle les rejoignit, le visage de Caelan redevint sérieux.

— Je serai de retour vers 18 heures, lui dit-il. Ne t'inquiète pas pour le dîner. Nous commanderons quelque chose au service de restauration réservé aux occupants de l'immeuble.

— Et Michael ?

— Regarde dans le réfrigérateur.

Caelan sourit à Michael en lui ébouriffant les cheveux. Mais quand il se retourna vers Abby, son visage se ferma de nouveau.

— N'essaie pas de quitter l'appartement, dit-il.

— Pourquoi ?

— Vous avez tous les deux besoin de vous reposer un peu.

Il fit une pause avant d'ajouter d'une voix faussement douce :

— Et il serait très fâcheux pour toi que je sois obligé d'aller vous récupérer loin d'ici.

Comme tétanisée par cette menace voilée, Abby le regarda s'éloigner, l'estomac noué. La voix de Michael la fit susauter.

— Abby, est-ce que nous pouvons aller nager ?

— Après ta sieste, répliqua-t-elle machinalement en ouvrant le réfrigérateur.

Ce dernier contenait tout ce qu'il fallait pour nourrir un enfant de trois ans affamé. Bien sûr ! Elle referma la porte avec humeur. Caelan ne laissait rien au hasard. Nul doute que si elle tentait de sortir, elle serait aussitôt arrêtée par un de ses sbires. A moins que celui-ci ne la suive partout où elle irait…

Mieux valait ne pas s'exposer à cette humiliation.

Après avoir couché Michael, elle défit sa valise. Dans cette penderie, qui était presque aussi grande que le salon de la maison de Nukuroa, ses vêtements paraissaient encore plus miteux, songea-t-elle avec agacement.

Quand Michael se réveilla, tous deux explorèrent sa chambre. Ils découvrirent un coffre plein de jouets, ainsi qu'une bibliothèque remplie de livres neufs. Après les avoir vus, Michael aurait-il encore envie de lire ceux qu'elle lui avait achetés et qui étaient à présent en piteux état ? se demanda Abby, le cœur serré.

Ils passèrent le reste de l'après-midi sur la terrasse à lire et à dessiner. Quand le jour commença à décliner, elle se hasarda à essayer l'imposante cuisinière ultrasophistiquée qui trônait dans la cuisine, pour préparer le dîner de Michael.

Elle était en train de donner son bain à ce dernier quand Caelan arriva. A sa grande surprise, il les rejoignit dans la salle de bains avec le plus grand naturel et n'esquissa même pas une grimace quand Michael glissa dans la baignoire, aspergeant sa chemise et son pantalon impeccablement coupés.

— Fais attention ! s'exclama Abby d'un ton plus brusque qu'elle ne l'aurait voulu.

Michael se mit à pleurnicher.

— Je n'ai pas fait exprès.

— Je sais bien, intervint Caelan d'une voix douce.

Il fut récompensé par un sourire timide.

Un insupportable sentiment de culpabilité déchira Abby. Elle essuya Michael, lui mit son pyjama et s'efforça de ne pas se sentir exclue quand il demanda à son oncle de lui lire une histoire dans son lit.

Du moins Caelan avait-il choisi un des livres qu'elle avait apportés, se dit-elle pour se consoler. Mais quand elle l'entendit entamer avec entrain la lecture d'un conte de fées, elle sentit son exaspération renaître. Nul doute qu'il s'était entraîné…

Quand il eut terminé, il se pencha sur Michael pour l'embrasser et le borda comme s'il avait fait cela toute sa vie. Quand Abby eut embrassé à son tour le petit garçon, Caelan entraîna la jeune femme dans le salon.

— Si nous prenions un verre ? suggéra-t-il. Tu bois toujours du vin blanc ?

Stupéfaite, elle hocha la tête. Jamais elle n'aurait imaginé qu'il se souvenait de ce détail…

— J'ai déjà commandé le dîner, déclara Caelan en lui tendant son verre. Il sera servi dans une demi-heure.

A son grand dam, Abby fut envahie par un trouble

profond. Ils allaient dîner en tête à tête... Bien sûr, c'était à prévoir. Mais stupidement, elle ne s'était pas préparée à cette éventualité.

Pour se donner une contenance, elle sortit sur la terrasse. La nuit était tombée et les lumières du quartier de North Shore se reflétaient dans l'eau noire et luisante du port. Un peu plus loin, s'élevait l'île volcanique de Rangitoto. Une légère brise soufflait de la mer.

Submergée par une vague de tristesse et d'impuissance, Abby frissonna. Caelan et elle n'appartenaient pas au même monde. Et son désir pour lui était pathétique. Réprimant un soupir, elle se tourna vers le Harbour Bridge, pont emblématique d'Auckland, qui barrait la baie d'un trait lumineux.

Elle but une gorgée de vin. Excellent, bien sûr. Sans doute un grand cru hors de prix...

Tout à coup, elle tressaillit. Caelan venait de la rejoindre sur la terrasse. Pourquoi fallait-il que sa présence la déstabilise à ce point ?

S'efforçant d'ignorer les battements désordonnés de son cœur, elle demanda d'un ton qui se voulait désinvolte :

— Pour quelle raison as-tu choisi de quitter ton ancienne propriété et de t'installer ici ?

— Je voyage beaucoup. L'héliport de Mechanic's Bay est très pratique pour se rendre à l'aéroport.

Elle se tourna légèrement vers lui et fut aussitôt assaillie par un souvenir qui l'électrisa. Dans une vie antérieure, sur une plage au clair de lune, fascinée par son épaisse chevelure noire, elle y avait passé les doigts avec volupté, tandis qu'il l'embrassait.

Elle déglutit péniblement.

— Michael est très content de sa chambre. Il a beaucoup aimé ses jouets et les livres. Merci.

Même si Caelan n'avait sans doute rien choisi lui-même, il fallait que ce soit dit, songea-t-elle.

— Et le cheval ?

— Il l'impressionne énormément. Il prend son temps pour l'apprivoiser.

— C'est le mien. J'ai beaucoup joué avec quand j'étais enfant. Il était dans un triste état, mais je l'ai fait remettre à neuf par un artisan de Northland. Je suis ravi qu'il puisse servir à mon neveu.

Caelan fit une pause avant de demander :

— Pourquoi avais-tu décidé de quitter Nukuroa ?

Le hurlement d'une sirène perça le silence tendu qui suivit cette question. Abby but une gorgée de vin avant de répondre.

— Je me sentais traquée. Comment as-tu retrouvé notre trace ?

— J'ai engagé un détective privé. Je voudrais te dire… Michael semble heureux et épanoui. Je t'en remercie, déclara Caelan d'un ton bourru.

Déconcertée par cette gratitude inattendue, Abby balbutia :

— Je… je n'ai aucun mérite. Je l'aime et il le sait. Cela suffit à son bonheur.

Après une hésitation, elle poursuivit :

— J'aimerais avoir des précisions sur l'accord dont tu m'as parlé. Qu'envisages-tu, exactement ?

Il posa son verre sur une table qui se trouvait à proximité et scruta son visage.

— Etant donné que pour Michael l'idéal serait de grandir dans un foyer normal, je suggère que nous lui en offrions un.

Qu'entendait-il par « foyer normal » ? se demanda Abby, le cœur battant.

— Je... je ne comprends pas. A quoi penses-tu ?

Il arqua les sourcils.

— C'est très simple. Je suggère que nous nous mariions.

5

Abasourdie, Abby resta bouche bée.

— Qu'est-ce que… ? Qu'as-tu dit ? bredouilla-t-elle quand elle retrouva l'usage de la parole.

— Je suggère que nous nous mariions, répliqua Caelan le plus naturellement du monde. C'est la solution la plus raisonnable.

Prise de vertige, Abby avait l'impression de se trouver au bord d'un précipice.

— La solution la plus raisonnable ? répéta-t-elle d'une voix blanche.

Pour sa part, elle trouvait cette idée complètement insensée !

— Oui.

— Je suis prête à de grands sacrifices pour Michael, mais… je ne vois pas pourquoi je devrais t'épouser.

Devenir l'épouse de Caelan Bagaton ? Parce que c'était « la solution la plus raisonnable » ? Non, c'était impossible. Jamais elle ne pourrait s'y résoudre. Elle n'avait aucune envie de faire un mariage de raison. Et encore moins avec cet homme aussi superbe qu'arrogant qui avait sur elle un pouvoir redoutable…

— Michael est un Bagaton. Je veux qu'il porte ce nom et qu'il grandisse dans un cadre familial traditionnel. J'ai consulté un juriste. Le plus simple est de nous marier, puis d'engager une procédure d'adoption.

Abby sentit son cœur se serrer. Le ton de Caelan était d'une neutralité glaçante. Pas la moindre trace d'émotion dans sa voix. Mais pourquoi serait-il ému ? Il n'était pas en train de la demander en mariage mais de négocier un contrat...

Comme elle restait silencieuse, il ajouta sur le même ton :

— Si tu n'as pas confiance en moi, je t'indiquerai un notaire. Tu pourras prendre conseil auprès de lui.

Une fois de plus, elle n'avait pas vraiment le choix, songea-t-elle avec amertume. Le plus important était de rester auprès de Michael. Et après tout, devenir légalement sa mère serait pour elle une sécurité. Elle ne risquerait plus d'être séparée de lui ni d'être poursuivie en justice pour enlèvement d'enfant et falsification de documents officiels.

Comme s'il lisait dans ses pensées, Caelan déclara :

— Une fois l'adoption officialisée, la situation sera beaucoup plus confortable pour tout le monde. Michael aura un vrai foyer, et ses deux parents n'auront plus aucune raison de se méfier l'un de l'autre. Bien sûr, nous devrons convaincre les services sociaux que nous serons de bons parents pour Michael, mais ça ne devrait pas poser de problèmes. Cependant, il ne faut pas trop tarder, car si le journaliste qui est en train d'enquêter à Palaweyo révèle à la presse que Michael est le fils de Gemma et que tu l'as enlevé, ça risque de compliquer les choses. Des poursuites pourraient être engagées contre toi, et Michael risquerait d'être confié aux services sociaux. Même si je parvenais à obtenir rapidement sa garde, ce serait pour lui une expérience très traumatisante, qu'il vaudrait mieux éviter. En revanche, une fois l'adoption prononcée, il n'y aurait plus rien à craindre. Une adoption ne peut être annulée en aucun cas.

Effarée, Abby déglutit péniblement.

— Tu es sûr de cela ?

Il plongea son regard dans le sien.

— Oui. Mais tu pourras en demander confirmation au notaire.

Curieusement, elle avait confiance en Caelan, constata Abby avec surprise. Peut-être était-elle en train de perdre la raison. Non, elle l'avait déjà perdue… S'il lui était resté une once de bon sens, elle aurait déjà refusé sa proposition. Elle n'allait tout de même pas se marier avec Caelan Bagaton ! Et pourtant… Avait-elle le choix ? N'était-ce pas la meilleure solution pour Michael ?

Elle prit une profonde inspiration.

— Pour Michael, j'accepte, déclara-t-elle d'une voix qu'elle espérait ferme.

Caelan resta impassible.

— Parfait. J'appellerai mon cousin ce soir.

— Ton cousin ?

— Oui, mon cousin Luka est le souverain de Dacia. Nous nous marierons là-bas.

Abby faillit s'étrangler. Seigneur ! Il ne prévoyait tout de même pas un mariage princier en grande pompe ?

— A Dacia ? Mais… pourquoi ne pourrions-nous pas nous marier ici ?

— Nous nous marierons également ici, avant notre départ, afin de pouvoir lancer la procédure d'adoption sans attendre.

— Deux mariages ?

— Pour un Bagaton, se marier à Dacia est une tradition incontournable. Il est impératif que je te présente à ma famille. Mais ne t'inquiète pas, tout se passera bien. Tu verras, les Daciens forment un peuple très chaleureux. De grandes festivités seront organisées.

De grandes festivités ? C'était un véritable cauchemar ! songea Abby, atterrée.

— C'est impossible, voyons, protesta-t-elle. Je… je n'appartiens pas à ton milieu et je ne serai pas du tout à ma place. Ta famille va se demander ce qui t'a pris d'avoir choisi une femme comme moi pour épouse.

— Ça ne leur viendra même pas à l'esprit. Et d'ailleurs, n'étais-tu pas la meilleure amie de Gemma ? Il n'y a aucune raison que tu ne t'entendes pas avec le reste de la famille.

Abby but une gorgée de vin.

— C'est une plaisanterie, n'est-ce pas ? demanda-t-elle. En réalité, nous allons nous marier très simplement, en présence de deux témoins, et je ne serai jamais obligée de rencontrer ta famille.

— Nous allons en effet nous marier très simplement, d'ici à quelques jours. Mais ensuite, nous partirons pour Dacia, où tous les Bagaton seront ravis d'assister à notre mariage et de t'accueillir dans la famille.

Abby était au comble de la confusion. A sa grande honte, une vive excitation se mêlait à l'angoisse qui lui nouait l'estomac. Tournant la tête, elle contempla la masse sombre de Rangitoto, surmontée d'un fin croissant de lune.

— Ils seront d'autant plus ravis que nous allons leur offrir l'image d'un couple très uni, poursuivit Caelan. Pour que les services sociaux n'aient aucun doute à notre sujet, il faut que tout notre entourage soit convaincu que nous nous marions par amour.

Abby sentit son cœur battre à coups redoublés. Etait-il sérieux ? Jouer la jeune mariée au comble du bonheur serait au-dessus de ses forces. A moins qu'au contraire elle ne se laisse aller stupidement à croire à son personnage... Seigneur! Elle allait vraiment finir par perdre la raison!

— Est-ce indispensable? demanda-t-elle d'une voix mal assurée en se retournant vers lui.

Il eut un haussement d'épaules désinvolte.

— Nous sommes censés offrir à Michael un foyer stable dans lequel il trouvera affection et sécurité. J'imagine mal comment nous pourrions convaincre une assistante sociale que notre mariage est solide si nous passons notre temps à nous regarder en chiens de faïence.

Le cœur battant à tout rompre, Abby le vit s'avancer vers elle. Ses longs doigts musclés s'enroulèrent autour de ses poignets et il l'attira vers lui.

Assaillie par les effluves de son parfum viril et sensuel, Abby fut électrisée par la lueur de désir qui brillait dans ses yeux bleus et par ses lèvres sensuelles. Oh, Seigneur! Il allait l'embrasser... Si elle se laissait faire, elle était perdue. Il fallait absolument résister.

— Non! s'écria-t-elle en tentant de se dégager.

— Pourquoi? demanda-t-il d'une voix rauque.

Mon dieu! Nul doute qu'il était conscient du tumulte qui l'agitait en cet instant... Quand elle sentit son pouce caresser doucement les fines veines bleues qui battaient frénétiquement à son poignet, elle crut défaillir. Submergée par une violente vague de désir, elle sentit sa résolution vaciller.

Non! Elle devait parvenir à garder son sang-froid! se dit-elle avec désespoir. Relevant le menton, elle déclara en s'efforçant de maîtriser le tremblement de sa voix :

— Caelan, nous ne pouvons pas nous marier. Ça ne marchera pas.

Il darda sur elle un regard narquois qui la mortifia.

— Pourquoi nier l'évidence ? Tu me désires autant que je te désire. Les quatre années qui se sont écoulées depuis notre premier baiser n'ont pas réussi à en effacer le souvenir. Pas plus dans ta mémoire que dans la mienne. Je le sais. Je le sens.

Soudain, toute trace d'ironie disparut des yeux de Caelan. Sa voix se fit plus rauque.

— L'élan qui nous a poussés l'un vers l'autre ce soir-là n'est pas mort. Pourquoi nous obstiner à lutter contre lui ?

L'attirant contre lui, il captura ses lèvres d'un baiser impérieux.

Vaincue, Abby s'y abandonna avec une ardeur qui ne laissait plus aucun doute sur l'intensité de son désir. Pourquoi lutter, en effet ? Elle n'en avait plus la force. Tout son corps semblait s'éveiller d'une longue torpeur et revenir à la vie...

Prise d'un léger vertige, elle posa la main sur le torse puissant de Caelan. Son cœur battait aussi fort que le sien, constata-t-elle avec émotion. Cependant, malgré la fougue avec laquelle il l'embrassait, elle le sentait étrangement distant...

Elle s'arracha à ses lèvres au prix d'un effort surhumain. Il avait voulu lui prouver qu'il exerçait sur elle un pouvoir diabolique et il avait parfaitement réussi, songea-t-elle avec amertume.

Mortifiée, elle dégagea vivement ses poignets et s'écarta de lui. Il ne fit pas un geste pour la retenir. De toute évidence, il n'était pas plus bouleversé par ce baiser que par celui qu'ils avaient échangé quatre ans auparavant. Pourquoi avait-il prétendu la désirer ? Quel plaisir éprouvait-il à jouer avec elle ?

Mais à sa grande surprise, il déclara avec une sincérité manifeste :

— J'avais raison. Le feu ne s'est pas éteint. Il serait dommage de résister à cette force qui nous pousse l'un vers l'autre.

Abby fut parcourue d'un long frisson. Comme il était tentant de succomber... Cependant, serait-elle assez forte pour supporter un mariage basé uniquement sur le sexe ? Et sur la volonté d'offrir un foyer stable à Michael, se rappela-t-elle. Or, c'était bien là l'essentiel.

— Il reste cependant à préciser un point fondamental, poursuivit Caelan. Je prends le mariage très au sérieux et de toute façon, je ne suis pas homme à partager. J'exigerai donc de toi une fidélité absolue. Si tu me trompes, je te rendrai la vie si odieuse que tu me supplieras de te rendre ta liberté, même si ça implique de quitter Michael.

Abby en suffoqua d'indignation.

— Tu n'as pas encore compris que je ne l'abandonnerai pour rien au monde ? Rien ! Par ailleurs, je te trouve très mal placé pour te montrer intransigeant sur la fidélité. Quand tu m'as embrassée sur la plage il y a quatre ans, tu n'étais pas disponible. J'ai appris par la suite que tu avais une maîtresse.

A la grande satisfaction d'Abby, Caelan parut contrarié par sa remarque.

— J'ai rompu avec elle dès le lendemain, répondit-il d'un ton crispé. Si nous nous marions, je serai fidèle.

— Pourquoi te croirais-je ?

Pivotant sur elle-même, elle contempla un instant les lumières de la baie, puis se retourna vers lui et releva le menton d'un air de défi.

— De toute façon, je ne veux pas faire l'amour avec toi. Ni maintenant, ni plus tard..., ni jamais.

— En réalité tu en meurs d'envie. Mais pour l'instant,

tu refuses de l'admettre. Ne t'inquiète pas. Je ne suis pas un monstre. J'attendrai que tu sois prête.

Abby serra les dents. Quel aplomb ! Comment pouvait-il rester aussi maître de lui alors qu'elle était au bord de la crise de nerfs ? Elle prit une profonde inspiration. Il fallait absolument qu'elle se calme. Or, tant qu'elle resterait dans la même pièce que Caelan Bagaton, elle en serait incapable.

— Je n'ai pas envie de dîner, dit-elle d'une voix lasse. Je vais me coucher.

Caelan jeta un coup d'œil à sa montre.

— Le dîner sera servi dans dix minutes. Je te l'apporterai dans ta chambre. Te laisser mourir de faim ne servirait à rien.

Au moment où elle arrivait à la hauteur de la baie vitrée, il ajouta :

— Avant que tu te retires, j'ai une chose à te demander.

Elle s'immobilisa mais garda le dos tourné.

— Ôte cette teinture de tes cheveux, dit-il. Ta nouvelle couleur est vraiment trop déprimante.

Sans un mot, Abby quitta la terrasse.

Une fois dans sa chambre, elle s'affaissa sur le lit, les larmes aux yeux. Seigneur ! Jamais elle ne s'était sentie aussi abattue !

Comment avait-elle pu être assez stupide pour lui affirmer qu'elle ne voulait pas faire l'amour avec lui ? Il n'en avait pas cru un mot et il avait eu raison, malheureusement. Elle qui voulait s'éviter une blessure d'amour-propre, elle n'avait réussi qu'à se ridiculiser...

Cependant, il se souvenait encore du baiser qu'ils avaient échangé quatre ans plus tôt. Avait-il été aussi troublé qu'elle à l'époque ? Non, c'était impossible. Caelan Bagaton était un séducteur. C'était de notoriété publique et Gemma elle-même le lui avait confirmé.

Dire qu'après son arrivée à Palaweyo, elle n'avait pu s'empêcher d'espérer pendant des mois qu'il viendrait la rejoindre…

Abby se leva et gagna la salle de bains. Décidément, elle était pathétique ! Elle s'observa dans le miroir et constata que ses lèvres étaient encore gonflées après le baiser de Caelan. Un long frisson la parcourut.

Seigneur ! Si elle s'était écoutée, elle aurait pris ses jambes à son cou. Malheureusement, c'était impossible. Elle ne pouvait pas abandonner Michael. Pour rester auprès de lui, elle n'avait qu'une solution. Epouser Caelan. Au risque de perdre la raison…

— Que vais-je devenir ? murmura-t-elle, la gorge nouée.

Un long moment, elle resta immobile devant le reflet de cette femme au visage défait, qui la regardait. Soudain, des coups frappés à la porte de la chambre la firent tressaillir.

— Je t'apporte ton dîner, dit la voix de Caelan.

Les nerfs à fleur de peau, elle attendit quelques minutes avant de sortir de la salle de bains. La chambre était vide. Dieu merci, il avait décidé de respecter son besoin de solitude…

Après avoir avalé péniblement quelques bouchées qui lui semblèrent avoir un goût de cendres, elle prit son courage à deux mains et rapporta le plateau dans la cuisine.

A son grand soulagement, Caelan n'était pas en vue. Seul le son de sa voix, ferme et autoritaire, lui parvenait. De toute évidence, il était au téléphone. Elle mit les restes de son repas dans le réfrigérateur, puis regagna précipitamment sa chambre avant qu'il ne raccroche.

Dans la salle de bains, elle examina les différents flacons disposés à proximité du lavabo et de la baignoire.

Uniquement des produits de marques prestigieuses et hors de prix, bien sûr...

Elle appliqua sur ses cheveux la lotion de rinçage appropriée, puis regarda la teinture châtaine s'écouler sous la douche jusqu'à ce que ses cheveux retrouvent leur blondeur naturelle. Malgré tout, même humides, ils restaient ternes, constata-t-elle quelques instants plus tard. Elle appliqua consciencieusement un baume réparateur sur ses boucles fatiguées, puis les enroula dans une serviette.

Quand le produit eut fini d'agir, elle prit une douche en espérant que la caresse du jet tiède finirait par l'apaiser. Elle y resta si longtemps que l'eau fripa le bout de ses doigts.

Après s'être séchée vigoureusement, elle enfila le T-shirt ample qui lui servait de chemise de nuit et se rendit dans la chambre de Michael, qui dormait comme un bienheureux. Elle resta un long moment près de lui à le contempler, puis déposa un baiser sur sa joue avant de regagner sa chambre.

Epuisée, elle n'avait plus qu'une envie. Dormir. Malheureusement, le sommeil attendit de longues heures avant de s'emparer d'elle, remplaçant ses pensées moroses par des rêves agités.

Quand elle se réveilla, elle eut l'impression de n'avoir pas fermé l'œil de la nuit.

— Tu es réveillée ? demanda une petite voix depuis le seuil de la chambre.

Aussitôt, Abby retrouva toute son énergie.

— Oui, mon chéri ! Quelle heure est-il ?

— Oncle Caelan a dit 9 heures, répliqua Michael en se précipitant vers elle pour l'embrasser.

Visiblement lavé des pieds à la tête, il était vêtu de son jean et de son sweat-shirt favoris.

« 9 heures ! » songea-t-elle avec effarement en serrant le petit garçon contre elle. Pourquoi se sentait-elle épuisée après avoir dormi aussi longtemps ?

— Oncle Caelan a dit tu peux prendre ton petit déjeuner au lit.

« Oncle Caelan » était très aimable, songea-t-elle avec humeur, mais elle n'en avait aucune envie.

— Dis-lui que je vous rejoins dans dix minutes, le temps de me débarbouiller.

Michael quitta la pièce en criant :

— Oncle Caelan, oncle Caelan, Abby se lève !

Dix minutes plus tard, Abby pénétrait dans le salon attenant à la cuisine. Là, elle trouva Michael perché sur une chaise garnie d'un coussin. Il regardait d'un air gourmand le paquet de céréales que son oncle tenait à la main.

Caelan jeta un coup d'œil à Abby.

— Tu en veux aussi ? demanda-t-il d'un ton pince-sans-rire.

Elle secoua la tête. Pourquoi était-il toujours parfaitement maître de lui-même alors que le simple fait de le voir la mettait dans un état épouvantable ? se demanda-t-elle avec irritation.

— Des toasts, pour moi, merci.

Il indiqua une coupe sur la table.

— Il y a de la confiture de tamarillo. Sers-toi.

Puis il remplit de céréales le bol de Michael.

A la grande satisfaction d'Abby, ce dernier remercia poliment son oncle.

Elle s'assit. Etait-ce le détective qu'il avait envoyé à leur recherche qui l'avait informé que le tamarillo était son fruit préféré ?

Caelan s'assit à son tour en lui jetant un coup d'œil perçant.

— J'espère que tu as bien dormi, dit-il.

Etait-ce un effet de son imagination, ou bien y avait-il une pointe d'ironie dans sa voix ? se demanda-t-elle avec agacement. Se doutait-il que son sommeil avait été troublé par des rêves qui, loin de la calmer, n'avaient fait qu'attiser le feu qui couvait en elle ?

— Très bien, merci, répliqua-t-elle d'un ton qu'elle espérait neutre.

Du moins sa main ne tremblait-elle pas, constata-t-elle avec soulagement, en étalant de la confiture sur un toast.

— Du café ? demanda-t-il aimablement.

Elle répondit sur le même ton, et, grâce à la présence de Michael, elle parvint à se détendre un peu et à apprécier son petit déjeuner.

— Ce matin, déclara soudain Caelan, je vais à la mairie pour les formalités du mariage. Je vais avoir besoin de renseignements te concernant.

Malgré elle, Abby sentit son trouble se réveiller. D'une voix crispée, elle lui donna les informations nécessaires, qu'il nota d'une écriture précise.

— Je vais te prendre un rendez-vous chez un notaire, afin que tu puisses étudier avec lui le contrat de mariage et les formalités nécessaires pour le processus d'adoption. Par ailleurs, il y aura quelques courses à faire. Je viendrai te chercher à 14 heures. Sois là, ajouta-t-il d'un ton autoritaire.

Abby leva vivement la tête.

— Ai-je le choix ?

Il arqua les sourcils, visiblement déconcerté.

— Où veux-tu en venir ?

— Je me demandais tout simplement si, dans un élan

de bonté, tu ne consentirais pas à lever l'interdiction de sortir que tu as imposée à tes… invités, répliqua-t-elle avec une ironie non dissimulée.

Caelan la regarda longuement, tandis que Michael dévorait ses céréales avec enthousiasme.

— Puis-je te faire confiance ? finit-il par demander en plongeant son regard dans le sien.

— J'ai promis de t'épouser et je n'ai qu'une parole.

— Très bien. Scellons ce pacte, dit-il en tendant la main.

Priant pour qu'elle ne tremble pas, Abby lui tendit la sienne.

Il la serra longuement, la mettant au supplice. Au moment où elle s'apprêtait à la lui retirer d'un geste vif, il finit par la lâcher.

Michael se pencha alors au-dessus de la table et tendit à son tour la main à Caelan, sans un mot. Ce dernier la serra d'un air solennel. Ravi, le petit garçon eut un sourire éclatant, que Caelan lui rendit.

Etreinte par une profonde émotion, Abby sentit un nœud se défaire brusquement au plus profond d'elle.

Caelan se leva.

— Désormais, nous sommes unis tous les trois par le même pacte, déclara-t-il en jetant un regard pénétrant à Abby avant de quitter la pièce.

6

Abby avait déjà lavé la vaisselle, puis fait son lit et celui de Michael, quand deux femmes de ménage arrivèrent, visiblement stupéfaites qu'elle ait pris cette peine.

Elle entreprit donc de défaire les bagages de Michael et l'aida ensuite à ranger ses livres sur les étagères. Puis elle l'encouragea à monter sur le cheval à bascule, qu'il chevaucha avec enthousiasme pendant une demi-heure.

Ils sortirent ensuite sur la terrasse. Celle-ci offrait un cadre très agréable avec ses énormes bacs de plantes tropicales et sa vue sur le port, mais Michael avait besoin de plus d'espace pour se dépenser, songea-t-elle en le regardant courir. Il lui faudrait une vaste pelouse plantée d'arbres auxquels il pourrait grimper.

Vers midi, après le départ des femmes de ménage, elle prépara le déjeuner. Une fois son dessert terminé, Michael se mit à bâiller, mais ça ne l'empêcha pas de protester vigoureusement quand elle l'emmena dans sa chambre.

— J'ai pas sommeil !

— Il faut quand même faire la sieste, insista-t-elle en le prenant dans ses bras. Quand tu te réveilleras, oncle Caelan sera de retour.

Cet argument eut l'effet escompté. Michael cessa

aussitôt de pleurnicher et se laissa border dans son lit avec docilité.

Après l'avoir embrassé tendrement, Abby quitta la pièce. Dans le couloir, elle hésita. Que faire jusqu'à son réveil ? Depuis qu'elle avait quitté Palaweyo avec Michael, elle avait été trop occupée pour s'accorder la moindre pause. Entre le petit garçon et son travail, elle n'avait jamais réussi à s'accorder une minute pour souffler.

Combien de fois avait-elle rêvé d'avoir du temps pour elle ? Pour lire, jardiner, aller au cinéma ou tout simplement pour se reposer.

De façon ironique, maintenant qu'elle ne travaillait plus, elle aurait donné n'importe quoi pour être débordée… L'inactivité l'empêchait de se vider l'esprit, or elle n'avait aucune envie de s'attarder sur les pensées qui l'assaillaient en permanence.

Elle sortit sur la terrasse où soufflait une brise légère. Cet appartement était splendide, mais elle ne s'y sentait pas à l'aise. Le décor était trop raffiné. Elle n'osait pas laisser Michael courir à sa guise dans toutes les pièces. Cependant, ça risquait d'être encore pire à Dacia, songea-t-elle soudain. Seraient-ils logés dans le palais princier ? Seigneur ! Jamais elle ne s'habituerait à l'univers sophistiqué dans lequel évoluait Caelan.

L'estomac noué, elle se remémora la maison de Nukuroa. Celle-ci était minuscule et meublée avec parcimonie. Dans la cuisine — entièrement équipée selon l'annonce — il n'y avait qu'un vieux fourneau en émail ébréché et des plaques électriques bancales, qui tanguaient dangereusement chaque fois qu'elle posait une casserole dessus.

Par ailleurs, il flottait dans toutes les pièces une odeur

de moisi qu'elle n'avait jamais réussi à faire disparaître malgré tous ses efforts.

Combien de fois avait-elle regretté de ne pas avoir assez d'argent pour louer quelque chose de plus confortable ? Et pourtant, repenser aujourd'hui à cet endroit la remplissait de nostalgie. Elle aurait presque aimé avoir le pouvoir d'y retourner d'un coup de baguette magique...

Elle poussa un profond soupir. Comment allait-elle réussir à affronter la famille princière de Dacia ?

Et surtout, comment allait-elle réussir à supporter de vivre avec Caelan ?

Une chaleur intense se répandit dans tout son corps. Seigneur ! Le simple fait de penser à lui suffisait à allumer en elle un désir ardent... Inutile de se voiler la face. Elle ne parviendrait pas à résister pendant très longtemps à cette force prodigieuse qui la poussait vers lui. Elle finirait par lui céder un jour ou l'autre.

Le cœur d'Abby se serra douloureusement. Elle pressentait qu'elle finirait par se donner à lui corps et âme, alors que de son côté, il ne chercherait dans leur union que la satisfaction passagère d'un besoin purement physique...

Caelan s'immobilisa, le regard fixé sur Abby qui avait le dos tourné. Dieu merci, elle avait retrouvé ses boucles blondes ! Cependant, elle était toujours aussi mal habillée...

Son T-shirt et son pantalon de toile informes étaient beaucoup trop grands pour elle. Seuls ses pieds, fins et délicats dans des sandales de cuir bon marché, rappelaient la jeune femme superbe qu'il avait embrassée autrefois sur la plage, poussé par une force irrépressible.

Aujourd'hui encore, bien qu'elle ne soit pas à son avantage, il lui suffisait de poser les yeux sur elle pour être submergé par un désir inouï. Par quelle aberration exerçait-elle sur lui une telle fascination ?

D'ordinaire, il ne fréquentait que des femmes de tête. Or, si Abby était sans nul doute très intelligente, son comportement trahissait une nature impulsive et exaltée qui se laissait guider par ses émotions. C'était le genre de femme qui faisait passer les sentiments avant tout le reste et qui avait tendance à attendre des hommes plus qu'ils ne pouvaient leur offrir.

Pas étonnant que Gemma et elle soient devenues amies...

A cette pensée, Caelan fut submergé par un profond chagrin, mêlé, comme toujours, d'un remords lancinant. S'il avait été plus proche de sa sœur, elle ne lui aurait pas caché sa grossesse et il aurait été en mesure de la protéger. Jamais il ne l'aurait laissée partir accoucher sur une île perdue au milieu du Pacifique !

Malheureusement, au lieu de se confier à lui, elle était allée chercher du réconfort auprès de son amie et avait succombé à une mort absurde...

Il vit Abby secouer la tête. Les rayons du soleil allumèrent des étincelles dans ses boucles blondes. S'efforçant d'ignorer le désir qui le tenaillait, il se dirigea vers elle.

Soudain, il la vit se raidir imperceptiblement. De toute évidence, elle l'avait entendu approcher. Même si elle prenait soin de ne pas se tourner vers lui...

— Bonjour, dit-il en s'arrêtant à un mètre d'elle.

— Bonjour.

Elle faisait visiblement des efforts pour maîtriser son trouble. Il sentait que son ton neutre et son visage impassible n'avaient rien de naturel.

— La matinée s'est bien passée ? demanda-t-il d'un ton désinvolte.

— Oui, très bien. Michael n'a pas terminé sa sieste. J'espère que tu n'as pas l'intention de le réveiller.

— Pourquoi le réveillerais-je ?

— Pour le caser dans ton planning surchargé, répliqua-t-elle avec une pointe d'agressivité.

Il arqua les sourcils.

— Je n'ai nullement l'intention de bousculer les habitudes de Michael. J'attendrai qu'il ait fini sa sieste pour l'emmener faire du shopping. Cet après-midi, nous allons lui acheter des vêtements.

Il posa sur la jeune femme un regard amusé.

— Par ailleurs, une des boutiques les plus chic d'Auckland organise un essayage privé pour toi demain matin. Il te faut une garde-robe complète, y compris des tenues pour les deux cérémonies de mariage, bien entendu. A ce propos, nous nous marions dans trois jours. Nous prendrons l'avion pour Dacia immédiatement après.

Quel despote ! songea Abby avec irritation. S'imaginait-il qu'il allait régenter toute son existence dans ses moindres détails ? Mais alors qu'elle s'apprêtait à protester, une sonnerie de téléphone retentit.

— Excuse-moi, dit Caelan en sortant son portable de sa poche. J'attends un appel important.

Il s'éloigna et attendit d'être hors de portée de voix pour répondre.

Bien malgré elle, Abby ressentit aussitôt une vive jalousie. C'était sans nul doute une femme qui l'appelait. Indignée, elle pivota sur elle-même et rentra dans l'appartement. Que lui prenait-il ? se demanda-t-elle en prenant le couloir qui menait aux chambres. Elle devait se calmer à tout prix.

Caelan ne lui avait-il pas affirmé qu'il serait un mari fidèle ? Si elle voulait conserver un minimum de sérénité, elle devait lui faire confiance, décida-t-elle. Et éviter de se demander comment il comptait passer ses dernières nuits de célibataire…

— Je suis réveillé ! annonça Michael quand elle ouvrit la porte de la chambre du petit garçon. Tu avais dit qu'oncle Caelan serait là !

Abby eut un sourire attendri. Malgré sa nature enjouée, Michael était toujours un peu grognon au réveil.

— Il téléphone sur la terrasse. Viens te laver la figure.

Le visage de Michael s'illumina.

— Je veux que ça soit lui qui me lave la figure.

— Alors, il faudra le lui demander poliment.

Dans son dos, la voix de Caelan la fit soudain tressaillir.

— Me demander quoi ?

— S'il te plaît, est-ce que tu veux bien me laver la figure, oncle Caelan ? s'exclama Michael.

Une fois de plus, Abby fut saisie par la ressemblance entre l'homme et l'enfant. Caelan avait le teint mat et les cheveux noir de jais, tandis que Michael était blond et très clair de peau. Cependant, ils avaient les mêmes traits et les mêmes expressions.

— As-tu des instructions à me donner pour l'accomplissement de cette mission de confiance ? lui demanda Caelan.

Elle eut un sourire contraint.

— Michael sait ce qu'il faut faire.

Tous deux la rejoignirent quelques minutes plus tard. Michael semblait tout excité.

— Oncle Caelan dit que quand je saurai bien nager, il m'emmènera en bateau !

Abby hocha la tête.

— Alors il faut que tu t'appliques, n'est-ce pas ? répliqua-t-elle en s'efforçant de prendre un ton enjoué.

Le bateau, les jouets, les livres, les vêtements… Tout cela était certes important, mais ne suffisait pas à rendre un enfant heureux, songeait sombrement Abby alors qu'ils se trouvaient tous les trois dans l'ascenseur.

Gemma avait été couverte de cadeaux pendant toute sa vie, mais cela ne l'avait pas empêchée de souffrir cruellement du manque d'affection. Le meilleur service que Caelan Bagaton pouvait rendre à son neveu était de lui accorder du temps et de l'attention.

Pour l'instant il semblait plein de bonnes intentions, mais cela durerait-il ?

Ils devaient se rendre dans un quartier du nord de la ville. Pendant tout le trajet, Michael ne cessa de parler avec animation. Mais dès qu'ils pénétrèrent dans la boutique de vêtements pour enfants, il se tut, manifestement ébloui par tout ce qu'il voyait autour de lui.

Après avoir examiné quelques articles, Abby se tourna vers Caelan :

— Cet endroit devrait s'appeler « Au paradis des bambins ». Comment l'as-tu découvert ?

— C'est la propriétaire qui a pris contact avec moi pour me présenter son projet et me demander mon soutien financier.

Une de ses maîtresses ? se demanda Abby avec un pincement au cœur.

— Je suppose que ça marche bien, dit-elle d'un ton crispé.

— Oui, en effet. Elle a travaillé très dur et sa réussite est méritée.

Il changea abruptement de sujet.

— Je te suggère de choisir des vêtements pratiques et confortables pour le voyage. Le vol dure assez longtemps. Pour Dacia, où il fera encore chaud, il aura besoin de T-shirts et de maillots de bain pour la plage. Par ailleurs, il lui faut quelques tenues pour la cérémonie et les réunions de famille.

Pour une fois, Michael ne fit pas trop de difficultés pour essayer ses vêtements. Avec l'aide d'une jeune vendeuse très douée pour distraire les enfants, Abby réussit à sélectionner une garde-robe entière en un temps record.

A sa grande surprise, Caelan participa activement à l'opération. De toute évidence, il appréciait la compagnie de Michael. Mais curieusement, elle ne parvenait pas à s'en réjouir... Pourquoi avait-elle le sentiment obscur qu'un danger imminent la menaçait ?

En sortant de la boutique, Caelan déclara :

— Je vais te déposer chez le notaire, puis je vais rentrer avec Michael à la maison.

Son regard bleu s'attarda un instant sur le visage d'Abby, puis se promena sur ses boucles ébouriffées par la brise. Electrisée, la jeune femme réprima un long frisson.

Mais tout à coup, elle fut envahie par une vive appréhension. Et s'il profitait de son rendez-vous chez le notaire pour disparaître avec Michael et le lui enlever à tout jamais ?

Elle déglutit péniblement. Après tout, comment pouvait-elle être sûre qu'il n'était pas en train de lui tendre un piège diabolique ?

En voyant un sourire narquois se dessiner sur ses lèvres, elle s'empourpra. Apparemment, il avait deviné ses pensées...

Elle redressa les épaules. Allons, il fallait se ressaisir.

Elle ne pouvait pas vivre dans l'angoisse en permanence. Il était ridicule de ressasser sans cesse les mêmes craintes. Caelan avait été formel : il n'avait pas l'intention de la séparer de Michael. Elle devait lui faire confiance. Il était manifestement en train de se prendre d'affection pour son neveu et il était conscient que ce dernier avait besoin d'elle.

Elle inspira profondément et le suivit jusqu'à la voiture.

Le notaire était un homme d'âge moyen, affable et très professionnel. Il lui lut le contrat de mariage et lui donna toutes les explications nécessaires. Puis, il demanda :

— Avez-vous déjà discuté avec M. Bagaton d'une éventuelle adoption de son neveu ?

— Oui, et je suis d'accord.

— C'est en effet la meilleure solution pour assurer l'avenir de l'enfant, approuva-t-il.

Quand Abby eut regagné l'appartement, elle y trouva Michael au comble de l'excitation : pendant qu'ils faisaient les courses, un splendide portique multicolore avait été livré et monté sur la terrasse.

— Regarde, Abby, regarde ! cria-t-il. Et il y a aussi un toboggan et une balançoire !

Abby s'extasia sur les multiples possibilités qu'offrait le portique, avant de demander :

— As-tu remercié ton oncle pour ce beau cadeau ?

Michael se tourna vers son oncle d'un air ébahi.

— C'est toi ? Merci, oncle Caelan ! s'exclama-t-il avec un sourire radieux.

— Je suis ravi qu'il te plaise, dit Caelan.

Mais quand le petit garçon recommença à faire des acrobaties, il se tourna vers Abby.

— Je ne veux pas de ses remerciements.

Elle ouvrit de grands yeux.

— Pourquoi ?

Il haussa les épaules.

— Un jour, Gemma m'a dit que j'essayais d'acheter son affection. Ce n'était pas vrai, bien sûr, et je ne veux surtout pas que Michael pense la même chose.

Abby resta silencieuse un instant avant de répliquer :

— Je comprends ton point de vue, mais il est important qu'il apprenne à dire merci.

Quelle était cette lueur étrange dans les yeux de Caelan ? se demanda-t-elle en réprimant un frisson. Pour une fois, ce n'était pas du désir. Que signifiait ce regard énigmatique ?

Elle déglutit péniblement.

— Je vais aller déballer les paquets et ranger les vêtements neufs de Michael dans sa penderie.

— Qu'as-tu pensé du contrat de mariage ?

— Il m'a paru correct.

Si seulement il pouvait cesser de la regarder ainsi ! songea-t-elle en baissant les yeux.

— Dans ce cas, nous irons le signer demain matin avant d'aller faire du shopping. Je t'ai ouvert un compte en banque.

Alors qu'elle ouvrait la bouche pour protester, il posa un doigt sur ses lèvres. Elle resta pétrifiée.

— Je ne tolérerai aucune objection, déclara-t-il d'un ton ferme. Par ailleurs, si l'allocation spécifiée dans le contrat ne te suffit pas, nous pourrons en augmenter le montant par la suite.

Au grand soulagement d'Abby, il retira son doigt.

— D'accord, déclara-t-elle d'une voix faible.

Le soir, alors qu'ils prenaient le café dans le salon après le dîner, Caelan demanda abruptement :

— Parle-moi de Gemma.

Abby posa sa tasse sur la table basse.

— Que veux-tu savoir ?

— Pourquoi est-elle partie de chez sa mère pour aller à Palaweyo ? Elle devait bien se douter que ce n'était pas l'endroit idéal pour accoucher.

— Je t'ai déjà expliqué qu'elle voulait cacher sa grossesse à toute sa famille

— Tu aurais dû me prévenir.

— Je lui ai conseillé, à plusieurs reprises, de te mettre au courant.

Etreinte par le remords, Abby ne pouvait se résoudre à affronter le regard de Caelan. Si elle avait cédé à la tentation de l'appeler à l'insu de son amie, celle-ci serait peut-être encore en vie…

— Elle n'a pas voulu m'écouter, poursuivit-elle d'une voix éteinte. Elle m'a dit qu'elle avait toujours fait appel à toi en cas de problème et que pour une fois, elle tenait à s'en sortir toute seule.

Caelan réprima un juron.

— Je suis vraiment désolée, murmura-t-elle.

— Tu n'as rien à te reprocher. Bien sûr, j'aurais préféré que tu me préviennes. Cependant, Gemma était adulte et c'était ton amie. Je comprends que tu n'aies pas voulu trahir sa confiance.

Submergée par un immense soulagement, Abby laissa échapper un soupir.

— Le fait d'attendre un enfant lui permettait de surmonter son chagrin. Elle était heureuse de savoir que l'homme qu'elle avait aimé survivait à travers elle. J'ai insisté pour qu'elle passe des examens complets à l'hôpital. Sa grossesse se déroulait tout à fait normalement et j'ai estimé qu'elle pouvait rester sans danger. L'accouchement s'est d'ailleurs très bien passé. Si j'avais su…

La gorge nouée, Abby fit une pause avant de poursuivre.

— Dire que je n'ai pas voulu croire à ses prémonitions… Cependant, il faut que tu saches qu'elle avait trouvé une certaine sérénité à Palaweyo. Et après la naissance de Michael, elle disait qu'elle n'avait jamais connu un bonheur aussi immense.

— Tant mieux, commenta Caelan d'un ton neutre.

Mais à la vue de son visage crispé, Abby sentit son cœur se serrer. Prise d'une impulsion, elle se leva et posa la main sur son bras.

— Elle n'a pas souffert, Caelan. Elle a embrassé Michael en lui disant qu'elle allait rejoindre son père et qu'ils veilleraient tous les deux sur lui pendant toute sa vie, puis elle est morte le sourire aux lèvres.

Avec un gémissement étranglé, Caelan attira Abby dans ses bras et captura sa bouche avec une ardeur mêlée de désespoir.

Elle ne tenta même pas de lui résister. Emportée par une force contre laquelle elle ne pouvait rien, elle noua les mains sur sa nuque et enfonça les doigts dans son épaisse chevelure noire.

Quand il murmura son nom contre ses lèvres, elle sentit ses dernières défenses s'évanouir. Pourquoi lutter contre l'élan irrésistible qui les poussait l'un vers l'autre, quatre ans après leur première rencontre ?

La main de Caelan se referma sur un de ses seins, lui arrachant un petit cri. Seigneur ! Il allait la rendre folle… Il fallait absolument qu'elle se reprenne. Si elle succombait à la tentation, elle était perdue. Une souffrance trop cruelle succéderait au plaisir. Non, elle ne pouvait pas se résoudre à devenir le jouet sexuel de cet homme despotique qui la contraignait à un mariage sans amour...

— Non ! s'écria-t-elle en tentant frénétiquement de se dégager.

— Pourquoi ? demanda Caelan d'une voix grave tout en caressant la pointe hérissée de son sein.

Mortifiée par le plaisir inouï qui la submergeait, Abby répliqua avec hargne :

— Parce que je n'en ai pas envie !

A peine ces mots eurent-ils franchi ses lèvres qu'elle se maudit. Comment pouvait-elle imaginer un seul instant qu'un homme aussi expérimenté que lui allait la croire ?

Il la lâcha sans un mot.

Alors qu'elle se redressait et regagnait son fauteuil, les jambes tremblantes, il déclara d'un ton égal, comme si de rien n'était :

— Mon cousin Luka a suggéré que tu aimerais peut-être choisir une émeraude parmi les joyaux de la couronne dacienne, pour ta bague de fiançailles. Cependant, si tu préfères une autre pierre, nous pourrons nous en occuper demain.

Une bague de fiançailles ? L'estomac d'Abby se noua.

— Je... je n'y ai pas pensé.

— Il t'en faut une. Ne serait-ce que pour les photos officielles qui seront prises à Dacia. A propos, il est préférable de garder le secret sur la première cérémonie, qui permettra d'enclencher la procédure d'adoption avant notre départ. Je ne veux pas attirer l'attention des médias.

— Je vois, dit Abby en pâlissant.

Il ne manquerait plus qu'ils soient traqués par les paparazzi...

— Pour la bague, je n'ai pas de préférence, ajouta-t-elle. Quelle est la meilleure solution, à ton avis ?

Il haussa les épaules.

— Nous n'avons qu'à accepter la proposition de Luka. J'ai un rendez-vous tôt demain matin, mais je reviendrai te chercher vers 10 heures.

— Pour quoi faire ?

— Du shopping.

Allons bon ! Elle avait complètement oublié l'essayage privé… Sur le point de protester, Abby se ravisa. Certes, la perspective de se faire entretenir par Caelan la hérissait. Toutefois, il fallait reconnaître qu'elle avait très envie d'une nouvelle garde-robe qui lui donne un peu d'assurance.

— D'accord, répliqua-t-elle d'un ton qui se voulait désinvolte.

Caelan se leva et s'approcha d'elle. Avant qu'elle ait le temps de réagir, il déposa un baiser au coin de ses lèvres, puis il quitta la pièce sans un mot.

7

Trois jours plus tard, dans la villa sur l'île privée de Caelan, Abby contemplait avec incrédulité son reflet dans le miroir de sa chambre. Elle ne reconnaissait pas cette femme élégante aux joues rosies et aux lèvres pulpeuses, qui fixait sur elle un regard fiévreux…

La soie dorée de son tailleur accentuait encore l'éclat de son teint, qui n'était pas seulement dû à son nouveau maquillage… Alors qu'elle pivotait légèrement pour vérifier le tombé de sa jupe, les fines broderies de perles qui ornaient sa veste à manches courtes, portée sur un caraco de soie champagne, étincelèrent sous les rayons du soleil. Cet ensemble était vraiment très seyant, se dit-elle avec satisfaction.

Et quel plaisir de pouvoir de nouveau laisser flotter librement ses boucles blondes, redevenues souples et soyeuses ! La veille, l'assistante de Caelan lui avait pris rendez-vous chez le meilleur coiffeur d'Auckland. Elle en était ressortie transformée. Ses cheveux, longuement traités avec divers produits miraculeux, puis coupés avec art, avaient retrouvé tout leur éclat.

Soudain, la gorge d'Abby se noua. Cette excitation qui ne la quittait pas depuis son réveil était pathétique ! Oui, elle se mariait aujourd'hui. Mais malheureusement, ce mariage n'était qu'une comédie. L'amour n'y aurait jamais sa place et elle n'avait aucune raison d'avoir cet air radieux…

Elle prit une brosse. Pas question de changer de tenue, bien sûr, mais elle pouvait au moins opter pour une coiffure plus sévère. Après avoir brossé vigoureusement ses cheveux, elle les noua sur sa nuque.

Dire que Caelan n'avait pas pris la peine de l'associer au choix des alliances ! songea-t-elle, le cœur serré. Il ne les lui avait même pas montrées…

Il ne lui avait pas dit non plus qui seraient leurs témoins. Sans doute le pilote de l'hélicoptère et la gouvernante, se dit-elle avec amertume. Ou bien la nurse de l'immeuble, qui avait accepté de venir s'occuper de Michael pour le week-end, pendant la soi-disant lune de miel d'une nuit que s'accorderaient les mariés dans leurs appartements, à l'autre bout de la maison.

En réalité, Caelan et elle ne partageraient pas le même lit. Ils passeraient simplement la nuit dans des chambres voisines pour donner le change. C'était elle qui l'avait exigé. Alors, pourquoi cette perspective était-elle aussi déprimante ?

Elle refoula les larmes qui perlaient à ses paupières. Pas question de se laisser aller. Si elle se mariait avec Caelan Bagaton, c'était pour le bien de Michael, se rappela-t-elle avec fermeté.

Un coup frappé à la porte la fit tressaillir. Etait-ce Caelan qui venait la chercher ?

— Entrez, dit-elle, le cœur battant à tout rompre.

A sa grande surprise, ce fut une inconnue qui pénétra dans la pièce. Grande, svelte, d'une beauté aristocratique, la jeune femme était vêtue avec une élégance suprême. Nul doute qu'elle était invitée au mariage, songea Abby, stupéfaite.

— Je viens d'apprendre que Caelan ne vous avait pas prévenue de notre présence, déclara la nouvelle venue avec une moue réprobatrice. J'ai beaucoup d'affection pour lui, mais par moments je me demande ce qu'il a dans la tête ! Je suis Lucia Radcliffe, sa cousine. Mon mari Hunt est en train de lui servir un verre.

— Je... Ravie de vous rencontrer, bredouilla Abby. Je suis heureuse que vous soyez là.

La princesse Lucia ! Elle la reconnaissait, à présent. Depuis son mariage, deux ans auparavant, elle l'avait vue à plusieurs reprises en photo dans des magazines.

— Et moi, je suis ravie d'être ici, répliqua chaleureusement la jeune femme en refermant la porte derrière elle. Vous êtes splendide, Abby.

Elle eut un sourire complice.

— Je comprends mieux pourquoi mon cousin est aussi nerveux.

Abby déglutit péniblement.

— Que voulez-vous dire ?

Le sourire de la princesse s'élargit.

— C'est la première fois que je vois Caelan boire un whisky pour se donner du courage ! Lui qui est toujours si sûr de lui... A vrai dire, il y avait longtemps que j'attendais le jour où il rencontrerait quelqu'un qui lui ferait enfin perdre son sang-froid légendaire. Vous ne pouvez pas savoir à quel point je suis heureuse que ce jour soit enfin arrivé. Ah, voici le champagne ! ajouta-t-elle, alors que des coups discrets étaient frappés à la porte.

La gouvernante entra avec un plateau chargé de deux flûtes de cristal et d'un seau à champagne contenant une bouteille.

— Ça va vous détendre, ma chère Abby, déclara la

princesse après avoir fait le service. Buvez juste une ou deux gorgées. Où sont les fleurs ? Ah, oui, les voilà.

Elle prit une des roses posées sur le guéridon, et les huma d'un air extasié.

— Elles sont superbes, n'est-ce pas ? dit-elle. Le petit Michael est si excité qu'il ne tient plus en place. Allez, buvez une autre gorgée et allons-y.

Le bavardage enjoué de la princesse était réconfortant, songea Abby en se laissant entraîner docilement hors de la pièce.

Au moment de sortir sur la terrasse, qui surplombait la plage de sable blanc, elle s'immobilisa, stupéfaite. Protégé de l'ardeur du soleil par un auvent de toile grège, un autel derrière lequel se tenait l'officiant avait été dressé dos à l'océan. Jamais elle n'aurait imaginé que Caelan soignerait autant l'organisation de cette cérémonie ! Ni qu'il y inviterait des membres de sa famille…

Il attendait devant l'autel. Seigneur ! Comme il était beau ! Tellement beau qu'il parvenait à éclipser le paysage, pourtant sublime. Vêtu d'un costume grège à la coupe impeccable, il avait une distinction folle, qui n'atténuait cependant pas la virilité à couper le souffle qui se dégageait de tout son être.

Il bavardait avec un homme brun aux traits fins, aussi grand et athlétique que lui, mais ne possédant pas le même magnétisme. Hunt Radcliffe, de toute évidence. La main dans celle de Caelan, Michael, l'air très sérieux, regardait les deux hommes.

D'une légère pression de la main, la princesse invita Abby à avancer. Au même instant, les deux hommes et l'enfant se tournèrent vers elles.

En voyant le sourire de Caelan, Abby sentit son cœur s'affoler dans sa poitrine. « Du calme ! » se reprit-elle aussitôt. A aucun moment elle ne devait oublier que tout ceci n'était qu'un leurre. Une comédie destinée à prouver au monde entier que leur couple était capable d'offrir à Michael la stabilité et l'affection dont il avait besoin.

La couvant d'un regard ébloui, comme si elle était pour lui la chose la plus précieuse au monde, il s'avança vers elle.

— Abby, tu es splendide, murmura-t-il d'une voix profonde qui électrisa la jeune femme.

— Tu ressembles à la princesse de mon livre ! s'exclama Michael, manifestement très impressionné.

La gorge nouée, Abby prit la main que lui tendait Caelan et le suivit jusqu'à l'autel, tandis que Lucia Radcliffe rejoignait son mari. Sans lâcher la main d'Abby, Caelan reprit celle de Michael.

La cérémonie commença.

Elle fut brève mais émouvante.

Lors de l'échange des alliances — deux anneaux d'or identiques — les mains d'Abby tremblaient tellement qu'elle faillit laisser tomber celle de Caelan. « Du calme ! » se répéta-t-elle pour la énième fois. Ce n'était peut-être pas le mariage dont elle avait rêvé, mais il permettrait d'offrir une vraie famille à Michael. C'était la seule chose qui comptait.

La voix de l'officiant la fit tressaillir.

— Vous pouvez embrasser la mariée.

Elle se raidit. Non ! Elle ne voulait pas que Caelan l'embrasse... Ce serait beaucoup trop dangereux ! Mais à sa grande surprise, il se contenta d'effleurer furtivement ses lèvres, avant de prendre Michael dans ses bras afin qu'il puisse l'embrasser à son tour. Ravi, le petit garçon déposa un baiser sur la joue d'Abby, puis sur celle de son oncle, visiblement ému.

Bouleversée, Abby sentit son cœur se gonfler de joie. Pas de doute, elle avait eu raison d'accepter ce mariage. Des liens très forts s'étaient déjà noués entre Caelan et Michael.

— Bienvenue dans notre famille, Abby ! s'exclama Lucia avec une sincérité manifeste en la serrant dans ses bras.

Quant à Hunt Radcliffe, il s'inclina devant elle et lui baisa la main.

— Bienvenue et bon courage pour la suite, dit-il avec un clin d'œil malicieux. Si vous saviez ce qui vous attend à Dacia ! Se familiariser avec les us et coutumes d'une famille princière n'est pas toujours facile.

Lucia grimaça.

— Ne l'écoutez pas, Abby ! dit-elle. Vous n'avez aucune raison de vous inquiéter.

Elle jeta un coup d'œil attendri à son mari avant de poursuivre.

— Quand nous nous sommes rencontrés, Hunt se faisait une montagne de tout ce qui concernait ma famille : Dacia, le protocole… Et en fin de compte, il n'a jamais eu aucun problème. Alors surtout, ne l'écoutez pas !

De toute évidence, se dit Abby avec une pointe d'envie qu'elle s'efforça d'ignorer, ils formaient un couple uni par un amour sincère et une grande complicité.

Qu'est-ce qui l'attendait exactement à Dacia ? Elle aurait donné cher pour le savoir, mais mieux valait ne pas poser la question. Car alors Lucia et son mari risqueraient de s'interroger sur la vraie nature du mariage auquel ils venaient d'assister. Ils ne comprendraient pas qu'il existe un tel manque de communication entre Caelan — son mari ! — et elle…

Non, devant eux comme devant le reste du monde, elle

devait se comporter comme une jeune mariée comblée par l'amour et la confiance que lui témoignait son mari.

Quand Caelan la prit par les épaules, elle se laissa donc aller contre lui en accrochant un sourire éclatant à ses lèvres.

— Si nous buvions le champagne ? lança-t-il d'un ton enjoué.

Il invita l'officiant, la gouvernante et la nurse à se joindre à eux.

Un peu plus tard, Abby emmena Michael dans la maison pour le faire dîner, tandis que l'officiant repartait sur le continent en hélicoptère.

Un dîner fut ensuite servi aux deux couples sur la terrasse, tandis que le soleil descendait lentement à l'horizon, baignant la baie de reflets rougeoyants.

Lucia et Hunt Radcliffe étaient décidément des gens charmants, se dit Abby, de plus en plus détendue.

A la fin du repas, Lucia sortit des photos de leur petite fille.

— Caelan, je t'annonce que ta filleule a désormais quatre petites dents très pointues et qu'elle s'est découvert récemment une passion pour les myrtilles.

Caelan regarda les photos avec attention en faisant de nombreux commentaires. De toute évidence, il voyait souvent la petite fille et prenait très au sérieux son rôle de parrain, songea Abby avec surprise. Décidément, même si Gemma lui avait souvent parlé de son frère, elle ne lui avait donné qu'un vague aperçu de sa personnalité complexe...

Hunt et Lucia — que Caelan appelait affectueusement Cia — partirent après le dîner. L'estomac noué, Abby regarda leur hélicoptère s'éloigner vers l'ouest dans un ciel couleur abricot. Seigneur ! Elle allait se retrouver en tête à tête avec Caelan !

Moins par curiosité que pour masquer sa nervosité, elle demanda :

— Tout le monde possède son hélicoptère, dans ta famille ?

— Oui.

Que dire, à présent ? se demanda-t-elle, le cœur battant. Et que faire ?

— Je vais aller voir Michael, annonça-t-elle d'un ton plus brusque qu'elle ne l'aurait voulu.

Caelan jeta un regard pénétrant à la jeune femme. Dans quel état d'esprit se trouvait-elle ? Impossible à dire. Tout au long de cette interminable journée, elle avait paru détendue, sereine, presque joyeuse par moments… Cependant, elle était restée très distante.

— Je t'accompagne, déclara-t-il.

Elle se raidit imperceptiblement avant de dire d'un ton neutre.

— Oui, bien sûr.

Au début, elle avait refusé de faire venir la nurse avec eux, mais il avait insisté. Pourquoi ? A vrai dire, il n'en savait trop rien.

Ou plutôt si. Il le savait parfaitement, reconnut-il en suivant Abby dans la maison. Il tenait à préserver l'intimité de leur nuit de noces. Pourquoi se raconter des histoires ? Chaque nouvelle journée passée à son côté augmentait le désir qu'il éprouvait pour elle.

Sa femme ! se dit-il, étreint par une vive émotion. Si belle et si sensuelle… Car bien qu'elle s'en défende, elle partageait son désir. Et un jour où l'autre, elle finirait par y succomber.

Mais elle ne se contentait pas d'être la créature la plus sexy qu'il ait jamais rencontrée. Elle était loyale, généreuse, sensible. Et entièrement dévouée à Michael.

Son amour pour lui était celui d'une mère. Absolu et désintéressé.

Quand ils arrivèrent dans la chambre de Michael, celui-ci dormait profondément. Ils l'embrassèrent tous les deux sur le front, puis ils regagnèrent leurs appartements.

— Lucia et Hunt savent-ils que Michael est le fils de Gemma ? demanda Abby.

— Oui, bien sûr. En revanche ils ne sont pas au courant de notre accord. Ils pensent que nous nous marions par amour.

Abby eut une moue dubitative. A en juger par son regard pétillant et sa conversation brillante, Hunt Radcliffe ne manquait pas de perspicacité. Quant à Lucia, elle avait soigneusement évité de poser la moindre question personnelle.

— Penses-tu vraiment qu'ils sont dupes ? demanda-t-elle.

Caelan haussa les épaules.

— Peu importe. Même si par hasard ils se posaient des questions, ils les garderaient pour eux. La discrétion est de mise dans la famille.

Ils sortirent sur la terrasse, baignée de la douce clarté de la lune qui commençait à monter dans le ciel. De l'intérieur de la maison parvenaient les échos d'une musique langoureuse.

— Veux-tu danser ? demanda abruptement Caelan.

Le cœur d'Abby fit un bond dans sa poitrine.

— Pardon ?

— Ce serait un crime de ne pas faire honneur à la musique et au clair de lune, dit-il d'une voix rauque en tendant les bras.

Elle frissonna. En acceptant cette invitation, elle flirtait avec le danger... Mais comment résister à la tentation ?

Les yeux brillants, Caelan l'attira à lui.

La voix profonde du chanteur tissait autour d'eux un voile vaporeux de sensualité frémissante. Electrisée, Abby n'osait pas se laisser aller et restait crispée dans les bras de Caelan.

C'était un danseur remarquable, bien sûr. Et leurs pas s'accordaient parfaitement. Alors pourquoi ne pas se détendre et savourer cet instant délicieux ? se demanda-t-elle.

Mais comment se détendre quand une fièvre insidieuse la gagnait, lui faisant oublier tout ce qui n'était pas le corps puissant de Caelan si proche du sien ?

Seigneur ! Pourvu qu'il ne remarque pas son trouble ! pria-t-elle en luttant désespérément contre une envie irrésistible de s'abandonner dans ses bras et de le laisser l'emporter où bon lui semblerait.

La musique faiblit quelques secondes pour reprendre sur un rythme encore plus lent et langoureux. Caelan resserra son étreinte.

Sentir contre son ventre la virilité pleinement éveillée de Caelan enflamma Abby tout entière. Pourquoi nier le désir ardent qu'elle éprouvait pour lui et qui gagnait en intensité au fil des jours ? Après tout, il était son mari, à présent. Et s'il tentait de l'entraîner dans son lit, elle ne lui résisterait pas.

Le feu qui la consumait était trop violent. Jamais elle ne trouverait la force d'y résister. D'ailleurs, elle n'en avait plus envie. Seul un dernier sursaut d'amour-propre l'empêchait de prendre elle-même l'initiative et de supplier Caelan d'apaiser la soif qui la dévorait.

Sa voix rauque la fit tressaillir.

— Détends-toi. Le plus dur est passé. Demain nous aurons notre premier entretien avec l'assistante sociale chargée du dossier d'adoption. Tout se passera bien. Tu n'as aucune raison de t'inquiéter non plus au sujet de notre séjour à Dacia. Tu t'entendras aussi bien avec le reste de ma famille qu'avec Lucia et Hunt. Et Michael aura plein de petits cousins avec qui jouer.

Mon Dieu ! Elle en avait presque oublié Dacia ! Encore un mariage, encore des princes et des princesses... Un univers qui lui était totalement étranger. Parviendrait-elle à surmonter cette épreuve ?

Elle prit une profonde inspiration.

— Je vais forcément commettre des bévues, dit-elle. J'espère qu'elles ne seront pas trop énormes.

— Ne t'inquiète pas. Toute ma famille est très impatiente de te rencontrer. Et vu le brio avec lequel tu as joué ton rôle aujourd'hui, Cia leur aura chanté tes louanges.

Y avait-il vraiment une pointe de sarcasme dans sa voix ou bien était-ce un effet de son imagination ? se demanda-t-elle, le cœur serré.

S'efforçant d'ignorer la souffrance qui l'étreignait, elle déclara d'un ton qu'elle espérait enjoué :

— J'aime bien ta cousine. Elle est très gentille.

— C'est une femme intelligente et généreuse, approuva-t-il en la serrant un peu plus fort contre lui. Hunt et elle s'entendent à merveille.

— Leur fille a l'air adorable.

Caelan eut un petit rire attendri.

— Derrière un charme fou, elle cache une volonté de fer. Je plains tous ceux qui auront affaire à elle quand elle sera plus grande !

Il resserra encore son étreinte. Au murmure de la musique se mêlait le clapotis des vagues qui léchaient le rivage. Les sens exacerbés, Abby avait l'impression de flotter dans une autre dimension.

Jamais elle n'oublierait cette danse dans les bras de

Caelan… Jamais elle n'oublierait la voix sensuelle de ce chanteur qui pleurait un amour perdu, ni les effluves salés de l'océan, qui se mêlaient au parfum subtil et si personnel de Caelan, et encore moins la chaleur de ce corps puissant contre le sien…

Les dernières réticences d'Abby s'évanouirent. Fermant les yeux, elle posa la joue contre le torse de son cavalier. Ce soir, elle ne voulait plus penser à rien d'autre qu'à son plaisir. Et à celui de Caelan, bien sûr.

La vie était décidément imprévisible. Quand elle était adolescente, elle s'était juré d'attendre le grand amour avant de se marier. Et aujourd'hui, elle venait d'unir son destin à celui d'un homme qui n'éprouvait aucun sentiment pour elle.

Toutefois, ils avaient un objectif commun. Le bonheur de Michael. N'était-ce pas une base solide pour un mariage ? Et peut-être qu'avec le temps…

— Es-tu fatiguée ? demanda soudain Caelan.

Le cœur battant à tout rompre, Abby murmura :

— Un peu.

Il fit lentement descendre sa main jusqu'au creux de ses reins et plaqua son bassin contre le sien. Abby eut l'impression qu'une gerbe d'étincelles fusait au plus profond d'elle. Elle inclina la tête et leva les yeux vers lui. L'intensité de son regard redoubla son excitation.

— Peut-être devrions-nous aller nous coucher, murmura-t-il avec un léger sourire.

Incapable de prononcer un seul mot, elle hocha la tête. Lentement, il se pencha vers elle et n'interrompit leur danse que lorsque leurs lèvres se rencontrèrent.

Il l'embrassa avec une douceur infinie, caressant ses lèvres offertes du bout de la langue. Puis son baiser s'approfondit peu à peu, et elle y répondit avec une passion sauvage, presque désespérée.

Quelques instants plus tard, elle sentit deux bras puissants la soulever de terre. Vibrant de désir, elle noua les bras sur la nuque de Caelan, tandis qu'il la portait jusqu'à sa chambre.

Celle-ci était éclairée par des bougies, nota-t-elle confusément.

— Tu me rends fou, murmura-t-il d'une voix rauque en la reposant par terre.

Il déposa un baiser sur chacune de ses paupières, puis il effleura ses lèvres avant de parsemer son cou de baisers, s'attardant sur la veine qui y battait frénétiquement. Frémissante, Abby laissa échapper un gémissement quand ses dents se refermèrent avec délicatesse sur le lobe d'une oreille.

— Et toi tu me rends folle..., dit-elle d'une voix étranglée qu'elle ne reconnut pas.

Parcourue de frissons, elle le regarda se débarrasser prestement de sa veste et de sa chemise. Fascinée, elle ne parvenait pas à détacher les yeux de son torse puissant. A la lueur des bougies, qui mettait en valeur les contours de ses muscles et l'aspect soyeux de sa peau hâlée, il était plus splendide que jamais.

Il glissa les mains sous les pans de sa veste et la lui enleva d'un mouvement vif, avant de dégrafer sa jupe, qui tomba à ses pieds dans un bruissement doux comme une caresse. Puis il fit glisser sur ses épaules les bretelles de son caraco de soie, dévoilant ses dessous de dentelle.

— Tu m'as toujours fait penser à une créature mythique échappée d'un pays imaginaire, dit-il avec émotion. Une créature à la beauté obsédante, capable de priver un homme de sa raison.

Stupéfaite, Abby bredouilla d'une voix à peine audible :

— Je ne suis pourtant qu'une femme ordinaire.

Il eut un sourire sans joie.

— Alors pourquoi mes mains tremblent-elles quand je te touche ?

Bouleversée, elle regarda ses doigts remonter le long de son bras, s'attarder sur son épaule... Quand ils se refermèrent sur sa nuque, elle ferma les yeux, haletante.

Timidement, elle l'imita, promenant ses doigts sur sa peau veloutée, les enfonçant dans la toison soyeuse qui recouvrait son torse, tandis qu'une chaleur de plus en plus vive se répandait dans tout son corps.

Au moment où il dégrafa son soutien-gorge, elle sentit les battements de son cœur s'accélérer.

S'armant de courage, elle fit descendre ses mains jusqu'à la ceinture de son pantalon.

— Tu es beaucoup trop habillé à mon goût, chuchota-t-elle, surprise par sa propre audace.

8

A son grand dam, Abby ne parvint pas à ouvrir la ceinture de Caelan. Il lui prit les mains en riant.

— Laisse-moi faire.

Vexée malgré elle, Abby baissa les yeux et attendit. Mais au lieu de se déshabiller, il dénoua les cheveux de la jeune femme.

— Comme ils sont doux ! murmura-t-il en passant les doigts dans ses boucles dorées. Et si lumineux…

Puis, il se pencha sur ses seins pour les embrasser. Alors, Abby crut défaillir. Assaillie par une foule de sensations exquises, elle laissa échapper des gémissements de plaisir, tandis qu'il mordillait, aspirait et léchait tour à tour les deux tétons dressés. Déjà, elle ne s'appartenait plus. Elle murmura son prénom, comme une prière.

— Caelan…

S'écartant d'elle, il se débarrassa vivement de son pantalon, puis il la prit dans ses bras et la porta jusqu'au lit.

Elle voulait lui rendre tout le plaisir qu'il lui donnait, se dit-elle en promenant une main timide sur ses épaules et sur son dos.

Mais très vite, les baisers et les caresses dont il la couvrait la firent sombrer dans un océan de sensualité.

Dévorée par une fièvre qui lui faisait perdre toute volonté, elle s'abandonna à ses mains expertes, ondulant sous lui en gémissant. Quand son désir fut si intense qu'il en devint douloureux, elle crispa les doigts sur son dos en le suppliant d'une voix rauque de mettre fin à son supplice.

— Caelan, s'il te plaît...

— Oui.

Elle ferma instinctivement les yeux, mais les rouvrit aussitôt. C'était la première fois, et elle avait bien l'intention de s'en souvenir à tout jamais dans les moindres détails.

Les épaules satinées de Caelan brillaient à la lueur des bougies, constata-t-elle tandis qu'il se penchait sur elle pour effleurer du bout des lèvres la pointe d'un sein.

Transpercée par un éclair de plaisir, Abby laissa échapper un cri et se cambra contre lui. Il redressa la tête et plongea son regard dans le sien. Puis, enfin, il la pénétra avec une douceur exquise.

Submergée par des sensations dévastatrices qui semblaient jaillir du plus profond d'elle-même, Abby s'abandonna.

Soudain, elle eut l'impression que le monde chavirait. Avec un cri rauque, elle se laissa engloutir par la vague de plaisir qui déferlait en elle, ravageant tout sur son passage...

Un long moment plus tard, elle ouvrit les yeux, en proie à une langueur exquise.

Sur l'oreiller voisin du sien, le visage impassible de Caelan ressemblait à un masque de bronze.

— Tu... tu n'as pas éprouvé de plaisir, bredouilla-t-elle en refermant les yeux comme si cela pouvait atténuer l'humiliation qu'elle ressentait.

Que s'était-il passé ? Que devait-elle faire à présent ?

— Non, en effet, répliqua-t-il d'un ton égal. Mais ça n'a aucune importance.

— Mais je pensais...

Elle se mordit la lèvre, au comble de l'embarras. Seigneur ! Contrairement à ce qu'il prétendait, il avait l'air de lui en vouloir terriblement...

— Ne pense pas, murmura-t-il d'une voix apaisante. Dors.

« Impossible », songea-t-elle aussitôt. Jamais elle ne réussirait à s'endormir.

Timidement, elle se blottit contre lui et déposa un baiser sur son épaule. Elle ferma les yeux et savoura le goût salé et le parfum légèrement poivré de sa peau, tandis que les flammes du désir se rallumaient en elle.

Soudain, son cœur se gonfla de joie. Les bras de Caelan se refermaient sur elle ! Il ne lui en voulait pas ! Peut-être même avait-il encore envie d'elle... S'enhardissant, elle parsema son torse de baisers avec un plaisir non dissimulé.

Caelan frissonna avant de murmurer :

— Tu dois avoir mal.

— Je ne me suis jamais sentie aussi bien au contraire, répondit-elle avec sincérité.

Il laissa échapper un petit rire et scruta son visage avec des yeux étincelants qui la firent frissonner à son tour.

— Tu es sûre ?

— Absolument, répondit-elle en ondulant contre lui.

Il captura sa bouche et l'embrassa longuement avant de la pénétrer pour un nouveau voyage d'une sensualité brûlante.

Propulsés en même temps au sommet de la volupté, ils fusionnèrent dans un bonheur partagé.

La voix de Michael réveilla Abby en sursaut. Elle se redressa d'un bond, avant de remonter vivement le drap sur sa poitrine en se rappelant qu'elle était nue.

Promenant son regard autour d'elle, elle constata qu'elle était seule dans la chambre.

Au même instant, elle entendit de nouveau la voix de Michael, et celle de Caelan, mais assez distantes. Contrairement à ce qu'elle avait d'abord cru, le petit garçon ne se trouvait pas dans la chambre, mais quelque part dans la maison ou sur la plage.

Caelan… Les joues en feu, elle se leva en toute hâte. Heureusement qu'il s'était levé avant elle ! Elle était ravie d'avoir le temps de s'habiller avant d'affronter son regard… Elle ramassa à la hâte ses vêtements éparpillés sur le sol et regagna la chambre dans laquelle elle s'était préparée pour la cérémonie.

Après avoir pris une douche, elle examina le contenu de la penderie. Tous ces magnifiques vêtements étaient-ils vraiment à elle ? Elle avait encore du mal à le croire…

Deux jours plus tôt, Caelan l'avait accompagnée à la boutique où elle devait faire ses achats. En arrivant, elle avait constaté avec surprise que celle-ci était fermée.

— J'ai demandé que l'endroit te soit réservé pendant toute la matinée, avait expliqué Caelan le plus naturellement du monde, avant de sonner.

La directrice, une femme distinguée d'une quarantaine d'années, les avait accueillis en personne avec un large sourire. Elle avait refermé la porte derrière eux, puis les avait escortés jusqu'à un vaste salon meublé de plusieurs fauteuils et comportant une cabine d'essayage.

— Ma fiancée voudrait choisir des tenues d'été, avait annoncé Caelan.

Hochant la tête, la directrice avait examiné Abby, puis déclaré d'un ton affable :

— Nous avons un nouveau styliste dont les créations devraient vous aller à merveille.

Abby s'était tournée vers Caelan avec un sourire contraint.

— Tu peux nous laisser, avait-elle dit. Il est inutile que tu perdes ton temps ici. Je suis sûre que tu as beaucoup mieux à faire.

— Pas du tout, avait-il répliqué avec un sourire enjôleur. En fait, je suis très impatient de te voir jouer les mannequins devant moi.

Piquée au vif par la lueur malicieuse qui brillait dans les yeux bleus de Calean, Abby avait serré les dents.

Pourquoi n'avouait-il pas qu'il tenait surtout à contrôler ses achats et s'assurer qu'elle choisirait une garde-robe conforme à ses souhaits ? avait-elle pensé avec humeur. Sans doute craignait-il qu'elle commette des fautes de goût, indignes de sa future épouse…

Mais à sa grande surprise, il n'avait nullement cherché à l'influencer et avait approuvé tous ses choix avec une sincérité manifeste.

Cependant, c'était sans doute un exercice dont il avait l'habitude, avait-elle songé avec un pincement au cœur. Combien de femmes avait-il déjà emmenées dans cette même boutique ?

Une fois terminé le choix des vêtements et des accessoires, il avait déclaré :

— Ma fiancée a également besoin de produits de beauté.

Puis il avait jeté un coup d'œil à sa montre avant de se lever.

— Je dois te laisser. Je reviendrai te chercher dans une heure. Je suppose que vous livrez à domicile, avait-il ajouté en se tournant vers la directrice de la boutique, qui ne les avait pas quittés une seconde, malgré la présence de plusieurs vendeuses.

— Bien entendu, avait répondu celle-ci, en notant l'adresse.

« Bien entendu », avait songé Abby avec dérision. Que ne ferait-on pas pour un client aussi prestigieux ? Et aussi séduisant... A en juger par la lueur qui brillait dans ses yeux, la directrice était loin d'être insensible au charme de Caelan.

Après le départ de ce dernier, elle s'était tournée vers Abby et avait déclaré sur le ton de la confidence :

— Quand il a pris rendez-vous, M. Bagaton m'a précisé que vous auriez également besoin de lingerie. Une de mes vendeuses va vous présenter notre collection. Par ailleurs, pouvez-vous m'indiquer quel genre de produits de beauté vous désirez ?

« La crème hydratante la moins chère », avait songé Abby avec dérision, avant de nommer au hasard une marque plus prestigieuse.

— Excellent choix, avait approuvé son interlocutrice. Je vous envoie une conseillère.

Résolue à se montrer raisonnable en matière de lingerie, Abby s'était néanmoins laissé tenter par plusieurs caracos de soie, en plus des soutiens-gorge et des culottes assorties.

Quant aux produits de beauté, la conseillère l'avait persuadée de s'offrir des soins pour la peau « ultraperformants », mais aussi plusieurs produits de maquillage, dont un rouge à lèvres beige doré du plus bel effet, et une ombre à paupières qui mettait admirablement en valeur ses yeux émeraude...

Au fond, songea Abby en prenant une robe bain de soleil vert et or dans la penderie, elle était ravie de tous ces achats. Et elle les apprécierait sans nul doute encore davantage quand ils seraient à Dacia... Rien de tel qu'une garde-robe élégante et un maquillage raffiné pour se donner un peu d'assurance...

Elle ôta le peignoir en éponge qu'elle avait enfilé en sortant de la douche et mit la robe bain de soleil. Mais quand elle vit son reflet dans le miroir, elle laissa échapper un petit cri. Leur nuit d'amour n'avait rien eu de violent, mais dans sa fougue, Caelan avait laissé des marques sur sa peau.

Ecarlate, elle échangea en toute hâte sa robe contre un pantalon de toile et une chemise de coton. Caelan portait-il lui aussi des traces de leurs ébats ? se demanda-t-elle, envahie par une chaleur intense. Sans doute. Elle se souvenait l'avoir mordu à l'épaule dans le feu de la passion...

Quelle nuit fantastique ! Même si pour Caelan ce n'était sans doute qu'une nuit parmi tant d'autres... Elle inspira profondément. Inutile de s'attarder sur ce genre de pensées. Ils étaient mariés, à présent. Pour le meilleur et pour le pire.

Ce n'était certes pas le mariage dont elle avait rêvé, avec grand amour et bonheur parfait à la clé, mais elle devait s'en contenter, décida-t-elle en quittant la pièce.

La journée fut si chargée qu'Abby n'eut pas le loisir de se torturer l'esprit avec des questions oiseuses. Un peu avant le déjeuner, l'hélicoptère les ramena tous les trois à Auckland, où ils avaient rendez-vous avec l'assistante sociale chargée du dossier d'adoption.

Quelques heures plus tard, ils faisaient route vers Dacia, à bord du jet privé.

— Comment as-tu trouvé l'assistante sociale ? demanda Abby à Caelan, quand ils eurent atteint leur altitude de croisière.

— Consciencieuse, attentive, et plutôt favorable à notre projet.

Abby hocha la tête. L'assistante sociale avait en effet trouvé Michael très épanoui, et elle avait noté qu'il semblait parfaitement heureux. Mais de toute évidence, son professionnalisme ne l'avait pas empêchée d'être sensible au charme de Caelan… Toutes les femmes l'étaient-elles sans exception ?

Elle réprima un frisson. Des souvenirs de la nuit précédente l'assaillaient à chaque instant et entretenaient au plus profond d'elle un feu qui ne voulait pas s'éteindre… Il fallait absolument qu'elle se ressaisisse.

Le vol allait durer de longues heures. Bien qu'ils aient emporté des tonnes de livres et de jouets, il ne serait sans doute pas facile d'occuper Michael jusqu'à l'arrivée.

En fait, le voyage se déroula comme dans un rêve. Avec le soutien efficace de Caelan, contenir l'énergie débordante de Michael ne posa aucun problème.

Quand l'appareil amorça sa descente, Abby eut du mal à croire qu'ils étaient déjà arrivés.

Au dessous d'eux, Dacia ressemblait à une émeraude posée sur un coussin de satin bleu. Tout cela était-il vraiment réel ? A vrai dire, elle avait plutôt l'impression de rêver.

Sa vie et celle de Michael avaient connu un tel bouleversement au cours des derniers jours… Dire qu'une semaine plus tôt, elle s'apprêtait à fuir Nukuroa pour échapper à Caelan Bagaton ! Comment aurait-elle pu imaginer qu'elle allait se marier avec lui ?

La voix de Michael l'arracha à ses pensées.

— J'ai mal aux oreilles, Abby.

— Essaie de bâiller, lui conseilla-t-elle. As-tu déjà terminé ton caramel ? Tu peux en prendre un autre, si tu veux.

Le petit garçon ouvrit la bouche toute grande pendant quelques secondes, puis il déclara avec une petite grimace :

— Je crois qu'il vaut mieux que je mange un autre caramel.

Abby surprit le sourire attendri de Caelan et son cœur se mit à battre la chamade. Il fallait reconnaître qu'il lui avait apporté une aide précieuse pendant tout le voyage. Bien qu'ayant emporté des dossiers à étudier, il avait fait preuve d'une disponibilité surprenante, allant même jusqu'à devancer les envies de Michael.

C'était si émouvant de voir la relation entre l'oncle et le neveu se fortifier de jour en jour…

Caelan n'avait peut-être pas une grande habitude des enfants, mais sa tactique était efficace. Michael était très fier d'être traité comme un adulte. A un certain moment, surprise par le calme qui régnait dans la cabine, elle avait levé les yeux de son livre et les avait vus jouer aux échecs, aussi sérieux et absorbés l'un que l'autre par le jeu.

Elle les avait observés longuement, fascinée par la patience de Caelan et par la concentration de Michael quand il écoutait les explications de son oncle.

Un peu plus tard, alors que le petit garçon dormait, elle avait remercié Caelan.

— C'est la première fois que je le vois rester immobile

sur un siège pendant aussi longtemps. Il ne me serait jamais venu à l'idée de jouer aux échecs avec lui.

Caelan avait haussé les épaules avec désinvolture.

— C'est mon père qui m'a appris quand j'étais très jeune et j'ai pensé que ça lui plairait peut-être. Tu y joues toi-même ?

— Oui. Ma mère adorait ça et elle était très douée. Mais parle-moi de ta famille, ajouta-t-elle. Je vais la rencontrer dans quelques heures et j'ai encore beaucoup de choses à apprendre. J'ai entendu parler de ton cousin, le prince régnant, parce que son mariage avec une Néo-Zélandaise a été très médiatisé. Et bien sûr, je connais un peu la princesse Lucia. Mais tu as un autre cousin, le prince Guy. Un informaticien, je crois ? Il me semble qu'on parle de temps en temps de lui dans la presse.

— En effet. Il est marié avec Lauren, une Anglaise charmante.

— A propos, comment se fait-il que tu sois citoyen néo-zélandais ? demanda-t-elle.

— J'ai la double nationalité, répondit Caelan. Je suis né à Dacia, mais mon père est parti en Nouvelle-Zélande quand j'étais enfant.

Le père de Caelan avait émigré quand il s'était aperçu que sa deuxième femme, beaucoup plus jeune que lui, s'était entichée d'un autre homme. Naïvement, il avait cru régler le problème en séparant les deux amants. En fait, son épouse avait pris la Nouvelle-Zélande en horreur, ce qui n'avait guère amélioré leurs relations.

Mais pour sa part, Caelan avait appris à aimer ce pays. Et à sa majorité, il avait opté pour la double nationalité.

Se renfonçant dans son siège, il jeta un regard scrutateur à Abby.

— Tu as peur, remarqua-t-il.

— Je suis un peu nerveuse, rectifia-t-elle d'un ton crispé.

— Cesse de t'inquiéter. Tu t'es bien entendue avec Cia et Hunt, n'est-ce pas ?

— Oui.

— Alors tout se passera très bien avec mes autres cousins. Ce sont des gens comme les autres.

Cette affirmation était à la fois vraie et fausse, songeait Abby, trois semaines plus tard. Certes, elle avait été accueillie avec une chaleur et une simplicité qui l'avaient réconfortée. Mais de là à dire que les Bagaton étaient des gens comme les autres !

Ils formaient une famille princière, et leur mode de vie ne risquait pas de le faire oublier. Pour commencer, ils habitaient non pas un, mais *deux* palais.

Le « petit palais », qui, contrairement à ce que pouvait laisser supposer son nom, était un imposant bâtiment de pierre comportant une centaine de pièces réparties sur deux étages.

Cependant, s'il avait été baptisé ainsi, c'était parce qu'il était deux fois plus petit que l'« ancien palais », construit sur les fondations d'une forteresse romaine dominant le port.

Plusieurs fois par semaine, des réceptions étaient données dans les salons de l'un ou l'autre palais. Dans ces pièces immenses aux murs tapissés de lambris dorés et de miroirs, se pressait une foule suprêmement élégante. La lumière des énormes lustres de cristal faisait briller de mille feux les parures de diamants ou d'émeraudes arborées par les femmes.

Dès son arrivée, Abby avait été adoptée par tous les

cousins et intégrée dans la vie sociale de Dacia. A sa grande surprise, son nom apparaissait même de plus en plus souvent dans le Bulletin princier, communiqué régulièrement aux médias par le prince régnant.

Caelan lui était d'un grand soutien. Il la guidait lors des cérémonies officielles, et se montrait toujours très attentionné au cours des garden-parties, des sorties en yacht, des soirées de gala, et des divers dîners auxquels ils assistaient.

Cependant, ce n'était plus le Caelan qu'elle avait connu en Nouvelle-Zélande. Il était beaucoup plus réservé avec elle. A tel point qu'elle se demandait parfois si le souvenir de leur nuit de noces n'était pas un pur produit de son imagination. D'ailleurs, il ne résidait pas au palais avec elle, mais dans une maison qu'il possédait sur la côte Ouest de l'île.

Assise à sa coiffeuse dans son appartement du petit palais, Abby soupira. Ce soir était donné un bal pour leurs fiançailles, dont l'annonce officielle avait été faite dès le lendemain de leur arrivée.

Plus tôt dans l'après-midi, les cloches avaient retenti dans toute la principauté, et depuis quelques minutes, des feux d'artifice commençaient à fleurir dans le crépuscule méditerranéen.

Demain, Caelan et elle donneraient une interview exclusive à deux journalistes.

Vêtue d'une robe de soie émeraude assortie à ses yeux, Abby regardait dans le miroir la femme de chambre lui confectionner un chignon, à l'aide d'épingles incrustées de minuscules émeraudes taillées en étoile.

L'estomac noué, elle était au comble de l'anxiété. Tout le reste de la famille était arrivé le matin même du monde entier. Ce soir, elle serait la vedette de la soirée et tous les yeux seraient braqués sur elle. Sa bague de fiançailles, une superbe émeraude entourée de diamants, étincelait à son doigt.

La femme de chambre venait de terminer le chignon quand des coups furent frappés à la porte. Abby attendit, le cœur battant que la jeune femme aille ouvrir.

En reconnaissant la voix d'Alexa, elle se détendit. L'épouse du prince Luka était une hôtesse charmante, qui avait su garder une grande simplicité malgré la vie fastueuse qu'elle menait depuis son mariage.

— La princesse souhaite vous parler, annonça la femme de chambre.

Abby se leva et gagna le salon.

Encore plus élégante qu'à l'ordinaire, Alexa était vêtue d'une robe de satin doré qui mettait en valeur le vert profond de sa parure d'émeraudes.

— Oh, Abby, s'exclama-t-elle avec un large sourire. Vous êtes superbe ! Votre robe vous va divinement et votre chignon est très réussi. Félicitations, Maria.

La femme de chambre fit une révérence et s'éclipsa.

— Comment vous sentez-vous ? poursuivit la princesse.

— Terrifiée, répondit Abby avec sincérité.

Alexa était la petite-fille de l'ancien prince régnant d'Illyria, une autre principauté méditerranéenne. Cependant, ses grands-parents s'étaient séparés bien avant sa naissance, si bien qu'elle avait grandi en Nouvelle-Zélande, dans l'ignorance de son ascendance, qui ne lui avait été révélée que très récemment.

Comme souvent depuis son arrivée, Abby tenta de se rassurer en se remémorant l'histoire d'Alexa. Si la princesse avait pu s'adapter à ce milieu et à ce décorum, elle devrait en être capable également. Toutefois, Alexa avait un avantage sur elle, se rappela-t-elle, le cœur serré. Elle se savait aimée. Le couple princier était uni par un amour sincère qui était sans doute pour beaucoup dans la sérénité et l'assurance de la jeune femme.

Pour la première fois de sa vie, Abby se sentit envieuse.

— Ne vous inquiétez pas, dit Alexa avec un sourire compatissant. Le soir de mes fiançailles, je n'en menais pas large non plus. Croyez-moi, je sais à quel point la perspective d'affronter tous les membres de la famille peut être angoissante, mais ce sont tous des gens charmants.

— Quand je pense au nombre de personnes qui seront présentes ce soir… Jamais je n'aurais cru qu'une seule et même famille pourrait remplir une salle de bal aussi vaste que celle du petit palais. Je ne sais pas pourquoi, mais d'après ce que m'avait dit Caelan, j'avais l'impression que les Bagaton n'étaient pas si nombreux que ça.

Abby eut un pincement au cœur. Depuis leur arrivée, elle ne s'était pratiquement jamais trouvée en tête à tête avec Caelan. En dehors des diverses réceptions et cérémonies, il avait passé tout son temps en réunion avec le prince Luka et ses conseillers.

La seule chose vraiment réconfortante, c'était la joie exubérante de Michael, qui s'amusait comme un fou depuis son arrivée. Les deux fils de Luka et Alexa, ainsi que l'adorable petite fille de la princesse Lucia, avaient accueilli leur nouveau cousin avec enthousiasme.

— J'ai peur de ridiculiser Caelan en oubliant qui est qui ou en prononçant mal les noms, avoua Abby.

Alexa pouffa.

— Même si vous en aviez l'intention, vous ne parviendriez jamais à ridiculiser Caelan ! Comme tous les hommes de la famille, il est immunisé contre le ridicule par sa prestance et son autorité naturelles. Et de toute façon, il veillera sur vous. Vous savez aussi bien que moi que les Bagaton ont pour principe de choisir leurs conjoints par amour. Les parents de Luka sont les derniers à avoir été contraints de faire un mariage arrangé.

Hélas non, songea Abby, le cœur serré. Caelan aussi s'était résigné à un mariage de raison. Pour protéger son neveu. L'amour n'avait rien à voir…

Elle prit une profonde inspiration. Ce n'était pas le moment de flancher. Il fallait coûte que coûte faire bonne figure.

— Vous avez sans doute raison, déclara-t-elle d'une voix qu'elle espérait assurée. Je n'ai pas de raison de m'inquiéter.

— Bien sûr que non ! Vous verrez, vous allez passer une merveilleuse soirée.

9

La princesse avait raison, songea Abby un peu plus tard. Elle passait une soirée merveilleuse. Caelan ne la quittait pas et il se montrait particulièrement attentionné.

Quand ils ouvrirent le bal par une valse, sous les applaudissements de la foule, elle fut envahie par une douce euphorie. Comme c'était bon de se laisser aller dans les bras puissants de cet homme superbe, au rythme de la musique !

— J'ai entendu dire que notre fils avait nagé sans ses brassards, cet après-midi, murmura-t-il à son oreille.

« Notre fils »... Etreinte par une profonde émotion, Abby leva les yeux vers lui. Que signifiait cette étrange lueur dans ses yeux ? se demanda-t-elle. Déglutissant péniblement, elle répliqua d'un ton qu'elle espérait léger :

— En effet. Si tu avais vu sa tête quand il a pris conscience de son exploit !

Après une légère hésitation, elle ajouta :

— C'est la première fois que tu parles de lui comme de notre fils.

— L'adoption sera bientôt officielle et de toute façon, je le considère déjà comme tel.

Caelan fit une pause avant d'ajouter d'une voix plus rauque :

— Tu es sublime, ce soir. Une vraie princesse.

Ce compliment paraissait sincère, mais l'était-il vraiment ? se demanda Abby avec un pincement au cœur. Après tout, ils étaient le point de mire de l'assemblée et Caelan s'efforçait peut-être simplement de donner à sa famille l'image d'un couple amoureux et complice ?

— Je... Merci. Toi aussi, répliqua-t-elle.

Aussitôt, elle s'empourpra.

— Je voulais dire « un vrai prince », naturellement, rectifia-t-elle. Le champagne doit m'embrouiller l'esprit.

— Pourtant, tu n'en as bu qu'une seule coupe, fit-il valoir d'un air amusé. Et encore... Tu y as à peine trempé les lèvres.

Abby frissonna.

Seigneur ! Pourvu que Caelan n'ait pas deviné qu'il était seul responsable de son trouble...

Elle devait se ressaisir. S'il l'épousait, c'était pour offrir une famille à son neveu. Pourquoi avait-elle une fâcheuse tendance à vouloir l'oublier ? La seule chose qu'il éprouverait jamais pour elle, c'était du désir. A supposer que celui-ci ne soit pas déjà éteint... Depuis leur arrivée à Dacia, il n'avait pas eu le moindre élan vers elle.

Dans une semaine, ils se marieraient pour la seconde fois. Ils passeraient ensuite quatre jours dans sa villa de la côte Ouest pour une brève lune de miel, puis ils reprendraient l'avion pour Auckland.

Et ensuite ?

Caelan fronça les sourcils. Quelles sombres pensées s'agitaient dans l'esprit d'Abby ? se demanda-t-il. Pourquoi cette ombre dans ses yeux ?

Il porta la main à ses lèvres. A son grand soulagement, le regard émeraude de la jeune femme s'éclaira aussitôt. Son sourire était plein de promesses, songea-t-il, transpercé par un éclair de désir.

Alors, il la plaqua contre lui, sans desserrer son étreinte jusqu'à la fin de la danse.

Pour Abby, le reste de la soirée se déroula comme dans un rêve. Ce fut un tourbillon de valses, de félicitations et de rires, au milieu duquel Caelan ne la quitta pas une seule seconde.

Au petit matin, il la raccompagna jusqu'au palais, lui baisa cérémonieusement la main et s'éclipsa. Epuisée, elle monta dans ses appartements, prit une douche et se coucha.

La semaine suivante fut consacrée aux préparatifs du mariage, qui devait être célébré dans la chapelle de l'ancien palais.

— Tous les Daciens y sont conviés, lui expliqua Alexa. Vous êtes déjà très populaire, vous savez.

— Vraiment ? s'exclama Abby, stupéfaite. Pourtant, je me sens si peu à ma place. Dites-moi, vous qui avez été élevée comme moi dans une famille « normale », comment supportez-vous d'être toujours en représentation ?

Les deux jeunes femmes s'étaient retirées dans le salon d'Alexa, après une réception donnée en l'honneur des dignitaires locaux.

La princesse posa sa tasse de thé.

— Quand j'ai rencontré Luka, il m'a très vite expliqué quelles étaient ses obligations et il m'a dit clairement que si je voulais partager sa vie, je devrais me plier à certaines contraintes. Je n'ai pas hésité un seul instant et je ne l'ai jamais regretté. Croyez-moi, l'amour permet de vaincre toutes les difficultés.

Le cœur d'Abby se serra douloureusement. C'était bien là le problème ! Contrairement à Alexa, elle ne faisait pas un mariage d'amour. Mais il était impossible de le lui avouer.

S'efforçant de prendre un ton léger, elle déclara :

— Vous avez raison. Je finirai par m'y faire moi aussi. Et de toute façon, Caelan n'a pas le même statut que Luka. En Nouvelle-Zélande, nous mènerons une vie plus calme qu'ici. Cependant, il intéresse quand même beaucoup les médias. Et à vrai dire, c'est ce qui m'inquiète le plus.

La princesse hocha la tête d'un air grave.

— Ces maudits paparazzi ! Il y a quelques semaines, Luka a été obligé d'en faire expulser un de l'île. Il avait pris des photos de nos enfants !

Devant la mine défaite d'Abby, Alexa s'empressa d'ajouter :

— Mais ne vous en faites pas. Caelan est plein de ressources et je suis sûre qu'il saura les tenir à l'écart. Et puis dites-vous bien que comme tous les Néo-Zélandais, vous êtes douée d'une grande faculté d'adaptation.

Abby se répéta souvent ces paroles pendant les jours qui précédèrent le mariage. Elle se les répétait encore en remontant l'allée centrale de la chapelle en direction de l'autel devant lequel l'attendait Caelan, au côté du prince Luka.

Elle portait cette fois une vraie robe de mariée de soie blanche, confectionnée par une couturière de la principauté. Maria avait natté ses cheveux, puis y avait fixé son voile à l'aide des épingles incrustées d'émeraudes déjà utilisées pour ses fiançailles.

Elle était suivie par Michael et ses cousins. Les garçons d'honneur, très fiers de leur costume de cérémonie, arboraient des mines extrêmement sérieuses. Quant aux petites princesses, en robe de satin vert d'eau, les cheveux parsemés de fleurs, elles semblaient sorties d'un conte de fées.

C'était Hunt Radcliffe qui conduisait Abby à l'autel. A mi-parcours, il murmura :

— Combien de nurses avez-vous postées dans la chapelle ?

— Une par enfant.

— Elles sont équipées de fouets, j'espère, murmura-t-il d'un ton pince-sans-rire.

Elle ne put s'empêcher de pouffer. Nul doute que c'était le but recherché par Hunt, songea-t-elle avec reconnaissance. Grâce à lui, elle allait arriver avec le sourire aux lèvres à la hauteur de l'homme qui l'attendait devant l'autel, le visage impassible, telle une statue de bronze à la lueur des chandelles.

La cérémonie se déroula dans une sorte de brouillard et Abby n'en garda qu'un souvenir assez vague. Quand ils sortirent de la chapelle, les cloches se mirent à sonner dans toute la ville, qu'ils traversèrent ensuite dans une calèche tirée par des chevaux blancs parés de fleurs.

Tandis que la foule les acclamait, Caelan prit la main d'Abby et la garda fermement dans la sienne.

Ce trajet, tout comme la réception qui suivit, ne lui laissèrent pas un souvenir beaucoup plus précis que la cérémonie.

Enfin, ce fut le moment de partir. Abby embrassa Michael, qui avait eu le droit de veiller ainsi que les autres enfants.

— Nous serons de retour dans quatre jours, mon chéri. Sois sage pendant notre absence. Amuse-toi bien avec tes cousins et continue à progresser en natation.

Le visage du petit garçon s'illumina.

— Oncle Caelan a dit que je pourrai aller sur le bateau quand nous serons à la maison.

— Tu as beaucoup de chance.

Elle le serra brièvement dans ses bras et s'écarta de lui en s'efforçant de refouler les larmes qui perlaient à ses paupières. C'était la première fois qu'elle le quittait, songea-t-elle avec un pincement au cœur. Et à vrai dire, elle se demandait comment elle allait supporter cette séparation.

— Si tu veux venir sur le bateau, il faut que tu continues à t'entraîner, déclara Caelan en soulevant son neveu de terre pour l'embrasser.

Quand il voulut le reposer, le petit garçon s'accrocha à son cou.

— Je veux venir avec vous !

— Tu as promis à tes cousins de rester, rappela Caelan. Il faut toujours tenir ses promesses, Michael.

Le petit garçon plissa le front, mais il refoula courageusement ses larmes.

— Nous ne partons pas longtemps, fit valoir Abby, le cœur serré.

Caelan mit son neveu dans les bras de sa nurse en disant :

— Nous te rapporterons un cadeau.

Michael eut un sourire timide.

Caelan prit Abby par le bras et l'entraîna en direction de l'héliport.

— Ne t'inquiète pas, tout va bien se passer. Michael s'entend très bien avec ses cousins et il adore sa nurse. A propos, que dirais-tu de la ramener en Nouvelle-Zélande ?

— Pourquoi ? s'exclama-t-elle, stupéfaite.

Il haussa les épaules.

— Parce qu'il l'adore, justement. Et parce qu'elle pourrait lui apprendre l'italien et le dacien. J'ai vérifié ses références. Ilana sort d'une excellente école. Et elle a très envie de voyager.

A la pensée qu'une autre femme pourrait s'occuper de Michael quand ils seraient rentrés chez eux, Abby se sentait profondément perturbée. C'était stupide, se reprit-elle. Elle n'allait tout de même pas être jalouse de la nurse ! Bientôt, Michael irait à l'école. Alors, serait-elle jalouse de son institutrice ?

— Il est important qu'il sache parler le dacien, n'est-ce pas ? demanda-t-elle à Caelan.

— Toute ma famille le parle et j'aimerais que nos enfants le parlent également.

Au même instant, ils furent entourés par une foule en liesse qui les escorta jusqu'à l'hélicoptère sous une pluie de dragées et de fleurs.

Une fois à bord, Abby se demanda si elle n'avait pas rêvé. Non, elle avait bien entendu. De toute évidence, Caelan semblait déterminé à avoir d'autres enfants…

Quelques minutes plus tard, elle tressaillit en sentant sa main sur son épaule. L'hélicoptère descendait vers une forêt de pins.

— Voici la villa.

Offrant un contraste saisissant avec la masse sombre des arbres, une maison d'une blancheur éclatante, entourée de jardins colorés, flanquée d'une piscine et d'un court de tennis, était perchée en haut d'une falaise surplombant la Méditerranée.

Ils atterrirent à quelques centaines de mètres, sur un héliport relié à la propriété par un sentier traversant la forêt.

— Comme ça sent bon ! s'exclama Abby en humant avec délectation l'odeur des pins.

Que prévoyait Caelan pour cette nuit ? se demanda-t-elle soudain, le cœur battant, tandis qu'ils s'engageaient sur le sentier. Certes, il ne l'avait pas touchée depuis leur arrivée à Dacia, mais à présent, ils étaient officiellement mariés. Et s'il avait l'intention d'avoir des enfants…

Au même instant, il la prit dans ses bras et la souleva de terre. Elle poussa un petit cri de surprise.

— Bienvenue dans notre résidence dacienne, déclara-t-il en franchissant une lourde porte de bois.

Sans lui laisser le temps de réagir, il captura sa bouche dans un baiser ardent qui ne laissait aucun doute sur ses intentions pour la nuit à venir.

— Ça fait des semaines que j'attends ce moment, murmura-t-il contre ses lèvres avant de la reposer à terre. Viens voir la vue. La lune doit être déjà haut dans le ciel.

Parcourue de longs frissons voluptueux, Abby se laissa entraîner à travers la villa. C'était une magnifique demeure ancienne, décorée avec sobriété dans un style mêlant l'ancien et le moderne, qu'elle devait appeler par la suite le « style dacien ».

Il la conduisit jusqu'à une grande terrasse en partie abritée par une pergola recouverte de vigne. Le souffle coupé, Abby s'avança jusqu'à la balustrade de fer forgé. Surplombant le rivage, la villa semblait suspendue au-dessus de la mer, dans laquelle se reflétait une lune aussi ronde et colorée qu'une orange.

— Que dirais-tu de trinquer à l'avenir ? proposa Caelan en lui montrant une table sur laquelle était posé un seau à champagne.

Il servit deux coupes.

— A l'avenir, dit-il après lui en avoir tendu une.

— A l'avenir, répéta-t-elle avant de s'écarter de lui sous prétexte d'admirer la vue.

Caelan serra les dents. Qu'avait-elle ? se demanda-t-il avec agacement. Jamais il n'avait rencontré une femme aussi insaisissable. Dire qu'il avait rompu avec la plupart de ses maîtresses parce qu'il ne les trouvait pas assez indépendantes... Aujourd'hui, la femme qu'il avait épousée s'acharnait à le tenir à distance. C'était un comble ! Gemma aurait certainement dit qu'il n'avait que ce qu'il méritait...

— A quoi penses-tu ? demanda-t-il en se rapprochant d'elle.

D'un ton neutre, elle répliqua :

— Cet endroit est d'une telle beauté que c'en est presque irréel. Viens-tu souvent ici ?

— Aussi souvent que je peux... Trois ou quatre fois par an, en général.

Il fit une pause avant de reprendre d'une voix rauque.

— Sais-tu ce que je trouve irréel ? C'est le désir brûlant qui me submerge chaque fois que je pose les yeux sur toi.

Abby dut se retenir pour ne pas se jeter dans les bras de Caelan. Seigneur ! Pourquoi était-elle déchirée entre son désir pour lui et la certitude qu'elle ne devait pas y succomber ?

— Le désir ne suffit pas, déclara-t-elle froidement.

La mâchoire crispée, il fit un pas vers elle.

— Vraiment ?

— Non !

Elle s'écarta vivement, prise de panique. Quelle idiote ! se réprimanda-t-elle aussitôt. Que lui arrivait-il ? Quelques minutes plus tôt, elle rêvait de passer la nuit avec lui. Alors pourquoi était-elle soudain terrifiée à l'idée qu'il la touche ?

— Pourquoi dis-tu que le désir ne suffit pas ? insista-t-il, manifestement exaspéré. Que te faut-il de plus ?

Elle déglutit péniblement. Seigneur ! Cette conversation prenait un tour très dangereux...

Prenant une profonde inspiration, elle bredouilla :

— Eh bien... Je... je ne sais pas ce que je veux.

Il s'approcha d'elle avec lenteur. Le cœur battant à tout rompre, Abby ne pouvait faire un geste.

Il lui prit la main et la porta à ses lèvres en plongeant son regard dans le sien. Electrisée, elle sentit une chaleur intense se répandre dans tout son corps.

— Caelan, ce n'est pas...

Elle tenta de lui retirer sa main. Mais il mordilla doucement son pouce, arrachant à Abby un petit gémissement de plaisir.

Il se pencha vers elle et s'empara alors de sa bouche avec une fougue qui fit s'écrouler toutes les barrières qu'elle avait vainement tenté d'ériger entre eux.

Submergée par un désir si intense qu'il la déstabilisait, Abby se figea l'espace d'un instant avant de répondre à son baiser avec une ardeur égale à la sienne. Sans plus aucune velléité de résistance, elle se plaqua contre lui. Le contact de sa virilité triomphante contre son ventre décupla son excitation.

Oui, il la désirait autant qu'elle le désirait. En avait-elle douté ? Oui, stupidement, elle s'était mise à douter de tout. Pourquoi ? Elle n'en savait rien.

A présent, plus rien ne comptait que cet élan irrépressible qui les jetait dans les bras l'un de l'autre. C'était son mari et elle le voulait en elle, au plus profond d'elle...

Une joie sauvage la submergea. Délivrée de toute inhibition, elle se frotta contre lui avec impudeur, ondulant du bassin, pressant les pointes hérissées de ses seins contre son torse puissant.

10

Au bout d'un long moment, il s'arracha à ses lèvres et murmura :

— Tu me rends fou…

Le son de sa voix étranglée attisa encore le désir d'Abby. Elle promena fébrilement les mains sur son dos puissant, savourant le contact des muscles qui roulaient sous ses doigts. Ce corps athlétique était si rassurant et si excitant à la fois…

— C'est réciproque, répliqua-t-elle d'une voix rauque qu'elle ne reconnut pas.

— Heureusement…

Il lui prit le visage à deux mains et caressa ses lèvres de ses deux pouces.

— Ton désir est le plus beau cadeau que tu puisses me faire, dit-il d'un ton rauque, avant de parsemer son visage de baisers, s'attardant sur son front, puis sur chacune de ses paupières.

Il fit ensuite glisser ses doigts le long de son cou avant de les introduire dans l'échancrure de sa robe.

Abby laissa échapper un gémissement. Oui, cet homme la rendait folle ! Tout en lui — ce parfum subtil qui n'appartenait qu'à lui, le goût incomparable de sa bouche, la douceur de ses doigts sur sa peau — tout cela faisait vibrer en elle des cordes qu'elle avait trop longtemps essayé de réduire au silence.

Quelle importance s'il n'avait pas d'amour à lui offrir ? Son désir était déjà un luxe inouï dont elle ne pourrait plus se passer désormais. C'était si bon de s'abandonner dans ses bras, de sentir se dresser sa virilité, de savoir que le plaisir qu'elle ressentait déjà n'était rien comparé à celui qu'ils se donneraient mutuellement quand leurs corps s'uniraient.

Sa robe était tombée à ses pieds, et les doigts de Caelan se glissèrent sous son caraco de soie.

Sans le quitter des yeux, Abby lui prit la main et la posa sur son sein. Il appuya sa paume contre la pointe hérissée avant de le caresser du bout du pouce.

Transpercée par mille petites flèches de plaisir, elle laissa échapper un long gémissement modulé. Comment avait-elle pu survivre pendant des semaines sans qu'il la touche ? Après tous ces jours et ces nuits de vide et d'engourdissement, elle renaissait enfin à la vie…

Elle glissa les mains sous sa chemise, et se hissa sur la pointe des pieds pour savourer la peau hâlée de son cou, l'embrassant et la léchant tour à tour.

Il se figea.

— Pas ici, murmura-t-il en la soulevant de terre.

S'abandonnant dans ses bras, Abby ferma les yeux, tremblant d'excitation. Au lieu de pénétrer dans la maison comme elle s'y attendait, il traversa la terrasse. Elle le comprit en sentant une brise légère lui caresser la peau, et le parfum capiteux de fleurs inconnues lui chatouiller les narines.

Un tissu effleura son bras et elle ouvrit les yeux. Ils se trouvaient dans une sorte de cabanon surplombant la mer, fermé sur trois côtés par des rideaux blancs, et uniquement meublé d'un grand canapé.

Caelan déposa Abby par terre, lui ôta son caraco, dégrafa son soutien-gorge, et la contempla un long moment d'un air émerveillé.

Elle fut parcourue d'un long frisson. C'était étrange… Elle était presque nue sous son regard, mais au lieu de se sentir vulnérable, elle était pleine d'une assurance toute nouvelle…

— Tu es si belle que tu m'intimides, murmura-t-il avec un accent de sincérité qui décupla l'excitation d'Abby.

Avec une hardiesse qu'elle ne se connaissait pas, elle posa la main sur la bosse qui gonflait son pantalon.

— On ne dirait pas…

Quand il lui prit la main et l'écarta vivement, elle sentit toute son assurance s'évanouir. Mais elle la retrouva aussitôt en l'entendant dire dans un souffle :

— Tu m'excites tellement que je risque de perdre le contrôle de moi-même à tout instant. Je crois qu'il est plus prudent que je me déshabille tout seul.

En porte-jarretelles, petite culotte et bas de soie, Abby détourna les yeux, s'efforçant de résister à l'envie de se jeter sur lui.

Soudain, elle tressaillit. Les mains de Caelan venaient de se poser sur ses hanches.

A genoux devant elle, il lui enleva délicatement sa petite culotte, puis commença à ouvrir les clips de son porte-jarretelles.

Ivre de plaisir, elle enfonça les doigts dans son épaisse chevelure, tout en retenant son souffle. Quand il posa les lèvres en haut de sa cuisse, elle sentit ses genoux se dérober. Puis il se releva, superbe dans sa nudité.

Les yeux étincelants, il la contempla un moment en silence, tandis qu'elle tentait désespérément de contenir la fièvre qui la dévorait.

Enfin, il la prit dans ses bras et la porta jusqu'au

divan. Après l'y avoir déposée, il se pencha sur elle et referma les lèvres sur un mamelon frémissant.

Elle étouffa un cri. Mon Dieu ! Le désir qui la taraudait allait lui faire perdre la raison ! Elle avait tellement hâte de l'accueillir en elle !

Mais pas encore… Il fallait savoir patienter, prendre son temps.

Comme s'ils avaient décidé de faire renaître chaque sensation éprouvée un mois plus tôt, chacun se mit à explorer le corps de l'autre avec lenteur et délicatesse.

Abby était sur des charbons ardents. Son désir était si intense qu'il en devenait frustrant… Et de toute évidence, Caelan avait autant de mal qu'elle à brider son élan… Cependant, ce voyage de redécouverte était symboliquement très important et…

Exauçant son souhait le plus cher, Caelan entra soudain en elle d'un seul mouvement puissant.

Haletante, elle noua les jambes sur ses reins pour mieux lui ouvrir le cœur de sa féminité moite et brûlante.

Avec un grognement étouffé, il s'enfonça au plus profond d'elle, et les mouvements rythmés de leurs deux corps confondus allèrent crescendo jusqu'à ce qu'ils basculent ensemble dans le gouffre insondable de la volupté.

Ils étaient faits l'un pour l'autre, songea confusément Abby avant que l'extase balaye toute pensée de son esprit. Elle resterait sa femme à tout jamais, non pas pour le bien de Michael ni par crainte d'être séparée de lui, mais parce qu'elle avait besoin de Caelan. Un besoin viscéral qui se suffisait à lui-même…

Plus tard, ce fut également un plaisir inouï de sentir autour d'elle les bras de Caelan, tandis qu'ils émergeaient lentement des brumes du plaisir.

Pourtant, elle fut très vite submergée par une profonde tristesse.

Inutile de se voiler la face plus longtemps. Cet élan irrésistible qui la poussait vers Caelan, c'était bel et bien de l'amour. Elle avait voulu croire que ce qu'elle éprouvait pour lui était purement physique, mais en réalité, elle lui avait donné son cœur.

Or, il n'en voudrait probablement pas… Son corps lui suffisait.

Il roula sur le dos en la serrant contre lui. Exténuée, en proie à la plus grande confusion, Abby enfouit son visage dans son cou.

— Utilises-tu un moyen de contraception ? demanda-t-il soudain.

— Non, répondit-elle d'une voix qui lui sembla venir de très loin.

— Alors, tu es peut-être déjà enceinte…

— Je pense qu'il faut quand même un peu de temps, même au spermatozoïde le plus vigoureux, pour s'acquitter de sa mission, murmura-t-elle.

Cependant, elle ne put réprimer un frisson d'excitation à la pensée que ce miracle ancestral était peut-être déjà en train de s'accomplir en elle. Quel bonheur ce serait de porter un enfant de Caelan…

Mais très vite, son cœur se serra de nouveau. Si Caelan désirait un enfant d'elle, ce n'était pas parce qu'il l'aimait, mais parce qu'il était déterminé à assurer sa descendance…

— Si nous allions dormir ? murmura-t-il à son oreille.

Il se leva, très à l'aise dans sa nudité, et la prit dans ses bras.

— Et les domestiques ? demanda-t-elle en comprenant qu'il s'apprêtait à la porter jusqu'à la maison.

— Ne t'inquiète pas, nous sommes seuls.

Il la porta jusqu'à une grande pièce qui devait donner elle aussi sur la mer, car on entendait le bruit des vagues sur les rochers. Un seau à champagne était posé sur une console sous la fenêtre. Un immense lit bas trônait au centre de la chambre.

— Nos bagages ont été défaits, dit-il avant d'indiquer deux portes d'un signe de tête. A gauche, c'est ta salle de bains. A droite, c'est la mienne.

Deux salles de bains ? Quel soulagement ! songea-t-elle aussitôt. Un peu de solitude lui permettrait peut-être de retrouver une certaine sérénité.

— Je vais prendre une douche, annonça-t-elle.

La salle de bains, presque aussi grande que la chambre, était remplie de plantes en pots et l'air y embaumait le jasmin. Une baignoire encastrée entourée de divers flacons invitait à se délasser dans un bain parfumé, mais cette perspective accentua la mélancolie d'Abby.

Elle réprima un sanglot. Ce serait si délicieux de se plonger dans l'eau tiède en compagnie de Caelan… S'il l'aimait, ne serait-il pas déjà venu la rejoindre ?

Le cœur gros, elle prit une douche rapide, puis s'enveloppa dans le somptueux peignoir de satin vert pâle pendu derrière la porte. Lui était-il réservé ou bien avait-il déjà servi à d'autres femmes ? se demanda-t-elle.

Abby se démaquilla, en tentant en vain de chasser les pensées qui se bousculaient dans son esprit.

Quelle idiote ! Elle était tombée dans le piège, comme toutes les autres ! Depuis combien de temps était-elle amoureuse de Caelan ? Et comment avait-elle pu se laisser entraîner dans ce mariage insensé ?

Elle prit une profonde inspiration. Si elle avait accepté de l'épouser, c'était pour Michael. Et quoi qu'il arrive, elle ne regretterait jamais cette décision. Cependant, Caelan ne devait à aucun prix se douter qu'elle l'aimait.

Car il ne lui restait plus que son amour-propre et celui-ci serait réduit en miettes si Caelan apprenait qu'il n'avait pas seulement conquis son corps...

Quand elle sortit de la salle de bains, la chambre était vide. Caelan la rejoignit quelques minutes plus tard, enveloppé dans un peignoir de satin noir qui mettait en valeur la musculature parfaite de son corps.

— Tu veux du champagne ? demanda-t-il après avoir dardé sur elle un regard pénétrant.

Elle secoua la tête.

— Non, merci.

— Que se passe-t-il ? Tu sembles abattue.

Le cœur d'Abby fit un bond dans sa poitrine. Fascinée malgré elle, elle était ensorcelée par la sensualité incandescente qui émanait de cet homme redoutable. Lorsqu'il lui prit la main, elle se laissa docilement entraîner vers le lit, submergée par un désir irrépressible.

Plus tard — après avoir abordé avec lui de nouveaux rivages enchanteurs — elle resta un long moment éveillée à écouter son souffle régulier dans l'obscurité. Pourquoi ne parvenait-elle pas à trouver le sommeil ? Elle était pourtant épuisée...

Qu'allait-elle devenir ? Qu'allait être sa vie, à présent ? Pourquoi ne pouvait-elle s'empêcher de se torturer l'esprit ? Après tout, elle savait depuis le début que Caelan ne l'épousait que pour assurer l'avenir de Michael. Il ne lui avait jamais caché le désir qu'elle lui inspirait, mais il ne lui avait jamais non plus laissé espérer autre chose.

Pourquoi ne parvenait-elle pas à se contenter de ce qu'il lui offrait ?

Abby resta éveillée jusqu'à l'aube, hantée par la perspective d'un avenir insupportable. Enfin, au premier chant des oiseaux, elle sombra dans un sommeil sans rêves.

La sonnerie lointaine d'un téléphone la réveilla en sursaut. Un merveilleux parfum de jasmin flottait dans l'atmosphère, constata-t-elle en inspirant profondément. Elle écarta une mèche de cheveux et leva les yeux vers la fenêtre. A en juger par la position du soleil dans le ciel, la matinée était déjà bien avancée !

La voix de Caelan lui parvint, assourdie mais profonde. Aussitôt, elle fut assaillie par le souvenir de la nuit précédente. Parcourue d'un long frisson, elle faillit se recroqueviller sous les draps.

Si seulement elle pouvait disparaître aussi facilement ! Comment allait-elle trouver le courage d'affronter l'homme à qui elle s'était donnée corps et âme sans aucune retenue ? Avait-il deviné son secret ?

Elle repoussa le drap et s'assit au bord du lit. Au même instant, Caelan entra par la baie vitrée, qu'elle n'avait pas remarquée la veille. Tout habillé, il portait un plateau.

Elle s'empressa de se rallonger et de se couvrir.

Caelan eut un sourire entendu qui la fit rougir.

— Je suis déjà venu te voir tout à l'heure, dit-il d'un air malicieux. Tu dormais si bien que je n'ai pas eu le cœur de te réveiller.

Elle déglutit péniblement. A en juger par sa mine satisfaite, il était parfaitement conscient de l'avoir ensorcelée…

— Merci, dit-elle d'une voix sans timbre. Je vais me préparer et je serai prête dans dix minutes.

— Ne te crois pas obligée de te lever, dit-il en posant

le plateau sur la table de chevet. Je t'ai apporté ton petit déjeuner.

Y avait-il vraiment une note sarcastique dans sa voix, ou bien était-ce un effet de son imagination ? se demanda-t-elle, mortifiée.

Mais il se pencha vers elle pour l'embrasser et elle se sentit fondre aussitôt. Comme ses lèvres étaient douces et brûlantes... Comment pourrait-elle résister à une torture aussi délicieuse ?

Quand il s'écarta d'elle, elle dut faire appel à toute sa volonté pour ne pas le supplier de prolonger son baiser.

— Mange, dit-il d'une voix douce. Et ensuite, n'hésite pas à te rendormir si tu as encore sommeil. Je suis obligé de travailler pendant un moment, mais je te verrai tout à l'heure.

A son grand dam, Abby fut submergée par une immense frustration. Elle le regarda s'en aller, l'estomac noué. Adieu la passion de la nuit précédente ! Aujourd'hui, il ne pensait plus qu'à son travail...

Malgré sa déception, elle fit honneur au petit déjeuner. Elle se rendit ensuite dans la salle de bains pour prendre une douche.

Leur seconde nuit de noces avait de nouveau laissé des traces sur sa peau, constata-t-elle en s'observant dans le miroir. Pas des bleus, bien sûr — Caelan avait été d'une tendresse exquise avec elle — mais de légères irritations dues à sa barbe naissante.

Elle s'étira voluptueusement avant d'offrir son corps à la caresse du jet.

Une fois habillée, elle s'aventura dans le jardin, sans oser aller trop loin. C'était sans doute ridicule, mais elle avait l'impression d'être une intruse. Son cœur se serra. Se sentirait-elle un jour chez elle dans les diverses résidences de Caelan Bagaton ?

Quand celui-ci la rejoignit enfin, elle lisait sur la terrasse.

— Tu as oublié ça, dit-il d'un ton crispé en lui lançant quelque chose.

— Qu'est-ce... ? Oh !

Elle attrapa de justesse sa bague et son alliance, qu'elle avait laissées sur la table de chevet.

— Mets-les, ordonna-t-il sèchement.

Le cœur lourd, Abby les glissa à son doigt. Ces deux bijoux représentaient tellement pour elle ! Et si peu pour Caelan...

Leur mariage n'était qu'un mariage de raison.

Levant les yeux, elle surprit une lueur étrange dans le regard de Caelan, et son cœur fit un bond dans sa poitrine.

Certes, ils étaicnt unis par un intense désir mutuel. Mais que se passerait-il le jour où il se lasserait d'elle ?

11

— On est arrivés à la maison ! s'écria Michael, le visage rayonnant de plaisir quand Caelan se gara sur le parking de l'immeuble.

Le petit garçon se tourna avec un large sourire vers la jeune femme assise à côté de lui.

— On est arrivés, Ilana ! On est à la maison !

Abby inspira profondément. Elle n'avait aucune raison d'être jalouse d'Ilana, se répéta-t-elle pour la énième fois. Par ailleurs, il fallait reconnaître qu'avec son aide, le vol du retour s'était déroulé à merveille. Michael n'avait pas eu le temps de s'ennuyer une seule seconde.

Cependant, il aurait sans doute mieux valu pour elle que Michael l'accapare pendant tout le trajet. Cela l'aurait peut-être aidée à chasser de son esprit le souvenir des quatre jours fantastiques qu'elle avait passés avec Caelan dans la villa de Dacia… Des images très déstabilisantes ne cessaient de l'assaillir, sans lui laisser le moindre répit, entretenant en elle le feu du désir.

Abby réprima un long frisson. Oui, Caelan l'avait ensorcelée. Dès qu'il la prenait dans ses bras, elle ne s'appartenait plus. Or, il semblait ne pas s'en lasser…

Et leur lune de miel avait été un vrai feu d'artifice amoureux.

Non. Pas amoureux. Sexuel... Le cœur d'Abby se serra. Si Caelan l'avait comblée physiquement au-delà de toutes ses attentes, il n'avait jamais été question d'amour entre eux. Et elle ferait bien de ne pas l'oublier...

Le lendemain de leur retour à Auckland, alors qu'ils prenaient le petit déjeuner après une nouvelle nuit passionnée, il lui demanda :

— Es-tu disponible ces prochains jours ?

— Pourquoi ?

— Eh bien, il nous faut une maison. Et j'aimerais que ce soit toi qui la choisisse.

— Pas de problème, répliqua-t-elle d'un ton neutre pour masquer la joie qui l'envahissait. Je suis entièrement disponible.

— Je connais un agent immobilier. Mon assistante lui demandera de t'appeler. Je m'en remets entièrement à toi.

Flattée par cette marque de confiance, Abby demanda néanmoins :

— Quel genre de maison aimerais-tu ?

— Ce qui te plaira me conviendra. Veux-tu rester en ville ou bien préfères-tu vivre à la campagne ?

Ils discutèrent pendant quelques minutes et tombèrent d'accord sur l'idée de trouver une propriété qui permettrait d'accueillir le poney dont rêvait Michael.

— Nous avons reçu plusieurs invitations, lui annonça ensuite Caelan. J'en ai déjà accepté une... C'est un dîner organisé au profit d'une œuvre de charité que je soutiens. Il te faudra une tenue appropriée... A propos, ta carte de crédit a dû arriver, je vais vérifier le courrier.

Abby se mordit la lèvre. Bien sûr, il était nécessaire qu'elle ait de l'argent à sa disposition pour ses dépenses courantes. Cependant, elle ne pouvait s'empêcher de trouver cette situation extrêmement désagréable.

Sa réaction n'échappa pas à Caelan.

— Allons, ne fais pas cette tête. Il est naturel que je subvienne à tes besoins. Nous discuterons des autres invitations ce soir. Mais en ce qui concerne le week-end chez Cia et Hunt, tu es toujours d'accord ?

— Oui.

Il posa sur elle un regard intense.

— Ça n'a pas l'air de t'enthousiasmer, fit-il remarquer. Je croyais pourtant que tu t'entendais bien avec eux.

— Oui, en effet. Je les trouve charmants et je les aime beaucoup.

— Mais ?

D'une voix mal assurée, Abby avoua :

— Je n'apprécie pas trop les mondanités.

— Moi non plus, mais certaines sont incontournables. Ne t'inquiète pas pour notre vie sociale. Elle sera limitée au strict minimum et tu t'y adapteras très bien. Oh, à propos, j'ai reçu des demandes d'interview de la part de quatre magazines. Veux-tu que j'accepte ?

Affolée, elle secoua vigoureusement la tête.

— Non, merci.

Caelan eut un sourire malicieux.

— Ne t'inquiète pas, j'ai déjà refusé. Même si tu l'avais voulu, ton horrible dictateur de mari te l'aurait interdit. A ce propos, sois vigilante quand tu sors. Il y a eu beaucoup de publicité autour de notre mariage et je ne serais pas surpris que tu sois la cible de photographes indélicats.

Abby soupira.

— Jamais je n'aurais imaginé qu'un jour je serais obligée de fuir les paparazzi…

Il haussa les épaules.

— L'intérêt des médias finira par retomber.

En effet, après quelques semaines assez pénibles pendant lesquelles ils durent ruser à plusieurs reprises pour échapper aux photographes, ceux-ci reportèrent toute leur attention sur un joueur des All Black, censé entretenir une liaison avec l'épouse de son propre frère.

L'assistante sociale leur rendit visite à plusieurs reprises et sembla chaque fois très favorablement impressionnée par l'exubérance et la joie de vivre de Michael.

Aussi attachés l'un que l'autre au petit garçon, Caelan et Abby s'installaient dans une routine agréable, ponctuée de sorties auxquelles la jeune femme finissait par prendre goût, rassérénée par la prévenance de Caelan et par la confiance qu'il lui témoignait en toute circonstance. Par ailleurs, leurs nuits étaient toujours aussi passionnées.

Mais elle ne parvenait pas à se défaire de sa mélancolie.

Elle passa néanmoins un week-end agréable au ranch de Lucia et Hunt. Elle sympathisa rapidement avec les autres invités et se découvrit de nombreux points communs avec une jeune femme, Petra McIntosh, qui résidait elle aussi à Auckland.

Par la suite, elle déjeuna plusieurs fois avec Petra. C'était une jeune femme directe, franche et naturelle, qui avait autrefois dirigé une ferme, avant de suivre en ville son séduisant mari, dont elle était follement amoureuse.

Abby trouvait un certain réconfort dans cette amitié naissante. La recherche de la maison idéale, à laquelle elle consacrait une bonne partie de ses journées, constituait également un excellent dérivatif à son spleen.

Et bien sûr, il y avait Michael. Le voir s'épanouir de jour en jour la comblait de bonheur et lui faisait oublier ses doutes. La gymnastique et la natation constituaient toujours ses activités favorites, mais il passait également beaucoup de temps à écouter sa nurse lui lire des histoires, et à discuter avec elle. Si bien qu'il faisait de rapides progrès en dacien sans même s'en rendre compte.

Par ailleurs, son oncle mettait un point d'honneur à rentrer tôt dans l'après-midi pour jouer avec lui.

Tous les soirs après le dîner, Caelan s'enfermait dans son bureau pour travailler. De temps en temps, il partait en déplacement à l'étranger. Il ne demandait pas à Abby de l'accompagner, mais il lui téléphonait tous les matins.

Bien sûr, il ramenait toujours des cadeaux de ses voyages. Des jouets pour Michael et des babioles pour Ilana.

A Abby, il offrit des perles de Tahiti, un kimono de soie du Japon, et une magnifique bague en diamant achetée en Australie.

Au lieu de la réjouir, sa générosité la blessait. Tout cela n'était que de la poudre aux yeux, se disait-elle avec tristesse. S'il la couvrait de cadeaux c'était pour compenser le fait que leur mariage n'était qu'un leurre.

Bien sûr, son désir pour elle ne faiblissait pas. Mais il ne l'aimait pas et ne l'aimerait jamais. Si elle voulait rester saine d'esprit, elle devait se faire une raison et ne rien attendre d'autre de lui que le plaisir qu'il continuait de lui donner, nuit après nuit. Mais hélas, malgré tous ses efforts pour étouffer ses sentiments, Abby ne pouvait s'empêcher d'aimer son mari chaque jour un peu plus.

Un matin, environ un mois après leur retour de

Dacia, il lui demanda d'un ton désinvolte, juste avant de partir travailler :

— As-tu quelque chose de prévu, aujourd'hui ?

Abby s'efforça de masquer son trouble malgré les battements accélérés de son cœur.

— Je vais à Clevedon pour visiter une maison, mais ensuite je suis libre.

— Passe me prendre au bureau et nous déjeunerons ensemble.

Le cœur d'Abby s'affola de plus belle. C'était leur premier rendez-vous !

— D'accord, dit-elle d'un ton qu'elle espérait léger.

Il déposa un baiser furtif sur ses lèvres.

— Viens à 13 heures. A tout à l'heure.

A 13 heures, elle était en train de lire un magazine dans le salon privé attenant au bureau de Caelan, quand elle sentit une présence. Un long frisson la parcourut et elle leva les yeux.

Il était sur le seuil, les yeux fixés sur elle, le visage impénétrable.

— Tu es superbe, dit-il sobrement. Tu as faim ?

— Je suis affamée, admit-elle, flattée malgré elle par ce compliment. J'ai passé la matinée à visiter une ferme.

— Et alors ?

— La maison ne m'a pas plu. Trop cossue.

Elle plissa le front.

— Parfois je me demande si je ne suis pas trop difficile.

Il sourit avant de se diriger vers l'ascenseur, dans lequel il lui fit signe de monter. A la grande surprise d'Abby, la cabine s'éleva vers les étages supérieurs.

— Où allons-nous ? demanda-t-elle.

— Dans une salle à manger privée.

— Pourquoi pas au restaurant ? demanda-t-elle avec surprise.

— J'ai quelque chose à te dire et je ne veux pas risquer d'être entendu.

La cabine s'arrêta et ils sortirent dans un petit hall.

— Qu'as-tu à me dire ? demanda-t-elle d'une voix mal assurée.

Ignorant sa question, il ouvrit une porte.

— Entre.

Pour se donner une contenance, Abby promena son regard autour d'elle. Ils se trouvaient dans une vaste pièce, dont la moitié, aménagée en salon, comportait un canapé, deux fauteuils et une table basse. De l'autre côté, une table était dressée pour deux.

— Tu es extrêmement séduisante, déclara-t-il soudain.

Ce compliment sonnait faux, songea-t-elle aussitôt, l'estomac noué. A quoi jouait-il ?

— Tu n'as pas l'air de me croire, observa-t-il avec perspicacité.

Abby haussa les épaules.

— Où sommes-nous ?

— Dans un appartement réservé aux cadres de nos filiales étrangères, lorsqu'ils sont de passage à Auckland.

Lui était-il arrivé d'y amener d'autres femmes ? se demanda-t-elle, le cœur serré. Mieux valait ne pas se poser ce genre de question…

— Où a été préparé le repas ? demanda-t-elle.

— Au restaurant du rez-de-chaussée.

Il l'entraîna vers la table, sur laquelle était posé un bouquet de fleurs.

— Assieds-toi.

Quand elle fut installée, les mains de Caelan se posèrent sur ses épaules et s'y attardèrent juste assez longtemps pour l'embraser tout entière.

Abby prit une profonde inspiration. A vrai dire, elle ne rêvait que d'une chose. Qu'il lui fasse l'amour sauvagement, ici, maintenant... Etait-elle en train de devenir folle ? Peut-être... Mais pour l'instant, c'était le cadet de ses soucis.

Mais à sa grande déception, il retira les mains de ses épaules et s'installa en face d'elle.

Elle l'observait entre ses cils. A en juger par son regard étincelant et son souffle un peu court, il était en proie à un désir aussi intense que le sien... Mais qu'avait-il en tête ?

— Pourquoi ne m'as-tu pas cru, tout à l'heure ?

Elle tressaillit.

— Pardon ?

— Quand je t'ai dit que tu étais extrêmement séduisante, tu n'as pas eu l'air de me croire. Pourquoi ?

— Parce que je suis une femme tout à fait ordinaire, répliqua-t-elle d'une voix mal assurée.

Il arqua les sourcils.

— Loin de là ! Les femmes ordinaires n'enfreignent pas la loi pour tenir une promesse qu'on n'aurait jamais dû leur extorquer.

Alors qu'Abby s'apprêtait à protester avec véhémence, un serveur apparut avec les hors-d'œuvre.

Après son départ, elle déclara d'un ton vif :

— Gemma ne m'a rien extorqué et je ne regrette pas ce que j'ai fait pour Michael !

Elle baissa les yeux avant d'ajouter, plus calmement :

— En revanche, je regrette de vous avoir privés l'un de l'autre pendant trois ans. Je sais bien que ce n'est pas une excuse, mais je croyais sincèrement que tu considérerais Michael comme un fardeau. J'étais influencée par les craintes de Gemma. Je suis désolée. J'aurais dû agir différemment.

Cet aveu fut suivi par un long silence, qui mit Abby au supplice.

— Je… Je suis consciente qu'il t'adore et que tu le lui rends bien, bredouilla-t-elle, au comble de l'embarras. Si j'avais su, j'aurais pris contact avec toi…

— A vrai dire, c'est justement pour parler de ça que je t'ai amenée ici.

Soudain étreinte par une vive angoisse, Abby se figea.

— Que veux-tu dire ?

— J'ai eu des nouvelles du journaliste qui préparait un livre sur les cyclones dans le Pacifique Sud. Il m'a téléphoné.

— Et ? demanda-t-elle d'une voix blanche.

— Je l'ai rencontré. Il sait que Michael n'est pas ton fils.

Avec un petit cri étranglé, Abby laissa tomber sa fourchette.

— Oh, mon Dieu ! Mais… après tout, puisque j'ai commis une erreur, il est normal que je paye. Et si je suis… condamnée, je sais que tu prendras soin de Michael.

— Tu n'as aucune raison de t'inquiéter. Il n'a pas l'intention de révéler ce détail. Il se contentera de dire que Michael est à présent notre fils.

Elle ouvrit de grands yeux.

— Pardon ?

— Tu es ma femme, dit-il d'un air entendu, comme si ça expliquait tout.

Abby se mordit la lèvre. Bien sûr… Caelan Bagaton voulait avant tout éviter le scandale. Il avait donc fait le nécessaire pour que son épouse ne soit pas traduite en justice. Pas par amour, mais par intérêt…

— Mais… es-tu certain que cet homme ne va pas chercher de nouveau à te faire chanter ? demanda-t-elle. Parce que je suppose que c'est dans ce but qu'il a pris contact avec toi ?

— Je ne suis pas du genre à céder aux menaces

d'un maître chanteur. De toute façon, il n'a même pas essayé. Il voulait au contraire savoir ce qu'il pouvait publier sans risquer de provoquer ma colère.

Caelan eut un sourire ironique.

— Il se trouve que j'ai la réputation d'être un ennemi redoutable. De toute façon, tu n'as rien à craindre de ce journaliste, même s'il change d'avis. Dès qu'il m'a appelé, j'ai consulté mon avocat, qui m'a assuré que si je ne portais pas plainte contre toi, les risques que tu sois poursuivie étaient infimes. Et une fois que l'adoption de Michael sera officielle, tu seras définitivement hors de danger. D'autant plus que tu t'es très bien occupée de lui. Tu n'as donc aucune raison de t'inquiéter.

Abby prit son verre, qu'elle n'avait pas encore touché, et but une gorgée de vin. Il restait tout de même un point à régler en ce qui concernait Michael.

— La mère de Gemma n'a-t-elle pas le droit de voir Michael de temps en temps ? demanda-t-elle. Après tout, c'est sa grand-mère.

— Etant donné qu'elle ne s'est jamais occupée de sa propre fille, je ne vois pas pourquoi elle s'intéresserait à son petit-fils, répliqua Caelan d'un ton dur. Mais si ça peut apaiser ta conscience, nous lui poserons la question.

Abby fixa son assiette pendant un moment avant de déclarer :

— Tu sais, je me suis souvent demandé si j'avais eu raison de faire cette promesse à Gemma. Mais je me sentais obligée de la tenir.

— Je sais que tu as agi par loyauté et non par égoïsme comme je l'ai d'abord cru. Et puisque nous en sommes aux confessions, je dois reconnaître que tu avais raison de redouter les projets que j'avais pour Michael, quand je suis arrivé à Nukuroa.

— Vraiment ? s'étonna-t-elle.

— J'avais prévu de vous installer tous les deux dans la banlieue d'Auckland.

Il eut une moue d'autodérision.

— J'avais déjà acheté une belle villa avec un grand jardin à Titirangi. Elle t'aurait plu. Il y avait de grands arbres et d'immenses pelouses, sur lesquelles Michael aurait pu dépenser toute son énergie en toute sécurité. J'avais l'intention de commencer par venir le voir plusieurs fois par semaine, puis de l'accueillir chez moi de temps en temps, et enfin...

— De me l'enlever une fois qu'il se serait habitué à toi ? le coupa-t-elle avec indignation.

Il pinça les lèvres.

— Oui. J'aurais engagé une nurse pour m'aider. A vrai dire, je n'avais pas l'intention de le laisser trop empiéter sur ma vie.

— Gemma avait donc raison... Qu'est-ce qui t'a fait changer d'avis ? demanda-t-elle froidement.

— Je me suis attaché à lui et j'ai compris qu'il serait trop malheureux si je le séparais de toi.

Le cœur d'Abby se serra douloureusement. D'où la décision de se marier avec elle. Ce qui lui permettait, accessoirement, d'avoir à domicile une maîtresse docile et toujours disponible...

— Mais ce n'est pas tout..., reprit-il.

— Oui ? dit-elle avec lassitude.

— Je... Ce n'est pas uniquement pour te parler du journaliste que je t'ai donné rendez-vous ici. Je... Bon sang, Abby, je t'aime !

Incrédule, elle resta immobile. Combien de fois avait-elle imaginé qu'il lui faisait cet aveu ? En fait, elle avait si souvent fait ce rêve que celui-ci devait être en train de se superposer à la réalité... Seigneur ! Si elle ne se surveillait pas, elle allait sombrer dans la folie ! Il fallait qu'elle se ressaisisse.

S'efforçant de prendre un air dégagé, elle demanda :

— Que disais-tu ?

Les yeux de Caelan étincelèrent. La mâchoire crispée, il se leva et fit le tour de la table. Il la saisit par le poignet et l'obligea à se lever.

— A quoi joues-tu ? demanda-t-il avec colère.

Abby était pétrifiée. Seigneur ! Que lui arrivait-il ? Jamais elle ne l'avait vu dans un tel état…

— Je… je t'assure que je n'ai pas entendu…

— Je t'aime, Abby !

Soudain, elle eut l'impression que son cœur explosait dans sa poitrine. Puis elle sentit ses jambes se dérober sous elle.

Aussitôt, des bras puissants se refermèrent sur elle.

— Je t'aime, répéta une voix délicieusement rauque à son oreille. Et tu m'aimes. Je le sais, inutile de nier.

Les lèvres de Caelan effleurèrent les siennes avant de couvrir son visage de baisers. Bouleversée, Abby ferma les yeux et s'abandonna dans ses bras. Enivrée par son parfum subtil, elle était en proie à une langueur étrange, tandis que la plus grande confusion régnait dans son esprit.

De quoi étaient-ils en train de discuter ? Caelan venait de lui dire quelque chose de très important, mais quoi ? Elle n'en savait plus rien. Une seule chose était claire. Elle aimait cet homme de toute son âme. Elle l'aimait tellement qu'elle risquait d'en perdre la raison. Si un jour il disparaissait de sa vie, elle en mourrait…

Elle sentit ses bras puissants resserrer encore leur étreinte, tandis qu'il suppliait d'une voix douce :

— Abby, ne pleure pas… Je t'en prie, ne pleure pas.

Elle ouvrit les yeux et répondit dans un sanglot :

— Je pleure de bonheur !

Un sourire ravi se dessina sur les lèvres de Caelan.

— Alors dis-le-moi…

— Je t'aime.

Il s'empara de ses lèvres pour un baiser très doux, infiniment tendre, qu'elle approfondit peu à peu avec fougue.

Un long moment plus tard, il plongea son regard dans le sien et demanda :

— Sais-tu quand j'ai eu la certitude que je t'aimais ?

Trop bouleversée pour pouvoir prononcer un seul mot, elle secoua la tête.

— A Dacia, pendant ces quatre jours que nous avons passés seuls, en tête à tête. J'aurais voulu que notre lune de miel ne finisse jamais.

Il eut un petit sourire penaud.

— Bien sûr, Michael aurait fini par me manquer, mais c'était un tel bonheur de t'avoir toute à moi, rien que pour moi… J'ai compris que je ne pourrais jamais plus me passer de toi et que je voulais me réveiller tous les matins à ton côté, jusqu'à la fin de ma vie.

Quelle magnifique déclaration ! songea Abby, étreinte par une vive émotion. Elle ouvrit la bouche, mais Caelan posa un doigt sur ses lèvres.

D'une voix caressante, il poursuivit :

— J'ai compris aussi que je t'aimais déjà depuis bien longtemps, mais que j'avais été trop stupide pour m'en rendre compte.

Submergée par une joie indicible, Abby crut défaillir de bonheur. Elle embrassa le doigt posé sur ses lèvres.

Caelan secoua la tête avec un petit sourire.

— Laisse-moi continuer. J'ai un autre aveu à te faire. J'adorais Gemma et j'ai eu un chagrin immense quand j'ai appris sa disparition, bien sûr. Mais tu ne peux pas imaginer le soulagement que j'ai ressenti en découvrant que tu étais encore en vie. Je l'ai immédiatement refoulé parce que j'ai cru que tu avais profité de la situation pour lui voler son fils. Il était beaucoup plus simple pour moi de te haïr.

— Gemma t'adorait aussi. Elle t'aimait et elle t'admirait. Mais j'aimerais savoir quelque chose. Si je n'avais pas emmené Michael avec moi, aurais-tu quand même essayé de me retrouver ?

Les yeux de Caelan étincelèrent.

— Oui. Mais aujourd'hui, je suis ravi que tu l'aies emmené et que tu te sois occupée de lui. Gemma a eu raison de te le demander. Elle a été très clairvoyante, contrairement à ce que j'ai longtemps pensé. Si Michael est un petit garçon aussi fantastique, c'est en grande partie grâce à toi et à tout l'amour que tu lui as donné. Je ne m'en serais sûrement pas aussi bien sorti.

— Mais si. Il avait besoin d'un homme dans sa vie. C'est très important pour son épanouissement. D'ailleurs, il a beaucoup mûri à ton contact.

Abby fit une pause avant d'ajouter d'une voix vibrant d'émotion :

— Et il t'aime. De tout son cœur.

— Je crois, oui.

Il darda sur elle un regard brûlant qui la fit frissonner.

En riant, il la souleva de terre.

— As-tu encore faim ?

Elle feignit de réfléchir.

— Eh bien… Non. Pas vraiment.

Le regardant d'un air mutin, elle ajouta :

— En revanche, j'ai une irrésistible envie de m'allonger. Y a-t-il un lit dans les parages ?

— Juste derrière cette porte.

JENNIE LUCAS

Trahie par le prince

Traduction française de
FRANÇOISE PINTO-MAÏA

HARLEQUIN

Titre original :
TAMED: THE BARBARIAN KING

Ce roman a déjà été publié en 2016

1

Epouser un homme pour lequel on n'éprouvait rien n'était pas une si grande épreuve, finalement, pensa Jasmine Kouri en reposant sa coupe de champagne. Pourquoi avait-elle résisté si longtemps ? Elle aurait dû se marier un an plus tôt.

La réception de ses fiançailles battait son plein. Toute la haute société de Qusay — ces gens mêmes qui l'avaient autrefois méprisée — se pressait sous la marquise et dégustait un excellent champagne dans des coupes dorées à l'or fin, pour célébrer son futur mariage avec Umar Hajjar, l'homme le plus riche du royaume, après le souverain.

Son futur époux n'avait pas regardé à la dépense. Le diamant de quinze carats que Jasmine portait au doigt étincelait en réfractant la lumière chaque fois qu'elle bougeait. La chaleur était étouffante, et la robe de mousseline vert pâle qu'il lui avait choisie à Paris lui donnait chaud, même si la jupe ample ondulait au vent du désert.

Au bout de l'immense pelouse, elle distinguait l'imposant manoir de style italien orné de tourelles, au sommet desquelles flottaient des oriflammes portant ses armoiries.

Tout ce qu'Umar Hajjar possédait, depuis ses prestigieux chevaux de course jusqu'à ses demeures disséminées un peu partout dans le monde, proclamait sa fortune et sa réussite. Il faisait la cour à Jasmine depuis un an, à New York, et la veille, elle avait brusquement accepté sa demande en mariage. Cette réception était pour lui une première étape dans sa volonté de faire oublier aux citoyens de Qusay le scandale qui entachait le passé de la jeune femme. Il voulait faire d'elle une épouse parfaite, de la même façon qu'il entraînait un poulain prometteur pour en faire un vainqueur, c'est-à-dire à n'importe quel prix.

Mais ce n'était pas pour cette raison que le cœur de Jasmine battait follement en cet instant. L'argent lui importait peu. Ce qu'elle chérissait avant tout était infiniment plus précieux, se dit-elle en scrutant anxieusement la foule qui se pressait sous la marquise.

Les invités s'avançaient pour la féliciter, même ceux qui avaient autrefois contribué à détruire sa vie en colportant sur elle les pires ragots, alors qu'elle était très jeune et sans défense. Mais il eût été déplacé de le leur rappeler maintenant, et elle se contentait de les remercier avec un sourire un peu crispé.

Brusquement, Jasmine retint son souffle en voyant ceux qu'elle attendait. *Sa famille !*

La dernière fois qu'elle avait vu les siens, Jasmine n'était qu'une adolescente de seize ans, effrayée, parce que son père, accablé mais inflexible, et sa mère en larmes venaient de la contraindre à la pauvreté et à l'exil. A présent, grâce à ce mariage, personne ne pourrait plus jamais la blesser, ni causer de tort à sa famille.

Dans un cri de joie, elle leur ouvrit les bras et ses sœurs coururent l'embrasser.

— Je suis fier de toi, ma fille, déclara son père

d'un ton bourru en lui tapotant l'épaule. Enfin, tu te comportes bien.

— Oh ! Ma petite fille chérie, balbutia sa mère en l'embrassant sur la joue. Tu es restée si longtemps loin de nous !

Ses parents avaient vieilli, constata Jasmine, le cœur serré. Son père s'était voûté, sa mère avait les cheveux gris. Quant à ses sœurs, les petites filles malingres qu'elle avait quittées étaient devenues des femmes corpulentes qui avaient déjà mari et enfants.

Profondément émue, Jasmine pensa qu'elle aurait volontiers abandonné cent carrières prometteuses à New York et épousé Umar mille fois pour être de nouveau parmi les siens, revenir dans la maison familiale et y avoir sa place. Oui, cela en valait la peine…

— Vous m'avez tellement manqué, murmura-t-elle.

Bientôt cependant, elle dut s'écarter pour saluer d'autres invités. Quelques minutes plus tard, elle sentit la main d'Umar sur son bras.

— Heureuse, ma chérie ? demanda-t-il en souriant.

— Oui, répondit-elle en essuyant vivement ses larmes, car Umar détestait lui voir une mine chagrine. Mais tout le monde est impatient de dîner. Qui est cet invité particulier que tu attends et pourquoi est-il tellement en retard ?

— Tu verras, dit-il en déposant un baiser sur sa joue.

Grand et mince, Umar était un homme très soigné au teint clair et au visage peu ridé, bien qu'il approche de la cinquantaine. Ses cheveux sombres, striés de fil d'argent, étaient plaqués en arrière.

Il pencha la tête de côté.

— Ecoute.

Jasmine se fit plus attentive. Peu à peu, elle perçut comme un grondement de tonnerre au loin. Elle leva les yeux ; mais, comme toujours, le ciel au-dessus de l'île était d'un bleu si pur qu'il se confondait à l'horizon avec la mer dans toute une variété d'azurs.

— Qu'est-ce que c'est ? s'enquit-elle, intriguée.

Le sourire d'Umar s'élargit.

— Notre invité. Le roi.

Jasmine sentit une peur glacée l'envahir.

— Le... roi ? Quel roi ?

Son fiancé se mit à rire de son désarroi.

— Ma chérie, il n'y a qu'un seul roi !

Lentement, comme si elle se trouvait dans une séquence de film au ralenti, Jasmine se tourna vers le manoir. Trois hommes à cheval venaient de franchir le portail ornemental de la propriété. Les gardes du corps d'Umar, postés à l'entrée, s'inclinèrent cérémonieusement, au moment où le chef des cavaliers passait devant eux, escorté par ses deux compagnons.

Tous étaient armés de fusils et arboraient des airs durs, mais le chef était de loin le plus grand et le plus athlétique. Il portait au côté un sabre incrusté de pierreries qui proclamait son statut, et l'éclat de ses yeux bleus trahissait son caractère implacable. Sous le soleil brûlant, son caftan blanc étincelant renforçait son hâle. D'un geste souple, il sauta à bas de son étalon.

En proie à une soudaine panique, Jasmine se mit à trembler. Elle le regarda s'avancer en espérant de toutes ses forces qu'elle se trompait. *Non... Ce n'était pas lui !... C'était impossible !*

Mais, en observant ses traits rudes et beaux, elle ne put douter de son identité plus longtemps. Ce visage, elle l'avait vu en rêve pendant treize ans.

— Kareef Al'Ramiz, le prince du désert...

Un long murmure parcourut la foule.

Kareef... L'homme qui l'avait séduite avant de l'abandonner à la honte et à l'exil. Celui qui était responsable de la solitude et du chagrin qu'elle avait endurés pendant près de la moitié de sa vie. Celui qui lui avait fait payer chèrement l'amour qu'elle avait éprouvé pour lui…

Dans quelques jours, il serait couronné roi de Qusay.

Un élan de haine saisit Jasmine, si violent qu'elle vacilla et agrippa le bras d'Umar pour se soutenir.

— Que fait-il ici ? demanda-t-elle d'une voix faible.

Un sourire se dessina sur les lèvres minces d'Umar.

— C'est la surprise que je te réservais. Le roi est mon ami. Ça t'impressionne, non ?

Sans attendre sa réponse, il l'entraîna sur la pelouse pour saluer le royal arrivant. Jasmine tenta de résister, mais Umar emprisonnait sa main, de sorte qu'elle fut contrainte d'avancer.

Autour d'elle, le monde se mit à tourner et les couleurs se diluèrent ; le blanc de la marquise, le vert tendre de la pelouse, le bleu mouvant de la mer… Tâchant de reprendre sa respiration et rester calme, et alors qu'ils se trouvaient encore à bonne distance de leur invité, elle entendit Umar lancer d'un ton jovial :

— Sire ! Vous me faites un grand honneur.

— J'espère que le motif est important, Umar, répondit le nouveau venu d'un ton maussade. Il n'y a que toi qui puisses me faire revenir en ville au beau milieu d'une course à cheval.

Au son de la voix de Kareef — un beau timbre grave qui autrefois avait résonné à ses oreilles telle une mélodie — Jasmine craignit de s'évanouir. Seigneur, en pleine réception !

« Epouse-moi, Jasmine… » Les mots que Kareef lui avait murmurés envahirent son esprit, tout comme le souvenir de son regard brûlant de désir.

Non ! Elle ne pouvait l'affronter après toutes ces années. Ni maintenant ni jamais ! pensa-t-elle, le cœur battant.

— Umar, je dois y aller, balbutia-t-elle en essayant de dégager sa main. Excuse-moi…

Surpris, Umar lâcha prise. Déséquilibrée, Jasmine trébucha et tomba dans l'herbe, dans un flot de mousseline vert pâle.

Il s'ensuivit une exclamation sourde, puis des mains se posèrent sur elle pour la remettre sur pied. Elle sentit le contact électrique d'une poigne rude, si différente des paumes froides et molles d'Umar, et elle redressa la tête.

Le beau visage ténébreux de Kareef était à contre-jour et ses cheveux de jais semblaient auréolés d'un halo aveuglant contre le ciel intensément bleu. Ses yeux demeuraient dans l'ombre.

Leurs regards se croisèrent. Jasmine vit les pupilles de Kareef se dilater. Il l'avait reconnue…

— Jasmine… !

Elle était incapable de répondre. A peine avait-elle conscience des deux cents invités qui, depuis la marquise, ne devaient rien manquer de la scène.

Le temps semblait s'être arrêté et ils étaient comme seuls au monde. Exactement comme dans les rêves qu'elle faisait chaque nuit. Des rêves sombres, tourmentés, qui la hantaient depuis treize ans, depuis qu'elle vivait seule à New York.

Umar vint se placer entre eux, un sourire rayonnant aux lèvres.

— Sire, laissez-moi vous présenter Jasmine Kouri, ma femme.

En proie à une stupeur sans nom, Kareef fixait le visage de la jeune femme. Jamais il n'aurait pensé revoir Jasmine Kouri un jour. La rencontrer de façon si inattendue — la toucher, même — lui causait un véritable choc.

Il détailla ses traits avec avidité. Ses longs cils noirs battaient, ombrant sa peau claire. Du bout de la langue, elle humecta ses lèvres rouges et pulpeuses. Ses cheveux noirs, autrefois très longs, étaient maintenant coupés en un savant dégradé qui cascadait sur ses épaules. Elle portait une longue robe vaporeuse qui soulignait ses seins fermes et ses hanches rondes, et dont le tissu diaphane laissait voir ses bras graciles. Une ceinture enserrait sa taille fine. Seules sa gorge et ses mains étaient dénudées, mais l'effet était saisissant. Elle était séduisante et sophistiquée.

Il aurait voulu la toucher encore pour s'assurer qu'elle était bien réelle.

Enfin, il assimila les paroles qu'Umar avait prononcées. « Jasmine… La femme d'Hajjar ? »

— Vous êtes… mariés ? demanda-t-il d'une voix atone.

Les yeux noirs de Jasmine croisèrent les siens, mais elle ne répondit pas.

— Pas encore, expliqua Umar. Mais nous le serons immédiatement après le Grand Prix de Qais.

Kareef enveloppa Jasmine d'un regard éloquent, mais elle s'obstinait à ne rien dire.

Autrefois, elle bavardait sans cesse en sa compagnie et réussissait à effacer ses humeurs maussades et à le faire rire malgré lui. Il se rappelait la timidité de la jeune femme, au début. Jasmine avait été une fille studieuse, plus disposée à lire et à étudier qu'à parler au fils d'un cheikh. Mais, quand il était parvenu à l'amadouer, elle lui avait volontiers raconté tout ce qui lui passait par la tête. Il avait trouvé ces conversations charmantes. Peut-être à cause de la franchise et de la spontanéité de Jasmine. Ils étaient si jeunes alors, et si innocents…

— Je suis content que vous puissiez assister à notre réception, Sire, déclara Umar en entourant les épaules de Jasmine. Nous n'attendons que votre permission pour passer à table.

Kareef se surprit à fixer les mains de son ami, posées sur les épaules de la jeune femme de manière possessive. Soudain, il fut saisi d'une envie brutale de les repousser et de rabrouer l'homme qui lui avait pourtant sauvé la vie.

Mais Jasmine n'était pas n'importe quelle femme, se dit-il pour justifier la violence de sa réaction. C'était celle qu'il avait demandée en mariage autrefois…

— Sire ?

— La réception… Oui, bien sûr, murmura Kareef.

Il fit signe à ses gardes du corps de s'occuper des chevaux. Puis il jeta un coup d'œil en direction de la marquise, où la foule les observait avec une intense curiosité. Quelques invités plus audacieux s'approchaient dans l'espoir de capter son attention.

Après tant d'années passées dans le désert, Kareef n'était pas réputé pour être un homme mondain ni même sociable. Mais, aux yeux de l'élite de Qusay, ce tempérament solitaire et taciturne ajoutait encore à son charme. Tout le monde rêvait d'approcher le prince du désert et de bénéficier de ses faveurs.

Il n'était pas encore couronné qu'on le traitait déjà comme un dieu. Parce que les citoyens de Qusay savaient ce qu'il entreprenait pour les nomades du désert et qu'ils espéraient qu'il leur apporterait la même prospérité.

En attendant, ils lui vouaient un véritable culte.

Ce dont Kareef se serait bien passé ! Il n'avait jamais eu l'intention de revenir à Shafar, la capitale, et seuls les événements l'y avaient contraint. Quelques semaines plus tôt, son cousin, l'héritier du trône, s'était brusquement retiré de l'ordre de succession. En effet, Xavian — ou plutôt Zafir, se corrigea-t-il, car il peinait encore à appeler d'un autre nom celui qu'il avait cru être son cousin — avait appris qu'il n'avait pas une seule goutte de sang Al'Ramiz dans les veines et avait abdiqué. Dès lors, il avait quitté Qusay pour gouverner un autre royaume conjointement avec son épouse, la reine Layla.

Une décision honorable que Kareef aurait approuvée de tout son cœur, si elle ne l'avait pas mis en demeure de monter sur le trône de Qusay…

Et, comme un malheur n'arrivait jamais seul, il allait maintenant voir Jasmine épouser un autre homme !

A moins que… Légalement, moralement, pouvait-il autoriser cette union ?

— Vous nous honorez, Sire, déclara Umar en s'inclinant profondément. Puis-je me permettre de vous demander une autre faveur ?

Kareef acquiesçant brièvement, Umar poursuivit :

— Voulez-vous faire l'honneur à ma fiancée de l'escorter jusqu'à la table où nos invités nous attendent ?

Il voulait qu'il offre son bras à Jasmine ? Bon sang ! Le simple fait de la regarder était déjà une torture. Autrefois, elle était une jeune fille charmante avec de grands yeux noirs et une silhouette élancée. A présent, son corps était tout en courbes sensuelles. Elle était devenue véritablement femme. Son expression recélait un certain mystère et laissait deviner des chagrins cachés. Un homme aurait pu la contempler pendant des années sans jamais parvenir à percer l'énigme de cette femme.

Jasmine était tout simplement la plus belle femme qu'il avait vue de toute sa vie.

Elle continuait de garder le silence, mais ses beaux yeux noirs brillaient d'une lueur accusatrice, lui rappelant tout ce qu'il s'était efforcé d'oublier.

Kareef ferma les paupières et s'exhorta au calme. Il régula sa respiration et chassa froidement les émotions dont son âme était pleine. Après tant d'années de pratique, il savait contrôler son esprit.

Mais, en rouvrant les yeux sur Jasmine, il sut que son expérience ne lui servait à rien.

Des années de désir réprimé réduisaient sa volonté en cendres. Une vague de chaleur s'empara de lui, lui fouettant le sang comme une tempête de sable.

Il avait envie d'elle…

Il l'avait toujours désirée. Elle et aucune autre.

— Sire ?

A contrecœur, Kareef tendit son bras à Jasmine.

— Si nous nous rendions au banquet, mademoiselle Kouri ? dit-il d'un ton parfaitement maîtrisé.

Elle sembla hésiter avant de poser sa main sur la manche de son caftan. Puis, tout en lui adressant pour la première fois un regard direct, elle déclara :

— Vous m'honorez… Altesse.

L'ironie amère de ses paroles n'échappa pas à Kareef, mais il n'eut pas le temps de s'y attarder. Les convives se reculaient devant eux en esquissant de profondes révérences. Il mena Jasmine vers l'estrade, Umar derrière eux.

Dès qu'ils eurent gagné la table d'honneur, Kareef s'écarta et s'empara d'une coupe. Aussitôt, la foule se tut, attendant que le roi prenne la parole.

— Je tiens à remercier mon vénérable hôte et ami, Umar Hajjar, pour son aimable invitation, déclara-t-il. Et je souhaite la bienvenue à sa future épouse, Jasmine, de retour dans son pays. Mademoiselle Kouri, votre beauté embellit nos rivages.

Puis d'une voix forte, il s'exclama :

— A la santé du nouveau couple !

— A la santé du nouveau couple ! répéta l'assemblée en chœur.

Jasmine demeurait impassible. Mais, comme ils

prenaient place, Kareef perçut les ondes de sa haine féroce dirigées contre lui.

Le dîner somptueux comportait une multitude de plats de viande d'agneau et de poisson, de riz épicé, d'olives et d'aubergines farcies, chaque mets étant plus raffiné que le précédent.

Mais Jasmine picorait à peine.

— Tu devrais manger, ma chérie, la pressa gentiment Umar. Tu seras peu attrayante si tu deviens trop mince.

Kareef se rembrunit. Peu attrayante, Jasmine ? Obèse ou maigre, nue ou habillé d'un sac, elle resterait une femme que tous les hommes désireraient ! Et il n'échappait pas à la règle, pensa-t-il en serrant les poings. Il voulait la posséder lui aussi. *Et tout de suite !*

Non, il ne la toucherait pas, se reprit-il. Parce que treize ans plus tôt, il avait fait le serment de la laisser tranquille. Et parce qu'elle était à présent fiancée à un homme qui était son ami.

Se tournant vers Umar, Kareef s'efforça d'adopter une voix naturelle.

— Je ne savais pas que vous vous connaissiez.

— Nous nous sommes rencontrés l'année dernière à New York, répondit Umar en pressant doucement le bras de Jasmine. Après la mort de ma chère épouse, j'ai demandé Jasmine en mariage à de nombreuses reprises. Elle a finalement accepté hier.

— Hier ? Et vous prévoyez de vous marier dans quelques jours à peine ? s'étonna-t-il, en ignorant le regard indigné que Jasmine lui jetait.

Umar ébaucha un geste désinvolte.

— Tout mariage peut se célébrer rapidement, pourvu qu'on y mette le prix. Et les jolies femmes sont si versatiles ! Je n'allais pas donner à celle-ci l'occasion de changer d'avis, dit-il avec un coup d'œil en direction de Jasmine. Je l'aurais volontiers épousée à New York, mais elle souhaitait être réconciliée avec sa famille à cette occasion. Quand mon cheval aura remporté le Grand Prix, nous repartirons aux Etats-Unis pour la prochaine échéance, la Coupe de la Triple Crown. Et, bien sûr, je reprendrai son affaire à New York. Son seul rôle désormais sera de servir de mère à mes quatre fils. Ses relations aux Etats-Unis me seront très utiles puisque je…

Umar s'interrompit, car un serviteur se penchait pour lui murmurer quelque chose à l'oreille. Il se leva d'un bond.

— Veuillez m'excuser. Je dois prendre un appel téléphonique. Avec votre permission, Excellence… ?

Kareef acquiesça d'un bref signe de tête. Après le départ d'Hajjar, il se tourna vers Jasmine et demanda à voix basse :

— Il sait ?

— N'y pense même pas ! l'avertit Jasmine d'une voix sourde, sachant à quoi il faisait allusion. Ça ne signifiait rien du tout !

— Tu sais que tu ne peux pas l'épouser.

— Ecoute, je me moque que tu sois roi. Je ne te laisserai pas gâcher ma vie… *une seconde fois* ! assena-t-elle, les yeux étincelants. Ni anéantir les espoirs que ma famille place dans ce mariage…

— Tu veux dire que, pour eux, cette union est nécessaire ? coupa Kareef, stupéfait.

Elle secoua la tête avec fureur.

— Je ne veux pas qu'ils soient de nouveau blessés par le scandale. Pas quand tout le monde parle de ma sœur.

— Laquelle ? Et à quel propos ?

Jasmine le regarda en face.

— Tu n'es pas au courant ? Pourtant, les nouvelles

vont vite à Qusay ! dit-elle avec amertume. Ma plus jeune sœur, Nima, était en pension à Calista. Elle a eu une aventure d'une nuit avec un marin dont elle ne se rappelle même pas le nom. Elle est enceinte maintenant. A seize ans !

Ces derniers mots flottèrent entre eux, comme un sortilège maléfique.

Kareef détourna les yeux, reportant son attention sur la nombreuse famille de Jasmine, qui dînait à une autre table, sur Umar Hajjar qui gagnait la pelouse, et sur les invités qui lançaient des regards furtifs dans sa direction.

— Nima vit maintenant chez moi à New York, poursuivit Jasmine avec émotion. Elle essaye de se faire à l'idée qu'elle va bientôt être mère. Ma petite sœur ! Quand je l'ai trouvée sur le pas de ma porte il y a deux jours, je me suis rendu compte du temps que j'avais perdu. Treize ans sans ma famille…

Sa voix se brisa.

— Et tu t'es fiancée à Umar Hajjar, termina Kareef. Est-ce que tu l'aimes ?

Jasmine soupira.

— Lorsque mon père m'a jetée dehors il y a treize ans, il m'a ordonné de ne pas revenir. Pas avant d'être mariée à un homme respectable.

Kareef serra les poings. Ce qu'il entendait le mettait hors de lui.

— C'est pour cette raison que tu t'es fiancée ? Pour plaire à ton père ?

Jasmine leva vers lui des yeux où brillait une flamme de colère.

— Qu'est-ce que ça peut te faire ? Tu t'es débarrassé de moi il y a longtemps. Dans quelques jours, je serai mariée et hors de ta vie pour toujours. Laisse-moi tranquille et occupe-toi plutôt de ton couronnement… Altesse !

Du temps où il la côtoyait, il ne l'avait jamais entendue parler avec ce ton amer. Mais pouvait-il l'en blâmer ? Ce qu'elle avait enduré aurait rendu n'importe quelle femme sèche et cassante. Jeune fille, elle avait un tempérament gai et optimiste. Mais il avait détruit cela, songea Kareef avec douleur.

— Jasmine, il faut que tu saches que…

— Pardonnez-moi, les interrompit soudain Umar d'une voix tendue. C'était la nurse de mes enfants. Il y a une urgence. Je dois partir.

— Oh, mon Dieu ! s'écria Jasmine en se levant précipitamment. Je viens avec toi.

Mais Umar l'arrêta d'un geste.

— Je dois y aller seul.

— Comment ? Mais… pourquoi ? Umar, je t'en prie, laisse-moi t'accompagner. Tu pourrais avoir besoin de moi…

— Non ! dit-il avec fermeté avant de s'adresser à Kareef. Sire, je vous demande de prendre Jasmine sous votre protection.

— Non, pas question ! Impossible ! s'écria Jasmine d'une voix si forte que des regards se tournèrent vers elle.

— Jasmine, murmura Umar avec sévérité. Pas de scène !

— Je n'en ferai pas. Mais je t'en supplie, ne me laisse pas avec le roi, chuchota-t-elle.

Ils s'étaient détournés par discrétion.

— Pourquoi ? demanda son fiancé, visiblement surpris par son air implorant.

Elle s'humecta les lèvres et répondit en adressant un regard de biais à Kareef :

— Bien qu'il soit le roi… c'est aussi un homme.

— Ne sois pas stupide ! La parole du souverain est sacrée et respectée dans le monde. Il...

— Non, elle a raison, intervint Kareef. Même si je suis le roi, je suis avant tout un homme.

— Quant à moi, je vous confierais ma vie, assura Umar. Je vous prie, Altesse, de veiller sur Jasmine.

Kareef réfléchit un instant. Ramener Jasmine au palais ? Demeurer avec elle sous le même toit ? La résidence royale lui apparaissait déjà comme une prison avec ses épaisses murailles... Lui qui n'aspirait qu'à la liberté et à l'espace infini du désert, il ne pouvait s'imaginer emprisonné dans cette cage dorée, avec la torture supplémentaire de la compagnie de Jasmine. Jasmine qu'on plaçait sous sa protection jusqu'à ce qu'elle épouse un autre homme... Quelle ironie !

— Non, c'est impossible, répondit-il froidement. Elle ne peut pas séjourner au palais.

Jasmine exhala un soupir de soulagement. Les lèvres pincées, Umar insista :

— Il ne faut pas qu'elle reste seule ici jusqu'au mariage. Ce serait inconvenant. Et vis-à-vis de mes enfants...

— Envoie-la dans sa famille, suggéra Kareef.

— Ce serait beaucoup plus... utile si Jasmine passait ces quelques jours au palais, Excellence.

Ah ! C'était donc ça. Une affaire de prestige ! pensa Kareef avec mépris.

— Pour l'honneur de Jasmine, s'empressa d'ajouter son interlocuteur à voix basse. Votre attention effacera le souvenir du scandale passé et les vieilles rumeurs mourront d'elles-mêmes. Sire, si vous me jugez digne votre estime, je vous demande cette faveur. Placez ma future femme sous votre bienveillante protection jusqu'au Grand Prix de Qais. Je reviendrai ce jour-là pour l'épouser.

Hajjar, digne de son estime ? se répéta Kareef. Umar Hajjar l'avait aidé à faire prospérer le territoire de Qais, l'avait désigné pour être le parrain de deux de ses quatre fils et, surtout, il lui avait sauvé la vie. Treize ans plus tôt, Umar l'avait trouvé dans le désert, à demi fou et mourant de soif. Il l'avait secouru.

— Peut-être…, lâcha Kareef du bout des lèvres.

Poussant son avantage, Umar renchérit :

— Votre mère est au palais, n'est-ce pas, Excellence ? Elle fera un excellent chaperon si vous vous inquiétez des convenances.

— Non, gémit Jasmine. Je refuse.

Mais Umar, qui attendait avec anxiété la réponse de Kareef, ignora son avis.

La future mariée eût-elle été quelqu'un d'autre, se dit Kareef, il aurait immédiatement accepté de rendre ce service. Mais pas Jasmine ! Bon sang ! Son fiancé ne voyait-il pas dans quelle situation il le plaçait ?

Non, bien sûr, Umar ne savait rien de ce qui s'était passé treize ans plus tôt. Personne ne soupçonnait que Kareef avait joué un rôle dans le scandale qui l'avait compromise.

Jasmine y avait veillé.

Elle le détestait. Il le lisait dans ses yeux. Et elle allait le détester davantage… Mais il n'avait pas le choix.

Lentement, il se leva et, d'une voix forte, déclara devant l'assemblée :

— A compter de ce moment et jusqu'au jour de son mariage, Jasmine Kouri est officiellement placée sous ma protection.

Un murmure s'éleva de la foule. Tout le monde regarda Jasmine avec un respect mêlé d'admiration. Même son père se fendit d'un rare sourire de satisfaction.

« Si seulement il savait ! » pensa Kareef avec amertume.

Soulagé, Umar s'apprêta à partir.

— Attends ! s'écria Jasmine. Je ne sais toujours pas ce qui est arrivé. Les enfants sont malades ? C'est le plus jeune ?

— Les enfants vont bien, lui assura-t-il. Mais je ne peux t'en dire plus. Je t'appelle si je peux. Sinon… Je te reverrai au Grand Prix, juste avant notre mariage.

Là-dessus, il s'éclipsa, laissant Jasmine seule avec Kareef, sous les regards curieux de leurs invités.

Le visage impassible, Kareef nota qu'elle n'avait pas touché à son assiette. Elle arborait aussi un air affligé et buté.

— Tu as terminé ? s'enquit-il.

— Oui, répondit-elle du bout des lèvres.

Il lui tendit son bras.

— Alors, allons-y.

Mais elle lui jeta un regard dédaigneux.

— Oublie ça. Je m'assume totalement depuis des années. Je n'ai nullement besoin de ta protection et je n'en veux pas.

— Pourtant, elle t'a été accordée, fit-il valoir, la main toujours tendue.

— J'irai dans ma famille.

— Ce n'est pas ce que souhaite ton fiancé.

— Il n'a pas à me donner d'ordre ! Tout compte fait, je préfère aller à l'hôtel, dit-elle, le menton dressé.

Kareef aurait dû se sentir insulté par cette insolence délibérée, mais, en la voyant s'humecter les lèvres, il ne put détourner les yeux de sa bouche sensuelle. Un frisson le parcourut au souvenir de leurs baisers.

— Avec l'arrivée des délégations étrangères pour mon couronnement, tu ne trouveras aucune chambre disponible. Mais là n'est pas la question, dit-il, en durcissant le ton. J'ai donné ma parole à Hajjar. Et je tiens mes promesses !

— Vraiment ? releva-t-elle d'un ton ironique. C'est nouveau chez toi ?

La colère submergea Kareef. Mais il se domina. Il méritait cette ironie mordante, l'acceptait de la part de Jasmine seule, car personne d'autre n'était autorisé à lui parler sur ce ton.

Mais il savait comment avoir le dernier mot avec elle.

— As-tu peur de rester avec moi ? demanda-t-il avec un sourire moqueur.

— Peur de toi ? Pourquoi ? répliqua-t-elle d'une voix chargée de mépris.

— Alors, viens.

Un éclair de fureur traversa les yeux noirs de Jasmine, mais elle eut un soupir de résignation. Jamais elle ne résistait à un défi, il le savait.

Karref allait savourer cette victoire, lorsqu'elle posa une main sur son bras. Soudain, il perçut comme une décharge électrique et il se rendit compte que c'était lui qui risquait d'avoir peur.

Lui, Kareef Al'Ramiz, le prince du désert, et bientôt souverain du royaume de Qusay, redoutait ses propres réactions face à cette femme. Une femme qu'il désirait et qu'il ne pouvait séduire, parce qu'elle était la fiancée de son ami.

2

Le crépuscule tombait sur les tourelles élégantes du palais royal qui dominait la ville. Construit sur les ruines d'une citadelle byzantine, il avait été modernisé au siècle dernier. Depuis la mer, on voyait de très loin sa haute silhouette brillant de mille feux.

Quelle impression étrange de se retrouver là, songea Jasmine. Dans ce lieu qui l'avait vue grandir, au temps où son père était le conseiller favori du défunt roi. Mais c'était la première fois qu'elle pénétrait dans cette aile qui abritait les logements des domestiques.

La servante l'introduisit dans une mansarde, dont la fenêtre donnait sur le jardin royal. Cette chambre était encore plus petite que le dressing de son appartement sur Park Avenue à New York ! Mais peu lui importait. Elle était soulagée d'être enfin seule.

Ses jambes tremblaient encore quand elle posa sa valise à roulettes sur le lit étroit. Quelle émotion ! Et quand Kareef l'avait escortée jusqu'à sa limousine, elle s'était demandé avec angoisse s'il ne la conduisait pas directement à sa propre chambre au palais ! Aurait-elle été capable de résister, même en le détestant à ce point ?

Cette pensée lui donna le vertige.

L'air de la pièce était étouffant. Elle appuya sur une

commande censée mettre en route la climatisation, mais sans résultat. Elle essaya alors d'ouvrir la fenêtre. En vain. Celle-ci restait obstinément close.

Flûte ! pesta-t-elle en se prenant la tête à deux mains. Pourquoi diable était-elle revenue au palais ? Parce qu'elle obéissait aux ordres d'Umar ? Bon sang ! Elle avait survécu seule à New York pendant treize ans. Elle n'avait pas besoin de protection. Et encore moins de celle de Kareef !

Mais était-ce la vérité ?

Bien malgré elle, elle se rappela le contact de la main de Kareef sur la sienne et se sentit rougir. La chaleur ambiante n'arrangeait rien. Très vite, elle fut en sueur. En hâte, elle ôta sa robe vaporeuse, se débarrassa de ses escarpins et de son collant. Quand elle ne porta plus que ses sous-vêtements, elle ressentit enfin un peu de soulagement.

Jusqu'à ce qu'on frappe un coup sec à la porte et que le battant s'ouvre à la volée.

— Jasmine…

Kareef se tenait sur le seuil. Il resta interloqué en la voyant presque nue au milieu de la pièce.

Avec un cri étouffé, Jasmine ramassa sa robe et s'en couvrit.

— Que veux-tu ?

Il avait troqué son caftan blanc pour une tenue plus décontractée, une chemise blanche et un pantalon noir. Il était immense et diaboliquement séduisant.

— Que tu te joignes à moi pour le souper.

— Tu ne pouvais pas le demander par téléphone ?

A cet instant, une domestique passa dans le vestibule, en faisant des efforts visibles pour ne pas lorgner dans leur direction. Irrité, Kareef entra dans la chambre et referma la porte derrière lui.

— Tu ne peux pas entrer ici ! lança Jasmine, scandalisée.

— Je refuse qu'on te voie dans cette tenue.

— Et toi, alors ? Tu ne comptes pas peut-être ?

Il la toisa d'un œil moqueur.

— Je t'ai vue moins habillée que ça.

A ce rappel, Jasmine sentit ses joues s'enflammer. Le mufle ! Elle avait envie de le gifler !

— Nous ne pouvons pas rester tous les deux seuls dans une chambre fermée ! lui rappela-t-elle vertement. Dans certaines campagnes reculées du pays, on exigerait que tu m'épouses.

Kareef salua sa remarque d'un rire narquois.

— Alors, c'est une bonne chose que nous soyons en ville.

— Comment oses-tu ? Te rends-tu compte que notre attitude va faire jaser ?

— Mes serviteurs sont dignes de confiance.

Jasmine secoua la tête avec exaspération.

— Comment peux-tu en être sûr ?

— Un serviteur, et un seul, nous a trahis autrefois, Jasmine, répondit-il, les yeux étincelants. Marwan. Et je le lui ai fait payer cher…

— Je refuse de discuter ! coupa-t-elle d'une voix suraiguë.

Maintenant sa robe d'une main, de l'autre elle s'empara maladroitement d'un oreiller pour le brandir au-dessus de sa tête. Son vêtement glissa à terre, mais elle était trop furieuse pour songer à le récupérer. Sa pudeur était bien peu de chose comparée à la rage qui la consumait en cet instant.

— Sors d'ici ! Immédiatement !

Au lieu d'obtempérer, Kareef la détailla tranquillement. Elle ne portait qu'un slip et un soutien-gorge de coton blanc. Il s'attarda sur sa gorge, le galbe de ses seins, son ventre plat et ses cuisses nues. Jasmine sentit sa bouche s'assécher.

Lentement, Kareef releva les yeux.

— Tu me menaces avec un oreiller, Jasmine ?

Etant donné la haute taille et la carrure de son adversaire, elle comprit que sa position était ridicule au dernier degré. Cela ne fit qu'accroître sa colère.

— Qu'est-ce que tu attends ? Que je te présente une demande écrite ? Fiche le camp !

— Quand tu auras accepté de venir dîner.

Une incontrôlable nervosité s'empara de Jasmine. La dernière fois qu'elle l'avait vu, Kareef avait à peine dix-huit ans. Grand et mince, l'aîné des neveux du roi avait été un garçon sympathique, doté d'un cœur sensible et d'une humeur joyeuse.

Mais il avait changé depuis. L'adolescent était devenu un homme. Dangereux même.

Ses yeux si chaleureux autrefois étaient à présent impitoyables. D'un bleu acier, ils brillaient d'un éclat dur qui dénotait son âme guerrière. Sur son beau visage rude, les émotions n'affleuraient plus, elles étaient savamment maîtrisées sous un mince vernis de civilisation. Son corps élancé avait gagné en force. Sans doute aurait-il été capable de projeter Umar en l'air sans effort. Jasmine n'avait jamais vu un homme doté d'épaules aussi puissantes que Kareef. Il émanait de lui une menace qui l'attirait… et l'effrayait à la fois.

« Des réactions sans importance », se répéta-t-elle avec force. Dans quelques jours, elle deviendrait l'épouse d'Umar et ne serait plus amenée à revoir Kareef. Il suffisait de tenir jusqu'au mariage…

— Alors, tu viens dîner avec moi ? s'impatienta-t-il.

— Je n'ai pas faim.

— Viens quand même. Nous avons à parler... de certaines choses.

— Non ! Nous n'avons rien à nous dire.

— Dois-je vraiment me montrer plus explicite ?

Jasmine se raidit. Non, il n'avait aucune raison de s'expliquer plus avant. Elle savait exactement à quoi il faisait allusion. Elle s'était souvent dit que ces mots d'alors ne comptaient pas, qu'ils n'avaient aucune valeur, qu'il ne s'agissait que de paroles murmurées entre deux baisers.

L'oreiller lui échappa des mains. S'enveloppant vivement de ses bras, elle se tourna vers le jardin que l'ombre envahissait déjà.

— Tout ça, c'est du passé, murmura-t-elle.

— Le passé est toujours là. Tu sais que tu ne peux pas épouser Umar.

Du coin de l'œil, Jasmine vit qu'il faisait un pas vers elle. Oh, mon Dieu ! Il allait la toucher. S'il lui prenait la main, comment son corps réagirait-il ? Elle redoutait les réponses que ce geste susciterait. Si la colère l'incitait à se couvrir de ses bras, une autre partie d'elle-même, moins convenable, rêvait de caresser les cheveux noirs de Kareef, la ligne volontaire de sa mâchoire et sa ferme musculature, pour découvrir l'homme qu'il était devenu.

Ravalant son souffle, Jasmine leva une main pour le maintenir à distance.

— Très bien, se rendit-elle. J'assisterai à ton dîner festif. A condition que tu partes maintenant !

— Ça n'aura rien de festif. Juste un repas ordinaire et tranquille.

— Si tu le dis, commenta-t-elle, dubitative.

Car jamais elle n'avait vu un souverain Al'Ramiz se mettre à table avec moins de cinquante invités ; et leurs menus ne comportaient pas moins de dix plats.

— Le salon bleu. Dans dix minutes, déclara Kareef.

Le salon bleu ? Il mentait forcément, pensa-t-elle. C'était la pièce réservée aux entretiens avec les chefs d'Etat étrangers ! Mais elle s'inquiéterait de ça plus tard, quand elle ne serait plus à moitié nue et confinée avec lui dans une chambre minuscule. Involontairement, son attention se porta sur le lit étroit qui les séparait.

Il surprit son regard. Le cœur de Jasmine se mit à battre plus vite. Heureusement, Kareef finit par tourner les talons.

— A tout à l'heure, dit-il.

Sur le seuil, il s'arrêta, sa carrure imposante s'encadrant dans l'ouverture.

— Je suis content de te revoir, Jasmine.

Sur quoi, il sortit en refermant la porte.

Elle exhala un profond soupir, puis se mit à fouiller avec frénésie dans sa valise à la recherche d'une tenue pour le dîner.

Pourquoi Kareef se comportait-il ainsi envers elle ? Ne pouvaient-ils enterrer le passé ? Faire comme s'il n'avait jamais existé ?

Bah, ce n'était qu'un dîner, se raisonna-t-elle. Ils échangeraient quelques mots à voix basse et ce serait tout. Ensuite, ils reprendraient leur existence chacun de leur côté.

Elle choisit une jolie robe blanche au décolleté sage. Pas assez chic pour un banquet de cinquante personnes dans le salon bleu, mais il faudrait faire avec. Sa robe de soie, en tas sur le plancher, était froissée, immettable. Elle enfila des escarpins et attacha un collier de perles à son cou. Joli et simple, jugea-t-elle. Et, au moins, cette tenue n'avait pas été choisie pour elle par Umar dans la boutique d'un grand couturier.

Elle brossa ses longs cheveux devant la glace. Le

reflet de son regard brun déconcerté la frappa. Elle paraissait manquer d'assurance et être à mille lieues de la femme d'affaires qu'elle était à New York. La proximité de Kareef la rendait vulnérable. Exactement comme lorsqu'elle avait seize ans.

Elle dut se forcer pour quitter la chambre et gagner l'aile est du palais. Les corridors étaient étrangement silencieux. Elle croisa quand même deux femmes en chemin. La mère de Kareef, la princesse Rihana, accompagnée d'une femme vêtue de la traditionnelle *abaya* noire. La princesse vit Jasmine et un sourire vague mais bienveillant éclaira son visage doux et ridé. Jasmine s'inclina respectueusement, en pensant que la vieille femme ne la reconnaissait sans doute pas.

En relevant la tête, elle nota que la jeune compagne de la princesse lui souriait. *Sera*!... C'était Sera, son amie d'enfance ! Mais la princesse Rihana était apparemment pressée et Sera eut juste le temps de lui souffler :

— Contente que tu sois de retour.

Un sourire ému se dessina sur les lèvres de Jasmine, tandis qu'elle regardait son ancienne amie s'éloigner à la suite de sa maîtresse. Sera se souvenait d'elle après toutes ces années ! Un élan de joie l'envahit, puis elle se détourna et poursuivit sa route à travers le palais désert. Le grand dîner avait-il été annulé ? Etait-elle en retard ?

Elle atteignit enfin le grand hall et poussa la double porte du salon bleu.

La table immense était éclairée de hautes chandelles. Une seule personne y avait pris place.

— Jasmine, dit Kareef en se levant. Entre, je t'en prie.

— Où sont tes autres invités ? demanda-t-elle en regardant de tous côtés avec stupéfaction.

— Il n'y a personne d'autre, répondit-il.

— Oh !

— Je t'avais dit que ce serait simple et tranquille.

Elle allait dîner… seule avec lui ? Aux prises avec un sentiment d'irréalité totale, elle s'approcha. Les flammes tremblotantes des bougies projetaient des ombres sur les lambris et les murs bleu ciel du salon d'apparat.

Kareef avança galamment une chaise pour elle. Comme s'ils se retrouvaient pour un rendez-vous, se dit-elle en prenant place. Non ! Elle ne devait pas faire ce genre de comparaison. C'était tout sauf un dîner en amoureux !

Sur un signe de tête de Kareef, deux domestiques sortirent de l'ombre et s'empressèrent de servir.

Jasmine resta ébahie quand ceux-ci soulevèrent les cloches d'argent qui couvraient les plats. Il s'agissait d'un dîner froid composé de salades, de concombre, de fruits et de fromages. Le tout était accompagné d'une bouteille de vin français et d'eau gazeuse.

Les serveurs s'éclipsèrent et refermèrent la double porte derrière eux. Ils étaient seuls !

Nerveusement, Jasmine s'humecta les lèvres.

— Qu'est-ce que ça signifie ?

— Tu n'as pratiquement rien mangé au repas de tes fiançailles, déclara Kareef en lui versant du vin. Je ne permets pas à une personne placée sous ma protection de mourir de faim.

Jasmine le contempla, notant involontairement les effets d'ombres sur ses traits énergiques d'une fascinante beauté. Il capta son regard et ses yeux bleus brûlèrent les siens.

— Tu as faim ?

Au lieu de répondre, Jasmine se surprit à fixer le mouvement de ses lèvres sensuelles, se rappelant la dernière fois qu'il l'avait embrassée. Il y avait si longtemps… Pourtant, elle avait l'impression que c'était la veille et que toutes ces années qui s'étaient écoulées depuis n'avaient été qu'un rêve.

— Jasmine ?

Elle se ressaisit enfin.

— Pardon ?... Oui... J'ai une faim de loup.

— Tant mieux, dit-il en souriant. L'un des avantages d'être roi, c'est d'avoir à ma disposition l'un des meilleurs chefs cuisiniers. Rien à voir avec la vie que je mène chez moi dans le désert.

Jasmine prit une bouchée et trouva effectivement la salade délicieuse. Mais, tout en mangeant, elle ne pouvait détourner les yeux de Kareef. Oh ! C'était dangereux, elle le savait. Il l'avait trahie autrefois, avait détruit sa vie. Seulement son corps semblait insensible à ces arguments. Et, chaque fois que Kareef échangeait un regard avec elle, une salve de frissons la parcourait.

Si bien qu'elle finit par poser sa fourchette.

— Kareef, je ne veux pas être ici avec toi. Pas plus que tu n'as envie de supporter ma présence. Si tu veux bien en venir au fait...

— Plus tard, coupa-t-il. Nous avons toute la nuit devant nous.

« Toute la nuit ? » Jasmine dut avaler une gorgée de vin pour se donner du courage.

— Mais avec ton couronnement qui a lieu dans quelques jours, balbutia-t-elle, tu dois être très pris. Et j'ai entendu dire qu'il y aurait un feu d'artifice, ce soir, en ton honneur...

— Rien n'est plus important que ce que je fais en ce moment.

Pourquoi prolongeait-il les choses indéfiniment ? Quelles raisons pouvait-il avoir d'agir ainsi ? Déroutée, Jasmine prit une autre gorgée de vin.

Remarquant le fabuleux diamant qu'elle portait au doigt, Kareef observa :

— Une babiole coûteuse, même pour un milliardaire. Hajjar tient à toi.

Les joues de Jasmine virèrent à l'écarlate.

— Je ne l'épouse pas pour son argent, si c'est ce que tu insinues !

Cette réponse véhémente amena un semblant de sourire sur les traits de Kareef.

— Non. Je sais.

Que signifiait cette expression ? Se moquait-il d'elle en secret ? Dire qu'autrefois elle le connaissait si bien. Le garçon qu'elle avait aimé ne lui avait rien caché. Mais l'homme qu'il était devenu lui était totalement inconnu.

Il y avait quelque chose de sensuel dans le mouvement de ses lèvres qui dégustaient le bordeaux, au point qu'elle les imaginait sur son corps, de même que sa langue…

« Non ! Arrête ça immédiatement ! » se tança-t-elle

Cependant, en dépit de cette exhortation, des frissons insidieux lui parcouraient l'échine. Parce qu'elle avait une conscience aiguë de cet homme, le seul qu'elle ait jamais aimé. Le seul qu'elle ait jamais détesté aussi.

— Tu aimes New York ? demanda-t-il soudain.

— Oui. Beaucoup.

— Mais tu as hâte de quitter cette ville, on dirait.

— L'île de Qusay me manque. Et surtout ma famille.

— Je suppose que tu t'es fait de nombreux amis à New York ?

L'intonation presque cynique de cette question alerta Jasmine.

— Oui, bien sûr, répondit-elle sur ses gardes.

— Une ville follement excitante. Tu as dû apprécier sa vie nocturne trépidante en compagnie de ces… amis.

Jasmine se raidit. Il avait une façon moins que subtile

de lui demander si elle avait eu des amants ! Elle n'allait pas lui avouer qu'il avait été son unique partenaire sexuel. Ce serait trop pathétique d'admettre qu'elle avait passé seule les meilleures années de sa vie et que, chaque nuit, elle avait rêvé de lui… bien contre sa volonté ! D'autant qu'elle savait qu'il l'avait remplacée dès l'instant où il l'avait quittée. Non, elle ne donnerait pas à Kareef la satisfaction d'entendre qu'il avait été le premier homme de sa vie et aussi le seul !

Piquant sa fourchette avec force dans son assiette, elle changea délibérément de sujet :

— Parle-moi de ta maison.

— Le palais ? Il n'a pas changé. Une belle prison dorée ! dit-il avec mépris.

— Non, je voulais parler de ta maison du désert, dans la province de Qais.

Un sourire éclaira les traits sculptés de Kareef.

— Oh ! C'est confortable. J'ai quelques employés, principalement pour les chevaux, car j'aime me débrouiller seul. J'ai horreur d'avoir des gens sur mon dos.

Jasmine laissa échapper un rire bref.

— Je vois. Tu dois adorer être roi, ironisa-t-elle.

— Non, trancha-t-il. Mais c'est mon devoir.

« Son devoir !… » Où avait-il placé son sens du devoir treize ans plus tôt, quand elle avait eu si désespérément besoin de lui et qu'il l'avait abandonnée ? pensa-t-elle dans un brusque élan de fureur.

En même temps, une autre émotion la terrassait, mélange de désarroi et de chagrin. Comment avait-il pu faire preuve d'une telle cruauté ? Oui… Comment ?

Lâchant ses couverts, Jasmine détourna la tête et cilla furieusement.

— Jasmine, qu'y a-t-il ?

— Rien, répondit-elle d'une voix rauque.

Bon sang ! Elle préférait mourir plutôt que de laisser Kareef Al'Ramiz voir qu'elle pleurait.

— C'est juste que je viens de me souvenir qu'autrefois tu rêvais d'avoir une maison dans le désert, improvisa-t-elle en se dominant. Eh bien, tu l'as.

— Oui, et nous serons voisins. J'habite à trente kilomètres de la propriété d'Umar Hajjar.

Jasmine retint son souffle à la mention du nom de son fiancé. Oh, mon Dieu ! Comment avait-elle pu oublier Umar ? Elle était fiancée et n'avait pas le droit de regarder les lèvres d'un autre homme !

Difficile de s'en empêcher pourtant, quand cet homme-là était Kareef, celui qu'elle avait aimé, le seul qui ait partagé son lit et, jusqu'à la veille, le seul qu'il l'ait jamais embrassée.

Car Umar l'avait embrassée pour la première fois… après qu'elle eut accepté sa demande en mariage. Son baiser formel, plus approprié à la circonstance qu'une poignée de main, avait scellé leur pacte. Il ne semblait pas particulièrement pressé de l'entraîner dans son lit, ce qui convenait parfaitement à Jasmine. Leur mariage serait fondé sur les valeurs familiales plutôt que sur le sexe. Et ce n'était pas seulement ses parents et ses sœurs qu'on lui rendait par cette union, se dit Jasmine. Elle serait aussi enfin mère, puisqu'elle élèverait les fils d'Umar qui avaient entre deux et quatorze ans.

— Tu connais ses enfants ? demanda-t-elle.

Kareef acquiesça.

— Je suis le parrain des deux aînés, Fadi et Bishr. Ce sont de bons garçons, gentils et polis.

Ce n'était pas exactement l'opinion qu'ils lui avaient laissée lorsqu'elle les avait rencontrés, pensa Jasmine. Les quatre garçons l'avaient fixée d'un air méfiant en cramponnant leur père et leur nurse française, comme si Jasmine avait été un ennemi. Mais qui songerait à les blâmer quand leur mère venait de mourir ?

— J'espère qu'ils vont bien, murmura-t-elle. Ils traversent une rude épreuve. C'est si difficile à leur âge, surtout pour le petit dernier.

— Ils ont besoin d'une mère, c'est évident. Je sais que tu seras très bonne avec eux.

Une profonde tristesse envahit le cœur de Jasmine.

— Merci.

Il se pencha vers elle, son regard bleu se faisant plus intense à la lueur des bougies. Il était si proche que son genou n'était qu'à quelques centimètres du sien. Les souvenirs se mirent à flotter entre eux, sans qu'ils aient besoin de les invoquer.

« Vous ne saviez pas qu'elle était enceinte, Sire ?... » La voix du médecin résonnait encore aux oreilles de Jasmine. « Elle vivra, mais elle ne pourra plus jamais avoir d'enfant... »

Lâchant sa fourchette qui tinta avec fracas contre la porcelaine, Jasmine se tordit nerveusement les mains, essayant de fermer son esprit à ces souvenirs tragiques.

— Tu as toujours voulu avoir des enfants, dit Kareef gravement. Et maintenant, tu vas épouser Umar qui est un beau parti. Ton père doit être fier de toi.

— Oui. Maintenant, murmura-t-elle. Car il ne s'est jamais intéressé à ma réussite à New York. Il a même refusé l'argent que j'ai voulu envoyer à la famille, quand il a connu des revers de fortune. Mais j'ai toujours cru que dans un coin de son cœur il voulait me pardonner. Ma réussite, c'est en grande partie à lui que je la dois. Quand j'ai débarqué à New York à l'âge de seize ans, je n'avais rien. La seule connaissance que j'avais sur place, c'était une grand-tante âgée qui était très malade. Elle vivait dans un logement infesté de rats.

— C'est ce que j'ai appris, dit doucement Kareef. Plus tard.

Elle lui dédia un regard chargé d'hostilité et d'amertume avant de poursuivre :

— J'avais trois emplois pour subvenir à nos besoins. Puis, un jour, quelques semaines avant la mort de ma parente, j'ai reçu à ma grande surprise un chèque de mon père. D'un montant de cinquante mille dollars ! Cela m'a sauvée. J'ai investi jusqu'au dernier cent et, petit à petit, les placements ont rapporté. Sans cette aide, je serais encore à nettoyer des bureaux seize heures par jour !

Kareef se raidit imperceptiblement.

— Bizarrement, quand j'ai voulu le remercier aujourd'hui, mon père a déclaré ne rien savoir de cette affaire, dit Jasmine, perplexe.

Kareef tournait son verre entre ses doigts, regardant d'un air absent les reflets du vin dans la lumière.

Alors soudain, elle comprit.

— Il ne m'a jamais envoyé cet argent il y a dix ans, n'est-ce pas ? C'était *toi*..., murmura-t-elle, le souffle coupé.

Il posa son verre et hocha la tête.

— Mais la lettre disait que c'était un cadeau de mon père...

— Je pensais que tu ne l'accepterais pas, sachant qu'il venait de moi, expliqua-t-il enfin.

— Tu as raison !

— C'est pourquoi j'ai menti. J'avais l'intention de te verser d'autres subsides chaque année, mais, Dieu merci, tu n'en avais plus besoin. Tu as su transformer cette première somme en véritable fortune, ajouta-t-il avec une note de fierté.

— Pourquoi as-tu fait ça, Kareef ?

— Tu ne le sais pas ? s'étonna-t-il à son tour.

Et comme elle secouait négativement la tête, il lui prit une main, la retourna délicatement et embrassa sa paume.

Jasmine tressaillit. La caresse de ses lèvres sur sa peau lui faisait l'effet d'une décharge électrique.

Kareef releva les yeux, ses yeux d'un bleu fascinant comme la mer.

— Parce que tu es ma femme, Jasmine.

Un lourd silence s'ensuivit, seulement troublé par les premières détonations du feu d'artifice qui faisaient trembler les vitres.

— Non…, dit-elle en lui retirant sa main.

— Tu as prononcé les vœux, lui rappela-t-il. Et moi aussi.

— Ce n'était pas légal. Pour commencer, il n'y avait pas de témoins.

— Ce n'est pas nécessaire, pas selon les lois du territoire de Qais.

— Ça ne tiendrait pas devant le tribunal à Shafar.

— Que tu le veuilles ou non, nous sommes mariés, assura Kareef.

S'efforçant de rassembler ses pensées, elle déclara :

— L'abandon peut être considéré comme une cause de divorce…

— Ton abandon… ou le mien ? dit-il lentement.

Suffoquée, elle réagit avec véhémence.

— J'ai été forcée de quitter Qusay ! Je ne suis pas partie de mon propre chef !

— J'avais moi aussi des raisons de te quitter, se défendit Kareef.

— Nous étions si jeunes, presque encore des enfants, fit valoir Jasmine, les yeux étincelants. Nous ne savions pas ce que nous faisions.

Par les hautes fenêtres arquées, elle voyait les lumières

exploser dans le ciel nocturne. Kareef se pencha et, du bout des doigts, caressa la joue de la jeune femme.

— Moi, je le savais. Et toi aussi.

La tension s'accrut, s'étira entre eux, vibrante et aiguë. Jasmine sentit une brûlure sur sa joue, là où il l'avait touchée. Le regard de Kareef glissa vers sa bouche et elle se raidit instinctivement. Ses seins se gonflèrent douloureusement ; leurs pointes se dressèrent sous l'effet du désir.

« Non ! »

— Si nous sommes effectivement mariés, articula-t-elle d'une voix saccadée, prononce les paroles qui nous désuniront. Maintenant. Tout ce qui m'importe à présent, c'est... ma famille.

— Penses-tu à toi ? dit-il en emprisonnant son fin visage entre ses mains. Que souhaites-tu pour toi-même ?

Ce qu'elle souhaitait ? Qu'il l'embrasse. C'était ce qu'elle réclamait de toute sa chair, de toute la force de son cœur ardent.

Mais elle ne laisserait pas ce désir insensé détruire la vie qui était enfin à sa portée, la vie familiale à laquelle elle aspirait tant.

— Je veux un foyer, dit-elle dans un murmure chargé de nostalgie. Et une famille. Un mari et des enfants.

Les yeux de Kareef s'assombrirent, devenant aussi insondables que les profondeurs marines.

— Umar Hajjar aime ses enfants, ses chevaux et sa fortune. Dans cet ordre, l'avertit-il. En tant qu'épouse, tu seras reléguée en quatrième position.

— Il apprécie le fait que j'ai de nombreuses relations d'affaires aux Etats-Unis. Il pense que je serai une épouse et une hôtesse parfaite.

— Ça ne lui suffit pas, laissa échapper Kareef.

— Que veux-tu dire ?

Il soupira et changea de sujet.

— Tu es une très belle femme, Jasmine, dit-il d'une voix sourde. Aucun homme ne pourrait te résister.

— Pourtant, un homme n'a pas eu de mal à me résister. Toi, Kareef.

Elle releva le menton avec défi sur ces derniers mots accusateurs.

D'un geste brusque, Kareef lui saisit le poignet.

— Tu penses que je ne veux pas de toi ?

Jasmine perçut un regain de tension dans sa voix. Celle-ci la submergeait comme une vague, aiguisait ses nerfs. Son cœur se mit à battre à tout rompre.

Il se pencha vers elle et elle respira son parfum masculin, brut et épicé. Le corps puissant de Kareef était si proche du sien qu'elle mourait d'envie de se laisser aller vers lui, de tout perdre dans un instant de douce folie et de presser ses lèvres sur les siennes…

Une formidable détonation retentissant au-dehors brisa le charme, lui faisant prendre conscience qu'elle était sur le point de commettre une erreur impardonnable.

Elle se leva d'un bond et bouscula sa chaise.

— Divorçons, déclara-t-elle. Si j'ai compté un tant soit peu pour toi, si j'étais plus qu'un corps qui te réchauffait la nuit… je te demande de m'accorder le divorce. Ce soir.

Il la fixa d'un air farouche, avant de secouer la tête.

— Espèce de salaud ! s'écria-t-elle en refoulant ses larmes. Tu n'es qu'un mufle ! Je savais depuis des années que tu n'avais pas de cœur, mais jamais je n'ai pensé que tu me ferais… que tu pourrais…

Sa voix se brisa. Se détournant avant qu'il ne la voie pleurer, elle se rua vers les doubles portes et s'enfuit dans le hall.

— Jasmine… Attends !

Mais elle refusa d'obtempérer.

Elle tourna au coin du corridor où elle avait rencontré Kareef pour la première fois. Elle l'avait heurté en faisant une glissade sur le sol, alors qu'elle jouait avec ses sœurs. Il l'avait agrippée par les poignets avant qu'elle ne tombe. Il lui avait souri et ses yeux bleus avaient eu l'éclat d'un ciel printanier. A partir de ce jour-là, elle l'avait aimé.

Et maintenant, après avoir passé treize ans à essayer d'oublier jusqu'à son existence, voilà qu'il réapparaissait — et tout lui revenait à la mémoire avec une force inouïe. Un seul mot de sa voix profonde, un seul regard de ses yeux fascinants, et elle sentait son âme prise au piège.

Elle poussa la première porte venue, sur sa gauche, dévala l'escalier et déboucha dans le jardin royal. Elle aspira par saccades l'air chaud de la nuit. Puis elle alla se réfugier derrière les grands palmiers qui dominaient la mer, et dont la masse sombre se découpait sous la lune argentée. Là, elle s'enveloppa de ses bras.

Surtout, ne pas s'effondrer.

Parce que, cette fois, si elle tombait, aucun prince ne la retiendrait.

3

Dès que les portes avaient claqué derrière Jasmine, Kareef avait bondi. Il la vit disparaître par une porte qui donnait sur le jardin clos — exclusivement réservé à la famille royale — et s'élança à sa poursuite.

Arrivé au pied de l'escalier, il s'arrêta. Le vent chaud lui fouettait la figure, plaquait sa chemise sur son torse. Il entendit une chouette hululer dans le lointain.

Lui aussi était en chasse, se dit-il. En cet instant, il n'était plus le souverain entravé par les barrières rigides du devoir et du protocole, mais un homme à l'état brut, et sans contraintes. Pour la première fois depuis son retour à Shafar, il se sentait redevenir lui-même.

En fait, non, rectifia-t-il. Il y avait belle lurette qu'il ne s'était pas trouvé dans cet état d'esprit.

Où était-elle ? Il scruta les ténèbres entre les palmiers et les bassins. Elle semblait avoir disparu dans la nuit. N'existait-elle qu'en rêve ?

La lune nimbait les hautes palmes d'une lueur opalescente. Il entendait le bruissement des fontaines et, plus loin, les vagues de la Méditerranée se brisant au pied des falaises. Au-dessus de lui, le feu d'artifice illuminait la nuit. Ce spectacle faisait partie des festivités organisées dans la capitale pour célébrer son prochain couronnement. Il aurait dû y assister au lieu de chasser ce fantôme du passé, cette femme qui se donnait délibérément à un autre.

Mais, ce soir, rien n'était encore réglé et elle lui appartenait encore. Oui, Jasmine était toujours *sa* femme.

Un éclair blanc traversa fugitivement le jardin. Son corps de gazelle bondissait dans l'ombre des arbres. Les rayons de lune accrochaient sa chevelure d'onyx et sa robe d'un blanc nacré. Telle une créature féerique illuminant la nuit et les fantasmes des hommes, pensa-t-il rêveusement.

Il demeura immobile, aux aguets, de peur de la voir disparaître.

Elle voulait recouvrer sa liberté ? Soit, il la lui rendrait. Mais pas tout de suite, parce qu'il avait passé trop d'années à renier son désir d'elle. Elle pouvait encore lui appartenir pour une nuit, non ? se dit-il en s'avançant prudemment.

Comme il la rejoignait enfin, il vit ses épaules nues trembler sous l'assaut de sanglots silencieux.

Une branche craqua sous son pied. Jasmine dut l'entendre, car elle se figea brusquement.

— Je sais que je n'ai pas le droit de pénétrer ici, dit-elle sans se retourner. Tu es venu me chasser ?

Il lui posa une main sur l'épaule, la força à lui faire face.

— Ce jardin est interdit à toute personne autre que la famille royale, déclara-t-il.

— Je sais...

— Or, tu es ma femme.

Elle leva vers lui des yeux démesurément agrandis bordés de larmes étincelantes qui les faisaient ressembler à deux lacs sombres.

— Mais je ne peux pas, s'étrangla-t-elle. Tu es le roi et je dois épouser…

— Je t'accorderai le divorce, Jasmine.

— Vraiment ? Tu ferais ça ?

— Oui, mais pas immédiatement.

— Qu'attends-tu de moi ? demanda-t-elle avec inquiétude.

Bonne question, se dit Kareef, la main crispée sur son épaule nue. Il voulait lui arracher sa robe et la coucher là, dans l'herbe fraîche. Fermer les yeux et la tenir dans l'anse de ses bras, sentir la chaleur de sa peau douce. Et l'embrasser à en perdre haleine, butiner chaque parcelle de son corps nu, savourer ses courbes voluptueuses et plonger en elle jusqu'à l'oubli…

Une part de lui-même — la plus civilisée et la plus raisonnable — savait que c'était insensé. Parce que Jasmine était la fiancée d'un autre et qu'elle était sous sa protection.

Mais, en cet instant où il la tenait si près de lui, ce n'était plus l'homme civilisé qui dominait en lui.

— Toi, répondit-il d'une voix rauque. C'est toi que je veux.

— Non, s'écria Jasmine, affolée. Nous ne pouvons pas !

Il aspira son parfum, une fragrance fruitée délicieusement épicée à laquelle se mêlait la tiédeur enivrante de son corps de femme.

Au lieu de répondre, il se pencha pour l'embrasser.

Vivement, Jasmine détourna la tête vers l'ombre des arbres.

— Jasmine, regarde-moi.

Mais elle refusa obstinément de faire ce qu'il demandait.

— Regarde-moi !

Plongeant les mains dans ses cheveux, il la força à lui faire face.

— Tu es ma femme. Tu ne peux refuser ce que nous désirons tous les deux.

Prenant une profonde inspiration, elle ferma les yeux.

— Non, reconnut-elle douloureusement. Je ne peux pas le nier...

Il sentait sa reddition proche et s'en délectait. D'une main, il caressa son bras nu. Sa peau était douce, si douce sous ses doigts rudes. Il la sentit frémir. Son propre sang se mit à bouillir dans ses veines comme un feu ardent.

Il avait beau être roi, il y avait une chose qu'il ne maîtrisait pas, dont la puissance était supérieure à la sienne. C'était son désir pour elle. Un désir insatisfait qui le taraudait depuis treize ans.

Et voilà qu'elle était enfin dans ses bras.

Il contempla son visage si beau et si pâle et fut saisi d'un frisson violent. La serrant plus étroitement contre lui, il embrassa ses paupières closes.

Puis avec une faim urgente qu'il parvenait à peine à dompter, il abaissa sa bouche vers la sienne. A quelques centimètres de ses lèvres, il se figea, comme s'il lui laissait une ultime alternative. Enfin, dans un élan fougueux, il scella leurs lèvres.

Jasmine cessa de respirer et se sentit sombrer irrémédiablement. Le plaisir de cette étreinte allait bien au-delà des fantasmes de ses nuits solitaires.

Kareef... Son mari... Entraînée dans la passion brûlante de son étreinte, elle était incapable de lui résister, de le renier.

Il pillait ses lèvres avec une redoutable habileté. Quand sa langue se mêla à la sienne, Jasmine s'affaissa contre lui, tremblant d'un désir inouï.

Puis son baiser changea, s'adoucit, se prolongea langoureusement. Bien que livrée totalement à son pouvoir, Jasmine répondit à son étreinte et noua ses bras autour de son cou. Il l'enlaçait si étroitement qu'ils ne formaient plus qu'un.

Bientôt, Jasmine suffoqua contre le rempart de son torse et renversa la tête pour appeler l'air, ce qui eut pour effet d'exposer sa gorge. Kareef noya son cou de petits baisers intenses qui décochèrent en elle des frissons exquis. Puis il se mit à caresser son corps à travers sa robe mince, en lui murmurant des mots tendres dans le dialecte de Qais. Mon Dieu ! Toutes les zones de son corps qu'il touchait s'embrasaient. Elle était haletante et sans forces. Seul, Kareef était capable de la soumettre à ce point.

Tout en mordillant le lobe de son oreille, il caressait ses bras nus, remontait vers ses seins fermes qu'il saisit dans ses paumes, palpant leurs pointes durcies fièrement érigées.

Depuis combien de temps attendait-elle cela ? se demanda Jasmine. Combien de fois s'était-elle répété qu'elle ne revivrait plus cette expérience du plaisir, qu'à vingt-neuf ans, il était trop tard et qu'elle était devenue trop insensible ? Parce qu'elle s'était assigné des buts : gagner sa vie, devenir une fille, une sœur et une épouse respectable ?

Les doigts dans ses cheveux, Kareef continuait de lui susurrer des mots pleins de tendresse. Autour d'eux, les silhouettes mouvantes et sombres des palmiers protégeaient leur étreinte.

Kareef était le seul homme capable de susciter en elle une joie si explosive, de lui faire entrevoir que la vie était aussi magique et infinie que le monde des étoiles au-dessus d'eux.

Ses traits virils étaient plus marqués, ses épaules plus robustes que dans son souvenir. Son allure dégageait une formidable énergie, celle de l'homme habitué à combattre...

Mais son sourire n'avait pas changé. Pas plus que sa voix.

Ni sa façon d'embrasser.

De nouveau, il abaissa sa bouche vers la sienne, suscitant en elle mille frissons électriques. C'était comme si une attraction magnétique les jetait l'un vers l'autre.

Le temps était suspendu, oblitérant toutes les années qui les avaient séparés. Jasmine avait de nouveau seize ans. Ils étaient éperdument amoureux et pleins de foi en l'avenir. C'était dans une autre vie. Mais dans la chaleur de cette nuit, où le vent du désert se mêlait aux senteurs marines, elle n'était pas loin de croire que tout était encore possible.

Cette impression était la plus dangereuse de toutes, se dit-elle dans un sursaut. Et, rassemblant ce qui lui restait de raison, elle repoussa Kareef de toutes ses forces.

— Je ne peux pas..., murmura-t-elle, haletante. Je suis désolée.

— Désolée ? répéta Kareef dont la voix sourde résonnait étrangement dans l'obscurité. C'est ma faute. Je te désire toujours.

Cette révélation, portée par sa voix profonde, eut sur Jasmine un effet si dévastateur qu'au fond d'elle-même quelque chose se brisa et vola en éclats. Son âme peut-être...

Elle ferma les yeux quand les doigts rudes de Kareef lui frôlèrent la joue. Du pouce, il suivit le contour de ses lèvres sensibles. D'instinct, Jasmine les entrouvrit. Son corps restait douloureusement tendu. Ses seins, son ventre et une zone plus intime encore l'élançaient.

— Je ferai de toi une épouse, Jasmine, dit-il. Une épouse et une mère.

Brusquement, elle rouvrit les yeux.

— Que veux-tu dire ? le pressa-t-elle, le cœur soudain glacé.

— Si Umar Hajjar est l'homme que tu veux épouser, répondit Kareef, je ne te barrerai pas la route. Je t'offrirai mon bras pour te conduire à l'autel.

La gorge de Jasmine se serra douloureusement.

— Oh ! Tu ferais ça ?

Un bref sourire se dessina sur les lèvres sensuelles de Kareef.

— Mais nous n'en sommes pas là.

Jasmine se mit à trembler en voyant le regard d'excitation qu'il promenait sur elle. Au loin, elle entendit un domestique appeler le roi.

— Il faut que j'y aille…

Elle s'écarta. Au même instant, le téléphone portable de Kareef se mit à sonner, mais il décida de l'ignorer.

— Viens avec moi, là où personne ne pourra nous joindre, dit-il en la retenant. Viens avec moi dans le désert.

Elle secoua énergiquement la tête.

— Je n'ai aucune raison d'aller où que ce soit avec toi !

Il l'attira contre lui. Son visage tout près du sien, Jasmine pouvait à peine respirer. Doucement, Kareef releva les mèches brunes qui s'égaraient sur son front.

— Tu en es sûre ? demanda-t-il d'une voix ensorcelante.

— Oui… Non…, laissa-t-elle échapper, incapable de répondre de façon cohérente.

— Tu n'as pas peur d'être seule avec moi au moins ?

Elle était terrifiée, en fait. Mais, pour rien au monde, elle n'aurait voulu l'admettre !

— Je n'ai jamais eu peur de toi ! répondit-elle d'un ton farouche.

— Donc, tu n'as aucune raison de refuser mon offre. Nous partirons demain.

En raison des caresses qu'il continuait de lui prodiguer, Jasmine avait des difficultés à se concentrer.

— Pourquoi... Pourquoi m'emmènerais-tu dans le désert ? balbutia-t-elle.

Il ébaucha un sourire sensuel.

— Tu es sous ma protection, Jasmine. Et je prends à cœur mon devoir.

Comment pouvait-il lui imposer cela ? se demanda-t-elle avec désespoir. Ne voyait-il pas que le désir la tourmentait ?

Apparemment, non. Sans doute accueillait-il dans son lit une femme différente chaque nuit.

— Non... Je n'irai pas.

— Je ne peux t'accorder le divorce qu'à la condition que nous nous rendions dans le désert. Parce que le bijou se trouve là-bas.

L'émeraude... Bien sûr, c'était indispensable pour prononcer leur divorce, pensa-t-elle en se sentant terriblement ridicule tout à coup.

Parce qu'elle s'était imaginé qu'il l'emmenait là-bas dans l'intention de la séduire. Mon Dieu, quelle sottise ! Même si Kareef la désirait, il n'entreprendrait pas un si long voyage à travers le pays dans le seul but de soumettre une femme qu'il avait abandonnée des années plus tôt. Pas quand la moitié des citoyennes de Shafar au moins suppliait le nouveau roi de goûter leurs charmes !

Elle avait vraiment perdu la tête si elle pensait qu'il s'intéressait à elle particulièrement. Néanmoins, l'idée d'être seule avec lui ne l'enchantait guère. Loin de là même.

— Et tes obligations diplomatiques ? Ton couronnement ? Tu peux sûrement envoyer quelqu'un chercher le bijou.

— Il est des actes qu'un homme préfère accomplir

lui-même, répondit-il avec un accent de sévérité. Même s'il est roi. Et je t'emmène avec moi.

Jasmine s'humecta les lèvres. Elle ne pouvait laisser cette affaire en suspens. Pas quand celle-ci risquait de jeter un doute sur la légitimité de son mariage avec Umar. Quel choix avait-elle ?

— Très bien…, commença-t-elle.

Puis un petit rire hystérique lui échappa.

— Qu'est-ce qui t'amuse ? demanda Kareef, intrigué.

— J'essayais d'imaginer la tête de mon père si je lui disais que nous sommes mariés depuis treize ans. Crois-tu qu'il trouverait cela suffisamment « respectable » ?

Le rire de Kareef fusa, grave et séduisant.

— Et je parie qu'Hajjar trouverait un moyen pour apposer le blason royal de Qusay sur son drapeau, ou au moins sur sa carte de visite !

Ils partagèrent un nouvel accès de gaieté, puis le sourire de Jasmine s'évanouit.

— Sauf que personne ne doit savoir que j'ai été ton épouse. Aucun scandale ne doit entacher le nom du nouveau souverain. Pas après la mort de ton oncle, le défunt roi, et l'abdication de ton cousin. Les Qusanis ont traversé trop d'épreuves au cours de ces dernières semaines. Tu dois penser à ton peuple et…

Elle prit une profonde inspiration avant de terminer :

— Et à ta future épouse.

Kareef se rembrunit.

— Quelle future épouse ?

— Celle que tu prendras bientôt, car c'est ton premier devoir de roi. Tu épouseras une princesse royale à la réputation parfaite.

Kareef s'était raidi et fixait la nuit.

— Une jolie vierge qui te donnera des enfants, poursuivit Jasmine du fond de sa détresse. De magnifiques bébés aux yeux bleus, et tout le pays se réjouira.

Kareef reporta son attention sur elle. Ses yeux très bleus étincelaient dans le clair de lune.

— Exactement. Je choisirai une princesse vierge pour être ma reine et elle me donnera des héritiers. C'est ce qu'exige la dynastie des Al'Ramiz qui remonte à mille ans. Je dois avoir des enfants de mon sang et je les aurai. Satisfaite ?

Le cœur douloureux, Jasmine acquiesça.

— Oui... C'est exactement ce que je voulais entendre, répondit-elle d'une voix saccadée.

Et ce dont elle avait besoin finalement : le coup fatal porté à ses brèves illusions. Celles d'avoir de nouveau seize ans, d'avoir remonté le temps, de retrouver l'amour fou qui les avait unis... Kareef n'était plus pour elle.

Le souvenir des doigts rudes et caressants brûlait sa joue. Dans la brise nocturne, Jasmine entendit les domestiques appeler Kareef, plus fort cette fois. D'une minute à l'autre, on allait les trouver.

Il les entendit aussi et laissa échapper un soupir.

— Le jour de mon mariage est encore loin, dit-il en ramenant doucement des mèches folles derrière son oreille. Nous profiterons du temps dont nous disposons. Demain, je t'emmène dans le désert.

— Et, une fois là-bas, tu m'accorderas le divorce ?

Il sourit et le sombre désir qu'elle lut dans ses yeux lui donna le vertige.

— Bonne nuit, mon trésor, dit-il en l'embrassant sur la joue. A demain.

Jasmine voulut répéter sa question, mais les domestiques rejoignaient Kareef et elle s'écarta vivement. En s'esquivant, elle entendit qu'ils lui rapportaient avec excitation que son frère Tahir venait d'être retrouvé.

Elle se mit à courir et arriva à bout de souffle dans sa chambre étroite. En se jetant sur le lit, elle sentait encore la présence de Kareef derrière elle et ses lèvres gardaient l'empreinte de ses baisers.

Elle savait ce qui l'attendait le lendemain. Elle en était sûre maintenant : Kareef avait l'intention de l'emmener dans le désert... et dans son lit !

Non ! Elle ne céderait pas. Elle ne lui céderait à aucun prix !

4

Le lendemain, à midi, Kareef se rendit à l'aéroport international de Qusay.

Il avait passé la matinée en réunion avec les conseillers du royaume, à discuter de politique intérieure et des prochains traités à négocier. Mais, en dépit de ces tâches fastidieuses, il avait gardé le sourire à la perspective de la nuit prochaine.

Car, ce soir, Jasmine partagerait son lit.

L'embrasser avait été une expérience délicieuse. Si ses domestiques n'avaient pas débouché dans le jardin, il aurait soulevé Jasmine dans ses bras pour l'emporter vers la chambre royale.

Tout compte fait, l'emmener à Qais était une bien meilleure idée, reconnut-il. S'il était une chose qu'il désirait presque aussi fort que la présence de Jasmine dans son lit, c'était la liberté dont il jouissait dans le désert. Là-bas, ils auraient aussi une plus grande intimité qu'au palais.

Jasmine avait raison. Chacun avait un chemin à suivre. Il l'aiderait dans la vie qu'elle s'était choisie en lui accordant le divorce.

Mais pas avant d'avoir satisfait son désir d'elle, qui le tenaillait depuis treize ans.

Que faisait-elle en ce moment ? Dormait-elle encore ? Etait-elle nue ? Rêvait-elle ? Il ferma les yeux, imaginant ses cheveux noirs répandus sur l'oreiller, son corps doux et tiède étendu sous les couvertures... Un gémissement d'impatience lui échappa. Chaque moment passé loin d'elle était du temps perdu.

Sauf ce rendez-vous auquel il se rendait et dont il se réjouissait. Son chauffeur lui ouvrit la portière de la Bentley dans laquelle il avait pris place. Kareef en descendit et balaya du regard le tarmac.

Devant lui, se tenait le jet privé de son frère qui venait d'atterrir en provenance d'Australie.

C'était décidément une journée parfaite, pensa-t-il, le cœur léger. Jasmine partagerait bientôt son lit, Rafiq était de retour à Qusay, et même Tahir, qui s'était imposé un long exil, allait revenir.

Rafiq apparut à la porte de son avion. A trente ans, il arborait une expression déterminée, incarnant l'homme d'affaires élégant dans son costume gris qui portait la griffe d'un grand couturier. De fines rides d'expression marquaient ses traits. Les années que son frère avait passées à construire son vaste empire industriel l'avaient changé, songea Kareef. Mais n'avait-il pas changé lui-même à force de vivre dans le désert ?

Comme son frère descendait la passerelle, il lui fit signe.

— Rafiq !

— C'est bon de te revoir, grand frère ! lança Rafiq en lui donnant l'accolade. Ou dois-je dire « Sire » ?

D'un geste désinvolte, Kareef balaya la plaisanterie et fit monter son frère dans la limousine climatisée. Le chauffeur referma la portière et ils quittèrent l'aéroport, suivis par l'escorte officielle.

— C'est formidable que tu aies pu venir si vite, déclara Kareef.

— Tu crois que je manquerais ton couronnement ?

— Tu es bien failli rater le mariage de Xavian. Combien de temps es-tu resté ? Trois ou quatre heures, pas plus.

— C'est vrai, reconnut Rafiq. Et il s'est avéré que ce n'était même pas notre cousin. Mais pour rien au monde, je n'aurais manqué ton intronisation. Et s'il y a une chose dont je suis sûr dans cette histoire, Kareef, c'est que tu es vraiment mon frère !

Ils échangèrent un rire fraternel et chaleureux.

— En parlant de frère, dit Rafiq, où est Tahir ? Notre benjamin si rebelle nous honorera-t-il de sa présence cette fois ?

— Justement, je lui ai parlé...

Kareef s'interrompit. Etait-ce la nuit dernière qu'il avait quitté Jasmine dans le jardin royal ? Cela lui semblait loin déjà. Il est vrai qu'il avait rêvé de Jasmine toute la nuit et qu'il avait passé la matinée à négocier avec Akmal, son vizir.

— Je lui ai parlé hier soir, reprit-il. Cela n'a pas été facile de le localiser. Bref, il est à Monte-Carlo et il viendra au couronnement.

— Alors, nous serons réunis tous les trois ici ? s'exclama son frère avec enthousiasme.

— Oui, ça fait longtemps, n'est-ce pas ? admit Kareef.

Rafiq lui coula soudain un regard suspicieux.

— Veux-tu me dire ce que signifie ce sourire ?

— Rien de particulier. Je suis heureux que tu sois là et que Tahir soit en route.

Le front plissé, son frère l'étudia avec acuité.

— Peut-être, mais tu as l'air transfiguré, Kareef. Je ne t'ai pas vu dans cette humeur joyeuse depuis des années. Je peux en connaître la raison ?

— Tu seras au courant bien assez tôt.

Et cela, Kareef n'en doutait pas une seconde. Rafiq

avait toujours été le plus rusé de la fratrie. Il décida de changer de sujet.

— J'ai entendu dire que tes affaires étaient en pleine prospérité. Raconte-moi ça.

Ils traversèrent rapidement la capitale, car la circulation cessait pour laisser passer le cortège royal. Kareef tenta de s'intéresser aux nouvelles sociétés que Rafiq venait d'implanter à Auckland et à Perth, mais son esprit s'évadait, le ramenant à celle qui l'attendait au palais. Et à la nuit qu'ils passeraient ensemble dans le désert…

Jasmine lui résisterait, il en était sûr. Bah, elle finirait par succomber. Ce soir, elle partagerait son lit. Et demain. Et encore le jour d'après, s'il avait toujours envie d'elle. Il lui ferait l'amour jusqu'à en être épuisé.

Ensuite seulement, il prononcerait les mots qui les sépareraient à jamais. Il la laisserait entamer son mariage avec Umar…

Son sourire se figea.

Le cortège franchit les grilles du palais, puis passa sous une arche et stoppa dans la cour d'honneur. Un portier enturbanné leur ouvrit la portière. Comme ils montaient ensemble vers l'entrée monumentale, Kareef jeta un coup d'œil à son frère, lequel semblait impressionné par les hautes tourelles et les dômes qui étincelaient sous le soleil de midi.

— Je te laisse à ta contemplation, lui dit-il en lui posant une main sur l'épaule. Si tu veux bien m'excuser…

Rafiq lui lança un regard de curiosité.

— Tu t'absentes ? Un pari pour le Grand Prix de Qais ?

Kareef se mit à rire.

— Il y a belle lurette que je n'ai pas misé sur un cheval, mon vieux !

— C'est la perspective d'être roi, alors ? Le pouvoir

te monte déjà à la tête, le taquina Rafiq. Mon cher frère, je suis presque jaloux de toi.

— Tu te trompes. Mais je dois y aller, dit Kareef en s'excusant.

— N'empêche que je me demande bien ce qui peut te rendre heureux à ce point-là, lança Rafiq en le regardant s'éloigner.

Kareef ne répondit pas et se hâta le long de l'ancien cloître byzantin qui fermait en partie la cour d'honneur. Les domestiques se courbaient respectueusement sur son passage.

Dans le jardin royal, une légère brise chaude et odorante soufflait entre les palmiers. Il crut reconnaître des senteurs fruitées auxquelles se mêlait une note plus sauvage. *Son* parfum…

Il trouva Jasmine dans sa chambre du quartier des domestiques. Assise sur le lit, elle lisait un roman, sa valise posée à ses pieds. Elle posa sur lui ses grands yeux interrogateurs, bordés de longs cils noirs. Elle portait une petite robe de soie rose très tendance. Ses cheveux étaient ramenés en chignon sous un petit chapeau de feutre. Ce mélange de styles, et l'effet décalé qui en résultait, la définissaient parfaitement.

— Je suis enfin prêt, annonça Kareef.

Il jeta un coup d'œil circulaire à la pièce, remarquant pour la première fois son aspect rudimentaire.

— Je regrette qu'il n'y ait pas eu de chambre disponible au palais, s'excusa-t-il.

— Aucune importance, répondit Jasmine en marquant sa page avant de fourrer le livre dans sa valise. Cette pièce me convenait très bien. Si nous y allions ?

On lui aurait donné de nouveau seize ans, jugea-t-il. Elle avait la même peau claire qu'à cet âge, avec des pommettes hautes et des lèvres dénuées de maquillage qui avaient la teinte et le velouté des roses.

Il avait envie de les embrasser. Déjà son corps se tendait de désir. Quoi d'étonnant à cela ? Il était resté chaste pendant... Il préférait ne pas y penser. Il s'était cru trop occupé pour s'intéresser aux femmes ou simplement las de toutes les croqueuses de fortune qui s'étaient jetées à sa tête presque quotidiennement, parce qu'il était apparenté à la famille royale. Il connaissait maintenant la vraie raison de son abstinence sexuelle. Son corps n'avait désiré qu'une femme et une seule. Celle qui se tenait devant lui en ce moment.

Comme il avait hâte de se satisfaire en elle... Le voyage jusqu'au désert durerait plusieurs heures et il n'était pas sûr de pouvoir attendre jusque-là, pensa-t-il en regardant le lit étroit.

Comme il évaluait pensivement la taille du lit, Jasmine quitta la pièce, traînant derrière elle son bagage à roulettes. Il la rattrapa dans le couloir, lui prit des mains la valise qu'il hissa sur son épaule.

— Merci, murmura-t-elle.

— Elle ne pèse presque rien, fit-il remarquer. Pourquoi voyages-tu si léger ?

Jasmine ébaucha un sourire en coin.

— Pour éviter la surtaxe à l'aéroport, peut-être ?

Kareef salua cette boutade d'un rire bref.

— Hajjar voyage à bord de son propre avion. Je me souviens que tu aimais la mode autrefois. As-tu beaucoup changé depuis ? Ou es-tu trop occupée pour t'en soucier maintenant que tu es une femme d'affaires ?

Une expression de gêne voila le regard de Jasmine.

— Umar a déjà choisi les tenues qu'il pense appropriées pour moi. Elles arriveront de Paris dans quelques jours. Je ne voyais pas l'intérêt d'emporter mes vêtements de

New York, surtout que nous ne resterons à Qusay que jusqu'au mariage.

— Je vois.

Il se sentait contrarié à la pensée que quelqu'un imposait à Jasmine de porter tel ou tel vêtement. Il essaya de chasser cette idée. Après tout, si elle acceptait la situation, pourquoi y trouverait-il à redire ? La relation qu'elle avait avec Umar ne le regardait pas. Mais il était bien décidé à lui faire oublier son fiancé pour les jours à venir.

Devant le palais, un garde du corps chargea la valise dans un véhicule utilitaire.

Jasmine observa les voitures qui composaient le cortège royal et la foule de gardes du corps et de serviteurs qui s'activait tout autour.

— Nous ne voyageons pas seuls, dit-elle avec un soulagement palpable.

— Ne te réjouis pas trop vite. Je me déplace comme il convient au souverain de Qusay, mais une fois dans le désert ce sera différent. Comme tu l'as si bien dit, je serai simplement un homme… comme les autres, dit-il en lui dédiant un sourire suggestif.

Il la vit frissonner malgré la chaleur. Quand son chauffeur leur ouvrit la portière, elle s'engouffra dans l'habitacle de la Bentley en prenant grand soin de ne pas le frôler.

Kareef prit place à son tour et se renversa contre la banquette confortable. Comme les voitures passaient les grilles du palais, il coula un regard de biais à la jeune femme, renfoncée contre la portière, le plus loin possible de lui. Il en fut vaguement amusé. Croyait-elle vraiment qu'elle réussirait à le tenir en échec ?

Bah, elle pouvait penser ce qu'elle voulait. Le défi n'en

serait que plus excitant. Et Jasmine ne devait surtout pas se sentir coupable. Ni cette fois, ni…

Les souvenirs affleurèrent à la périphérie de sa conscience, menaçant de gâter son bel optimisme. Il les chassa, refusant de penser à ce qu'ils avaient perdu dans le passé… et surtout au fait qu'il en était la cause.

Aujourd'hui, une seule chose importait : le plaisir.

Le cortège sortit rapidement de la capitale et prit la direction du nord-est par l'autoroute côtière. Kareef soupira, contrarié. Jasmine restait obstinément tournée vers la vitre opposée et chaque kilomètre semblait s'étirer à l'infini. Il aurait dû écouter Akmal Al'Sayr. Le vizir avait tenté de le convaincre d'utiliser l'un des hélicoptères royaux plutôt que de perdre du temps à voyager par la route.

Derrière Jasmine, et par-delà l'autoroute, il apercevait la mer turquoise étincelante.

Ni l'un ni l'autre ne faisait un geste, mais la tension vibrait entre eux, palpable. Bon sang ! Il la désirait tellement qu'il allait la prendre là, sur la banquette !

Kareef pesta intérieurement. A quoi pensait-il ? La culbuter comme une prostituée ? Non ! Il attendrait.

Comme ils approchaient d'un embranchement, il se pencha et ordonna au chauffeur :

— Tournez ici.

— Sire…, commença l'employé, surpris.

— Prenez la vieille route du désert, commanda Kareef d'une voix sans appel.

Tandis que le garde du corps communiquait l'ordre par talkie-walkie au véhicule de tête, le chauffeur prit la bretelle de sortie et suivit l'ancienne voie qui, à travers le sable et les montagnes, menait directement au désert de Qais.

Kareef s'adossa de nouveau contre la banquette et

jeta un coup d'œil à Jasmine, pour tester sa réaction. Son beau visage était blême et triste.

Bon sang ! Qu'avait-elle à la fin ? Pourquoi essayait-elle de nier ce qu'ils désiraient tous les deux ?

Il se tourna vers la vitre. Le vent brûlant projetait le sable des dunes sur le bitume. Cette route très ancienne datait de l'époque de son grand-père. Pendant les tempêtes de sable, elle pouvait disparaître complètement.

Disparaître… Ce qu'il avait essayé de faire lui-même treize ans plus tôt. Il avait voulu mourir plutôt que de supporter l'accusation qu'il avait lue dans les yeux de Jasmine. Il avait fui dans le désert, en espérant que le sable l'engloutirait.

Mais Umar Hajjar l'avait trouvé et secouru. Incapable de mourir, Kareef avait alors consacré sa vie à la cause du peuple nomade du désert, transformant ainsi le titre familial, et jusqu'alors honorifique, de prince de Qais en un rôle effectif.

Il se frotta la nuque pour soulager la tension de ses muscles. Jamais il ne pourrait réparer le mal qu'il avait fait à Jasmine. Devait-il essayer ? Il la désirait, mais avait-il encore le droit de la posséder ? Ne ferait-il pas mieux, dans un dernier beau geste, de la laisser partir ?

« Un homme n'a pas eu de mal à me résister. Toi, Kareef. »

Il réprima un rire dur. Si elle savait ! Lui qui s'était toujours montré de marbre envers les femmes, perdait tout son contrôle en sa présence. Le seul fait d'être assis près d'elle le mettait au supplice.

Quel homme ne serait pas attiré par elle ? Même un aveugle chercherait à sentir sa chaleur et son parfum enivrant, à palper sa silhouette divine aux courbes voluptueuses. Elle avait aussi une douceur émouvante dans le regard. Et sa bonté d'âme…

Mais il ne voulait penser qu'à son corps. Sa taille était fine juste au-dessus de la belle courbe de ses hanches ; ses seins étaient hauts et fermes, et son joli postérieur était fait pour les paumes d'un homme…

— Nous n'allons pas nous arrêter au moins ? dit-elle soudain d'une voix alarmée. Nous ne ferons pas de halte en chemin ?

Il se tourna vers elle et remarqua ses yeux trop brillants.

— Qu'y a-t-il ?

— Je préfère que nous traversions les montagnes le plus vite possible.

— Tu as peur ?

Ce fut sans la moindre impertinence cette fois qu'elle répondit à cette question.

— Oui. Et tu sais ce qui m'effraie. C'est ce que je revois dans mes cauchemars. Pas toi ?

La gorge serrée, Kareef acquiesça.

La route longerait bientôt le centre d'équitation. Et les falaises rouges creusées d'une grotte invisible de l'extérieur… C'était là qu'il aurait dû la protéger, elle et l'enfant que ni l'un ni l'autre n'avait su qu'elle portait. C'était là qu'elle avait failli mourir, parce qu'il lui avait fait la promesse ridicule de ne prévenir personne après son accident de cheval. Comme si l'amour seul avait pu la sauver…

Il avait été impuissant et totalement inefficace en ces circonstances. Il avait échoué devant sa première responsabilité d'homme.

La douleur lui bloqua la gorge et ce fut d'une voix rauque qu'il articula :

— Nous ne nous arrêterons pas.

Jasmine laissa échapper un soupir de gratitude.

— Merci.

Il ne répondit pas, redoutant de parler. C'était là, au

centre équestre, que leur histoire avait commencé. Ils avaient voulu se mettre à l'abri des regards indiscrets et s'étaient retrouvés à l'école d'équitation. Sera, l'amie de Jasmine, avait détourné l'attention de leur duègne, si bien qu'ils avaient pu passer quelques précieux moments ensemble.

Cette école d'équitation, si éloignée de la capitale, avait été le lieu préféré de Kareef. Il y avait monté son cheval favori, un étalon noir du nom de Razul, et avait aimé sentir le regard de Jasmine posé sur lui, tandis qu'il se livrait pour elle à des démonstrations.

— Viens avec moi, Jasmine, lui avait-il proposé. Tu n'as pas peur au moins ?

Et, un jour, elle avait finalement accepté de monter Razul.

Ils s'étaient vantés alors de déjouer la surveillance des adultes, de passer outre les restrictions parentales. Mais, pour finir, le destin les avait rattrapés et punis. Tous, même les parents de Jasmine, dont la seule faute avait été de vouloir protéger leur fille des hommes pervers, capables de détruire son âme innocente et sa beauté si pure.

Des hommes comme lui…

Comme le cortège officiel continuait sa route, Kareef scruta le ciel. En dépit de la vive clarté qui se réverbérait sur le sable, des nuages sombres couraient contre l'horizon. Etait-ce une tempête qui se préparait ?

Soudain, il sentit que Jasmine lui touchait le bras.

— Merci, murmura-t-elle de nouveau en accentuant la pression de ses doigts. Umar est gentil, il essaie d'être bon pour moi, mais je ne souhaitais pas revoir ces lieux avec lui, en nous rendant à la cérémonie de notre mariage. Il ne peut pas comprendre. Toi, si.

Kareef resta un instant abasourdi. Ce témoignage

le touchait, en même temps qu'il semait la confusion dans son esprit.

La morale lui commandait de rendre immédiatement sa liberté à Jasmine. Il prononcerait leur divorce et la laisserait partir, sans l'avoir touchée, vers celui qu'elle voulait épouser. Mais la pensée de Jasmine avec un autre homme le déchirait comme une lame.

Il la voulait pour lui-même. *Voulait* ? Le mot était faible. Son corps avait un besoin vital d'elle, comme il réclamait de la nourriture, de l'eau et de l'air pour vivre. Et le fait d'être enfermé avec elle à l'arrière d'une voiture mettait cruellement sa volonté à l'épreuve.

Il prit une profonde inspiration pour conserver son sang-froid, et se retenir de l'enlacer et de l'embrasser avec fougue.

Et, de nouveau, il s'interrogea. Pouvait-il prendre ce qu'il désirait si fort ? Quelles seraient les conséquences pour Jasmine ?

Il la sentit se raidir soudain et il sut ce qu'elle venait d'apercevoir de l'autre côté de la route. Il passa son bras autour de ses épaules et constata qu'elle tremblait. Le visage crispé, les yeux noyés de larmes et de souvenirs, elle regarda défiler les bâtiments de l'école d'équitation.

Kareef en oublia la brûlure de son propre désir. Il ne songeait maintenant qu'à la protéger et à la rassurer. Resserrant son étreinte autour d'elle, il lança au chauffeur :

— Accélérez !

Celui-ci acquiesça et appuya sur la pédale d'accélérateur.

Le centre équestre passa dans un bref fondu de couleurs. Kareef eut néanmoins le temps de revoir la clairière, derrière le dernier paddock, où il avait entraîné Jasmine.

Là, sur une couverture, près d'un ruisseau, ils avaient fait l'amour pour la première fois, vierges tous deux, en se jurant, haletants, un amour éternel.

— Je te veux pour époux, Kareef, avait-elle dit à trois reprises.

— Je fais de toi ma femme, Jasmine, avait-il répondu en lui tenant les mains solennellement.

Autrefois, au temps où le roi de Qusay détenait le pouvoir absolu, personne ne refusait au souverain la femme qu'il désirait, sous peine de mort. Eût-il vécu à cette époque, se dit Kareef, il aurait volontiers jeté Jasmine dans son harem pour la posséder comme un barbare.

Autres temps, autres mœurs. Il serait bien incapable d'agir de la sorte maintenant, surtout quand Jasmine tremblait de peur entre ses bras.

— Les souvenirs ne peuvent plus nous blesser, murmura-t-il en lui caressant les cheveux. Tout cela s'est passé il y a longtemps.

— Je le sais, répondit-elle d'une voix à peine audible. Mais, au fond de moi, j'ai l'impression que c'était hier.

Comment pourrait-il l'en blâmer ? songea-t-il en regardant les bâtiments et les paddocks s'enfuir à la diable. Le fait de partager les mêmes souvenirs intimes, tout en étant si proches physiquement, l'emplissait d'une émotion singulière qu'il ne voulait pas ressentir. Avec une sorte d'incrédulité, il tenait Jasmine dans ses bras et lui offrait du réconfort… avec treize ans de retard !

Le centre équestre disparu, la limousine fila à travers un canyon de roches rouges en direction de Qais.

Kareef sentit la jeune femme se détendre. Fermant les yeux, il aspira le parfum doux de ses cheveux. Elle s'appuya contre son torse et, pendant de longues minutes, ils restèrent ainsi, conscients seulement d'eux-mêmes, comme autrefois.

Un toussotement du garde du corps ramena Kareef à

la réalité. Se rendant compte de leur position compromettante, il s'écarta à regret.

— Ça va mieux ? demanda-t-il à Jasmine.

Elle leva vers lui des yeux brillants de larmes.

— Merci de m'avoir soutenue. Je n'aurais pas eu la force de supporter cela toute seule. J'avais tort, ajouta-t-elle, très pâle. Je m'en rends compte maintenant, j'avais tort de te détester.

Il la dévisagea avec incrédulité.

Elle lui pardonnait ? Pour un bref moment de compassion que n'importe quel homme aurait offert à une femme bouleversée, elle était résolue à oublier ce qu'il lui avait fait subir ? Il se sentit indigne d'elle tout à coup.

— Oublie ça, dit-il sèchement.

— Mais tu...

— Ce n'était rien !

Il avait le sens de l'honneur et du devoir, et le seul moyen de réparer ses torts, se dit-il avec détermination, c'était de la laisser libre. Dès qu'ils arriveraient dans sa maison du désert, il prononcerait leur divorce et la renverrait à l'existence heureuse qui l'attendait.

Les traits crispés, il regarda pensivement par la vitre. Pendant treize ans, il s'était concentré uniquement sur son devoir, s'enterrant comme un ermite dans les sables brûlants du désert. Mais la proximité de Jasmine avait désinhibé son corps et son âme, l'avait rendu à la vie. Oui, il y avait très longtemps qu'il ne s'était pas senti si pleinement vivant.

Et, déjà, il devait la laisser partir. Le destin pouvait être cruel décidément !

Les hautes falaises rouges dessinaient un jeu d'ombres sur la route. Quand ils débouchèrent enfin sur l'immense étendue du désert de Qais, Kareef nota que le vent se levait, aspirant des tourbillons de sable.

Comme il regardait Jasmine avec inquiétude, il vit qu'elle s'était endormie, sa tête brune nichée contre son épaule.

D'un regard avide, il la contempla. Dieu qu'il avait envie de l'embrasser ! Et plus encore. Il rêvait de la dénuder et de se délecter de sa chair tendre. Caresser ses seins pareils à de douces collines, sillonner la vallée qui les séparait, la plaine douce de son ventre et la citadelle brûlante nichée au creux de ses cuisses. Il voulait la conquérir comme on assiège un royaume, tenir son corps en son pouvoir…

Il se moqua de lui-même et des images délirantes qui lui venaient à l'esprit.

La vue de sa maison au loin vint le distraire de ses pensées. Dans quelques minutes maintenant, ils seraient quittes. Il entrerait, prendrait le pendentif d'émeraude et prononcerait les mots qui annuleraient leur engagement. Après quoi, il ferait en sorte de ne plus jamais revoir Jasmine…

Un bruit effrayant interrompit brutalement ses réflexions. Un vacarme de tôle froissée raclant la roche. Comme dans un cauchemar, il vit alors le véhicule qui les précédait faire une embardée vers la droite et s'écraser contre la paroi rocheuse.

Son garde du corps se mit à crier, tandis que le chauffeur tentait de toutes ses forces de braquer. Trop tard… La Bentley heurta violemment la voiture accidentée et fut propulsée dans les airs.

La dernière image qui frappa l'esprit de Kareef fut les yeux immenses et emplis de terreur de Jasmine. Le dernier son qu'il entendit fut son cri déchirant.

5

Jasmine était étendue sur une couverture dans l'ombre fraîche d'un bouquet d'arbres. Elle entendait le bruissement d'un ruisseau non loin et le galop des chevaux dans les paddocks de l'école d'équitation. Le vent doux du désert effleurait son visage. Et, miracle d'entre les miracles, le garçon qu'elle aimait était penché sur elle. Il lui souriait et ses yeux d'un bleu lumineux étaient remplis d'amour. La lumière dorée jouait dans ses cheveux noirs.

D'un geste tendre, il lui ramena une longue mèche brune derrière l'oreille, puis avec une urgence soudaine, il la couvrit de son corps, en plongeant son regard dans le sien.

— Je n'ai pas le droit de te demander cela, murmura-t-il en emprisonnant son visage entre ses mains. Mais je le regretterai toute ma vie si je ne le fais pas. Epouse-moi, Jasmine. Epouse-moi.

— Oui, Kareef, je te veux pour époux.

Il lui sourit et, avec une lenteur désespérante, il abaissa sa bouche vers la sienne. Pour la première fois, leur étreinte alla bien au-delà d'un baiser...

— *Jasmine!*

Le cri de Kareef détona soudain dans l'atmosphère

magique. La panique imprégnait sa voix, mais Jasmine était incapable de lui répondre.

Lentement, elle ouvrit les yeux et se rendit compte qu'elle n'était pas étendue sur la couverture près du ruisseau, mais sanglée à l'intérieur d'une voiture retournée sur le toit ! Elle apercevait le ciel par une vitre fracassée. La ceinture de sécurité la serrait si fort qu'elle pouvait à peine respirer et un liquide chaud lui engluait les paupières.

— Je saigne...

Elle entendit un juron, puis la portière fut violemment arrachée. Quelques secondes plus tard, la ceinture fut débloquée et elle se retrouva dans les bras de Kareef.

Agenouillé dans la poussière, il lui palpa la tête, le corps, les membres.

— Rien de cassé, commenta-t-il dans un soupir de soulagement. Tu es saine et sauve !

Il la serra contre lui, embrassa ses cheveux. Jasmine pressa sa joue contre son cou, l'esprit terriblement confus. L'espace d'un rêve, elle avait retrouvé ses seize ans et l'amour de Kareef. C'étaient ses bras qui la tenaient à présent, et ils étaient plus musclés et plus puissants que dans son souvenir...

Elle eut vaguement conscience des gardes du corps qui s'agitaient autour d'eux, en hurlant dans leur téléphone portable. Puis elle vit du sang sur les vêtements déchirés de Kareef et un grand froid l'envahit. Tremblante, elle leva une main vers son visage. Des traits rouges barraient ses pommettes saillantes.

— Tu saignes.

Il rejeta la tête en arrière.

— Ce n'est rien.

Il ne voulait pas qu'elle le touche ? Elle abaissa sa main et ressentit une forte envie de pleurer.

— Kareef… Tu devrais voir un médecin.

Il se leva tout en la soutenant.

— Inutile. Mais toi… Peux-tu rester debout un instant ?

Elle acquiesça. Une douleur aiguë lui martelait la tête, mais elle n'essaierait pas de s'appuyer contre lui. Pour qu'il la repousse de nouveau ? Non, plutôt mourir sur place !

Prenant une serviette humide des mains d'un garde du corps, Kareef lui tamponna le front.

— Tu as juste une légère coupure à la tête, annonça-t-il calmement, comme s'il essayait de ne pas l'effrayer.

Puis se tournant vers son chauffeur :

— Nous devons emmener Mlle Kouri à l'hôpital.

L'homme secoua la tête.

— Les voitures sont inutilisables, Sire. C'est à cause de cette jument ! Elle s'est échappée de l'enclos. Youssef a dû donner un coup de volant pour l'éviter.

Le regard de Kareef se porta sur le cheval noir qui se tenait toujours sur la route, au-delà des voitures accidentées.

— Ah, Bara'ah. Même vieille et mise au pré, tu continues tes sales tours, dit-il.

Jasmine regarda à son tour l'animal qui, tout en broutant les rares touffes d'herbe du bas-côté, semblait les défier.

— Ramenez-la dans son enclos, ordonna Kareef. Prenez une voiture dans mon garage.

« Son garage ? » Jasmine porta son attention vers le bout de la route et vit un ranch de bois sombre, entouré de palmiers. Rustique, paisible, et sans les ornements ostentatoires qu'Umar affectionnait dans ses propriétés.

Il avait réalisé son rêve finalement. Il avait fait bâtir la maison qu'il lui avait promise. Sauf qu'il était seul à l'occuper…

Elle serra les poings en entendant qu'il voulait la ramener en ville et la faire admettre à l'hôpital. Peut-être avait-il aussi l'intention de courir jusque chez lui, de prendre le bijou et de divorcer en route ?

C'était ce qu'elle-même avait voulu au départ, reconnut-elle. Un divorce rapide, sans séduction ni complications. Mais, à présent, ce plan lui donnait envie de pleurer.

— Je refuse d'aller à l'hôpital.

Au son de sa voix, Kareef et le chauffeur se tournèrent vers elle, surpris.

— Jasmine, tu as besoin de voir un médecin, dit Kareef d'un ton patient comme s'il parlait à un enfant têtu.

— J'ai dit : pas d'hôpital !

Repoussant les cheveux qui s'échappaient de son chignon défait et lui obscurcissaient la vue, elle vit le sang couler sur ses mains. Sa robe rose aussi était tachée.

Comme lors de l'autre accident, celui d'avant le scandale…

Brusquement, l'air lui manqua et elle se mit à suffoquer, tandis que tout se mettait à tourner autour d'elle.

— Jasmine ? dit la voix inquiète de Kareef.

Elle se recula en vacillant, la vue brouillée. Des images l'obsédaient. La maison de ses rêves, l'homme qu'elle aimait, le sang sur sa robe…

Kareef la retint juste avant qu'elle ne s'effondre. Elle l'entendit vaguement crier des ordres.

L'inquiétude habitait ses yeux intensément bleus posés sur elle, et ses lèvres remuaient, mais elle était incapable de comprendre ce qu'il disait. Elle ne percevait que son propre souffle saccadé et les battements affolés de son cœur. A quelque distance de là, elle distingua la forme noire de la jument sur la route… Noir comme le cheval qui l'avait jetée bas des années plus tôt, noir comme les ténèbres…

Le visage de Kareef redevint net soudain.

— Tu es réveillée, dit-il doucement. Sais-tu qui je suis ?

Jasmine découvrit qu'elle était couchée dans une chambre qu'elle ne connaissait pas. Sa tête l'élançait douloureusement et sa gorge était terriblement sèche.

Elle tenta de se redresser.

— Où... Où sommes-nous ?

— N'essaie pas de bouger, dit Kareef en la repoussant doucement contre l'oreiller. Mon médecin est en route.

Jasmine regarda lentement autour d'elle. La chambre était spacieuse, rustique et confortable. Elle comprenait un grand lit, une cheminée en pierre, peu de mobilier. Elle sentait le cuir et le bois et dégageait une touche éminemment masculine.

— Ta chambre ? risqua-t-elle.

— Donc, tu me reconnais, déclara Kareef avec un soulagement audible.

Jasmine prit le parti de la dérision.

— Bien sûr, tu es le roi illustre de Qusay, le prince vénéré de Qais, le ravissement de toutes les filles de harem, le...

— Hmm... Ta blessure à la tête n'est pas si anodine, on dirait, commenta-t-il en souriant.

Mais, en dépit de cette boutade, Jasmine devina qu'il avait été mort d'inquiétude à son sujet.

— Je me suis évanouie ? demanda-t-elle en essayant de nouveau de s'asseoir.

— Ne bouge pas !

— Mais je me sens bien !

— C'est le médecin qui en jugera.

— Tu as dit que j'avais juste une coupure à la tête. Pose-moi un pansement et n'en parlons plus.

— Tu t'es évanouie, effectivement.

Jasmine s'empourpra, embarrassée. Elle était convaincue

que sa syncope n'avait rien à voir avec le choc qu'elle avait reçu à la tête et qu'elle était due à une crise de panique. Mais comment le lui expliquer sans évoquer l'autre accident, celui dont elle refusait catégoriquement de parler ?

Il s'avéra qu'elle n'eut pas besoin de le faire.

— Tu as quelque chose contre les médecins ? demanda doucement Kareef. Sinon, pourquoi refuses-tu que je prenne toutes les mesures pour te soigner ?

Leurs regards se rivèrent l'un à l'autre et Jasmine retint son souffle, sachant à quoi il faisait allusion.

Après sa chute de cheval, il avait insisté pour aller quérir un médecin. Mais elle avait refusé, cherchant désespérément à garder secrète sa conduite, pour protéger sa famille.

« Je t'en prie, Kareef, tiens-moi seulement contre toi et j'irai bien », l'avait-elle supplié. Seulement, quand elle s'était mise à trembler de fièvre, Kareef avait repris sa parole. Il était revenu avec un médecin et deux serviteurs qu'il croyait dignes de confiance. Sauf que l'un d'eux, Marwan, les avait trahis, dès que Kareef avait disparu dans le désert. La famille de Jasmine avait été accablée de honte.

Jasmine cilla furieusement et détourna la tête.

Kareef posa ses mains sur le matelas de part et d'autre de Jasmine. Leurs visages se touchaient presque et la tension s'accrut entre eux.

— Attends. Laisse-moi arranger ça.

Passant ses bras derrière elle, il remonta les oreillers, puis la souleva pour la caler plus confortablement. Elle ferma les yeux, savourant sa chaleur et sa force.

— Mieux ? s'enquit-il en lui effleurant les cheveux.

Elle rouvrit les yeux et vit sa bouche tout près de la sienne. Elle sentait son souffle tiède sur sa joue et un frisson de volupté la parcourut. Même sa blessure devint plus sensible tout à coup. Mais c'était une douleur d'un tout autre genre…

Jasmine coupa court à cette pensée. Avec Kareef si proche d'elle, il lui était difficile de raisonner. Quelle question lui avait-il posée ?

Elle s'humecta les lèvres.

— Je vais bien… Oui, beaucoup mieux…

— Le médecin sera là d'un moment à l'autre, dit-il d'une voix tendue.

Comme il s'écartait, Jasmine sut qu'elle ne supporterait pas de ne plus sentir ses bras autour d'elle. Pas après avoir attendu si longtemps dans une froide solitude cet homme qu'elle avait essayé de haïr sans cesser de le désirer.

Avec audace, elle se hissa vers lui et posa un baiser sur sa bouche sensuelle.

Ce fut un baiser bref, mais Jasmine goûta dans cette seconde toute la rudesse de ses lèvres qui la fascinaient tant. Puis la fièvre s'empara de tout son être.

Kareef dut s'en apercevoir, car il la contempla avec stupeur. Le souffle court, il lui agrippa les épaules et la renversa contre l'oreiller en l'embrassant avec une ardeur presque brutale, qui mettait fin à une trop longue frustration.

Jasmine laissa échapper un gémissement sourd en sentant les bras de Kareef l'enlacer. Sa bouche meurtrissait ses lèvres, tandis que ses mains lui caressaient la nuque avec douceur, comme si elle était une rose fragile.

L'urgence de son baiser distillait en elle une douloureuse impatience, s'aperçut-elle avec stupéfaction. Ses seins devenaient lourds et un élan de désir fusa entre ses cuisses.

Sans cesser de l'embrasser, Kareef caressa la courbe

douce de son épaule, puis laissa courir le bout de ses doigts plus bas. Ce contact léger sur la soie de sa robe causait à Jasmine une sensation des plus exquises.

Pendant combien de nuits avait-elle rêvé de cet instant ? D'être dans le lit de cet homme et de sentir ses mains sur son corps ? Elle rêvait encore à présent. Oui, elle devait rêver. Et elle espérait par-dessus tout ne jamais se réveiller.

Kareef continuait de piller ses lèvres, cherchant à l'entraîner dans un échange plus charnel.

Un faible gémissement monta de la gorge de Jasmine, comme pour lui signifier qu'elle acceptait ce défi. Leurs langues se mêlèrent, se défièrent. Qui donnait et qui recevait ? Jasmine ne le savait plus. Une même faim insatiable les animait. Ni l'un ni l'autre ne pouvait plus retenir treize ans de désir réprimé.

C'était encore mieux qu'autrefois. A vingt-neuf ans, elle saisissait toute la beauté du feu qui les consumait. Glissant ses mains sous la chemise de Kareef, elle perçut sa chaleur, la puissance de ses muscles, tout en caressant la toison qui couvrait son torse. Electrisé, il se raidit et lui saisit les poignets.

Leurs yeux se rivèrent et le temps parut suspendu.

— Ce soir, je te ferai mienne. A n'importe quel prix, articula-t-il d'une voix sourde. Je te ferai oublier tous les autres.

Jasmine se figea.

— Il n'y a eu personne d'autre que… toi. Comment aurais-je pu me donner à un homme quand j'étais toujours ta femme ? murmura-t-elle, les joues en feu.

Elle se sentit incapable de rencontrer son regard après cet aveu. Allait-il se moquer d'elle ? Railler sa fidélité pathétique ?

— *Jasmine !…*

Les mains enfouies dans sa longue chevelure emmêlée, il la pressa contre lui.

— Jasmine, tu es la première femme de ma vie... et la seule, dit-il gravement.

Le cœur de Jasmine se mit à battre à tout rompre. Voulait-il dire par là que... ? Non, c'était impossible ! Le cheikh beau et puissant qu'il était, le roi de Qusay, n'avait pu passer ces treize années comme elle — seul dans son lit, et le cœur douloureux !

Mais dans les yeux bleus qui brûlaient les siens, elle ne lut que la vérité. Il lui caressa la joue, suivit du pouce le dessin de sa lèvre inférieure. Tremblante, Jasmine ferma les yeux, peinant encore à croire ce qu'elle venait d'entendre.

Kareef acheva de la convaincre en l'embrassant avec passion. Puis il agrippa sa robe et, d'un geste vif, déchira la soie, révélant sa peau nue. D'un mouvement habile, il dégrafa son soutien-gorge, avant de la débarrasser de son slip qu'il fit glisser le long de ses jambes.

Bientôt, Jasmine se retrouva nue sur son lit.

Kareef se redressa et la contempla à travers ses paupières plissées, tout en déboutonnant sa chemise. Il la jeta à terre, puis ce fut au tour de son pantalon.

Jasmine le regarda, fascinée.

Son corps hâlé était magnifique dans la lumière éclatante qui tombait des fenêtres et jetait sur lui un nimbe doré. Il était divin ! Des ombres chatoyantes jouaient sur son large torse et plus bas, sur la ligne sombre qui courait de son ventre musclé vers sa virilité dressée, immense, témoignant fièrement du désir brut qu'il avait d'elle.

Un cri se bloqua dans sa gorge.

Quand il vint s'agenouiller au-dessus d'elle, elle admira les muscles saillants de ses cuisses robustes. Il entreprit de caresser la plage douce de son ventre et ses doigts rudes devinrent d'une légèreté séduisante quand ils tracèrent le contour de ses hanches puis de ses cuisses soyeuses.

Laissant doucement remonter ses mains, il moula longuement ses seins entre ses paumes, comme étonné de les trouver si fermes, si beaux. Se penchant davantage, il embrassa son cou, puis sa bouche avec une ferveur qui la toucha jusqu'à l'âme.

Jasmine ferma les yeux… et faillit protester quand les lèvres de Kareef la délaissèrent. Mais, l'instant d'après, il happa à pleine bouche l'un de ses seins. Le souffle coupé, elle se cambra, tandis qu'il aspirait, titillait, mordillait doucement son mamelon.

Quoi qu'il lui en coûte, elle ne voulait pas qu'il cesse. Sa langue traçait des sillons de feu sur sa chair pleine, lui procurant un plaisir si aigu qu'il en était presque douloureux. Comme mus d'une volonté propre, ses seins se dressèrent vers sa bouche avide. La respiration de plus en plus saccadée, elle suffoqua, laissant échapper des plaintes rauques.

Le corps de Kareef se mouvait contre le sien avec une fébrilité croissante, insupportable. Le désir la rendait folle au point qu'elle se sentit comme suspendue dans les airs. Puis il enfouit son visage dans la vallée profonde qui séparait ses seins avant de noyer son ventre d'une pluie de baisers.

Jasmine sentit la toison de son torse effleurer ses cuisses, ses jambes au fur et à mesure de sa voluptueuse progression. Son sexe érigé se pressait contre elle, comme s'il exigeait son attention, mais Kareef ne cherchait pas encore à la pénétrer. Il s'appliqua à caresser ses hanches, l'intérieur de ses cuisses…

Jusqu'à ce qu'il n'y tienne plus. Laissant échapper une plainte sauvage, il lui écarta les jambes, avide de découvrir d'autres délices. Fermant les paupières de crainte de perdre tout contrôle, Jasmine sentit le contact rude de ses joues contre sa peau tendre, puis son souffle chaud au moment où, ses doigts écartant sa chair, il se mit à butiner son intimité de la langue.

La tête renversée dans les oreillers, elle se mit à crier sous les vagues de plaisir qui l'inondaient.

Une spirale vertigineuse montait du fond d'elle-même, la propulsant plus loin dans la volupté à chaque intrusion de sa langue diabolique, dont l'extrémité se vrillait délicieusement en elle. Elle se ploya davantage en arrière, en proie à une sourde exaltation et leva les bras pour se raccrocher à la tête du lit. Quand il referma ses lèvres sur le bourgeon brûlant de son désir, Jasmine crut devenir folle. Alors, il introduisit un doigt en elle. Puis deux… trois…

Le plaisir devenait intolérable…

Son corps se convulsait, comme s'il était traversé par des spasmes électriques. Il s'ouvrait totalement à lui.

La sentant prête à l'accueillir, Kareef rampa pour l'embrasser dans le cou et se positionna entre ses cuisses. Il agrippa ses poignets levés vers le montant du lit.

Mais elle était déjà sa prisonnière. Jasmine contempla son visage au-dessus d'elle. Aucun homme n'était plus beau. Ses yeux d'un bleu étincelant brûlaient d'excitation. Ses traits étaient crispés, ombrés d'une barbe nouvelle. Il était son homme du désert. *Son mari…*

Lentement, Kareef s'introduisit en elle, guettant les réactions sur son visage.

Jasmine exhala un soupir bref. Il était si puissant ! Le plaisir et la douleur la traversaient par vagues, mais bientôt elle se détendit pour mieux l'accueillir.

Il se rétracta, la pénétra de nouveau, avec une telle force qu'une nouvelle vague de volupté la chavira, l'aspira tout entière. Le temps n'existait plus. Ils ne formaient plus qu'un dans la fusion de leur chair.

Alors, il se mit à la chevaucher, rythmant son va-et-vient d'élans profonds. Jusqu'à ce que Jasmine se mette à crier. L'extase inouïe submergea sa raison, fit exploser son corps en milliers d'étincelles. Dans cette apothéose éblouissante, elle distingua à peine sa propre voix qui appelait Kareef dans un sanglot et balbutiait des mots d'amour.

6

En sentant Jasmine soupirer de plaisir et vibrer de tout son être, Kareef eut du mal à contenir sa fougue. Il crut que ses réponses le conduiraient à sa perte.

Rassemblant toute sa volonté, il resserra l'étau qu'il imposait à son désir et reprit en elle sa course langoureuse.

C'était délicieux et infernal… Tout ce dont il avait rêvé, en mieux. La lumière ardente du désert inondait le corps arqué de Jasmine, touchait ses seins, jetant sur leurs pointes mauves fièrement dressées un doux halo. Son visage reflétait une expression d'indicible joie. Jasmine savourait son triomphe de le posséder, comme il se délectait de la faire sienne.

Il se sentait rasséréné. La contempler l'emplissait de bien-être, comme l'eau délicieusement fraîche d'une oasis. Depuis une éternité, il la désirait, corps et âme…

Il lui agrippa les épaules, luttant pour retarder l'instant où il se répandrait en elle. Car refusant de la posséder pour son seul plaisir, il voulait prolonger leurs ébats. Elle avait joui plusieurs fois déjà, mais il tenait à lui offrir plus que cela.

— Jasmine…, articula-t-il dans un murmure rauque.

Un gémissement de plaisir lui répondit qu'il étouffa

d'un baiser. Elle bougea sous lui, glissa ses bras autour de sa taille et l'attira contre elle.

Kareef songea avec ravissement qu'aucun autre que lui ne l'avait touchée. Cette pensée lui fouetta le sang ; mais il refusait encore à céder au flot grondant de son désir. Pourquoi se serait-il pressé ? pensa-t-il en sentant la sueur perler à son front à force de dompter son ardeur. Il avait tout le temps devant lui.

Il s'écarta légèrement. Frustrée, Jasmine s'offrit davantage en murmurant des mots incohérents qui ressemblaient à une supplique. Enhardi par cette réponse, il s'élança de nouveau en elle, accélérant sa cadence avec une vigueur accrue. Leurs corps déchaînés s'épousaient, luisants de sueur.

Il ne tiendrait pas longtemps à ce rythme…, se dit-il, haletant. Non, il ne pourrait pas !…

Les muscles de Jasmine l'enserraient plus étroitement. Ses lèvres écarlates laissaient échapper son souffle sifflant et saccadé. Puis, brusquement, ses ongles se plantèrent dans son dos et elle se hissa vers lui comme une forcenée. Quand elle cria son nom, Kareef n'y tint plus. Il perdit son contrôle.

Dans une plainte sauvage, il se relâcha en elle. L'orgasme le frappa comme un fouet et le plaisir fut si intense qu'il crut perdre conscience.

Il n'aurait su dire au bout de combien de temps il recouvra ses esprits. Il constata qu'il était étendu, serrant toujours Jasmine dans ses bras, un drap froissé enroulé autour de leurs deux corps nus.

Il contempla le visage serein et épuisé de Jasmine et, tendrement, l'embrassa sur le front.

Elle battit des paupières et le fixa en silence. Un long moment, ils demeurèrent ainsi, blottis l'un contre l'autre, dans la lumière rose du crépuscule.

Un coup fut frappé à la porte et celle-ci s'ouvrit à la volée.

— Sire, pardonnez-moi. Un accouchement difficile… Enfin me voilà… *Oh !*

Le vieux médecin de famille avait passé la tête dans l'entrebâillement de la porte. Vivement, il se retira en balbutiant :

— Hmm… Je vais attendre à l'extérieur… Pour l'instant, je laisse la patiente entre vos mains… hmm… compétentes.

Là-dessus, il referma discrètement le battant.

Kareef et Jasmine échangèrent un regard, conscients de leur nudité et du drap entortillé autour d'eux.

A la surprise de son compagnon, Jasmine éclata de rire.

— Bravo pour la discrétion !

Charmé par sa gaieté, Kareef lui sourit.

— Il ne parlera pas, assura-t-il.

Beaucoup plus tard, le médecin ayant pansé les plaies de Jasmine et l'ayant déclarée dans un état satisfaisant, ils refirent l'amour encore et encore avant de s'endormir dans les bras l'un de l'autre. Ou, plutôt, Kareef la garda contre lui pendant qu'elle dormait.

Par la fenêtre, il voyait l'aube se lever sur le désert. La faim commença à le tirailler et il se rendit compte qu'il n'avait rien mangé la veille. Mais il est vrai que quelqu'un avait détourné son attention, se dit-il en souriant.

Il caressa la joue de Jasmine, ayant peine à croire qu'il la désirait de nouveau déjà. Ils avaient fait l'amour toute la nuit. Il serait plus sage de dormir.

Resserrant ses bras autour d'elle, il ferma les yeux. Seulement, la faim le tenaillait de plus en plus. Avec un soupir résigné, et en prenant soin de ne pas réveiller la jeune femme, il se leva.

Il lui ferait la surprise d'un petit déjeuner au lit, pensa-t-il. Et plus tard...

Un sourire aux lèvres, il enfila un peignoir et quitta la chambre. Dans la cuisine, il prépara des œufs brouillés, des toasts qu'il disposa dans les assiettes avec un peu de viande fumée et des fruits. Sur une idée subite, il sortit de la maison et cueillit une fleur sur un rosier en pot auprès de la porte d'entrée.

En revenant à l'intérieur, il trouva Jasmine debout au milieu de la cuisine, portant seulement un T-shirt ample à l'effigie d'un groupe de rock qu'il n'avait plus entendu depuis des années.

— Je te cherchais partout, dit-elle d'un ton accusateur.

Avant de répondre, Kareef piqua la rose qu'il tenait dans ses cheveux et l'embrassa sur la joue.

— J'avais faim, avoua-t-il.

Jasmine esquissa un sourire moqueur.

— Tu as effectivement un appétit d'ogre.

— C'est toi qui me donnes faim, se défendit-il en lui offrant un sourire sensuel.

Elle s'empourpra et préféra porter son regard sur le plateau préparé.

— Ça a l'air appétissant. Qui s'est occupé du petit déjeuner ?

— Moi.

Jasmine laissa échapper un rire incrédule et regarda autour d'elle comme si elle espérait repérer un chef cuisinier.

— Non, sérieusement, Kareef. Qui nous a concocté toutes ces bonnes choses ?

— Jasmine, je n'ai pas de personnel à demeure. Je te l'ai dit, j'ai horreur qu'on soit aux petits soins pour moi.

Elle ébaucha une moue sceptique.

— Tu vas me dire aussi que c'est toi qui as lavé le carrelage ? dit-elle en désignant le dallage étincelant.

— Non, répondit-il, amusé. Je suis indépendant, mais pas fou. J'ai une employée de maison, ainsi qu'un jardinier, des palefreniers et un vétérinaire. Ils logent dans des pavillons à la limite de ma propriété. J'habite seul dans cette maison. Je préfère qu'il en soit ainsi. Viens, allons dehors. Nous verrons le lever du soleil.

Il plaça deux tasses de café turc sur un plateau puis, soulevant le tout d'une main, il ouvrit la porte-fenêtre qui donnait sous la véranda.

Jasmine alla s'accouder à la rambarde de bois et contempla la vaste étendue du désert.

— Tu avais dit qu'un jour tu construirais un ranch ici, murmura-t-elle rêveusement. Mais je n'imaginais pas quelque chose d'aussi beau.

Posant le plateau sur une table, Kareef regarda sa voluptueuse silhouette se profilant contre l'immensité de sable et de rocailles qui se teintait de rose dans le soleil levant.

— Vraiment très beau, oui, commenta-t-il.

Jasmine se tourna vers lui.

— Ce doit être dur pour toi de quitter tout cela.

Kareef soupira.

— En effet.

Pendant quelques heures, il avait réussi à oublier le palais royal, les exigences de sa fonction et le fait que bientôt il renoncerait solennellement et pour toujours à être simplement un homme du désert.

Mais, aujourd'hui au moins, il était chez lui, il était libre, et Jasmine, si belle dans ce T-shirt informe qui la couvrait à peine, auréolerait sa journée.

— Ici, on pourrait presque oublier que tu es le roi, dit-elle, rejoignant ses pensées.

Elle était de nouveau tournée vers le panorama. Le soleil levant apparaissait derrière les montagnes ourlées de mauve.

— Quant à moi, j'en arrive presque à oublier que je serai bientôt mariée, ajouta-t-elle comme pour elle-même.

Le regard perdu au loin, elle frissonna. Kareef la rejoignit et lui tendit une tasse, avant de passer un bras autour de ses épaules. Ainsi enlacés, ils admirèrent le lever du soleil.

Au bout d'un moment, Jasmine lui demanda avec un petit rire gêné :

— Tu m'as dit que tu venais ici pour être seul. Veux-tu que je m'en aille ?

— Non, répondit Kareef contre ses cheveux. Reste, je t'en prie.

Car Jasmine n'interrompait pas sa solitude, elle l'embellissait, analysa-t-il. La douce intimité qu'elle lui offrait enrichissait son univers ; même le désert lui paraissait plus beau qu'à l'accoutumée. Il prenait conscience qu'il tenait contre lui la seule personne au monde dont il désirait la présence, non seulement dans son lit, mais dans sa vie.

Cela ne pouvait durer, bien sûr. Dans quelques jours, ils retourneraient en ville. Il se préparerait à devenir roi et Jasmine à épouser un autre homme. La magie prendrait fin.

Mais, tout en contemplant les rayons orangés du soleil qui traversaient à présent le ciel bleu, Kareef se dit qu'ils avaient encore du temps devant eux. Des heures précieuses qui leur appartenaient et qui, dans cet endroit magique, prenaient des allures d'éternité.

Deux jours plus tard

Après avoir parcouru plusieurs longueurs de la piscine, Jasmine se laissa flotter sur le dos. Elle fixait l'immensité du ciel pur, quand Kareef émergea soudain derrière elle et la prit dans ses bras.

— Bonjour. Pourquoi t'es-tu levée si tôt ? susurra-t-il contre son cou. Tu aurais dû rester au lit.

Il était beau comme un dieu, ruisselant et nu. Jasmine sentit sa bouche s'assécher.

— Tôt ? Il est midi !

— C'est ta faute. Tu m'as épuisé jusqu'à l'aube, se défendit-il avant de bâillonner ses lèvres d'un baiser.

Quelques minutes plus tard, sans cesser de l'embrasser, il sortit du bassin en l'emportant dans ses bras et la déposa sur un transat de la véranda. Là, il lui ôta son Bikini et, lentement, il entreprit de lui faire l'amour…

Plus tard, Jasmine s'endormit entre ses bras.

Quand elle ouvrit les yeux, la véranda était inondée de soleil. Blotti contre elle, Kareef dormait toujours.

Ce qu'elle vivait auprès de lui ressemblait à un rêve, pensa-t-elle. Les journées au ranch étaient ponctuées de rire, de tendresse et de passion. Ce séjour était si coloré et si heureux que ses treize longues années de solitude lui apparaissaient comme un mauvais souvenir.

Si seulement elle pouvait rester là pour toujours…

Regardant l'eau turquoise du bassin scintiller au soleil, elle s'efforça d'éloigner cette pensée. Ils avaient encore une journée devant eux et elle comptait en profiter pleinement. Le lendemain, Kareef devait retourner en ville, car ses nombreux engagements ne pouvaient plus être repoussés, notamment le banquet royal auquel assisteraient les dignitaires étrangers venus pour son couronnement.

Ce soir donc, le beau rêve prendrait fin.

Il fallait qu'elle cesse d'y penser, pour ne pas gâcher les derniers instants à partager…

Mais elle eut beau faire, elle ne pouvait s'en empêcher.

Ce matin déjà, lorsqu'elle s'était réveillée dans les bras de Kareef, elle avait fixé le plafond de la chambre en espérant de toutes ses forces vivre là pour toujours.

Rester sa femme.

Un vœu si puissant et si obsédant qu'elle avait eu l'impression d'étouffer. Elle avait quitté la chambre et s'était précipitée dans la piscine. Pour regarder le ciel, et laisser l'eau et la chaleur effacer ses larmes.

A présent alanguie sur le transat, elle était tentée de réveiller Kareef et de lui demander s'il y avait un espoir pour eux deux. Même infime. Bien sûr, elle connaissait la réponse à sa question, mais la tentation de la poser était trop forte.

— Kareef ?

— Mmm… ?

Son visage demeurait pressé contre le sien. Il n'ouvrit pas les yeux.

Jasmine prit une profonde inspiration.

— Voilà… Je me demandais…

A cet instant, une lueur scintillante au bord de la piscine attira son regard. Elle distingua le caleçon de Kareef qu'il avait jeté négligemment avant de plonger dans l'eau. Quelque chose avait glissé de la poche, un objet dont l'éclat vert brillait au soleil.

L'émeraude. La petite pierre taillée en forme de cœur et pendue à une chaîne en or lui avait été offerte par ses parents à l'occasion de son seizième anniversaire. Elle l'avait portée le jour où Kareef l'avait demandée en mariage, dans le bosquet derrière l'école d'équitation. Et, suivant le vieux rite qusani, elle avait placé le bijou dans sa main en témoignage de son serment.

Et, treize ans plus tard, elle découvrait qu'il portait ce collier dans une poche de caleçon, en attendant le moment propice pour divorcer d'elle !

Fixant l'émeraude qui étincelait de mille feux, Jasmine retint ses larmes à grand-peine. Tous ses rêves s'effondraient autour d'elle.

— Qu'y a-t-il ? s'enquit Kareef en relevant paresseusement la tête. *Encore* ? Oh ! Chérie, tu m'épuises...

Il étouffa un bâillement et resserra son étreinte autour d'elle.

Jasmine ferma les yeux. Oui, elle attendait *encore* quelque chose de lui. Quelque chose d'autre...

Brusquement, elle ne put supporter l'idée qu'il la touche. Pas quand elle se sentait au bord des larmes.

Kareef s'immobilisa.

— Jasmine ?

— Ce n'est rien. Je suis juste... heureuse, murmura-t-elle d'une voix ténue.

— Moi aussi, répondit-il en lui prenant la main. Mais tu sais que cela ne peut pas durer.

Elle demeura interdite. Mon Dieu ! Elle n'était pas prête à l'entendre prononcer les mots qui les désuniraient. Elle coula un regard vers le pendentif resté au bord du bassin. Non, pas maintenant !

Saisie d'angoisse, elle se leva prestement et recula.

— C'est une journée magnifique. Si nous allions faire une promenade à cheval ?

L'expression de stupeur qu'elle lut sur les traits de Kareef eût été comique si elle n'avait pas eu le cœur brisé.

— Une promenade à cheval ? répéta-t-il, sidéré. Mais... tu as horreur de monter !

Sans doute gardait-il à l'esprit les mêmes images qu'elle. Celles de leur chevauchée dans le désert des années plus tôt, et de sa chute sur les rochers après que Razul eut été effrayé par un serpent. Kareef s'était précipité vers elle, les traits livides. « Tiens bon, Jasmine, avait-il marmonné en la portant vers la grotte. Je t'en prie, tiens bon… »

Chassant ce douloureux souvenir, elle redressa le menton.

— Je ne déteste pas l'équitation, lui assura-t-elle.

— Depuis quand ? Comment est-ce possible ?

— Si nous faisions la course pour voir ?

Kareef n'en revenait pas.

— Tu veux te mesurer à moi ? Quelle idée !

— Tu as peur ? le défia de nouveau Jasmine.

A son tour, il se leva et prit un air grave.

— Tu n'as pas besoin de faire ça, Jasmine, dit-il en emprisonnant son visage entre ses mains. Tu n'as rien à prouver.

Sa voix et son regard bleu, emplis de tendresse, la transpercèrent jusqu'à l'âme. Oh ! Comme elle souhaitait rester sa femme pour toujours, pensa-t-elle, le cœur douloureux.

Vaillamment, elle s'écarta.

— Je sais. Le premier arrivé à l'écurie ! lança-t-elle en se ruant vers l'intérieur de la maison.

Dans la chambre, elle enfila en hâte des sous-vêtements et une robe blanche, se donna un rapide coup de brosse dans les cheveux et ressortit.

Elle allait profiter de cette journée, se promit-elle. Elle resterait gravée dans son cœur…

Quelques minutes plus tard, quand Kareef arriva à l'écurie, elle était déjà en selle. Il s'arrêta net en voyant le cheval qu'elle avait choisi.

— Pas cette jument.

— C'est celle que je veux, répondit Jasmine avec assurance.

La mine sombre, Kareef se tourna vers le vieux dresseur qui avait sellé le cheval.

— Sire, elle a choisi Bara'ah, dit le vieil homme. Donnez toute liberté à la jeune dame et obéissez à chacune de ses volontés, c'est ce que vous avez dit.

Pris au piège de ses propres recommandations, Kareef laissa échapper un soupir exaspéré.

Jasmine lui retourna un sourire radieux, déterminée à lui montrer ce dont elle était capable.

— Pas cette jument, Jasmine, insista-t-il. Bara'ah est très capricieuse. Rappelle-toi qu'elle a causé l'accident.

Jasmine caressa l'encolure du cheval.

— Elle se sentait sans doute à l'étroit dans son paddock. Je te signale que tu as déjà perdu la course, dit-elle d'un ton léger.

Sur quoi, elle talonna les flancs de Bara'ah qui bondit et se rua hors de l'écurie, laissant Kareef étouffer un juron.

Cinq minutes plus tard, il rattrapa Jasmine sur l'immense plaine désertique, où elle avait contraint la jument au trot.

— Tu sais monter à cheval, reconnut Kareef de mauvaise grâce. Où as-tu appris ?

— A New York.

Elle avait pris des leçons dans le comté de Westchester, au nord de la ville ; et, chaque week-end, elle avait fait de longues promenades à cheval dans Central Park. Elle avait espéré ainsi faire cesser ses cauchemars, dans lesquels elle revivait sa terrible chute contre les rochers, et qui lui laissaient dans la bouche un goût de sang.

Rien n'y avait fait pourtant. Ces images avaient continué de la hanter. Mais elle avait au moins appris une discipline nouvelle, et c'était avec un immense plaisir qu'elle chevauchait à présent au côté de Kareef, comme son égale. Dans ce cadre magnifique et sauvage, elle éprouvait en plus un sentiment de totale liberté.

— Prêt pour la course ? lui demanda-t-elle joyeusement.

Elle tourna les rênes dans une nouvelle direction, ne sachant pas où celle-ci menait. Mais elle adorait ne pas savoir. Cela faisait partie de l'aventure.

— A mon signal... Partez !

Elle partit au galop et Kareef l'imita. Jasmine le devança pendant trois secondes, puis il la doubla, rapide comme l'éclair. Penchée sur Bara'ah, elle se lança résolument à sa poursuite.

Mais Kareef était un cavalier hors pair et son étalon, Tayyib, était plus vigoureux que la jument. En dépit de ses années d'entraînement, Jasmine ne pouvait le concurrencer.

Au bout d'une certaine distance, il fit pivoter sa monture et vint se poster devant elle, un large sourire aux lèvres.

— J'ai gagné.

— D'accord, admit-elle avec un soupir résigné.

— Donc, j'ai droit à une récompense.

Longeant le flanc de la jument, il se pencha et embrassa la jeune femme. Ce fut un baiser dur, urgent, prometteur. Quand il s'écarta d'elle, Jasmine se sentit à la fois frustrée et sous le choc d'une émotion violente.

« Dans le désert, il est impossible de mentir ou de tricher. » Sans doute y avait-il une part de vérité dans ce vieil adage, se dit-elle, car elle vit soudain clair en elle.

Mon Dieu ! Elle aimait Kareef. Elle l'avait aimé et l'aimerait toujours...

Elle vacilla sous l'effet de cette révélation et dut s'agripper au pommeau de sa selle.

Kareef lui effleura la joue en souriant.

— Le baiser d'une belle amazone..., murmura-t-il, séduit. Jasmine, il faut que tu saches que je...

Il s'interrompit et son regard se porta sur un point derrière elle. Il laissa retomber sa main.

— Qu'y a-t-il ? demanda-t-elle.

La mine grave, Kareef désigna d'un mouvement de tête ce qui avait attiré son attention.

— La maison où tu vas bientôt vivre... Le manoir d'Umar Hajjar.

Jasmine tourna la tête et pressa une main sur sa bouche pour retenir un cri horrifié. A l'horizon, elle distinguait la prétentieuse construction en pierre rouge flanquée de tourelles, au sommet desquelles flottaient des oriflammes.

— Il n'est pas chez lui, la rassura Kareef. Il n'y a personne.

— Alors, où est-il ? Où sont-ils tous passés ?

Au lieu de répondre, Kareef scruta le ciel.

— Je n'aime pas l'aspect de cette masse nuageuse là-bas.

Au-dessus du manoir, le ciel s'était en effet obscurci. Des nuées d'un gris sale s'étaient formées. Mais Jasmine n'y prêta pas attention. Elle comparait le manoir rouge, hideux, avec le ranch modeste de Kareef au milieu de l'oasis, et elle eut envie de pleurer.

— Nous devrions rentrer, dit-il. Ensuite, nous parlerons.

Elle se retourna vers lui, juste à temps pour le voir porter une main à sa poche. Elle sentit l'air se bloquer dans sa gorge. Dans une seconde, il allait lui présenter le pendentif. Il ne lui resterait plus alors qu'à prononcer les mots qui les sépareraient à jamais.

A l'heure même où elle prenait conscience qu'elle l'aimait, Kareef s'apprêtait à divorcer d'elle. Mon Dieu, quelle ironie cruelle !

Elle épouserait Umar, deviendrait son trophée, et il l'emprisonnerait dans son château grotesque et dans ses autres demeures aussi ridicules qu'il possédait à travers le monde. Elle y gagnerait la respectabilité et une famille. Mais elle y perdrait son âme.

Les yeux plissés de Kareef continuaient de fixer l'horizon d'un air soucieux.

— Nous devons nous dépêcher. Allons-y maintenant.

Il émit un léger sifflement, fit pivoter son cheval et le lança au grand galop, comptant qu'elle le suivrait.

Jasmine le regarda partir, puis brusquement tourna les rênes dans la direction opposée. D'une voix brève, elle exhorta la jument et lui talonna les flancs. L'animal hennit et fila comme une flèche.

— Jasmine ! Qu'est-ce que tu fais ? Reviens ! cria Kareef.

Mais elle n'en fit rien, ne regarda même pas en arrière. Le chagrin la consumait, rongeait son âme comme un acide.

Se coulant sur le dos de Bara'ah, elle s'engagea dans le canyon en chevauchant à cœur perdu.

7

Kareef regarda avec effroi la jument sauter par-dessus un buisson de genévriers.

Jasmine avait eu peur des chevaux autrefois. A présent, elle montait avec la grâce et l'aisance naturelle des nomades.

Mais, à l'inverse de lui, elle ne connaissait pas cette jument sournoise. Si Bara'ah n'appartenait pas à l'écurie de courses, c'était pour une bonne raison : le jockey qu'elle avait désarçonné l'an passé était toujours sanglé dans un corset médical. Imprévisible, Bara'ah avait pour manie de jeter bas ses cavaliers.

Kareef eut soudain la vision du corps de Jasmine ensanglanté et désarticulé parmi les rochers, comme treize ans plus tôt.

— Jasmine ! Arrête-toi !

Pour toute réponse, elle éperonna son cheval pour le lancer à pleine vitesse.

L'angoisse envahit Kareef. Il scruta de nouveau l'horizon où les nuées ocre s'amoncelaient vite, très vite. Une tempête de sable se préparait. Elle balaierait le désert en quelques secondes, décimant tout sur son passage.

Sans perdre un instant, il s'élança à la poursuite de Jasmine.

Il avait été surpris qu'elle prenne la fuite. Jamais personne ne lui désobéissait. Mais il aurait dû savoir qu'elle lui tiendrait tête.

Tout en galopant à bride abattue, il jeta un regard par-dessus son épaule. Les panaches de sable grossissaient et saturaient à présent l'horizon. Le ciel s'assombrit encore. La tempête était imminente.

Tenant les rênes d'une main, il fouilla dans sa poche, cherchant son téléphone portable. Il n'y était plus — probablement tombé dans la course. Seigneur ! Personne ne pourrait venir à leur secours avant l'arrivée de la tempête. Il lui faudrait sauver Jasmine seul.

Devant lui, la jument fonçait dans le défilé. Tant qu'elle restait à l'abri des hautes parois rocheuses, Jasmine ne risquait rien. Mais si elle remontait vers le plateau, elle serait prise dans les tourbillons de sable et n'en sortirait pas vivante.

Ayant à l'esprit ces sombres pensées, Kareef engagea à son tour sa monture dans le canyon envahi d'ombre. Il fallait qu'il rattrape Jasmine à tout prix ! C'était une question de vie ou de mort !

Les muscles tendus, il se pencha sur son étalon et le poussa à forcer l'allure. Il avait passé sa jeunesse à chevaucher parmi ces falaises. Il avait l'impression de redevenir ce cavalier fougueux et indomptable qui n'avait peur de rien… sauf de perdre Jasmine.

La distance qui le séparait d'elle se réduisait. Par-dessus le martèlement infernal des sabots des chevaux, il hurla son nom. Jasmine tourna la tête, et une ombre de peur se peignit sur son visage. D'une voix affolée, elle commanda à sa jument d'aller plus vite.

Cependant, Kareef gagnait du terrain. Bientôt, ils galopèrent côte à côte et il tendit une main pour tenter d'agripper Jasmine et l'arracher à sa monture.

Mais il ne rencontra que le vide, car brusquement la jument bifurqua dans une faille de la muraille et entreprit allègrement de remonter la pente pour sortir du canyon.

— Non ! cria Kareef. *La tempête !*

Ses mots se perdirent dans le vent. Il sentait les rafales de sable se rapprocher dangereusement. Déjà, les nuées ocre salissaient le ciel au-dessus d'eux et les parois rocheuses disparaissaient dans l'ombre.

Maudissant Jasmine autant que lui-même, il s'élança sur la pente abrupte. Bon sang ! Il mourrait plutôt que de perdre cette course-là, pensa-t-il.

— Tempête de sable ! hurla-t-il par-dessus le vent violent.

Au sommet du plateau, Jasmine regarda en arrière, mais, au même moment, Bara'ah bloqua des sabots et zigzagua. Puis délibérément, elle effectua une ruade qui éjecta sa cavalière.

L'espace de quelques terribles secondes, Kareef vit le corps de Jasmine projeté en l'air, heurter lourdement le sol et se recroqueviller dans la poussière. Saisi d'effroi, le cœur déchiré par les souvenirs ravivés du passé, il sauta de cheval et tomba à genoux auprès d'elle.

— Jasmine... *Jasmine !*

Avec angoisse, il toucha son visage livide, dénué d'expression. Puis, comme par miracle, elle se mit à tousser et ouvrit les yeux.

— Ne dis rien, ordonna-t-il en la tenant dans ses bras, en proie à un immense soulagement.

Seigneur ! Comment avait-il pu passer tant d'années sans elle ? Mais il n'eut pas le loisir de s'interroger davantage. Le grondement lointain du tonnerre et le mugissement du vent qui soulevait des tourbillons de sable le ramenèrent à des préoccupations plus immédiates.

— Il faut que je te sorte d'ici. Nous n'avons pas beaucoup de temps.

Bara'ah avait disparu ; sans doute avait-elle rebroussé chemin vers l'écurie. Kareef analysa rapidement la situation. Retourner dans le canyon pour se mettre à l'abri ? Non, trop loin et trop risqué.

Jasmine suivit son regard et pâlit en voyant le mur de sable foncer droit sur eux.

— Je croyais... Je croyais que c'était une ruse... pour me faire revenir, balbutia-t-elle, terrifiée.

— Trouvons un abri. Le plus près possible.

Il vit les yeux de la jeune femme s'agrandir d'effroi.

— Non... Pas là, Kareef. J'aime mieux mourir !

— Si je ne te mets pas en sûreté *maintenant*, l'avertit-il en sentant les premiers grains de sable lui cingler la figure, tu mourras de toute façon !

Jasmine laissa échapper une plainte et secoua la tête. Kareef se mit à jurer. Bon sang ! Comment pouvait-elle s'obstiner, avec cette ombre menaçante qui les enveloppait et les rafales qui leur griffaient la peau ? S'il n'agissait pas, ils allaient bientôt respirer du sable. Ils seraient dépecés et enterrés vivants !

En la soulevant d'un bras, il parvint à se hisser sur la selle.

— Non ! cria Jasmine en se débattant. Je ne veux pas retourner là-bas !

— Je ne te laisserai pas mourir ici ! répliqua-t-il d'un ton abrupt en tournant les rênes vers la falaise la plus proche.

— Je suis morte depuis longtemps...

La voix de Jasmine se brisa. Elle venait de reconnaître au loin l'entrée de la caverne.

— Je suis morte dans cette grotte.

La douleur qu'il percevait dans sa voix transperça

Kareef, mais il ne pouvait revenir sur sa décision sans risquer leur vie. Ce que Jasmine refusait manifestement de comprendre !

Se renversant pour lui faire face, elle noua ses bras autour de son cou.

— Je t'en prie. Si tu m'as un tant soit peu aimée… Ne m'emmène pas là-bas.

Le cœur de Kareef s'arrêta de battre. *S'il l'avait un tant soit peu aimée* ? Mon Dieu ! Il l'avait aimée comme aucun homme n'avait osé aimer. Et, à présent, il aurait donné sa propre vie si cela pouvait l'empêcher de pleurer.

Il vit une goutte de sang perler sur sa joue pâle, telle une rose naissante, et il laissa échapper une plainte sourde. Il donnerait sa propre vie, mais pas la sienne !

Sur cette promesse farouche, il lança son étalon au galop en direction de la caverne. Les sanglots de Jasmine se mêlaient aux hurlements du vent et les grains de sable leur entaillaient la peau de mille coupures minuscules.

Il serrait la jeune femme contre lui, la protégeant du mieux qu'il pouvait, tandis qu'il chevauchait droit vers l'endroit qu'il s'était juré de ne jamais revoir. L'endroit où ils avaient tout perdu treize ans plus tôt. Son enfer personnel.

Jasmine criait, cherchant désespérément à sauter à bas du cheval. Mais Kareef la maintenait fermement contre sa poitrine. Les traînées de sable portées par un vent hurlant commençaient à tourbillonner avec une force mortelle. Jasmine ferma les yeux, essayant d'endiguer la vague de terreur qui la submergeait. Mon Dieu ! Ils retournaient vers la grotte, le lieu qui avait cristallisé ses pires cauchemars !

Jetant un regard en arrière, elle vit une gigantesque muraille de sable et de poussière balayer le plateau, raflant tout sur son passage.

Ils atteignirent la caverne juste à temps. A peine descendus de cheval, ils se rejetèrent vers le fond de l'excavation. L'énorme vague brune déferla devant l'entrée, projetant vers eux un nuage de poussière.

Ils se reculèrent en toussant et Jasmine regarda furtivement en arrière, poussée par une force plus puissante que sa volonté. Alors, elle reconnut l'endroit où elle avait perdu leur bébé…

Le chagrin la terrassa, plus destructeur que la tempête du dehors. Sentant ses jambes flageoler, elle s'appuya contre la paroi rocheuse et glissa mollement à terre.

Kareef avait attaché l'étalon à un rocher et tentait de le rassurer de la main en lui murmurant des paroles en dialecte qusani. Puis il déchargea la besace accrochée à la selle et offrit de l'eau et de la nourriture à l'animal. Après quoi, il entreprit de le brosser.

Il prenait grand soin de ce qu'il aimait, se dit Jasmine en l'observant. Quel père merveilleux il ferait ! Sauf qu'ils n'auraient jamais d'enfant ensemble.

Pas un jour ne passait sans qu'elle pense au bébé qu'elle avait perdu dans cette chute de cheval, avant même de savoir qu'elle était enceinte. Un enfant qui aurait douze ans maintenant. Un garçon qui aurait eu les yeux bleus de son père ? Une fille aux joues roses et au sourire adorable ?

Quand Kareef se mit à préparer un feu avec le bois laissé là par des nomades, elle ne put réprimer un sanglot.

— Je suis désolée. C'était ma faute si nous avons perdu notre enfant.

Elle l'entendit pousser une exclamation. Une seconde plus tard, ses bras l'entouraient. Il s'assit sur le sol et la berça doucement.

— Tu n'es absolument pas responsable, dit-il. Je suis le seul à blâmer pour ce qui est arrivé…

Comme il laissait sa phrase en suspens, Jasmine leva les yeux et vit ses traits altérés par la souffrance. D'instinct, elle voulut poser une main sur sa joue, mais se ravisa.

— Tu as rompu la promesse que tu m'avais faite, Kareef, dit-elle d'une voix où perçait la rancune. Tu as ramené un médecin ici, après m'avoir donné ta parole que tu n'avertirais personne. De ce fait, je n'ai pas pu épargner à ma famille le scandale et la honte.

— Tu allais mourir, Jasmine ! J'ai été stupide de faire cette promesse, stupide de penser que j'arriverais à prendre soin de toi sans aide, que l'amour seul pouvait te sauver !

— Mais quand j'ai perdu l'enfant, et avec lui l'espoir de devenir mère, tu n'as eu qu'une hâte : m'abandonner là et prendre la fuite !

Les mains de Kareef lui agrippèrent les épaules. La rage qui emplissait ses prunelles bleues la terrifia.

— Je suis parti pour mourir, tu entends ? Parce que j'avais failli à tous mes devoirs envers toi !

Il la relâcha et se passa une main dans les cheveux.

— Je ne pouvais plus supporter de voir la haine et le chagrin dans tes yeux. Je suis parti dans le désert pour mourir !

Sa voix résonna étrangement dans l'obscurité de la caverne.

Il avait voulu en finir, lui, le garçon solide et téméraire qu'elle avait aimé, le prince du désert qu'elle avait cru indestructible ?

— Eh bien, tu n'es pas mort.

— Encore une chose pour laquelle j'ai failli.

Perplexe, Jasmine reprit :

— Mais pourquoi voulais-tu te punir ? Ce n'était pas ta faute si j'ai fait cette chute.

— C'est pourtant moi qui ai sellé Razul et qui t'ai

poussée à le monter ! Je tenais tellement à disputer cette course avec toi. Je pensais qu'avec moi tu ne risquais rien, termina-t-il avec un rire amer. Quelle prétention !

— Kareef. Arrête, je t'en prie.

Refusant d'écouter cette requête, il continua sur sa lancée :

— Après l'accident, je t'ai cachée ici pendant plusieurs jours. Tu étais blessée et tu as failli mourir d'une infection. J'ai amené le médecin, trop tard, et deux serviteurs dont je ne me suis pas méfié de son assistant.

De nouveau, il laissa échapper ce rire amer, cassant.

— Plus tard, je me suis enfui dans le désert, en essayant de te faire comprendre que tu serais plus heureuse sans moi, que tu te rétablirais vite protégée par les tiens. Il ne m'est jamais venu à l'esprit qu'un scandale éclaterait ni que tu serais bannie. Tu étais déjà à New York depuis trois ans quand j'ai appris que tu avais quitté Qusay !

Il fixa le feu qui pétillait.

— Mais je lui ai fait payer ce qu'il t'avait fait, dit-il d'un ton farouche.

Les lèvres de Jasmine se mirent à trembler.

— Qui ?

— Marwan. Quand j'ai découvert que c'était lui qui avait propagé les rumeurs sur ton compte, je lui ai confisqué tous ses biens et je l'ai envoyé en exil.

— Merci, murmura-t-elle. As-tu su aussi qu'il m'avait fait chanter ?

— Qu'est-ce que tu dis ?

— Lors de mon retour en ville, alors que j'étais encore brûlante de fièvre, il m'a menacée d'aller crier sur tous les toits que je m'étais volontairement débarrassée du bébé ; que j'avais eu une quantité d'amants et que j'étais incapable de savoir qui était le père. Il disait qu'il m'anéantirait si…

A ce stade, Jasmine prit une profonde inspiration et se força à le regarder en face.

— Si je refusais de devenir sa maîtresse.

— *Quoi* ? tonna Kareef, fou de rage.

— Il te craignait, expliqua-t-elle encore. Mais il n'avait pas peur de moi. Quand j'ai refusé, il a mis sa menace à exécution. En l'espace de quelques jours, le scandale a éclaté et a coûté à mon père son poste au palais. Ses ennemis se sont servis de cette arme, disant que, s'il ne pouvait surveiller sa propre famille, il ne pouvait être apte à conseiller le souverain.

Tout en parlant, elle voyait les traits de Kareef devenir méconnaissables sous l'effet de la rage. Elle en fut très effrayée.

— Je le tuerai ! s'écria-t-il en se levant. Où qu'il se cache, je lui ferai expier...

— Non, coupa Jasmine en le retenant. Je t'en prie ! C'est du passé. Je veux juste oublier.

Il se calma et revint s'agenouiller auprès d'elle.

— Quand j'ai découvert qu'on t'avait exilée, expliqua-t-il douloureusement, il était trop tard pour faire quoi que ce soit, sinon t'envoyer de l'argent à New York. Anonymement, car je t'avais promis de te laisser tranquille. Chaque jour depuis, j'ai essayé de trouver la paix, l'absolution. Je sais maintenant que je n'y parviendrai jamais.

— Kareef, ce n'était pas ta faute. C'était... un accident.

Posant une main sur son épaule, elle répéta :

— C'était un accident. Nous ne savions pas que j'étais enceinte. Personne n'est fautif. Nous n'oublierons jamais que nous avons failli avoir un enfant, mais nous devons avant tout nous pardonner l'un l'autre.

— J'aimerais pouvoir te croire, dit-il d'une voix rauque. Tu trembles ?

Oui, elle tremblait. Mais ce n'était pas de froid.

Il alla prendre une couverture dans la besace. Jasmine regardait les reflets du feu jouer sur ses traits ciselés. Dire que, toutes ces années, elle avait pensé qu'il la blâmait. Et lui de son côté avait cru l'inverse… Ils avaient eu tort tous les deux. Si elle avait vécu treize années d'exil, Kareef n'avait fait que survivre, la mort dans l'âme.

— Viens, dit-il en étalant la couverture près du feu. Repose-toi ici. Tu auras chaud. Je vais veiller jusqu'à ce que la tempête se calme

Déjà, il se détournait. Jasmine se leva et, d'une main, vint lui effleurer la joue sans rien dire.

— Est-il possible que tu me pardonnes ? s'enquit-il gravement.

Les yeux de Jasmine s'emplirent de larmes.

— Comment pourrais-je te blâmer ? Tu étais… Tu as toujours été… mon unique amour, mon ami le plus cher.

Il la prit dans ses bras. Elle perçut son souffle court et les battements sourds de son cœur contre le sien. Son corps viril était bouillant. Il sentait le musc, le soleil et le sable. Une flamme mystérieuse se mit à danser dans son regard bleu.

— Tu représentes la même chose pour moi, Jasmine.

Sur ce tendre aveu, il l'embrassa.

Dehors, l'obscurité s'était installée, traversée du souffle terrifiant de la tempête. Ils étaient cachés dans cette grotte et Kareef l'embrassait comme si le monde avait cessé d'exister. Quand il la pressa contre la paroi, Jasmine l'embrassa à son tour avec passion.

Puis, brutalement, il s'écarta et elle vit à la lueur du feu que ses yeux s'étaient assombris et brillaient d'excitation. Dans un gémissement sourd, il la souleva dans ses bras. Haletante, elle le fixa, fascinée par sa force et la rudesse de ses baisers.

Doucement, il l'étendit sur la couverture, avant d'ôter sa chemise, ses chaussures et son pantalon. Elle admira son corps nu et hâlé aux muscles saillants.

Kareef s'agenouilla devant elle et lui retira le slip qu'elle portait sous sa robe. Avec un sourire moqueur, il le jeta dans le feu.

— Eh ! Mais qu'est-ce que tu fais ? balbutia Jasmine, sidérée, en regardant le triangle de coton blanc brûler parmi les braises.

Il lui adressa un regard ténébreux et suggestif qui mit ses nerfs à rude épreuve. Puis il releva sa robe jusqu'aux hanches et l'attira contre lui pour lui faire éprouver la vigueur de son désir.

Jasmine sentit son corps s'embraser.

— Déshabille-moi ! murmura-t-elle d'une voix urgente.

— J'aime quand tu te dévergondes, approuva-t-il en lui déposant de petits baisers dans le cou.

Il tira sa robe vers le haut, la passa par-dessus sa tête et la jeta de côté.

Jasmine était assise, ses jambes enserrant la taille de Kareef. Le feu éclairait leurs corps nus enlacés. Quand il commença à se mouvoir contre elle, Jasmine exhala l'air par saccades.

Une tension délicieuse se vrillait au creux de son ventre chaque fois qu'il frôlait le pôle sensible de son désir. Brusquement, Kareef la souleva et la pénétra d'un seul élan conquérant.

Ce n'était pas seulement son corps qu'il emplissait, mais aussi son âme, songea Jasmine, grisée. Elle lui agrippa les épaules et laissa l'extase monter en elle, de plus en plus haut. Et même quand l'euphorie la traversa, dans une explosion de tout son être, elle parvint à garder au fond d'elle-même son secret.

« Je t'aime, Kareef. Je t'aimerai toujours. »

Mais elle ne prononça pas ces mots-là. Elle savait qu'ils ne résoudraient rien.

8

Kareef s'éveilla le premier. Jasmine dormait entre ses bras, la joue appuyée sur son torse. Le feu mourait et ils étaient nus. La nuit était froide et obscure.

Jasmine se mit à frissonner contre lui. Elle était si incroyablement belle qu'il en fut subjugué. Même après lui avoir fait l'amour tant de fois, il sentait son corps insatisfait et il commençait à craindre qu'il ne le soit éternellement.

Doucement, il se dégagea et alla chercher une autre couverture dans la besace de cuir, puis revint s'étendre auprès de Jasmine en couvrant leurs deux corps. Il voulait la garder ainsi, toutes les nuits, mais il désirait aussi la voir à sa table, à son bras… Elle danserait avec lui et charmerait ses hôtes étrangers par sa beauté.

Oui, avec sa grâce, Jasmine serait une reine parfaite. Sauf que…

Il se raidit et fixa le feu mourant. Il fallait qu'ils divorcent. Il était de son devoir d'engendrer un héritier de sang royal. Les Al'Ramiz régnaient sur l'île de Qusay depuis mille ans. Son cousin Xavian avait renoncé au trône en apprenant qu'on l'avait substitué à un enfant Al'Ramiz décédé. Preuve que le sang noble donnait aux Al'Ramiz leur légitimité. Or, Jasmine ne pourrait jamais porter son enfant.

Il sentit sa gorge se serrer. Dehors, les bourrasques de sable cinglaient la roche et le vent gémissait, même s'il faiblissait enfin.

Il dut dormit par intermittence, car il sursauta en entendant la voix paisible de Jasmine.

— Kareef, tu es réveillé ?

A l'entrée de la caverne, par-dessus les monticules de sable drainés par la tempête, il aperçut la lueur grise de l'aube qui émergeait entre les montagnes. Le vent s'était tu et le silence du désert était seulement troublé par le trille matinal de quelques oiseaux.

Le jour se levait, la tempête s'était calmée… et le temps qu'il leur restait à passer ensemble allait s'achever.

Il regarda Jasmine, dont le visage était comme une eau fraîche, un baume sur son esprit confus. Mais la contempler accentuait sa souffrance. Il refusait de la laisser partir.

— Il est encore trop tôt. Rendors-toi, dit-il doucement.

Jasmine resta silencieuse. Au bout d'un moment cependant, elle releva la tête et demanda :

— Tu crois que tes hommes sont à notre recherche ?

— Oui. Ils seront bientôt ici.

Il sentit qu'elle s'écartait, alarmée. Quand elle parla, sa voix était ferme.

— Alors, il est temps.

— De quoi faire ?

— Il est temps de divorcer.

L'expression de son beau visage était devenue impénétrable. Elle jeta un coup d'œil au tas de vêtements froissés au bout de la grotte.

— Je sais que tu as l'émeraude.

— Oui, je l'ai apportée, répondit-il, laconique.

— Tu es si pressé de te débarrasser de moi ?

— J'ai promis de te rendre ta liberté.

Jasmine redressa le menton en un geste qui trahissait à la fois du défi et du chagrin.

— Alors, fais-le.

Kareef soupira, conscient qu'elle avait raison. Il était temps. Ses hommes devaient déjà ratisser le désert à leur recherche. Bientôt, on les découvrirait et il retournerait au palais, à Shafar. Ce soir, il devait présider un banquet. Le lendemain, il assisterait à la course du Grand Prix de Qais… et au mariage de Jasmine avec Umar Hajjar.

C'était le matin et la magie avait pris fin.

— Kareef ?

Jasmine leva vers lui des yeux emplis de tristesse. Elle ressentait la même chose que lui, se dit-il. Elle ne voulait pas de ce divorce. Cette pensée le fortifia.

— Pas maintenant, annonça-t-il, catégorique.

— Mais Kareef…, répondit Jasmine, interloquée. Tu le dois !

— *Devoir* ?

Il s'était dressé, et Jasmine songea qu'il avait l'air aussi cynique et impitoyable qu'un sultan d'autrefois.

— Il n'y a pas de *devoir* qui tienne ! gronda-t-il. Je suis le roi de Qusay. Et, tant que je ne t'aurai pas libérée, tu m'appartiens.

Jasmine ne pouvait le nier. Elle lui appartenait corps et âme.

Mais il était roi de Qusay et, à ce titre, il n'avait pas le droit de garder comme épouse une femme stérile. Pas plus qu'elle ne pouvait être ouvertement sa maîtresse. Un tel scandale surpasserait de loin celui qui avait éclaté treize ans plus tôt.

Jasmine ferma brièvement les yeux. Elle était rentrée à Qusay pour aider les siens, pas pour faire de nouveau leur malheur ! Et quelle humiliation publique elle infligerait à Umar ! Après tout ce qu'il avait fait pour elle…

Il fallait qu'ils divorcent, car il n'y avait pas d'autre moyen. Rester auprès de Kareef, c'était agir égoïstement et condamner tous ceux qu'elle aimait à souffrir par sa faute.

Les gardes du corps de Kareef devaient être à leur recherche. N'était-ce pas le bruit d'un hélicoptère qu'elle entendait au loin ? Oh, non ! *Pas déjà !…*

Mais elle devait affronter la réalité. Ce temps merveilleux qu'ils avaient volé était terminé. Quittant résolument la chaude proximité de Kareef, elle se leva et ramassa son soutien-gorge.

— Tu n'as pas besoin de t'habiller, dit-il paresseusement. Rien ne presse. C'est à peine l'aurore.

Jasmine ne répondit pas et évita même de regarder dans sa direction, de peur d'être de nouveau prisonnière de ses yeux hypnotiques et de se laisser fléchir.

Kareef se dressa sur un coude.

— Voyons, Jasmine…

Elle récupéra sa robe sale et déchirée derrière un rocher. Elle sentait le regard de Kareef peser sur elle, mais ne se détourna pas. Son corps tremblait, à force de lui résister et, pire, de défier ses propres désirs.

Alors, il se leva d'un bond souple et, l'enlaçant par-derrière, il la fit pivoter entre ses bras.

— Qu'y a-t-il ? Qu'est-ce qui ne va pas ?

Jasmine soupira, le cœur déchiré. Il était nu et splendide comme un guerrier d'une tribu primitive.

— Merci pour ces merveilleuses journées dans le désert. Je ne les oublierai jamais.

— Tout n'est pas fini.

Il ne lui facilitait pas la tâche, pensa-t-elle douloureusement. Ce serait plus facile aussi si elle n'était pas si troublée par son visage époustouflant, sa bouche sensuelle et ses yeux d'un bleu infini qui la chaviraient !

— Si, Kareef. C'est fini entre nous.

Elle perçut la souffrance que ces paroles lui causaient et baissa les yeux. Les bras de Kareef l'étreignirent davantage.

— Regarde-moi !

Forcée d'obéir, elle redressa la tête. La mine de Kareef était sombre et une expression de fureur contractait ses traits.

— Tu es à moi, Jasmine. Aussi longtemps que je le voudrai.

Elle sentit sa gorge s'assécher. Comme elle aimerait que ce soit vrai ! Pour toujours — ou même pour une autre nuit…

— Comment ? Comment est-ce possible ? demanda-t-elle d'une voix rauque d'émotion.

— Tu as lié ton destin au mien il y a longtemps, lui rappela-t-il. Tu ne l'épouseras pas demain. C'est trop tôt !

— Et que veux-tu que je fasse d'autre ? Faire faux bond à Umar devant l'autel ? Devenir ta maîtresse ? Laisser ma famille dans la misère ?

— Nous pourrions garder notre relation secrète…, suggéra-t-il.

— Au palais ? C'est impossible. Et tu le sais aussi bien que moi ! Ici, dans le désert, peut-être… Avec seulement quelques serviteurs de confiance. Mais pas à Shafar où on doit déjà jaser à notre sujet. J'ai causé assez de peine à ma famille, et je te rappelle que ma plus jeune sœur est enceinte. Comment mes parents pourraient-ils encore marcher, la tête haute, si je deviens ta prostituée attitrée ?

— Personne ne t'appellera ainsi ! s'écria-t-il avec rage. Tu seras respecté comme ma… ma…

— Comme quoi ? Ton épouse ? Nous ne pouvons rester mariés. Tu le sais !

— Je ferai comme il me plaira. Je suis le roi !

Elle secoua la tête et laissa échapper un rire dur.

— Parfois, ça te rend moins libre que le plus modeste de tes serviteurs.

— Jasmine...

— Non ! Je ne peux pas rompre mes fiançailles. Umar serait humilié et mes parents couverts de honte une fois de plus.

— Je me demande pourquoi tu te soucies d'eux, après la façon dont ils t'ont traitée.

— Parce que je les aime, répondit-elle, terriblement émue. Parce qu'ils sont ma famille, avec Umar et ses enfants. Et que je ne peux pas briser leur vie en devenant ta catin !

— N'emploie plus ce mot ! Je tuerai tout homme qui t'appellera ainsi !

— Tous ? fit-elle remarquer dans un rire douloureux. Tu tuerais tes propres sujets parce qu'ils disent la vérité ?

Il lui agrippa les épaules.

— Ce n'est pas la vérité et tu le sais !

— Comment appelles-tu alors une femme fiancée qui s'est conduite comme je l'ai fait avec toi ?

— Tu n'as rien fait de mal. Tu es ma femme.

Jasmine se raidit, consciente que discuter ne servait à rien.

— Rends-moi ma liberté, Kareef. Maintenant.

Le regard de Kareef s'emplit d'un mélange impétueux de possessivité et d'émotions.

— Je peux te protéger, Jasmine.

— Comment ? murmura-t-elle en secouant la tête. Même toi, tu ne peux faire de miracles.

— Le miracle, c'est que tu es ici avec moi, dit-il en

emprisonnant son visage entre ses mains. Et je ne te laisserai pas partir. Pas encore.

Elle sentait ses doigts rudes sur ses joues et son corps nu et tiède contre elle. Elle percevait aussi le désir qu'il avait d'elle.

Lentement, il abaissa sa bouche vers la sienne et il l'embrassa avec une infinie tendresse. Etrangement, peut-être, cette douceur la persuadait, la domptait, plus que son pouvoir sensuel et mieux que des mots.

Quand il s'écarta enfin, Jasmine laissa échapper un soupir tremblant, conquise et éblouie par la chaude proximité de cet homme qu'elle aimait.

Devinant sa reddition, il la ramena contre son torse et lui caressa les cheveux.

— Tu es à moi, Jasmine. Comme je suis à toi.

Jasmine ferma les yeux. Une voix lointaine lui soufflait que ce n'était plus possible, qu'en rentrant à Shafar avec lui elle mettrait en péril tout ce qu'elle avait de plus précieux et tous ceux qu'elle aimait. Mais elle refusait encore de se rendre à l'évidence.

Que la vie fasse ce qu'elle avait prévu, pensa-t-elle. D'une façon ou d'une autre, ils trouveraient le moyen d'être ensemble un peu plus longtemps sans blesser personne. C'était sûrement possible, n'est-ce pas ?

L'hélicoptère se rapprochait. Elle vit le sable tourbillonner à l'extérieur de la grotte. L'appareil s'apprêtait à atterrir sur le plateau.

Jasmine se recula, alarmée.

— Habille-toi. Il ne faut pas que tes hommes te trouvent nu… et seul avec moi !

— Ce serait un spectacle inédit ! railla Kareef.

Jasmine ramassa les vêtements épars et les lui jeta dans les bras.

— Habille-toi !

Elle entendit les hommes crier et des pas précipités résonnèrent autour de la grotte.

Kareef se décida enfin à enfiler son caleçon et son pantalon.

— Sire ? Sire !

Le garde du corps passa la tête par-dessus le tas de sable, qui obstruait en partie l'entrée de la grotte, et tomba à genoux de gratitude et de soulagement. Derrière lui, une douzaine d'hommes arrivait, équipés comme pour une bataille.

— Dieu soit loué ! Cette maudite jument est rentrée seule, juste avant que la tempête n'atteigne le ranch. Nous pensions… Nous avons craint…

Kareef s'avança vers eux en finissant de boutonner sa chemise.

— Nous sommes sains et saufs, Faruq. Mlle Kouri et moi-même faisions une promenade à cheval quand la tempête nous a surpris. Nous avons trouvé refuge ici. Merci de nous avoir cherchés. Veuillez prendre soin de Tayyib, dit-il en désignant l'étalon. Il nous a menés courageusement jusqu'ici.

— Oui, Sire.

— Les gens ? Comment vont-ils ? Des dégâts à la maison ?

— Pas de blessés, répondit Faruq. Peu de dégâts. Beaucoup de sable partout, en revanche. Nous avons amené un médecin dans l'hélicoptère pour vous soigner le cas échéant.

— Je n'ai rien, répondit Kareef. Il examinera Mlle Kouri.

Faruq jeta un regard embarrassé à Jasmine avant de s'incliner. Les autres hommes la contemplèrent avec curiosité et elle s'empourpra.

— L'hélicoptère va nous emmener directement au palais royal, décréta Kareef. Mademoiselle Kouri ?

Il se tourna vers Jasmine et lui tendit la main pour l'escorter hors de la caverne, dans le jour déjà brûlant. Il lui sourit et elle sentit son angoisse s'envoler.

Parce qu'ils n'étaient pas divorcés. Il leur restait donc encore un jour avant d'affronter séparément leur destin.

Un jour de plus, pensa-t-elle rêveusement. Ils ne blesseraient personne en prolongeant leur liaison secrète d'une journée. Une journée qui aurait des allures d'éternité...

Bien sûr, tout finissait par se savoir au palais. Mais d'une manière ou d'une autre, Kareef trouverait le moyen pour que leur secret ne s'ébruite pas.

Elle lui faisait confiance. Il était le roi.

D'un pas raide, Kareef traversait les couloirs du palais, laissant dans son sillage une nuée de serviteurs.

Depuis son retour en ville, chaque minute de son emploi du temps avait été supervisée avec un soin méticuleux par ses conseillers et assistants, sous la férule de son vizir. Les devoirs du souverain étaient innombrables : traités, diplomatie, politique... Dire une chose et penser une autre, fausseté des sourires et courtoisie exigée.

Il ne connaissait rien à ce cirque! maugréa Kareef pour lui-même. De plus, il ne supportait pas de garder le secret autour de Jasmine.

Elle avait dormi contre son épaule pendant le vol. Il se souvenait de son contact, gardait sur sa peau son parfum enivrant et fruité, bien qu'il ait pris une douche et ait changé de vêtements.

Dès l'instant où ils étaient rentrés au palais, il avait voulu la mener dans la chambre royale, mais elle avait résisté à la vue du personnel agglutiné dans le hall pour saluer leur roi.

— Plus tard, lui avait-elle soufflé.

Et, avec un soupir, il l'avait quittée, en se promettant d'abréger ses réunions pour la rejoindre au plus vite dans sa chambre minuscule du quartier des domestiques.

Mais il y avait dix heures de cela, et Kareef n'avait pas eu l'occasion de la revoir. Sa journée avait été gâchée. Une journée consacrée aux devoirs royaux dans un palais qui résonnait de rumeurs sournoises ! Et son vizir, le vieux Akmal Al'Sayr, qui ne cessait de trépigner sans le lâcher d'une semelle ! Pour lui, être perdu et présumé mort dans le désert n'était pas un cas de force majeure capable de soustraire un monarque à ses obligations !

Kareef serra les poings. Il devait coûte que coûte convaincre Jasmine d'abandonner son projet de mariage. Il se chargeait de calmer le jeu avec Umar Hajjar. Et, une fois qu'elle aurait accepté d'annuler ses noces et de devenir sa maîtresse en titre, Kareef serait disposé à divorcer. Pas avant.

Et personne n'insulterait la maîtresse du roi ! se jura-t-il. Sous peine de prison ou d'exil dans le désert. « Tu tuerais tes propres sujets parce qu'ils disent la vérité ?... »

Il chassa cette pensée avec irritation. Une chose était sûre : il garderait Jasmine aussi longtemps qu'il le voudrait et il retarderait son propre mariage autant que possible.

Il pressa le pas dans le hall, ignorant les serviteurs qui s'inclinaient sur son passage.

Que faisait Jasmine à cet instant ? L'attendait-elle, nue entre les draps ? Bon sang ! Il la désirait tant qu'il en avait mal. Il se hâta, faillit se mettre à courir.

— Sire ! Juste un mot...

Campé à l'entrée d'un bureau, son vizir l'interpella.

— Plus tard ! lui lança Kareef sans s'arrêter.

— Excellence, je voulais juste vous faire savoir que j'ai entamé les négociations pour votre mariage. Je vous présenterai votre future épouse dans quelques semaines.

A ces mots, Kareef pila net et entraîna son vizir dans une salle de réception déserte, dont il referma la porte derrière eux.

— Tu n'arrangeras rien de tel ! commanda-t-il froidement. Cette question ne m'intéresse pas pour l'instant.

— Mais, Sire, les négociations prendront du temps et vous n'êtes plus si jeune...

— J'ai trente et un ans !

— Certes, mais après le bouleversement causé par l'abdication de votre cousin, vos sujets ont hâte de voir l'ordre de succession rétabli. C'est pour eux un gage de paix et de sécurité. Ils veulent un mariage royal, une famille royale à honorer... Ce n'est pas aussi simple de trouver l'épouse qu'il vous faut : une jeune fille vierge de bonne famille et jouissant d'une réputation sans tache.

— Tu ne me chercheras pas d'épouse. Je te l'interdis ! décréta Kareef.

Le vizir lui retourna un regard plissé où brillait une lueur rusée.

— Dois-je comprendre que vos intérêts sont ailleurs ?

Kareef le dévisagea, se demandant ce qu'il savait. Cela ne l'aurait pas étonné que le vizir ait des espions. Celui-ci était si soucieux de la sécurité du pays que cela tournait à l'obsession.

— Explique-toi, lui ordonna-t-il.

— Ce serait une grave erreur d'insulter Umar Hajjar, Excellence, dit Akmal. J'ai entendu dire qu'il rentrait de Paris ce soir.

Paris ? Alors, les soupçons qu'il avait éprouvés depuis le jour des fiançailles s'avéraient ? pensa Kareef. Hajjar passait son temps avec... Mon Dieu ! Dire qu'il devait remettre Jasmine à un homme qui ne se souciait même pas d'être loyal envers elle !

— Je n'ai pas l'intention d'insulter un homme qui m'a sauvé la vie, répondit-il.

— Très bien, Sire. Le banquet va bientôt avoir lieu. Les ambassadeurs et les princes étrangers sont venus du monde entier pour célébrer votre prochain couronnement. Vous ne voudriez pas vous mettre en retard.

Les traits de Kareef se crispèrent.

— J'y assisterai à l'heure que j'aurai choisie.

— Bien sûr, c'est dommage que vous ne soyez pas accompagné de votre future épouse, regretta Akmal. Mais... La princesse Lara Du Plessis sera présente avec son père. Elle représente un beau parti aussi. Elle est très belle...

— Assez ! s'exclama Kareef. J'ai dit : Pas de mariage !

Sur quoi, il sortit, l'esprit déjà accaparé par un autre but.

— Vous la trouverez dans le jardin royal, glissa Akmal d'un ton aigre. Bien qu'elle ne soit pas autorisée à s'y promener.

Kareef pivota pour lui faire face. Jasmine avait raison. Il n'y avait pas de secrets au palais. Parce que Akmal Al'Sayr les connaissait tous !

Sauf un.

— Rappelle tes espions, lui conseilla-t-il sèchement. Je veux qu'on la laisse en paix.

Cette fois, le vizir baissa la tête et garda le silence.

— Tu lui trouveras aussi une place au banquet, acheva Kareef.

Le vizir accusa le coup et prit un air venimeux.

— Sire, elle ne sera jamais davantage que votre maîtresse. Le peuple n'acceptera pas qu'une telle femme devienne votre épouse. Une femme qui a eu tant d'amants qu'elle s'est jetée d'un cheval pour perdre son enfant sans nom...

Fou de rage, Kareef le saisit à la gorge.

— C'était un accident, tu entends, Al'Sayr ? Quant à ses prétendus amants, elle n'en a eu qu'un seul. Celui qui te parle en ce moment !

Le vizir avait déjà les yeux exorbités quand Kareef recouvra son sang-froid. Il le relâcha.

— Ne parle plus jamais d'elle de cette façon, menaça-t-il.

Laissant le vieil homme reprendre péniblement son souffle, Kareef tourna les talons et s'éloigna, la rage au cœur.

Il était toujours dans cette humeur quand il trouva Jasmine dans le jardin baigné des lueurs du crépuscule. Assise à l'ombre d'une tonnelle, elle sommeillait, un livre ouvert posé sur les genoux.

Il s'arrêta pour la contempler. La brise rabattait de longues mèches noires et soyeuses sur son visage. Elle portait un pull noir sur un chemisier blanc à col sage et une longue jupe noire. Des sandales de toile complétaient sa tenue.

Elle était incroyablement belle, simple et fraîche, l'image de l'épouse et de la mère parfaite, le rêve d'un foyer. De *son* foyer.

Kareef se sentit calmé en la voyant et se surprit à sourire. Puis son regard tomba sur le diamant d'Hajjar qu'elle portait à son doigt. Un brusque élan de jalousie le saisit à la vue de ce symbole de possession.

A cet instant, elle ouvrit les paupières et un sourire illumina ses traits.

— Kareef... Oh ! Comme tu m'as manqué aujourd'hui !

Son sourire délicieux, le son de sa voix le charmèrent. Il s'assit auprès d'elle et lui prit les mains.

— J'ai cru que cette journée ne finirait jamais.

— Une fois de plus, tu me surprends dans le jardin

réservé à la famille royale où je n'ai pas le droit d'être, dit-elle sur un ton d'excuse.

— Ce jardin est à toi si tu veux en disposer, répondit-il d'un ton abrupt.

— Pour l'instant, dit-elle en faisant tourner la bague autour de son doigt dans un geste machinal.

— Enlève-la.

Jasmine le regarda avec surprise.

— Mais… pourquoi ?

— Enlève-la ! Tu ne l'épouseras pas demain.

Au lieu d'obtempérer, Jasmine se rebella.

— Je l'épouserai ! Et si tu ne peux pas l'accepter…

— Nous n'allons pas en discuter maintenant. Viens avec moi au banquet ce soir, déclara Kareef en lui saisissant le poignet.

— C'est comme ça que tu envisages d'être discret ? En nous faisant siéger l'un auprès de l'autre pour faire savoir au monde entier que nous sommes amants ?

L'émotion la gagna et elle secoua la tête.

— Admets que j'avais raison, poursuivit-elle très bas. Le palais nous sépare déjà. Il ne nous reste plus qu'à rompre.

Le cœur de Kareef se serra. Les paroles qu'elle prononçait avaient beau être raisonnables, il ne pouvait s'y résigner.

— Une nuit encore, plaida-t-il.

— Ça ne changera rien.

— Assiste au banquet avec moi. Donne-moi une dernière chance de te dissuader d'épouser Hajjar. Une autre nuit. Et demain, si tu n'as pas changé d'avis, je te dirai adieu.

L'expression de Jasmine oscillait entre le désir et le chagrin.

— Tu m'accorderas le divorce ? voulut-elle s'assurer.

— Sur mon honneur.

Elle acquiesça gravement.

— Très bien. Je vais me changer. A ce soir… *Sire.*

Et, refoulant ses larmes, Jasmine regagna rapidement sa chambre.

Une demi-heure plus tard, Kareef fit son entrée dans la somptueuse salle de bal sous un tonnerre d'applaudissements.

Saluant les cinq cents invités, il marcha vers l'immense table d'apparat, s'efforçant de repérer un visage. Où était-elle placée ? Sans sa présence, il se sentait devenir fou, comme un lion en cage. Il espérait qu'elle serait auprès de lui à table.

Mais, arrivé enfin à sa place, Kareef constata qu'à sa gauche se tenait le vieux souverain d'une nation proche de Qusay. A sa droite, c'était une jeune fille blonde, très belle, qui ne devait pas avoir plus de dix-huit ans. Elle portait des parures de diamants et ses yeux étaient immenses et bleus. Cette jeune personne n'était autre que la princesse Lara Du Plessis, devina-t-il.

Maudissant en silence son vizir, il s'assit et, la mine sombre, fixa son couvert, indifférent aux convives qui s'efforçaient de capter son attention. Où était Jasmine ?

Comme on servait le dîner, le roi assis à sa gauche entama la conversation sur les taxes douanières en vigueur entre Qusay et son pays. Kareef ne faisait pas mine de l'écouter. Que n'aurait-il donné pour s'échapper !

Puis il sentit un frisson courir sur sa nuque et, levant les yeux, il la vit enfin.

Jasmine le regardait depuis l'autre bout de l'immense table, au fond de la salle de bal. Elle était assise entre une femme habillée de façon quelconque et le secrétaire du ministre du Trésor. Nul doute que le vizir l'avait casée là personnellement !

Elle essaya d'esquisser un sourire encourageant, mais ses yeux étaient tristes. Il ne voyait qu'elle dans la salle ombreuse. Elle était si belle et si loin de lui.

Ne pouvait-il donc lui offrir la place honorable qu'elle méritait, à son côté, au lieu de la reléguer au rang de maîtresse clandestine que, du reste, il n'était même pas sûr qu'elle accepterait ?

Tout à ses sombres pensées, Kareef répondait par monosyllabes aux questions que le souverain et la jeune princesse pouvaient lui poser.

Bientôt arrivèrent les musiciens et les danseurs de feu, et on éteignit les chandeliers pour mieux souligner la magie du spectacle qui clôturait le dîner.

Ce fut le moment que choisit Kareef pour quitter la table. Tandis que le public admirait, fasciné, la complexité des chorégraphies qui s'accompagnaient de sabres enflammés, il traversa furtivement la salle plongée dans l'obscurité, captant au passage des bribes de conversation qu'on se serait gardé d'avoir devant lui.

— ... Jasmine Kouri... Elle passe ses journées avec lui au palais... et ses nuits aussi ! Le roi est un homme droit et respectable, mais quand une femme est aussi pressée de s'envoyer en l'air... D'autant qu'elle est fiancée ! Elle ridiculise Umar Hajjar... Vous vous souvenez de ce scandale, quand elle était jeune ?... Pervertie depuis l'enfance...

Au comble de la rage, Kareef chercha à reconnaître ceux qui parlaient, mais les voix se perdaient dans le brouhaha. Bon sang ! Comme il regrettait de ne pas voir ses ennemis en face et de les combattre !

Il tremblait encore de rage quand il atteignit les dernières tables. Très doucement, il murmura le nom de Jasmine. Il mourait d'envie de la prendre dans ses bras et de la protéger des paroles cruelles qu'il venait d'entendre.

Mais, quand il avança la main vers sa chaise, il constata qu'elle était vide.

Dès que les lumières s'éteignirent, Jasmine se leva précipitamment.

Le banquet avait été une épreuve épouvantable. Elle avait surpris des regards dans sa direction — chargés de curiosité et de haine — et des chuchotements. Il était clair que tout le monde pensait qu'elle était la maîtresse du roi.

Elle avait observé Kareef à l'autre bout de la salle. Il était manifestement respecté et admiré par ses sujets dont il acceptait les attentions avec détachement. Quoi qu'il puisse dire, il n'avait pas besoin d'elle dans sa vie. Il était entouré de gens qui l'adulaient, et la blonde princesse virginale assise auprès de lui en faisait partie. Elle était exactement le genre de femme qu'il épouserait bientôt.

Pendant cet interminable dîner, Jasmine n'avait pensé qu'à une chose : fuir. Fuir avant qu'on ne remarque ses larmes. Mais à peine avait-elle débouché dans le hall qu'elle sentit une main se poser sur son épaule.

Elle fit volte-face, prête à se défendre… et se détendit aussitôt, en découvrant celui qui l'interpellait.

— Père ? Que fais-tu ici ?

Yazid Kouri semblait avoir vieilli en l'espace de quelques jours. Il était plus voûté et plus mince. Il toisa sa fille, depuis son chignon élégant jusqu'à sa robe noire, formelle, qu'elle avait empruntée à son amie d'enfance, Sera, pour l'occasion.

— Pourquoi es-tu revenue à Qusay ? lança-t-il d'une voix dure.

— Voyons, tu sais très bien pourquoi...

— Je pensais que tu avais l'intention de te comporter enfin comme une fille respectable et obéissante, coupa-t-il. Pourquoi accepter d'épouser un homme considéré, quand c'est pour le trahir avec le roi avant même d'avoir prononcé tes vœux ?

Jasmine secoua la tête, atterrée.

— Tu ne comprends pas !

— Dis-moi que tu n'as jamais couché avec le roi ! Dis-moi que ce n'est qu'une odieuse rumeur et je te croirai.

Jasmine détourna les yeux, blessée par la déception de son père.

— Je n'ai trahi personne d'autre que moi-même. Ma conduite n'a rien de dégradant. Pas quand le roi... Pas quand nous...

« Pas quand nous sommes mariés. » Mais ces mots restèrent bloqués dans sa gorge. Elle était incapable de révéler leur secret. On admirait Kareef dans le monde entier pour son sens de l'honneur. Comment pouvait-elle divulguer ce qu'il avait caché pendant treize ans ?

Autrefois, elle s'était tue pour le protéger. Et elle continuerait à se taire, décida-t-elle.

— Tu ne vois rien de mal à coucher avec un homme qui n'est pas ton mari ? s'exclama son père d'une voix imprégnée de chagrin. Ce genre d'attitude est peut-être toléré dans le monde moderne, mais pas dans notre famille. Epouse Umar, retourne à New York avec lui et aide Nima à élever son enfant ! Elle a besoin de toi.

Jasmine regarda son père, ébahie.

— Tu as des nouvelles de Nima ?

— Elle a téléphoné il y a deux heures. Elle dit qu'elle ne connaît rien à la maternité et menace de donner l'enfant à adopter ! Elle est jeune et totalement affolée.

A ces mots, Jasmine se sentit submergée de fureur. Une fureur qu'elle ne pouvait contrôler.

— Exactement comme je l'étais moi-même ! s'écria-t-elle. J'avais seize ans quand tu m'as éloignée de ma famille, de mon pays !

— J'étais en colère, reconnut son père, les yeux embués. J'avais d'autres ambitions pour toi, Jasmine. Tu étais mon aînée. Si intelligente et si forte moralement ! J'avais placé tant de fierté en toi... Et tu as tout gâché.

Jasmine sentit son cœur chavirer, mais son père poursuivit :

— Rentre à New York en tant qu'épouse et soutiens Nima. Demain, je me rendrai dans le territoire de Qais avec l'espoir d'assister à un mariage.

Le vieil homme se détournait pour partir mais il stoppa net. Kareef se tenait derrière eux, l'air sombre et imposant.

Le visage de Yazid Kouri devint cramoisi et il leva les poings, menaçant.

— Je devrais vous tuer pour la façon dont vous avez déshonoré ma fille !

Kareef demeura parfaitement immobile, attendant le coup... qui ne vint pas. Lentement, le père de Jasmine abaissa les bras, terrassé par l'émotion.

— Vous n'êtes pas un roi, gémit-il. Vous n'êtes même pas un homme !

Sur cette imprécation, il s'éloigna, accablé.

Quand il eut disparu, Jasmine cacha son visage dans ses mains. Kareef l'attira contre lui et elle se mit à sangloter.

Doucement, il lui caressa les cheveux. Quand enfin elle se calma, il l'écarta de lui et essuya des pouces la trace de ses larmes.

— Viens avec moi.

Jasmine entendait toujours la musique sinistre et les cris des danseurs derrière les portes closes de la salle de bal. Mais Kareef l'entraîna dans la direction opposée. Dans les corridors, ils croisèrent plusieurs serviteurs qui s'inclinèrent en leur jetant des regards curieux.

Kareef se dirigea vers l'aile est, là où se trouvaient ses appartements. Il ouvrit la porte de sa chambre, fit asseoir Jasmine sur l'immense lit et se pencha pour l'embrasser.

Les larmes de Jasmine redoublèrent quand elle lui rendit son baiser avec ferveur. Tout ce qu'elle ressentait pour lui, la tendresse de ses rêves de jeune fille et l'ardeur de son désir de femme, elle le livra dans cette étreinte.

La porte-fenêtre donnant sur le balcon était ouverte, laissant entrer le vent chaud du désert, en même temps que le bruit des rires et des applaudissements qui montaient de l'étage inférieur. Mais, pour eux, le monde extérieur avait cessé d'exister.

Doucement, Kareef força la jeune femme à s'allonger et il lui fit l'amour. Jasmine sentit que l'extase qui la traversait était aussi aiguë que le chagrin enfermé dans son cœur.

« Je t'aime. Je t'aime... », criait-elle au fond d'elle-même. Mais elle ne prononça pas ces mots d'amour. A quoi bon ? Ils ne résoudraient rien.

Un long moment, Kareef la garda serrée contre son torse. Puis, résolument, il se leva et s'habilla. Ensuite, sans la regarder, il se dirigea vers une commode ancienne, prit quelque chose dans le premier tiroir. Puis il revint s'asseoir auprès de Jasmine, qui finissait d'enfiler sa robe.

Sans un mot, Kareef lui présenta l'émeraude qui se balançait au bout de la chaîne en or. Il prit la main de Jasmine, plaça le pendentif au creux de sa paume et referma ses doigts fins.

Il exhala un soupir saccadé, mais très vite il se ressaisit

et arbora un visage de marbre. Une main sur celle de la jeune femme, il déclara alors d'une voix froide et solennelle qui résonna profondément dans la chambre royale :

— Jasmine, je divorce d'avec toi.

9

Le lendemain, Jasmine descendit de l'hélicoptère et leva les yeux vers le splendide hippodrome planté au milieu du désert. Elle était de retour à Qais, ce territoire aride qu'elle aimait tant et qui lui inspirait un sentiment de liberté. Du moins d'ordinaire, car ce matin-là, le vaste espace de dunes et de pierrailles sous le ciel intensément bleu semblait se gausser de sa tenue de Parisienne sophistiquée.

Les vêtements que son futur mari avait choisis pour elle étaient enfin arrivés. Et c'était pour lui plaire que Jasmine portait une robe de soie rouge, des escarpins noirs, un sac à main noir luxueux et une capeline. Cette tenue de haute couture, stricte et griffée, ne lui ressemblait pas. Elle était de retour dans le désert, mais n'avait plus la liberté d'être elle-même.

Jasmine contempla l'impressionnante structure futuriste du champ de courses, en songeant qu'à la fin du Grand Prix on célébrerait son mariage.

Kareef la suivit, escorté de ses gardes du corps et de ses assistants. Arrivé à sa hauteur, il hésita, puis la devança résolument. Que restait-il à dire ? Il avait conduit la future mariée jusqu'au lieu de la cérémonie. Mission accomplie.

Jasmine fixa sa silhouette éminemment masculine dans son caftan blanc de cheikh du désert. Involontairement, elle se rappela le contact de son corps nu contre le sien, ses baisers et ses caresses, et le plaisir fulgurant qu'ils avaient partagé... Un élan de chaleur l'envahit à ces souvenirs et son cœur se serra d'angoisse à la perspective de leur séparation.

Elle soupira et s'absorba dans la contemplation du splendide hippodrome, qui ressemblait à une cité de verre sortie du sable. Mais rien ne pouvait lui faire oublier le parfum unique, exotique, du corps de Kareef, ni son regard bleu et glacé la nuit dernière quand il avait prononcé les paroles qui les désunissaient.

— Ma chère Jasmine ! Je suis ravi de te revoir enfin.

Umar émergea soudain du bâtiment des tribunes. Il vint à sa rencontre et l'embrassa sur la joue.

Sans faire mine de l'embrasser en retour ou de sourire, Jasmine demanda :

— Où étais-tu, Umar ?

— En France. Une urgence familiale. Il s'agissait de Léa, répondit-il d'un ton bref.

— La nurse ? Tout va bien ?

— Très bien. Très bien.

Il était pâle et nerveux, nota Jasmine. Elle ne reconnaissait plus l'homme fier et distingué qu'il était habituellement.

Umar se détourna et, d'un pas rapide, s'engouffra dans le bâtiment des tribunes, bien que le protocole exige que le roi y entre le premier. Ils durent se presser pour ne pas le perdre de vue.

— Umar, c'est tout ce que tu trouves à dire ? s'enquit-elle de nouveau.

— La course va commencer, répondit-il en lui jetant

un regard par-dessus son épaule. Après l'arrivée, nous parlerons.

Jasmine s'inquiéta. Que signifiait cette attitude ? Avait-il eu vent des rumeurs qui circulaient sur elle et sur Kareef ? Allait-il renoncer à l'épouser ? L'abandonner devant l'autel à la grande honte de sa famille ?

— Attends ! s'écria-t-elle, prise de panique. Quoi que tu aies entendu, je peux t'expliquer…

— Plus tard. Ta famille est déjà là. Je les ai placés dans la tribune d'honneur, non loin de la loge royale que tu occuperas avec le roi. Je serai dans une autre loge avec mes enfants.

Il était donc au courant !

— Pourquoi cet arrangement ? Attends ! Tu ne comprends pas…

— Peur d'être seule avec moi ? fit entendre la voix de Kareef.

Jasmine tressaillit. Oh, mon Dieu ! Cela devenait beaucoup plus compliqué qu'elle ne l'avait imaginé !

— Acceptez-vous ces dispositions, Sire ? demanda Umar.

D'un signe de tête, Kareef acquiesça avant de reporter son attention sur Jasmine.

Elle perçut la brûlure de son regard. Aussi impitoyable que le soleil écrasant du désert, il réduisait son âme en cendres. *Divorcés*. Ils étaient divorcés, mais cette nouvelle situation matrimoniale ne changeait rien à ses sentiments, pas plus qu'elle ne calmait l'impatience de son corps fiévreux. Elle mourait d'envie qu'il la touche.

Mais Kareef passa devant elle sans un mot.

Redressant le menton, Jasmine lui emboîta vaillamment le pas. Par un escalier privé, puis un salon climatisé réservé aux réceptions, ils débouchèrent dans la loge royale en plein air.

Une immense clameur montant de toutes les tribunes salua l'apparition de Kareef. La foule debout scandait son nom. Quand il lui adressa un geste de la main, les cris redoublèrent.

Jasmine entra à son tour, serrant son sac contre elle, comme un bouclier.

Kareef restait serein, nota-t-elle. Ses traits étaient empreints de sagesse et d'autorité. L'honneur était l'essence même de cet homme.

Elle avait pris la bonne décision en réclamant le divorce, se dit-elle. Même si cela la mettait au supplice, elle rendait Kareef au destin qui était le sien.

Kareef prit place et elle l'imita. Retenant d'une main sa capeline, elle fixa obstinément le champ de courses, consciente des milliers de spectateurs qui l'observaient. Sans doute lui enviaient-ils le privilège d'être placée près du roi. Même si les femmes d'un certain âge murmuraient entre elles d'un air malveillant, Jasmine voyait leurs filles admirer ouvertement sa toilette. Et peut-être pensaient-elles que perdre sa réputation n'était pas grand-chose en contrepartie d'un train de vie mondain.

Si seulement elles savaient ! songea-t-elle, au désespoir.

On donna le départ de la course, et les chevaux se ruèrent avec énergie hors des portes.

Cependant, Kareef ne semblait pas manifester le moindre intérêt pour le spectacle. Jasmine sentait son regard aigu posé sur elle. Son corps s'enfiévra. Elle s'éventa à l'aide d'un programme, souffrant d'une chaleur qui n'avait rien à voir avec le soleil qui frappait la tribune.

Dans la loge contiguë, elle vit Umar assis près de ses quatre fils, le plus jeune blotti dans les bras de sa nurse française, Léa. Celle-ci, sans être jolie à proprement parler, avait une expression tendre sur son visage avenant. Elle devait avoir une trentaine d'années.

Comme les chevaux passaient devant la tribune dans un galop assourdissant, Umar se leva, invectivant son pur-sang avec enthousiasme.

Ses quatre garçons étaient beaux et sages. Bientôt, elle serait leur belle-mère, pensa Jasmine. Mais même cette pensée ne la réconforta pas comme d'habitude. Aucun d'eux ne semblait désirer sa présence. Ils avaient déjà Léa pour les materner, et il était évident que celle-ci aimait son rôle.

Jasmine regarda ses parents, assis du côté des officiels avec ses sœurs, accompagnés de leurs maris et enfants. D'une main hésitante, elle leur esquissa un signe. Son père lui accorda un regard glacial avant de détourner la tête.

Malgré le flot de larmes qui menaçait de la submerger, Jasmine s'intima de ne pas s'en formaliser. Bientôt, elle serait mariée — si Umar tenait toujours à l'épouser — et son père serait fier d'elle enfin. Elle ferait son devoir dignement, dût-elle en mourir.

Comme les chevaux approchaient de la ligne d'arrivée, Umar saisit la rambarde et brandit un poing en l'air.

Quelques instants plus tard, il exulta. Son pur-sang avait remporté la victoire. Umar ébouriffa les cheveux de son fils aîné, puis se précipita sur la piste pour recevoir son prix, suivi de ses enfants et de leur nurse. En les regardant, Jasmine se sentit plus que jamais une étrangère. Elle se leva et s'avança jusqu'à la rambarde. Umar marchait sur le terre-plein central en saluant la foule d'un air triomphal.

— Tu te donneras à lui ce soir, souffla Kareef derrière elle. Hier encore, tu partageais mon lit. Cela t'est donc égal ?

Jasmine fit semblant de sourire à Umar qui acceptait une gerbe de fleurs et serrait la main du jockey.

— Nous sommes divorcés, lui rappela-t-elle en

s'efforçant d'adopter un ton neutre. Tu ne signifies plus rien pour moi.

— Ne l'épouse pas, Jasmine, reprit Kareef. Ne fais pas ça !

Elle continuait de fixer son fiancé qui souriait et agitait la main. Quand il hissa son plus jeune fils sur ses épaules, la foule applaudit à tout rompre.

Au milieu des vivats, Jasmine eut l'intuition que Kareef s'était levé et s'approchait d'elle. Peu à peu, elle n'eut plus conscience que des battements désordonnés de son cœur et de ses tempes bourdonnantes.

— Reste avec moi, Jasmine. Nous ne sommes plus liés, c'est vrai, mais reste avec moi de ton plein gré. Deviens ma maîtresse.

Jasmine ferma les yeux. Elle avait cru connaître le chagrin, mais ce qu'elle endurait en cet instant allait bien au-delà.

Prenant une profonde inspiration, elle se détourna enfin.

— C'est… impossible, balbutia-t-elle.

— Jasmine…

— Retourne au palais, Kareef. N'assiste pas à mon mariage. Ne vois-tu pas que tu me mets au supplice en restant ?

Sur ces mots, elle s'enfuit par l'escalier qui menait dans le salon privé. Kareef s'élança à sa poursuite et la rattrapa au moment où elle longeait la baie vitrée qui donnait sur le champ de courses. Il la saisit par le bras et la poussa sans ménagement vers le fond de la pièce. Elle se débattit, faisant tomber son chapeau et son sac. Peine perdue. Kareef la tenait fermement par les poignets. Elle ne pouvait ni s'enfuir ni résister.

La lutte étant trop inégale, elle se résigna à accepter son baiser. Elle s'attendait à une étreinte farouche, mais

Kareef fut plus passionné qu'il ne l'avait jamais été. Il l'embrassa… comme s'il l'aimait !

Il la caressa à travers la soie de sa robe, se délectant de son corps voluptueux. Telle une drogue, le désir faisait bouillir son sang.

Il avait cru la perdre à jamais. Même s'il avait prononcé le divorce qu'elle lui avait imposé et pour lequel il lui avait donné sa parole d'honneur, il la désirait toujours comme un fou. Surtout, il voulait qu'elle revienne vers lui, qu'elle le choisisse, lui entre tous, en dépit des difficultés qu'ils rencontreraient à vivre leur amour. Ne voyait-elle pas qu'ils avaient perdu trop de temps éloignés l'un de l'autre ? Qu'ils s'appartenaient envers et contre tout ?

Il posa ses paumes sur le galbe de ses seins, caressa ses épaules et son cou gracile. Il couvrait sa peau de baisers rudes, la mordillait, cherchant à la marquer de son sceau, à oublier ce stupide diamant par lequel un autre la réclamait.

— Tu m'appartiens, Jasmine. Dis-le !

Il plongea son regard dans ses beaux yeux bruns, profonds comme les nuits chaudes du désert, et attendit, le souffle court, le corps embrasé.

— Je t'appartiens, murmura gravement Jasmine. Mais Kareef, tu dois savoir que nous…

Il l'interrompit d'un baiser ardent et enfouit ses mains dans ses cheveux.

Ils s'appartenaient, elle l'avait dit. Et il ne cacherait plus son amour pour elle. Ils le vivraient au grand jour. Oh, mon Dieu, comme il l'aimait ! C'était plus que du désir. Il n'avait jamais cessé de l'aimer, raison pour laquelle il n'avait pas été tenté une seule fois par l'interminable succession de femmes prêtes à tout pour arriver dans son lit. Son corps et son cœur s'étaient réservés pour elle seule, Jasmine… Cela dût-il lui coûter sa couronne, et même la vie, il ferait en sorte qu'ils soient ensemble, ouvertement, à présent.

Prenant son visage entre ses mains, il l'embrassa tendrement cette fois, couvrant ses paupières, son front, ses joues d'une pluie de baisers doux. Un soupir s'échappa des lèvres de Jasmine et elle vacilla entre ses bras.

Kareef prit alors sa main gauche et la posa contre son cœur.

— Je dirai à Hajjar que le mariage est annulé.

Joignant le geste à la parole, il tenta de retirer la bague de son annulaire. Mais elle referma sa main et garda son poing serré.

— Jasmine…

Il la fixa d'un air exaspéré. Bon sang ! A quoi jouait-elle ? Que signifiaient ces enfantillages ?

— Tu seras ma maîtresse officielle et tu seras honorée, poursuivit-il néanmoins. Tu seras comme ma reine, sauf que tu n'en auras pas le titre. Nous n'aurons plus besoin de nous cacher et ta famille n'aura plus honte. Je te traiterai comme la plus noble dame du royaume et tout le pays te respectera.

— Et Umar ?

— Il finira par nous pardonner.

— Et quand tu prendras une épouse qui deviendra reine de Qusay, qu'adviendra-t-il de moi ?

Kareef se rembrunit. Au diable le mariage ! Il détestait cette idée.

— Je mourrai peut-être célibataire, maugréa-t-il.

— Sauf qu'il te faut un héritier, dit Jasmine avec sagesse.

Il ébaucha un geste désinvolte.

— Les enfants de mes frères pourront hériter. Ou leurs petits-enfants. Car j'ai l'intention de vivre longtemps, répondit-il d'un ton léger.

— Ils ne sont même pas mariés. Qu'est-ce qui te fait penser qu'ils fonderont une famille un jour ?

L'incertitude dans laquelle Kareef se débattait se mua vite en colère.

— C'est ce qu'ils feront. Je les connais !

Mais Jasmine ne désarmait pas.

— Ils se préoccupent tellement du sort du pays qu'ils ont choisi de vivre ailleurs, fit-elle remarquer avec ironie. Tu vois Rafiq quitter l'Australie et abandonner ses milliards pour rentrer ici et gouverner ? Quant à Tahir, à ce que j'ai entendu dire, il dilapide sa fortune dans des mondanités aux quatre coins du globe...

— Les gens peuvent changer.

— Et tu es prêt à miser le trône de Qusay sur cet argument ? Même s'ils ont un jour des enfants et des petits-enfants, ceux-ci ne connaîtront rien de notre île. Crois-tu que le peuple tolérera d'être gouverné par un souverain ignorant nos langues et nos coutumes ?

Au lieu de répondre, Kareef lui demanda d'un ton douloureux :

— Y a-t-il une chance, même minime, pour que tu puisses être enceinte ? Nous pourrions consulter les meilleurs spécialistes et tout tenter pour que tu puisses porter mon enfant...

— Non ! J'ai déjà vu certains des plus éminents obstétriciens de Manhattan. Ils ne m'ont donné aucune chance, dit-elle dans un sanglot. Et je ne détruirai pas ma famille en devenant ta maîtresse. Je mérite mieux que ça. Et toi aussi.

Ces paroles atteignirent Kareef en plein cœur. Désespéré, il lui agrippa les épaules.

— Je t'ai attendue treize ans. Je ne veux pas te perdre encore une fois. Même si le monde entier doit en pâtir, je ne te laisserai pas partir !

Elle était si incroyablement belle, pensa-t-il douloureusement, que les fleurs éclatantes qui ornaient le salon semblaient ternes en comparaison.

Mais quand elle le repoussa froidement et alla ramasser son chapeau et son sac, ce fut le panorama coloré du champ de courses qui sembla disparaître à son tour dans une grisaille brumeuse.

— Marie-toi avec une autre, lança-t-elle sans le regarder. Et sois le roi. Tu es fait pour ce destin.

— C'est donc si facile à dire pour toi ?

— Non, avoua-t-elle. Je déteste déjà celle que tu épouseras.

— Comme je hais celui qui t'aura dans son lit, même s'il m'a sauvé la vie. Si tu ne veux pas être ma maîtresse, il ne reste qu'une solution. Epouse-moi.

Jasmine se détourna, ébahie.

— Mais... C'est impossible ! Tu es fou.

— Je ne veux que toi pour être ma reine, Jasmine. Toi seule.

Elle abaissa les paupières, et par une étrange association d'idées, Kareef eut l'impression qu'elle lui fermait son cœur.

— Encore une fois, c'est impossible. Il te faudra un héritier pour te succéder ou tu seras obligé d'abdiquer.

Elle prônait la raison d'Etat maintenant ! Kareef n'en revenait pas.

— J'ai le droit de choisir mon épouse...

— Justement non ! dit-elle d'une voix coupante.

Il se figea, sidéré. Il lui avait offert son royaume, son nom, tout ce qu'il possédait et elle le refusait. Non, se reprit-il, il ne lui avait pas tout donné. Il lui restait à abattre une dernière carte.

— Tu dois m'épouser, Jasmine, parce que je...

Reprenant son souffle, Kareef acheva :

— Parce que je t'aime.

Elle se mit à trembler. Puis, lentement, elle se ressaisit et lui offrit un visage impassible.

— Alors, tu es stupide et j'ai pitié de toi ! jeta-t-elle, glaciale.

Mais Kareef ne fut pas dupe de cette parade.

— Dis plutôt la vérité, lança-t-il durement. Tu m'aimes autant que je t'aime !

Jasmine leva une main pour le contrer.

— La vérité, c'est que je désire ce que tu ne peux me donner, répliqua-t-elle, cinglante. Epouser Umar est peut-être ma seule chance d'avoir des enfants.

Elle marqua une pause avant d'asséner :

— Tu m'as ôté à jamais le bonheur d'être mère, Kareef.

Il accusa le coup. Jasmine venait de réveiller par ces mots son plus grand chagrin et ce sentiment coupable qui l'avait torturé la nuit dans le désert quand il méditait devant un feu. Sauf que sa souffrance cette fois était mille fois pire, puisque l'accusation venait de la bouche de la femme qu'il aimait.

Accablé, il recula en vacillant, renversant au passage un seau à glace et sa bouteille de champagne qui s'écrasèrent sur le sol avec fracas. Mais il n'y prit pas garde. La douleur le lacérait, plus sûrement qu'une tempête de sable, et le brûlait comme une lave. *Elle avait dit que c'était un accident, qu'elle lui avait pardonné…*

Mensonges !… Tout n'était que mensonges !

Brusquement, il ne put contenir plus longtemps la rage qu'elle lui inspirait ni le chagrin qui le minait. D'un geste brutal, il envoya son poing dans le mur.

— Dis-moi comment être insensible comme toi, s'écria-t-il. Parce que j'en ai assez de vivre avec un cœur brisé !

Sans attendre sa réponse, il marcha vers la porte,

s'arrêta sur le seuil et, sans se retourner, murmura d'une voix presque inaudible :

— Au revoir, Jasmine. Je te souhaite d'être heureuse.

Sur ces mots, il la quitta.

10

Une heure plus tard, Jasmine se regardait dans le grand miroir doré de la chambre rose de la défunte Mme Hajjar.

— Oh ! Ma fille, dit son père d'une voix attendrie. Tu es la plus belle mariée qui soit !

— Parfaite ! renchérit sa mère avec un sourire rayonnant. Je vais les prévenir que tu es prête.

Jasmine continuait de fixer son reflet. La fenêtre derrière elle éclairait son voile de dentelle blanche, laissant son visage dans l'ombre. Elle respirait difficilement à cause de son corset lacé serré, et sa robe à paniers ornée d'une superposition de tulle l'empêchait presque de bouger.

C'était Umar qui avait commandé cette toilette. Un déguisement de princesse assortie au décor kitsch et tapageur de son palais !

Dans le miroir, elle apercevait un coin de désert encadré par la fenêtre et elle pouvait imaginer au loin un ranch tapi entre des arbres et des fleurs, où quelques jours plus tôt elle avait serré contre elle l'homme qu'elle aimait.

Dans le désert, les mensonges étaient impossibles…

Sauf un. Celui qu'elle avait formulé pour éloigner Kareef.

Son cœur se mit à battre frénétiquement et elle fut prise de vertige.

Kareef lui avait avoué qu'il l'aimait. Et elle lui avait jeté cet amour en pleine figure !

Avait-elle le choix ? s'interrogea-t-elle, désespérée. Pour le repousser, elle avait invoqué la plus cruelle des accusations.

Bien que ses intentions aient été louables, elle se dégoûtait de cette trahison. Et maintenant, en épousant Umar, c'était un suicide qu'elle allait commettre.

Alors, brusquement, elle sut qu'elle ne pourrait aller jusque-là, qu'elle était incapable d'épouser un homme qu'elle n'aimait pas.

— Où est Umar ? demanda-t-elle. Il m'a dit que nous devions parler avant la cérémonie. Je vous en prie, trouvez-le.

— Je ne pense pas que ce soit une bonne idée..., commença son père.

— Nous allons le chercher, intervint sa mère en lançant un regard sévère à son mari. Ne t'inquiète pas, ma petite fille.

— Attends.

Jasmine retint sa mère par le poignet. L'angoisse lui montait à la gorge à l'idée qu'elle risquait de ne jamais la revoir.

— Qu'y a-t-il, Jasmine ? demanda Mme Kouri avec douceur.

Ses parents lui pardonneraient-ils d'annuler son mariage ? Lui pardonneraient-ils jamais ? se demanda Jasmine au désespoir.

Elle prierait qu'ils y parviennent un jour. Elle aiderait sa jeune sœur de son mieux, ferait tout pour montrer aux siens qu'elle les aimait, mais ne sacrifierait pas son âme.

Elle regarda tour à tour ses parents.

— Je sais que je ne vous ai pas toujours donné l'occasion d'être fiers de moi, dit-elle refoulant ses larmes. Pourtant…

Elle secoua la tête avec désespoir, faisant voler son voile autour d'elle.

— Je vous aime tellement tous les deux !

— Et nous t'avons toujours aimée, Jasmine, répondit sa mère en lui pressant la main. Nous t'aimerons toujours.

— Viens, intervint son mari d'une voix mal assurée. Laissons Jasmine un peu seule.

La main maternelle se retira, et la porte se referma doucement.

Avec un profond soupir, Jasmine contempla la chambre rose aménagée par la défunte épouse d'Umar. Puis, résolument, elle retira de son doigt l'énorme diamant qui étincelait d'un éclat froid.

Elle songea à Kareef. Il avait déjà quitté Qais pour retourner en ville, d'après ce qu'on lui avait dit. Le lendemain, son couronnement aurait lieu.

Elle avait finalement obtenu ce qu'elle souhaitait, se dit-elle tristement.

La bague tomba soudain de ses mains inertes et Jasmine s'effondra sur le tapis, entourée de flots de tulle blanc, le corps secoué de sanglots.

— Oh, mon Dieu ! Quelqu'un t'a tout raconté, fit la voix d'Umar depuis le seuil.

— Je suis désolée, murmura-t-elle en se couvrant le visage. Je regrette tellement…

L'instant d'après, elle sentit les bras d'Umar autour d'elle.

— C'est moi qui suis désolé, déclara-t-il. Il y a des jours que j'aurais dû te parler.

Jasmine redressa la tête, intriguée.

— Me parler de quoi ?

— Je te faisais la cour depuis longtemps, mais tu me epoussais... Et elle se trouvait là, douce et aimante. Elle n'était pas du tout le genre de femme que je pensais prendre pour épouse. Elle n'a ni fortune ni relations et n'est pas particulièrement belle...

Il baissa les yeux avant de continuer :

— Au beau milieu de la réception de nos fiançailles, lle m'a téléphoné, en disant qu'elle était enceinte.

— Enceinte..., répéta Jasmine, hébétée. Mais qui ? De qui parles-tu ?

— De Léa, répondit-il très bas. Je n'aurais jamais dû continuer à te courtiser, alors que je couchais avec une autre femme. Je me disais que Léa ne comptait pas, qu'elle n'était qu'une employée. Mais mes fils l'adorent t elle porte mon enfant. Je dois l'épouser.

Umar lui pressa les mains pour mieux invoquer sa ompréhension.

— En fait, je veux l'épouser. Même si elle n'incarne pas la femme du monde que je rêvais d'avoir, je pense que je serai capable de l'aimer. Pardonne-moi, murmura-t-il humblement en abaissant son front sur les mains le la jeune femme.

— Il n'y a rien à pardonner, répondit Jasmine, tandis qu'un rire quasi hystérique lui montait aux lèvres. Parce que moi-même...

Umar se redressa.

— Toi et le roi ? s'enquit-il en souriant. C'est le genre le rumeurs qui se répand vite, même jusqu'en Bretagne où je demandais au père de Léa la main de sa fille.

Umar avait déjà quatre fils et bientôt il aurait un nouveau bébé, pensa Jasmine avec un pincement au cœur. Elle fixa les dessins du tapis, imagina un jardin le fleurs... Un jardin rempli de rires d'enfants.

— Je vous souhaite tout le bonheur du monde, déclara t-elle doucement. A toi et à tes chers petits.

Emu, il lui baisa les doigts avec reconnaissance.

— Tu es trop bonne.

Bonne ? Elle était loin de l'être, pensa Jasmine Ramassant la bague tombée non loin d'elle, elle la tendit à Umar.

— Que vas-tu faire maintenant ? demanda-t-il en l'acceptant.

Jasmine exhala un profond soupir.

— Rentrer à New York. Diriger mes affaires là-ba et aider ma sœur du mieux possible.

— Et le roi ?

Elle secoua la tête.

— Ses devoirs sont ailleurs.

— Tu en es sûre ?

Jasmine se releva et répondit d'une voix tremblante

— Il doit épouser une femme qui lui donnera de enfants.

— Parfois, Jasmine, dit Umar avec douceur, il fau mettre de côté la personne qu'on veut voir en toi pou deviner celle que tu es vraiment.

Jasmine le regarda pensivement. Depuis des années elle vivait seule à New York, travaillant à gérer se placements financiers. Elle s'était concentrée sur le pass et sur l'avenir, mais jamais sur le présent. Maintenan que le passé était définitivement enterré et que l'aveni était impossible à prévoir, il restait le présent. Elle n'avai encore que vingt-neuf ans; elle pouvait se construir une vie à New York et repartir sur de bonnes bases.

— Y a-t-il quelque chose que je puisse faire pour toi demanda encore Umar. Peut-être expliquer la situatio à ton père ?

Un rire rauque, désabusé la secoua.

— C'est une idée…

Puis elle secoua la tête, prise d'une brusque inspiration.

— Si, une chose. Ton jet privé est ici ?

— Accordé.

Avec une énergie retrouvée, Jasmine ôta son voile u'elle jeta à terre.

— Je n'ai pas voulu laisser Kareef se sacrifier pour ioi. Mais je peux quand même faire quelque chose. vant de quitter Qusay, je veux rattraper un mensonge. e lui dirai… la vérité.

Kareef jeta un coup d'œil circulaire à la chambre oyale inondée du soleil matinal.

Le jour de son sacre.

Il était seul dans la vaste pièce richement décorée. es valets et serviteurs avaient quitté les lieux sur son rdre, car il avait décrété qu'il s'habillerait seul pour on couronnement.

Il s'empara du sabre de cérémonie au fourreau incrusté 'émeraudes et l'accrocha à sa ceinture.

Tant de choses avaient eu lieu au cours de la semaine assée, se dit-il. Pourtant, rien n'avait changé au fond. était roi. Il était seul et ne ressentait absolument rien.

Il gardait le vague souvenir d'être rentré en hélicoptère veille après la course. Il était à peu près sûr d'avoir assé la soirée à discuter avec des représentants étraners. Mais il ne pouvait se souvenir de la conversation i même de ceux à qui il avait parlé. Tout ce qu'il se appelait, c'était l'image de Jasmine et son air atterré uand il avait envoyé son poing dans le mur.

Un geste destiné à le débarrasser de sa souffrance. Et, n un sens, il avait été efficace. Sa main était toujours ngourdie, comme le reste de lui-même.

Il avait offert à Jasmine tout ce qui était en so
pouvoir. Son nom, son trône, son amour. Et, pourtant
elle l'avait rejeté.

« Tu es stupide et j'ai pitié de toi… Tu m'as ôté
jamais le bonheur d'être mère… »

Kareef sortit de la chambre et ses serviteurs l'escor
tèrent jusqu'à la salle à manger où il devait prendre so
petit déjeuner avant le couronnement.

« Le dernier repas du condamné », pensa-t-il ave
une ironie désabusée.

— Ah ! Bonjour, Sire, s'exclama le vizir en entran
dans la pièce. Quelle magnifique journée pour saluer l
commencement de votre règne, n'est-ce pas ? Maintenan
que vous êtes libéré de… d'une liaison compliquée
peut-être pourrais-je avoir votre permission pour vou
chercher une épouse, Altesse ?

Kareef se raidit en entendant la formule « liaiso
compliquée ». Akmal Al'Sayr avait, d'une façon o
d'une autre, découvert que Jasmine l'avait quitté et s'e
réjouissait, le fourbe !

— Permission accordée, jeta-t-il avec hargne.

Puisque Jasmine l'avait abandonné, il se raccrocherai
au devoir, austère et sans fin. C'était tout ce qui lui restait

— Parfait, Sire ! J'ai déjà pensé à plusieurs princesse
charmantes parmi lesquelles vous ferez votre choix.

— Choisis celle que tu voudras, répondit Karee
avec lassitude.

— Dans ce cas, je connais celle qu'il vous faut. Elle fer
une mariée parfaite. Elle est déjà arrivée pour assister
votre couronnement. Je vais parler immédiatement ave
sa famille et, si les parents sont d'accord, nous entame
rons les négociations dès la fin de la journée. A moin
que vous ne souhaitiez rencontrer la jeune fille avant

— Je n'ai pas besoin de la voir, répondit Karee

durement. Fais-lui seulement bien comprendre qu'il s'agit d'un mariage purement politique.

— Bien sûr, Altesse. Je le lui dirai. Mais..., reprit Akmal en hésitant, il faudra qu'il y ait des enfants...

Las de ce bavardage, Kareef soupira et constata que son assiette était vide. Sans s'en apercevoir, il avait avalé la nourriture. Donc, il survivrait, physiquement au moins. N'était-ce pas ce qu'on exigeait de lui après tout ?

— Prêt ?

Son frère Rafiq entra dans la salle à manger.

— Tahir est ici ? lui demanda Kareef.

— Pas de nouvelles.

— Ah.

Pourquoi n'était-il pas surpris ? se dit Kareef. Une fois de plus, son plus jeune frère s'était ravisé. Il avait été stupide d'espérer sa venue. Aussi stupide que Jasmine l'avait dit.

Il se leva et suivit son cadet à travers les corridors et les galeries du palais. En débouchant dans la cour d'honneur qui donnait sur les falaises et la mer, il perçut un cri dans le vent. Quelqu'un l'appelait, et cette voix qui dominait le brouhaha de la foule massée aux abords du palais lui parut échappée d'un rêve lointain.

Kareef continua d'avancer sans y prêter attention. Puis il l'entendit de nouveau et, cette fois, s'arrêta.

— Vous avez entendu ? dit-il.

— Rien du tout, répondit le vizir avec nervosité. Par ici, je vous en prie, Sire. Vous ne voulez pas être en retard...

Kareef fit encore quelques pas. Mais, par-dessus la rumeur confuse des curieux qui se pressaient à l'entrée pour apercevoir le couronnement, il distingua de nouveau *sa* voix. Celle-ci criait désespérément son nom.

— Je dois perdre la tête…, murmura-t-il, ébranlé. Je crois l'entendre sans cesse.

— Qui ? Jasmine ? dit Rafiq. Elle est là-bas.

Kareef se détourna d'un seul mouvement. De l'autre côté des grilles du palais en effet, au premier rang de la foule enthousiaste, il l'aperçut.

— Fais-la entrer, ordonna-t-il à son vizir. Tout de suite !

— Sire, bégaya Akmal, soyez raisonnable. Toute la nuit, elle a supplié qu'on la laisse passer. J'ai fait de mon mieux pour la tenir à distance. Dans l'intérêt du pays, vous devez considérer…

Dans un accès de rage, Kareef empoigna le vieil homme par le collet.

— Amène-la jusqu'à moi, commanda-t-il, menaçant.

Terrifiée, le vizir transmit l'ordre aux gardes et, un moment plus tard, Jasmine fut autorisée à franchir les grilles du palais.

Elle courut se jeter dans les bras de Kareef. Elle était vêtue d'une simple robe en coton rouge et chaussée de sandales, et ses longs cheveux noirs flottaient derrière elle.

— Jasmine !

Kareef la serra contre lui à l'étouffer. Sans se soucier des hauts dignitaires venus du monde entier qui attendaient d'assister à son couronnement, il l'entraîna dans le jardin royal.

— C'était un mensonge ! haleta-t-elle dans un sanglot. Je t'ai dit ces choses horribles, parce que je devais t'éloigner de moi. Je ne te tiens pas pour responsable de l'accident. Pardonne-moi ! Je pensais que je n'avais pas le choix.

Le regard de Kareef tomba sur l'émeraude au bout de la chaîne d'or qu'elle portait autour du cou. Puis il vit sa main gauche… dénuée de bague !

— L'as-tu épousé, Jasmine ? demanda-t-il, le cœur battant.

— Non. Je n'ai pas pu. Je sais que nous ne pourrons jamais être ensemble, Kareef, mais je ne voulais pas quitter Qusay sans te dire la vérité. Je t'aime. Je t'ai toujours aimé et je t'aimerai toujours.

Kareef l'étreignit avec fougue et ferma les yeux. Il se sentait revivre enfin. Le soleil réchauffait sa peau et il respira à fond l'air vivifiant. *Jasmine l'aimait !*

— Il fallait que je te le dise avant de partir..., murmura Jasmine d'une voix chargée d'émotion.

— Partir ? Où vas-tu ? demanda-t-il, soudain inquiet.

— A New York. Pour reprendre ma vie. Là-bas, le roi de Qusay aura toujours quelqu'un qui l'aime. Je ne t'oublierai jamais et jamais je ne cesserai de t'aimer. Même quand tu auras pris une épouse...

Kareef l'interrompit d'un baiser. Quand il sentit ses lèvres contre les siennes, son cœur contre le sien, il sut ce qu'il devait faire et où était son honneur.

Prenant la main de Jasmine dans la sienne, il regagna la cour d'honneur où Rafiq l'attendait patiemment. Kareef eut la gorge nouée en le voyant. Mais il prenait la bonne décision, se dit-il résolument. La seule.

Fermant les yeux, il adressa à son frère une prière muette, puis se tourna vers Jasmine.

— Viens. Avant de quitter cette ville, tu me verras prêter serment.

11

Comme Kareef la guidait vers les ruines byzantines où devait avoir lieu la cérémonie, Jasmine sut qu'il lui serait terriblement douloureux de l'entendre prononcer les paroles solennelles qui le consacreraient roi de Qusay. Néanmoins, elle le suivit. Elle l'aimait par-dessus tout et ne voulait manquer à aucun prix ce dernier moment qui lui serait donné de le voir. Surtout, elle tenait à ce qu'il garde comme ultime souvenir d'elle l'image d'un visage rayonnant d'amour, et non ces paroles terribles qu'elle lui avait lancées la veille.

Arrivé sur place, Kareef la laissa rejoindre les quelques centaines d'invités assis en rangs serrés parmi les vestiges de l'ancienne citadelle millénaire. Puis, accompagné de Rafiq, il remonta l'allée centrale entre les anciennes colonnes.

Jasmine vit qu'on se retournait sur elle ; certains regards étaient lourds de mépris, d'autres chargés d'envie. Bientôt, Kareef fit face à l'assemblée qui observa un silence recueilli. Le prince Rafiq s'inclina cérémonieusement avant d'aller rejoindre sa place parmi les convives.

Juste à côté de son amie Sera, nota Jasmine. D'ailleurs, ces deux-là semblaient bien se connaître. Y aurait-il quelque chose entre le prince Rafiq et la jeune veuve, la protégée de la reine ?

La musique résonna soudain et elle ne prêta plus attention à ceux qui l'entouraient.

Dans son caftan blanc de prince du désert, le sabre au côté, Kareef, la mine grave et fière, incarnait magnifiquement le pouvoir.

Jasmine sentit des larmes d'émotion la gagner. Kareef, son amour... Même en cet instant, et malgré leur douloureuse rupture, elle ne regrettait pas leur passion. Jamais, elle ne regretterait son amour pour lui.

La musique solennelle s'arrêta et le vizir prit la parole en ancien dialecte qusani, selon le rituel.

Quand Akmal Al'Sayr se tut, Kareef s'avança vers la foule, impressionnant et majestueux, parfait dans son rôle de souverain.

Il croisa le regard de Jasmine à travers la foule et annonça d'une voix claire qui portait loin sur le désert et sur la mer :

— Je renonce au trône.

Une même clameur atterrée monta de toutes les poitrines. Le vizir laissa échapper un cri de détresse. Quelqu'un d'autre exhala un soupir saccadé. Etait-ce Rafiq ?

Kareef demeurait calme et inébranlable.

— Il y a treize ans, déclara-t-il, j'ai demandé une jeune femme en mariage. Une femme vierge, pure et sincère...

La foule s'était figée. Chacun retenait son souffle.

— C'était Jasmine Kouri, révéla-t-il.

Des exclamations étouffées jaillirent et l'assistance se tourna vers Jasmine.

— Jasmine Kouri... Le scandale...

L'air sombre, Kareef poursuivit :

— Jasmine a supporté le scandale seule. Et pour rien !

Car elle ne s'est jamais conduite de façon honteuse comme on l'a dit. Elle a perdu notre enfant dans un accident. J'ai envers elle une dette qui prime sur tout autre devoir.

Jasmine était sous le choc, prête à défaillir. Autour d'elle, les gens semblaient hagards, peinant à assimiler cette cascade de révélations. Les dignitaires étrangers affichaient des mines perplexes, ne comprenant rien à cette agitation.

Kareef descendit de l'estrade, ses yeux bleus rivés aux siens.

— Jasmine Kouri, acceptez-vous de m'épouser ?

— Non !... dit-elle dans un souffle, affolée.

Il gagna l'allée centrale et répéta sa question.

Jasmine demeura muette, incapable de répondre malgré le violent désir contenu dans son cœur.

Kareef continuait sa progression, sans jamais la quitter des yeux. Bientôt, il fut devant elle, la dominant de sa haute taille. Tous les regards convergeaient vers eux.

— Jasmine Kouri, épousez-moi.

Un silence impressionnant s'abattit sur les ruines.

Les larmes aux yeux, Jasmine releva la tête.

— Oui..., articula-t-elle enfin, le cœur gonflé de joie. Oui, oui !

Le sourire qui illumina les traits de Kareef était tel qu'elle en fut bouleversée. Jamais elle ne lui avait vu une telle expression de bonheur. Il l'enlaça et l'embrassa passionnément devant le parterre de princes et d'ambassadeurs venus du monde entier.

Le vizir apparut derrière eux, bouillonnant de rage et d'amertume.

— Kareef Al'Ramiz a renoncé au trône ! se lamenta-t-il. Mais le royaume de Qusay a besoin d'un souverain. Longue vie... au roi Rafiq !

De plus en plus désemparée, la foule se tourna vers

le frère de Kareef, le richissime homme d'affaires qui vivait en Australie, lequel paraissait abasourdi par la tournure que prenaient les événements. Les yeux agrandis de stupeur, il regarda la jeune femme auprès de lui. Le joli visage de Sera se crispa, comme si le chaos venait de s'abattre autour d'eux.

Mais, serrée contre le corps puissant de Kareef, Jasmine oublia vite Sera et Rafiq.

— Dis-le, la pressa-t-il.

— Kareef, je t'accepte comme époux, murmura-t-elle.

— Plus fort.

Ce qu'elle fit. Puis une fois encore, dans un cri pur et sincère.

Kareef ôta le pendentif qu'elle portait et le passa à son cou. Puis, le regard plein d'amour, il emprisonna son fin visage entre ses mains et effaça d'un baiser les larmes qui coulaient sur ses joues.

— Et je te prends pour épouse, dit-il, complétant ainsi le vieux rituel qusani du mariage.

Une partie de l'assistance applaudit pour saluer le nouveau couple.

— Viens, mon amour, déclara tendrement Kareef en lui prenant la main. Rentrons chez nous.

Six mois plus tard, Jasmine sortit du ranch, son bébé dans les bras, et vint s'asseoir confortablement à l'ombre. Tout en berçant Aziza, elle regarda son mari entraîner un poulain dans un paddock.

Le soleil matinal était déjà chaud et, autour de leur maison douillette, le désert s'étendait à perte de vue.

Ce n'était pas seulement du sable. En y regardant de

plus près, on y découvrait des fleurs, des oiseaux et de petits mammifères, tout un monde coloré et plein de vie.

— Jasmine !

En la voyant, Kareef quitta les autres entraîneurs et la rejoignit. Il l'embrassa et prit le bébé dans ses bras.

— Alors, jeune fille, on vient prendre des cours d'équitation ?

Jasmine se mit à rire.

— Notre fille est encore un peu jeune, tu ne trouves pas ?

L'enfant observa avec intérêt les chevaux qui galopaient dans un champ voisin, et agitait ses minuscules bras potelés.

— Je sens qu'elle s'y mettra tôt. Elle a ta témérité, commenta Jasmine en souriant.

— Et elle a ton courage, dit Kareef en serrant contre lui les deux femmes de sa vie.

Jasmine s'appuya contre lui et, ensemble, ils contemplèrent les chevaux. Aziza riait aux éclats. Un rire que Jasmine ne se lassait pas d'entendre.

La vie avec Aziza était si précieuse !

Jasmine avait mis tout en œuvre pour donner à sa jeune sœur un bon départ dans la vie, mais finalement c'était Nima elle-même qui l'avait aidée. Le lendemain de leur mariage, Nima avait appelé.

— Accueille mon enfant à naître, Jasmine, avait-elle supplié. Il n'aurait pas de meilleure mère que toi.

Au fil des mois, constatant que Nima ne changerait pas d'avis, Jasmine avait accepté et ce fut avec une immense joie que Kareef et elle avaient ramené le nouveau-né chez eux.

Nima vivait à présent à New York où elle fréquentait un lycée privé en attendant d'entrer à l'université. Elle était revenue plusieurs fois à Qusay depuis l'adoption, mais avait fait clairement connaître sa position par rapport à la petite fille.

— Je suis sa tante. Aziza sait qui sont ses vrais parents, avait-elle dit en regardant sa sœur et son beau-frère avec affection.

Les parents de Jasmine, ainsi que ses sœurs, raffolaient déjà de la petite dernière de la famille Kouri et venaient souvent au ranch. Même le père de Jasmine était fier de voir sa fille établie dans un mariage aussi honorable.

Le bonheur de voir ses rêves se réaliser — alors même qu'elle pensait avoir tout perdu — rendait Jasmine débordante de joie.

Kareef embrassa sa fille puis, couvant Jasmine d'un regard où brillait une flamme suggestive, il prit ses lèvres en un baiser à la fois tendre et passionné, plein de promesses pour la nuit à venir. Quand il s'écarta d'elle, elle laissa échapper un soupir heureux.

Chaque jour, Kareef l'embrassait comme si c'était la première fois.

Contre toute attente, sa vie s'était épanouie et resplendissait comme le désert. Et elle avait la certitude que le soleil, le vaste ciel bleu et l'intensité de leur amour dureraient toujours.